Sein goldener Ring

(Reihe *Beherzte Bräute*, 2. Buch)

Gewinner von „Best Historical"

„Eine 10 für Perfektion! *Eine unglaublich entzückende, wunderschön sinnliche und herzergreifend romantische Liebesgeschichte" - Romance Designs*

„Nicht nur eine warme, wohlige Ferienlektüre, dieser Roman ist eine emotional berührende Liebesgeschichte. " 4 Sterne - Romantic Times

„Wer kann einer Vernunftehe eines Paares widerstehen, das nichts gemeinsam hat - nur die Leidenschaft!" - NY Times Bestseller Eliosa James

Bücher von Cheryl Bolen

Regency - Historische Liebesgeschichten
Reihe: Beherzte Bräute
Die falsche Gräfin
Sein goldener Ring
Oh What A (Wedding) Night
Marriage of Inconvenience
Miss Hastings' Excellent London Adventure

Serie: Das Haus Haverstock
Zufällig eine Lady
Herzogin aus Versehen
Irrtümlich Gräfin
Ex-Spinster by Christmas

The Brides of Bath Series
Die Braut in Blau
With His Ring
The Bride's Secret
To Take This Lord
Love In The Library
A Christmas in Bath

The Regent Mysteries Series
With His Lady's Assistance
A Most Discreet Inquiry
The Theft Before Christmas
An Egyptian Affair

Pride and Prejudice Sequels
  Miss Darcy's New Companion
  Miss Darcy's Secret Love
  The Liberation of Miss de Bourgh

The Earl's Bargain
My Lord Wicked
His Lordship's Vow
Christmas Brides (Three Regency Novellas)
A Duke Deceived

Romantic Suspense:
Falling For Frederick

Texas Heroines in Peril Series
  Protecting Britannia
  Murder at Veranda House
  A Cry In The Night
  Capitol Offense

World War II Romance:
It Had to Be You (Previously titled *Nisei*)

American Historical Romance:
A Summer To Remember (3 American Romances)

Sein Goldener Ring

(Reihe *Beherzte Bräute*, 2. Buch)

Cheryl Bolen

Übersetzung von Susanne Döring

Prolog

Heute würde der Schleier der Trauer, der über ihr lag, sich heben. Randy kam nach Hause! In den letzten achtzehn Monaten hatte sie fast alle verloren, die sie liebte. Zuerst Mama. Während sie noch dabei war, sich von diesem Verlust zu erholen, hatte der Mann, den sie schon ihr ganzes Leben lang liebte, ihr Herz gebrochen. Als Papa kurz danach starb, hätte sie sich am Liebsten in sein Grab geworfen.

Nur Randy, ihr ältester Bruder und der, dem sie immer am Nächsten gestanden hatte, war in der Lage gewesen, sie aus den Tiefen ihrer Verzweiflung zu holen. „Komm schon, Fee. Du und Stephen seid alles, was ich noch habe. Ich brauche dich. Jetzt mehr denn je." Er hatte ihr verweintes Gesicht mit gerunzelter Stirn betrachtet und dann spielerisch ihre Haare zerzaust. „Und du bist die Einzige, die ich so einfach beim Whist schlagen kann."

Das war so deutlich, wie ihr leichtsinniger Bruder je seine tiefe Zuneigung ausgedrückt hatte. Aber er war nie jemand gewesen, der seinen Gefühlen laut Ausdruck verlieh. Er zeigte sie in vieler Weise - wie, wenn er seinen Lauf unterbrach, um sie über den Bach zu bringen, ohne dass ihre Röcke nass würden. Oder, indem er sie vor seinen anrüchigeren Freunden schützte. Oder die Schuld für die auf dem Teppich verschüttete Tinte auf sich nahm.

Ein Lächeln huschte über ihre Lippen, als sie daran dachte, wie er sie immer seine *Lieblingsschwester* nannte, und sie dann verächtlich antwortete: *Ich bin deine einzige Schwester.*

Wie sehr sie sich danach sehnte, seine Stimme zu hören, selbst wenn er sie nur neckte. Seit fast einem Jahr war er in Spanien, um seinen Teil gegen die verhassten Franzosen zu tun. Ein langes, trübsinniges Jahr tiefer Trauer für sie.

Aber sie war entschlossen, diese Trostlosigkeit jetzt hinter sich zu lassen. Randy wurde jeden Tag zurückerwartet.

Sie hatte die Tür offengelassen, damit sie hören konnte, wenn er nach Hause kam. Sie hatte vor, die Treppe hinunterzurennen und ihre Arme um ihn zu schlingen.

Beim Geräusch eines Klopfens schlug ihr Herz schneller. Aber sicher würde Randy nicht klopfen. Nach Papas Tod war er jetzt der Herr dieses Hauses ... aller Besitztümer des Earls of Agar.

Einen Moment später fand ein Diener sie im Salon und reichte ihr einen Brief - mehr als einen Brief, dem Gewicht nach zu urteilen. Reichlich zerknittert und vergilbt sah der äußere Umschlag aus, als wäre er viele Wochen unterwegs gewesen. Ihr Herz wurde schwer. Kam Randy nicht? War er von etwas aufgehalten worden?

Die Schrift auf der Vorderseite war nicht die seine. Das machte ihr Angst. War ihm etwas zugestoßen?

Mit lautem Pochen in ihrer Brust nahm sie die Nachricht mit zitternden Händen und riss sie auf. Etwas fiel auf den schön gewebten Teppich. Ein Herrenring. Sie hob ihn auf und ihr Puls raste, als sie sah, dass es Randys Siegelring war.

Ihr Blick schoss zu dem kurzen Absatz, der auf dem Papier stand. Als sie ihn las, sank ihr das Herz.

Es war eine Lösegeldforderung von spanischen oder portugiesischen Banditen, die fünfundzwanzigtausend Pfund für Randys Freilassung forderten.

Wenn sie sie nicht bekämen, würden sie ihn töten.

Lieber Gott im Himmel, wussten sie nicht, dass das Agar-Vermögen fort war? Jeder Penny.

Kapitel 1

Lady Fiona Hollingsworth fühlte sich scheußlich schuldig, dass sie hier in der Theaterloge saß, und noch schuldiger, dass sie über eine rothaarige Schauspielerin grübelte, während das Leben ihres Bruders bedroht war - nicht, dass Randy bereits heute Abend in Gefahr war zu sterben. Sie hatte noch eine Woche, bevor die Situation wirklich verzweifelt würde.

„Wer ist dieses schöne Geschöpf?", fragte sie ihren Begleiter.

Trevor Simpson hob sein Theaterglas und schaute, Fionas Blick verfolgend, sich die Schauspielerin auf der Bühne unter ihnen an. „Ah, das muss Diane Foley sein. Hübsch, nicht wahr?"

„Aber sicherlich."

Trevor neigte seinen Kopf zu ihrem und flüsterte. „Miss Foleys Mentor sitzt in der Loge uns gegenüber."

„Du solltest solche Dinge nicht mit einer unverheirateten Dame diskutieren", tadelte Fiona, als sie spielerisch dem auffallend gekleideten Mann neben sich einen Klaps mit ihrem Fächer verpasste. Trevors Missachtung der Konventionen konnte immer ein Lächeln auf Fionas Lippen zaubern. Sie wusste nicht, was sie in diesem letzten Jahr voll überwältigender Trauer ohne Trevor, der sie aufheiterte, gemacht hätte. Es war Trevor, der darauf bestanden hatte, dass sie heute

Abend hierher kommen sollte. „Wird dir guttun", hatte er am Nachmittag zu ihr gesagt, „wenn du dich ein wenig von dieser elenden Sache mit Randolph ablenken kannst." Obwohl sie unter Tränen protestiert hatte, gewann doch schließlich Trevors Beharrlichkeit.

Fiona, neugierig, den „Mentor" der schönen Schauspielerin zu sehen, hob sofort ihren Blick zu dem einzelnen Mann in der Loge gegenüber der ihren. Er war ein überaus gutaussehender Mann Anfang dreißig, groß, dunkel und überaus gut gekleidet. Sie dachte, dass ohne sein auffallend gutes Aussehen die hochmütige Miene gelangweilter Arroganz schon Aufmerksamkeit erregt haben würde. Nur einmal zuvor hatte sie einen solchen Mann gesehen. Ihr Rücken straffte sich. Sie hatte diesen Mann schon getroffen. „Ist das Mr. Nicholas Birmingham?", fragte sie ihren Begleiter.

Trevors Augen funkelten und ein Grinsen verzog seine schmalen Wangen. „Er sieht einfach großartig aus, nicht wahr?"

Fiona ertappte sich, wie sie hinter ihrem Fächer schmunzelte. Randy wäre über Trevors offensichtlich feminine Art entsetzt gewesen, aber sie hatte sie immer eher amüsant gefunden. „Ich glaube nicht, dass Randy Mr. Birmingham mag", sagte sie.

„Natürlich nicht, meine Liebe! Der Mann ist völlig unpassend."

„Warum hat Randy ihn mir dann vorgestellt?"

„Kann mir nicht vorstellen, dass Birmingham in derselben Gesellschaft verkehrt wie die Tochter eines Earls. Er gehört nicht zur guten Gesellschaft, weißt du. Wo hast du diesen Kerl nur getroffen?"

„Ich habe meinen Bruder überredet, mir zu erlauben, mit ihm zu Tattersall zu gehen. Einmal. Da Randy mit Mr. Birmingham in Cambridge war, muss er sich gezwungen gesehen haben, uns vorzustellen, nachdem Mr. Birmingham ihn gegrüßt hatte, aber Randy war sehr kühl ihm gegenüber."

„Das sollte er auch sein! Obwohl sie reicher sind als der Herzog von Devonshire, sind Birmingham und seine Brüder so rücksichtslos wie ihr verstorbener Vater - ein Mann, der als Bankier und beim Geldmachen großartig war, aber eine sehr schlechte Wahl traf, was seine Frau angeht. Die Mutter der Söhne ist furchtbar gewöhnlich. Und ..." Trevor senkte seine Stimme, „es heißt, dass Nicholas Birmingham sogar einen seiner Bastarde bei sich wohnen lässt."

Entschieden unanständig, dachte sie.

„Er ist der Mann", sagte Trevor bestimmt, „der dieses abstoßend prachtvolle Stadthaus am Piccadilly bauen lässt, weißt du."

Nein, das wusste sie nicht, obwohl sie natürlich schon von dem Piccadilly-Stadthaus gehört hatte. Ganz London regte sich über das palastähnliche Gebäude auf, das aus den Trümmern wuchs, die einmal Lord Howards Heim gewesen waren. „Es heißt, der Mann der es baut, sei der reichste Mann von England."

Trevor betrachtete seine Fingernägel. „Ich schätze, das ist er. Schade, dass er nur ein Emporkömmling ist."

Während des Rests der Vorstellung beobachtete Fiona Mr. Birmingham, der seiner schönen Geliebte zusah, wie sie hin und her ging und die anzüglichsten Dinge zu den Männern sagte, die mit ihr auf der Bühne standen. Einmal, als Fiona in Mr. Birminghams Loge sah, wanderte sein Blick zu ihr und blieb auf ihr ruhen. Fiona sah schnell fort.

Obwohl sie es nicht wagte, wieder zu ihm hinüberzusehen, konnte sie ihre Gedanken doch nicht von dem unglaublich reichen Mr. Birmingham abwenden. Mr. Birmingham. Während des letzten Vorhangs fragte sie: „Ist Nicholas Birmingham verheiratet?"

„Nein", sagte Trevor. „Verteufelt schwierig für einen Mann in seiner Lage, eine Frau zu finden."

„Ich würde meinen, dass Mr. Birmingham jede Frau im Königreich kaufen könnte."

Trevor zuckte mit den Schultern. „Der verstorbene Mr. Birmingham hat seine Söhne als Gentlemen erzogen. Sie hatten die beste Ausbildung, die für Geld zu haben war, gehen zu den besten Schneidern, sprechen das Englisch des Königs und all das. Aber sie sind immer noch Emporkömmlinge. Zu gut für Frauen ihrer eigenen Gesellschaftsschicht und nicht gut genug für Frauen unseres Standes, obwohl ich zu behaupten wage, dass ihr Vater für seinen ältesten Sohn, Nicholas, auf eine adlige Partie gehofft hatte." Trevor deutete mit dem Kopf auf Mr. Birminghams Loge.

Während Fiona und Trevor draußen vor dem Theater auf ihre Kutsche warteten und in der Kälte der Dezembernacht zitterten, wünschte sich Fiona beinahe, Mr. Birmingham zu sehen, um noch einmal prüfen zu können, ob er wirklich so gut aussah wie in ihrer Erinnerung, so gut, wie er bei einem Blick durch das dunkle Theater gewirkt hatte, aber er war nirgends zu erblicken. Sie nahm an, dass jemand mit einem so großen Vermögen nie auf etwas warten musste.

Nachdem sie und Trevor es sich in der klapprigen Kutsche ihrer Familie bequem gemacht hatten, schnitt sie das Thema an, das ihre Gedanken den ganzen Abend über beherrscht hatte. „Ich habe vor, Mr. Birmingham zu bitten, mir bei der Befreiung von Randy behilflich zu sein."

Trevor riss die Augen auf. „Das kann nicht dein Ernst sein!"

„Warum?"

„Weil der Mann gewinnsüchtig ist. Er gibt sein kostbares Geld nicht einfach so her. Und du willst ihn ja nicht um ein paar Pfund bitten. Was du brauchst, ist ein Vermögen. Männer wie Birmingham verschenken nicht einfach fünfundzwanzigtausend Pfund."

Fiona straffte ihre Schultern und sprach mit fester Stimme. „Ich habe vor, ihm einen Handel vorzuschlagen."

„Meine Liebe, du hast nichts, womit du handeln könntest. Alles Vermögen deines Vaters - außer dem, was erbrechtlich festgelegt ist - wurde schon verkauft. Du hast nichts, was du als Sicherheit bieten könntest."

„Ich habe etwas", flüsterte sie.

Trevor fuhr herum und sah sie an. „Was, bitte?"

Sie holte tief Atem. „Mich."

Zum ersten Mal war Trevor sprachlos. Als er sich genug erholt hatte, um seinen offenstehenden Mund zu schließen, sagte er: „Die Tochter eines Earls kann keinen Emporkömmling heiraten. Außerdem, hast du nicht immer gesagt, du würdest nur aus Liebe heiraten?"

Sie presste die Lippen zusammen. „Ich habe früher an die Liebe geglaubt, aber du hast gesehen, was daraus wurde. Da ich nie wieder einen Mann lieben werde, warum sollte ich nicht einen Mann heiraten, der das Leben meines Bruders retten könnte?"

„Randolph würde es gar nicht gefallen, wenn du dich an jemanden wie Birmingham wegwerfen würdest. Auch wenn der Mann teuflisch gut aussieht."

Plötzlich stiegen ihr Tränen in die Augen. „Es ist doch nicht so, als ob ich nicht schon im Herzen tot wäre, Trevor, und wenn ich so glücklich wäre, Mr. Birmingham einfangen zu können, würde ich mich wenigstens darüber freuen können, Randy zu retten", sagte sie zittrig. „Weißt du, wie lange es her ist, dass ich etwas hatte, worüber ich mich freuen konnte? In den letzten sechzehn Monaten habe ich Mama, dann Warwick, dann Papa und schließlich unser Familienvermögen verloren." Ihre Stimme brach. „Ich könnte es nicht ertragen, auch noch Randy zu verlieren."

Trevor nahm ihre Hand und drückte sie zwischen seinen eigenen, behandschuhten Händen. „Ich weiß, mein Liebes. Es war furchtbar für dich. Wenn ich irgendetwas hätte, wäre alles dein."

„Aber keiner von uns besitzt etwas. Deshalb muss ich mich Mr. Birmingham an den Hals werfen."

Trevor zuckte zusammen. „Bitte warte noch damit, Mylady. Sicher fällt uns noch etwas anderes ein."

Sie schüttelte ernst ihren Kopf. „Nein, Trev. Du sagst selbst, dass fünfundzwanzigtausend Pfund ein Vermögen sind. Wir können niemals so viel Geld zusammenbringen. Und ich habe nur bis nächste Woche Zeit."

„Ich würde deinem Bruder am Liebsten den Hals umdrehen", murmelte Trevor heiser. „Ich hatte ihm gesagt, dass er in Spanien nichts verloren hätte. Da sehen wir, wohin es ihn gebracht hat."

„Er wusste nicht, dass Papa seine Finanzen in solcher Unordnung hinterlassen würde und Randy konnte auch nicht ahnen, dass diese elenden Banditen ihn entführen würden."

„Trotzdem hätte er bei dir bleiben sollen, nach dieser verdammten Sache mit Warwick."

„Aber er war ebenso verstört wie ich, als Lord Warwick heiratete. Randy hatte der Gräfin selbst einen Heiratsantrag gemacht."

Trevors Lippen pressten sich zu einem dünnen Strich zusammen. „Er kannte die Gräfin nur ein paar Tage, zweifellos nicht lange genug, um die Art von Zuneigung zu entwickeln, die du für Warwick hattest. Sag, wie viele Jahre hast du Warwick geliebt?"

Die Erinnerung gab ihr einen Stich ins Herz. „Dreizehn", sagte sie in heiserem Flüsterton. Es fiel ihr immer noch schwer zu glauben, dass der Mann, den sie geliebt hatte, seit sie zwölf Jahre alt war und dem sie drei Jahre lang versprochen gewesen war, jemand anderen geheiratet hatte. Es war noch immer schwierig, sich eine Zukunft vorzustellen, wo sie nicht Edwards Frau, nicht Lady Warwick war. Es war immer noch schwer für sie zu akzeptieren, dass sie vermutlich ins Grab gehen würde, ohne die Liebe eines Mannes gekannt zu haben.

„Wenn ich wüsste, wie man mit Pistolen oder Schwertern umgeht, hätte ich Warwick selbst gefordert", sagte Trevor.

Die Vorstellung, wie der weibische Trevor ein

Schwert schwang, brachte ein Lächeln auf ihre Lippen. Sie drückte seine Hand nur fester. Ebenso viele Jahre wie sie in Warwick verliebt gewesen war, hatte den winzigen Trevor Simpson und sie eine enge Freundschaft verbunden. „Ich glaube nicht, dass ich ihn noch hasse, ich liebe ihn auch nicht mehr", sagte sie resigniert. „Alles, was geblieben ist, ist eine große Leere in meinem Herzen."

Als die Kutsche vor Trevors Wohnung in Albany hielt, drehte er sich zu ihr. „Ich bitte dich, tue nichts Unüberlegtes."

„Wo wohnt Mr. Birmingham?"

„Zweifellos in einem uneleganten Viertel, wo du nicht gesehen werden willst. Piccadilly wird nicht fertig sein, bevor nicht die italienischen Maler die Decken vollständig bemalt haben."

Sie zog ihre feinen Brauen zusammen. „Hat Mr. Birmingham ein Büro in der City?"

„Er ist als der Fuchs der Börse bekannt - aber du musst wissen, dass Frauen nicht in die Börse gehen können."

Sie lächelte. „Frauen können nicht zu Tattersall gehen, aber ich war trotzdem da."

„Schau doch, Fiona! Du kannst einfach nicht ohne Begleitung in die City gehen."

„Das werde ich auch nicht, Trevor. Du wirst mit mir kommen. Morgen Vormittag."

* * *

Nicholas Birmingham erhob sich von seinem großen Schreibtisch, um den Außenminister, Lord Warwick, zu begrüßen. Obwohl er Warwick seit vielen Jahren nicht mehr gesehen hatte, war er doch über die Angelegenheiten des Lords auf dem Laufenden geblieben, insbesondere, wie er im letzten Jahr die schöne Fiona Hollingsworth versetzt hatte. Wie irgendjemand ein so perfektes Geschöpf zurückweisen konnte, überstieg Nicks Verständnis, und die Tatsache, dass der so überlegene Lord Warwick die Dame gedemütigt hatte, trug nicht dazu bei, ihn Nick sympathischer zu machen.

Was für ein bemerkenswerter Zufall, dass Warwick ihn genau an dem Morgen aufsuchte, nachdem Nick Lady Fiona im Theater gesehen hatte. Den ganzen Morgen hatte Nick es nicht vermocht, den Anblick der eleganten blonden Schönheit aus seinem Kopf zu vertreiben, wie sie ihn quer durch das dunkle Theater angestarrt hatte. Wie schön sie in dem saphirblauen Kleid ausgesehen hatte, das zu ihren ungewöhnlichen Augen passte.

Nick war etwas überrascht, dass jemand von Warwicks Bedeutung ihn aufsuchte. Obwohl die beiden Männer zusammen in Cambridge gewesen waren, hatte ihre ungleiche gesellschaftliche Stellung sie daran gehindert, Freundschaft zu schließen. „Ihr Diener, Mylord", sagte er. „Bitte setzen Sie sich."

Warwick setzte sich auf einen stabilen Holzstuhl, der auf der anderen Seite von Nicks Schreibtisch stand.

„Was kann ich für Sie tun, Mylord?" Nick verschwendete nie Zeit auf Höflichkeiten. So lange die Sonne schien, konnte er Geld machen, und jede verschwendete Minute war verlorenes Geld.

Der Außenminister räusperte sich. „Ich bin in offizieller Angelegenheit hier, Mr. Birmingham."

Nick zog die Brauen hoch. „Ich stehe Ihnen völlig zur Verfügung."

Einer von Warwicks aristokratischen Mundwinkeln zuckte, als er Nick ernst betrachtete. „Wie Sie wissen, ist mein Ziel bei allem, was ich im Außenministerium tue, Napoleon mit allen Mitteln zu schlagen."

Warum zum Teufel kam der Mann nicht zum Thema? „Wie es sein sollte, Mylord."

„Wir waren auf See verdammt erfolgreich, und unsere Spanienarmee macht große Fortschritte dabei, den irren Korsen zu bändigen, aber es gibt noch ein Gebiet, das ich zu beherrschen wünsche."

Er möchte den französischen Staatshaushalt vernichten. Nick lächelte. „Jetzt verstehe ich, warum Sie zu mir gekommen sind."

„Es gibt in England nur einen Mann mit den Mitteln - und dem Wissen, um die Märkte zu manipulieren."

„Nicht die Manipulation der Märkte ist nötig, sondern die Entwertung des Franc."

Der Earl überlegte einen Moment und nickte dann. „Zum jetzigen Zeitpunkt kann eine solche Entwertung nur von jemandem vorangetrieben werden, der ein großes Vermögen besitzt."

Nick lachte. „Was Sie vorschlagen ist, dass meine Brüder und ich uns an den Bettelstab bringen, um die Franzosen zu vernichten?"

„Ich gebe zu, dass da ein bestimmtes Risiko besteht", sagte der Earl, „aber die englische Regierung ist bereit, mit Ihnen einen Vertrag abzuschließen. Sollte es ein Misserfolg sein - sollten Sie ihr Vermögen verlieren - würden wir Sie für den Rest Ihres Lebens reichlich versorgen."

„Warum dann benutzt nicht England seine eigenen Ressourcen anstelle der meinen, um Napoleon zu ruinieren?"

„Weil der Krieg alles verbraucht!"

Nick schaute mit zusammengekniffenen Augen

auf den Earl. „Und wenn Frankreich diesen Krieg gewinnt?"

„Das ist eine Möglichkeit, die ich nicht in Betracht ziehe."

„Sie wären ein verdammt schlechter Geschäftsmann, Warwick." Nick gefiel der hochnäsige Außenminister jetzt noch weniger. Es war schlimm genug, dass er die zarte Lady Fiona gedemütigt hatte, aber jetzt forderte er Nick auf, das Vermögen seiner Familie für einen schlecht überlegten Plan wegzuwerfen, der Nick und seinen Brüdern in keiner Weise nützen würde und den die englische Regierung nicht finanzieren konnte.

Es klopfte an der Tür, sein Sekretär betrat den Raum und schloss die Tür hinter sich. „Eine Lady Fiona Hollingsworth möchte Sie sprechen, Mr. Birmingham", sagte der junge Mann.

Nick und Warwick tauschten eisige Blicke, dann erhob sich Warwick. „Ich wollte ohnehin gehen. Seien Sie so freundlich, diese Angelegenheit niemandem gegenüber zu erwähnen."

Nick nickte.

„Und, Birmingham", fügte Warwick hinzu, „ich bitte auch darum, dass Sie ernsthaft über die Sache nachdenken. Ich werde Sie nächste Woche wieder aufsuchen."

Als Warwick sich umwandte, um das Büro zu verlassen, rauschte Lady Fiona herein. Als sie Warwicks Blick begegnete, erbleichte sie. „Edward!", sagte sie mit schwankender Stimme.

Er verbeugte sich. „Darf ich hoffen, dass du dich so wohl befindest, wie du aussiehst, Lady Fiona?"

Von ihrer erschütterten Fassung abgesehen, sah sie wirklich sehr gut aus. Die tomatenrote

Farbe ihres gut geschnittenen Samtumhangs hatte genau die gleiche Farbe wie ihr schöner Mund. Die schlanke, zierliche Blondine strahlte mehr Eleganz aus als jede andere Frau, die Nick je gesehen hatte. Warwick war ein völliger Narr, diese Schönheit weggeworfen zu haben.

„Es geht mir recht gut", antwortete sie. „Und Lady Warwick?"

„Sie hat mir im September einen Sohn geschenkt."

„Ja, ich weiß. Meinen Glückwunsch."

Nachdem Warwick gegangen war, kam Nick quer durch den Raum, verbeugte sich vor Lady Fiona, nahm dann ihre zitternde Hand und strich mit seinen Lippen darüber. „Erlauben Sie mir zu sagen, welche Freude es ist, Sie wiederzusehen, Mylady. Möchten Sie sich nicht setzen?"

Er zog einen gepolsterten Stuhl vor seinen Schreibtisch und sie sank darauf nieder.

Nick kehrte zu seinem Schreibtisch zurück und setze sich ihr gegenüber; diesmal drängte er seinen Besuch nicht, zum Thema zu kommen. „Mein Beileid zum Tod Ihres Vaters im letzten Jahr", begann er. „Ich gehe davon aus, dass Randolph jetzt der neue Lord Agar ist?"

Ihre blassblauen Augen waren unglaublich traurig, als sie zu ihm aufsah. „Ja."

„Ich würde Ihnen mit Freuden helfen, wenn Sie sich mit Ihrem Bruder in Verbindung setzen wollen, Mylady. Mein Kurierdienst ist unübertroffen."

„Ich brauche tatsächlich Ihre Hilfe, Mr. Birmingham, aber nicht in dieser Weise." Sie begann in ihrem Täschchen zu kramen, zog dann ein einzelnes Blatt zerknitterten Pergaments heraus und reichte es ihm.

„Was ist das?", fragte er und sein Blick flog über die männliche, kritzelige Handschrift auf der Seite.

„Eine Lösegeldforderung, die ich gestern erhalten habe. Sie war um den Siegelring meines Bruders gewickelt - von dem er sich nie freiwillig trennen würde, wie ich weiß. Randolph ist offensichtlich von spanischen Banditen entführt worden."

Nick nahm den Brief und las ihn.

Wir haben den reichen, englischen Lord Agar in unseren Händen. Wenn Sie Señor Randolph wiedersehen wollen, müssen Sie uns fünfundzwanzigtausend Pfund zahlen. Wir geben Ihnen eine Woche, das Geld zu besorgen, dann werden wir uns wieder bei Ihnen melden. Wenn Sie es nicht tun, wird Lord Agar sterben.

„Ihr Bruder war in Spanien?", fragte Nick
Sie nickte.

„Warum haben Sie diesen Brief nicht zu Warwick gebracht?"

„Wie Sie wissen sollten", sagte sie stolz, „stehe ich mich mit Seiner Lordschaft derzeit nicht gut."

„Also erwarten Sie von einem Fremden, dass er Ihnen fünfundzwanzigtausend Pfund gibt?" Angesichts des verletzten Ausdrucks auf ihrem zarten Gesicht wünschte er sich, er könnte das zurücknehmen. Lady Fiona stand unter großem Druck. Sie stand ihrem Bruder sehr nahe und war natürlich sehr um ihn besorgt. „Es tut mir leid, dass ich so brutal offen bin, Mylady. Ich bin geschmeichelt, dass Sie zu mir gekommen sind, aber es muss Ihnen klar sein, dass dies eine riesige Summe Geld ist." Er brach ab, bevor er sie daran erinnern konnte, dass das Vermögen der Agars den gleichen Weg gegangen war wie die gepuderten Perücken. Es war Nicks Geschäft, die finanziellen Verhältnisse eines jeden zu kennen. Der verstorbene Lord Agar hatte große Summen in afrikanischen Bergwerken verloren, und diesem Verlust war ein empfindlicher Rückschlag an der Börse gefolgt. Der Mann hatte alle seine kleineren Ländereien, einen großen Teil seiner berühmten Bibliothek und Kunstsammlung verkaufen müssen, um nur die dringendsten Zahlungen leisten zu können.

„Für mich, ja, für mich ist es sehr viel Geld", sagte sie. „Für die meisten Leute ist es eine große Menge Geld, aber nicht für Sie, Mr. Birmingham."

„Wenn Sie einen Kredit aufnehmen wollen, sollten Sie zu meinem Bruder Adam gehen. Er ist der Bankier der Familie."

„Ich möchte nicht mit Ihrem Bruder sprechen", sagte sie und ihre blauen Augen funkelten trotzig; ihr Rücken war kerzengerade. „Sie sind derjenige, mit dem ich verhandeln möchte."

„Was verschafft mir die Ehre, so ausgezeichnet zu werden, Mylady?"

„Weil Sie kein völlig Fremder sind."

„Sie denken, ein kurzes Treffen verschafft Ihnen Zugang zu meinem Geld?" Verdammt, er benahm sich der armen Dame gegenüber abscheulich! „Verzeihen Sie mir mein erschreckend schlechtes Benehmen."

Zwei perfekte kleine weiße Zähne knabberten an ihrer Unterlippe, als sie in ansah. Gott, wie schön sie war!

Aber natürlich würde er ihr das Geld nicht geben. „Ich muss Ihnen sagen, Mylady, um einen Kredit zu bekommen, muss man eine Sicherheit bieten, indem man Eigentum oder Land, die den gleichen oder höheren Wert als der geliehene Betrag haben, verpfändet. Was bieten Sie als Sicherheit an?"

Einen Moment lang antwortete sie nicht. Sie rang nervös ihre Hände, als sie ihn intensiv anschaute. Schließlich räusperte sie sich, senkte ihre Augen etwas und sagte: „Ich beabsichtigte, mich als Ihre Braut anzubieten, Mr. Birmingham."

Kapitel 2

Noch nie in seinen zweiunddreißig Jahren war Nick verblüffter gewesen. Nie zuvor hatte er auch nur den unausgesprochenen Gedanken zu hegen gewagt, eine Frau von Lady Fionas Abstammung zu heiraten. Als er da saß und ihr perfektes, porzellanweißes Gesicht betrachtete, die zarten Strähnen blonden Haars, die sich aus ihrer Frisur im griechischen Stil gelöst hatten, überkam ihn ein Gefühl tiefer Freude. Sein Blick wanderte über ihre elegante Gestalt, über ihren kleinen, bebenden Busen und die anmutigen Finger, die sich verkrampften und wieder lösten. Er bewunderte ihr stolzes Bemühen, gelassen zu scheinen. Bei Gott, er beneidete den Mann, der diese Frau einmal besitzen würde.

Aber das konnte nicht er sein.

Er hatte kein Verlangen danach, den Rest seines Lebens mit einer Frau zu verbringen, die ihn hasste, und nichts konnte leichter Hass erregen, als eine erzwungene Ehe. Durch ihr Angebot hatte sie die tiefe Ungleichheit in ihrer jeweiligen gesellschaftlichen Stellung bestätigt. Weil sie die Tochter eines Earls war, erwartete sie, dass Nick sich von ihrem Angebot so geehrt fühlen könnte, dass er sich dankbar von fünfundzwanzigtausend Pfund trennen würde.

Zu schade. Wäre nicht das Klassensystem, dachte er, hätten Lady Fiona und er recht gut zusammen auskommen können. Er hätte es genossen, sie mit schönem Landbesitz und teurem Schmuck und schönen Kleidern zu überschütten. Er wäre stolz gewesen, mit ihr am Arm einen Raum zu betreten, stolz, sie seine Kinder tragen zu lassen. Er konnte nicht leugnen, dass er sich zu ihr hingezogen fühlte.

Dass sie am Abend zuvor im Theater ihren Blick kaum von ihm hatte abwenden können, machte es etwas glaubwürdiger, dass sie ihn nicht abscheulich fand. Bei aller gebotenen Bescheidenheit war Nick sich seiner Anziehungskraft für das andere Geschlecht bewusst. Und obwohl er und Lady Fiona nicht wirklich miteinander bekannt waren, schien sie zu verstehen, wie überreif Nick für eine Ehe war. Nachdem er jetzt das Vermögen, das sein Vater ihm fünf Jahre zuvor hinterlassen hatte, verdreifacht hatte, war Nick bereit, mit einer Frau von guter Geburt und Schönheit einen Hausstand zu gründen - Eigenschaften, die diese Frau in großem Maße besaß. Seine Brust wurde eng. Wie konnte er sich jemals für eine andere Frau entscheiden, nachdem er jetzt eine flüchtige Chance gehabt hatte, Lady Fiona Hollingsworth zu bekommen? Mit bitterer Reue erkannte er, dass keine andere Frau ihm jemals gefallen könnte.

Aber er konnte sich nicht den Luxus erlauben, sie zu heiraten. Sie würde nie vergessen können, dass sie sich dazu herabgelassen hatte, ihn zu heiraten.

„Ich wäre geehrt, Sie als meine Braut zu haben ...", begann Nick.

Ihr ernstes Gesicht hellte sich auf.

„... wenn ich zu heiraten beabsichtigten würde", fügte er hinzu. „Was ich aber nicht tue."

Es schmerzte ihn, ihre stolze Haltung

schwinden zu sehen, zu beobachten, wie ihre gestrafften Schultern erschlafften, wie das freudige Funkeln in diesen stahlblauen Augen verblasste. Ihre Finger verschränkten sich fest ineinander und sie begegnete seinem Blick mit vorgetäuschter Härte. „Dann verzeihen Sie mir, Mr. Birmingham, dass ich Sie belästigt habe." Sie wollte sich erheben.

„Bitte, gehen Sie noch nicht", sagte er mit sanfter Stimme.

Sie fiel zurück auf den Stuhl und ihre Blicke trafen sich.

„Ich möchte wissen, warum Sie heute zu mir kamen", sagte er.

Ihre Stimme wurde kalt. „Weil Sie reich sind."

„Aber Sie sind mit vielen reichen Männern bekannt, Männern, von denen jeder einen viel passenderen Ehemann für Sie abgeben würde als ich. Haben Sie sich einem von ihnen angeboten?"

„Bis heute, Mr. Birmingham", sagte sie mit eisiger Stimme. „habe ich mich nur einem Mann angeboten - und er hat mich zurückgewiesen."

Warwick. Verdammt sei der Mann! Hatte Warwicks Gemeinheit sie in die Arme eines unwürdigen Freiers getrieben? „Ich denke, Mylady, die Dummheit eines Mannes wird die größte Freude eines anderen sein."

Sie gab ein freudloses Lachen von sich.

Er nahm seine Feder und begann zu schreiben. Als er fertig war, reichte er ihr den Brief.

Sie streckte eine zitternde Hand danach aus. „Was ist das?"

„Ich möchte, dass sie dies zur Bank meines Bruders bringen. Es weist ihn an, Ihnen fünfundzwanzigtausend Pfund zu geben."

Ihre Augen wechselten mit einem Lidschlag von

trüb zu feurig. Sie ergriff den Brief und riss ihn in Fetzen, die sie dann auf seinen Schreibtisch schleuderte. „Ich will Ihre Wohltätigkeit nicht, Mr. Birmingham!" Sie sprang von ihrem Stuhl auf und wirbelte herum, um zu gehen, aber er eilte, um sie aufzuhalten, bevor sie bei der Tür ankam.

Er erreichte sie gerade noch rechtzeitig, um sie an den Schultern zu packen und zu sich umzudrehen. „Und was ist mit Ihrem Bruder?"

Sie riss sich los. „Verschwenden Sie Ihre Besorgnis nicht auf uns. Ich werde jemanden finden, der den Handel, den ich anbiete, annehmen wird." Dann stürmte sie aus seinem Büro.

Nachdem sie fort war, pulsierte sein Blut wütend durch seine Adern. Arrogantes, stolzes, aufreizendes Frauenzimmer! Er sank in seinen Stuhl und versuchte, sich mit seinen Akten zu befassen, aber er konnte die zarte Schönheit nicht aus seinen Gedanken vertreiben. Sein Magen zog sich zusammen, als ihm klar wurde, dass sie um diese Zeit am nächsten Tag schon einem anderen Mann versprochen sein könnte.

Er donnerte seine Faust auf den Schreibtisch.

* * *

Als Fiona sich in die Kutsche vor Mr. Birminghams Büro in der Threadneedle Street warf und schnell ihre zitternden Glieder mit einer Decke bedeckte, schüttelte Trevor traurig den Kopf. „Ich sehe, dass der Emporkömmling dich abgewiesen hat."

Fiona seufzte, und ihre Augen füllten sich mit Tränen. „Ich bin noch nie so gedemütigt worden - nicht einmal, als Edward ..." Sie musste nicht zu Ende sprechen. Es schien, als ob jeder in England über ihre Unfähigkeit, Warwicks Zuneigung zu behalten, Bescheid wusste.

Abgesehen von Warwick konnte sie nicht genau sagen, was demütigender war, sich schamlos Mr. Birmingham anzubieten oder seine kurze Ablehnung. Bei Edward hatte sie wenigstens ihr Gesicht gewahrt, indem sie die Verlobung gelöst hatte. Nicht, dass jemand sich daran erinnern würde. Alles, was geflüstert wurde, wann immer sie einen Raum betrat, war, dass die arme Lady Fiona von Lord Warwick verschmäht worden war. Welch ein Jammer, wurde gesagt, nach all diesen Jahren, wo sie einander versprochen gewesen waren, und die arme Lady wurde ja auch nicht jünger!

Natürlich gab Fiona keinen Penny dafür, was über sie geredet wurde. Sie fand es nicht einmal so furchtbar demütigend, dass sie sich schamlos dem schneidigen Mr. Birmingham angeboten hatte - selbst, wenn er ein Emporkömmling war. Demütigend war, dass der Mann nicht im Entferntesten daran interessiert war, sie zur Frau zu haben.

Ihre Gedanken schweiften zu der schönen Diane Foley. Sie fragte sich, ob Mr. Birmingham die Schauspielerin, die seine Geliebte war, tatsächlich liebte. Aus irgendeinem unerfindlichen Grund pochte Fionas Herz in einem unerwarteten Ausbruch von Eifersucht. Nicht Eifersucht auf Miss Foley, aber Neid auf die erfüllende Beziehung, die die Schauspielerin und Mr. Birmingham genießen mussten, eine Beziehung, die Fiona nie erleben würde.

Trevor rutsche auf dem Sitz näher und tätschelte ihre Hand. „Ich muss einfach lernen, ein Fechter zu werden, damit ich jeden Mann fordern kann, der es wagt, dich zu kränken, aber um mein Leben habe ich keine Ahnung, wie man es anstellt, ein Fechter zu werden."

Sie musste trotz ihrer Tränen kichern.

„Ich nehme nicht an", fragte Trevor vorsichtig, „dass du ihn gefragt hast, wer sein Schneider ist?"

Sie kicherte mehr und die Tränen, die zu rinnen begonnen hatten, verschwanden bemerkenswert schnell.

„Ich verstehe ehrlich nicht, wie der Mann dich abweisen konnte", sagte Trevor völlig ernst. „Du bist die absolute weibliche Perfektion."

„Ich ziehe es vor zu denken, dass seine Ablehnung mehr mit der Tatsache zu tun hatte, dass er nicht heiraten möchte, als dass er mich abstoßend fände." Was sie zu denken bevorzugte und was die Wahrheit darstellte, waren jedoch zwei völlig verschiedene Dinge. Tief in ihrem Herzen war sie davon überzeugt, dass Mr. Birmingham sich in keiner Weise von ihr angezogen fühlte. Was für eine Närrin sie gewesen war zu glauben, dass er ihr anmaßendes Angebot lechzend annehmen würde.

„Das Wort mit 'a' sollte nicht einmal im Konjunktiv bei dir verwendet werden!" Trevors Stimme wurde sanft. „Ich wünschte, du hättest mich mit in das Büro dieses abscheulichen Mannes kommen lassen."

„Er ist nicht wirklich ein abscheulicher Mann", verteidigte sie ihn. „Er hat mir sogar angeboten, mir die fünfundzwanzigtausend Pfund zu *geben*." Seltsam, sie fand Mr. Birminghams Bemerkung darüber, dass sie *die größte Freude eines anderen Mannes* sein würde, viel willkommener als das Vermögen, das er ihr angeboten hatte.

Trevor schluckte hörbar. „Geben?"

Sie nickte.

„Du hast doch nicht etwa abgelehnt?"

„Natürlich musste ich das ablehnen! Ich kann doch nicht einfach die Mildtätigkeit dieses arroganten Mannes annehmen!"

Trevor runzelte die Stirn. „Wäre das nicht besser gewesen, als einen Mann zu heiraten, den du nicht liebst, einen Mann, den du nicht einmal kennst?"

Liebe Güte, Trevor hatte recht. Warum hatte sie Mr. Birminghams großzügiges Angebot nicht in diesem Licht betrachtet? Sie war so auf einen einigermaßen fairen Handel mit ihm eingestellt gewesen, dass sie nicht in der Lage gewesen war, sich auf die andere - viel angenehmere - Möglichkeit einzulassen, die Mr. Birmingham angeboten hatte. Ihre Schulten sackten nach unten. Sie ertappte sich dabei, wie sie den Kopf schüttelte. Niemals hätte sie sein mildtätiges Angebot annehmen können. Es war Fiona unmöglich, das Mitleid dieses Mannes anzunehmen. „Ich habe meine Prinzipien!"

Trevor hob den Kopf. „Lass mich sehen, ob ich das verstehe. Du würdest dich verkaufen, aber kein Geschenk annehmen?"

„Ich weiß, dass das ausgesprochen albern klingt, aber ich kann einfach von diesem Mann keine Mildtätigkeit annehmen. Nicht einmal für Randy."

„Dann willst du also nicht versuchen, Randolph zu retten?"

„Das habe ich nicht gesagt! Ich würde alles tun, um ihn zu retten - oder, fast alles." Ihr Gesicht hellte sich auf. „Mr. Birmingham sagte, es müsste jede Menge von Männern der *guten Gesellschaft* geben, die mich zu heiraten wünschten."

„Damit hat der Emporkömmling recht."

„Dann muss ich nur einen anderen Mann finden. Einen reichen Mann. Schnell."

„Jetzt sieh mal, mir gefällt das gar nicht. Es ist nicht in Ordnung, dass du dich lebenslang an irgendeinen abscheulichen Mann kettest, nur um das Geld aufzubringen."

„Ich sagte dir doch, Trevor, es ist mir gleich. Wirklich. Seit ... seit letztem Jahr weiß ich, dass ich nie wieder einen anderen Mann lieben werde. Ich habe mich damit abgefunden. Warum soll ich dann nicht einen wohlhabenden Mann heiraten, der meinen Bruder retten kann?" Und warum nicht einen Mann, der so sündhaft gut aussah, wie Nicholas Birmingham? Ihr Herz flatterte bei der Erinnerung, wie seine wilden, schwarzen Augen sie gemächlich betrachtet hatten. Sie hätte sich kaum nackter fühlen können, hätte er sie ausgezogen. Es wurde ihr plötzlich klar, dass eine Heirat mit Mr. Birmingham nicht so schrecklich abstoßend gewesen wäre.

„Du musst überhaupt nicht heiraten. Geh zu Birmingham zurück und nimm sein Angebot an."

Auf ihrer Stirn zeigte sich eine Falte. „Das kann ich nicht machen."

Er schaute böse. „Du stellst dich wirklich dumm an."

„Hilf mir, reiche Junggesellen zu finden."

Sein spitzes Kinn schob sich vor. „Glaube nicht, dass ich das tun werde!"

„Jetzt stellst du dich dumm an!"

* * *

Nick war abscheulicher Laune. Er hatte Shivers angefaucht, nur weil sein Sekretär gefragt hatte, ob Nick heute zur Börse gehen würde. Nick ging immer zur Börse. Aber nicht heute. Er hatte so verdammt schlechte Laune, dass sogar die

Aussicht, Geld zu verdienen, ihn nicht befriedigte. Er hatte die heutige Times zerrissen, weil sie einen langen Artikel über den Außenminister Lord Warwick enthielt. Er hatte seine Teetasse ins Feuer geschleudert. Und er hatte jeden passenden Junggesellen der guten Gesellschaft aufgezählt und verflucht. Welchem davon würde Lady Fiona sich als nächstes anbieten?

Er stapfte wütend aus seinem Büro, gab Shivers in einem dürftigen Versuch, sich für seine scharfe Zunge zu entschuldigen, für den Rest des Tages Urlaub, rief seine Kutsche und fuhr ins West End. Ihm war nach einem Boxkampf mit Jackson. Bei Jackson war sein Geld wenigstens so gut wie das jedes anderen Mannes.

Aber nachdem er ein paar Block weit gefahren war, wies Nick den Kutscher an, umzudrehen und ihn zur Bank seines Bruders zu fahren.

Adam zog besorgt seine Brauen zu einem V zusammen, sprang von seinem Schreibtisch auf und rannte vor, als er seinen älteren Bruder in sein Büro schlendern sah. „Was ist passiert?", verlangte er zu wissen.

„Nichts ist passiert!", bellte Nick und ließ sich in einen bequemen Sessel vor Adams Schreibtisch plumpsen.

„Du verpasst nie eine Sitzung an der Börse. Bist du krank?"

„Du klingst schon wie mein Sekretär", murmelte Nick.

Adam näherte sich Nick und beugte sich vor, um ihm in die Augen zu sehen.

„Ich sage doch, dass es mir gutgeht!", zischte Nick. „Kann ein Mann sich nicht einen einzigen Nachmittag freinehmen, ohne gleich einen Aufruhr zu verursachen?"

„Aber du nimmst dir nie frei! Ich habe dich gesehen, wie du dich an die Säule in der Börse gelehnt hast, vor Fieber brennend, und doch wolltest du nicht im Bett bleiben. Irgendetwas ist nicht in Ordnung."

„Nichts ist nicht in Ordnung", betonte Nick.

„Soll ich Tee bringen lassen?"

„Ich will keinen verdammten Tee!"

„Macht es dir etwas aus, wenn ich ihn trinke, alter Junge?" Adam hob eine feine Porzellantasse und nahm einen Zug, ließ sich dann auf seinen eigenen Stuhl sinken. „Irgendetwas Ungewöhnliches ist dir heute zugestoßen."

Nick beobachtete seinen Bruder. Es war ein wenig, als würde er in einen Spiegel sehen, da die Brüder einander so ähnlich sahen. Um Außenstehende noch mehr zu verwirren, trennten nur elf Monate sie voneinander. Sie standen sich so nahe, dass Adam instinktiv jede von Nicks Stimmungen kannte. „In der Tat", sagte Nick, um Beiläufigkeit bemüht, „hatte ich heute zwei verschiedene Besucher, die beide mit eher seltsamen Vorschlägen kamen."

Adam hob eine Braue.

„Der erste war unser Außenminister."

„Warwick?", fragte Adam. „Du willst mir doch nicht sagen, dass der Mann zu dir kam?"

„Der Mann kam zu mir."

„Warum zum Teufel würde er zu dir kommen?"

„Er möchte, dass wir finanziellen Selbstmord begehen, um die Franzosen zu schädigen."

Adams Stirnrunzeln glich dem von Nick - mit jeder Falte. „Was für eine Art von finanziellem Selbstmord?"

„Ich glaube, er hätte gerne, dass wir alle Francs kaufen, die wir mit unserem Vermögen bezahlen können, und dann den Markt damit überschwemmen."

„Das wäre allerdings mit Sicherheit finanzieller Selbstmord. Was hast du ihm gesagt?"

„Ich habe ihm gesagt, dass er ein Narr wäre."

„Wirklich, Nick, du hättest versuchen können, ihm eine etwas feinfühligere Antwort zu geben." Obwohl Adam und Nick sich äußerlich sehr ähnlich sahen, waren sie in ihrem Temperament völlig verschieden. Wo Nick barsch und starrsinnig war, war Adam diplomatisch und hatte einen erlesenen Geschmack, der sich auch auf Kunst und Musik erstreckte - zwei Dinge, die Nick verabscheute. „Hast du nicht einmal versucht, höflich zu dem Mann zu sein? Er ist teuflisch wichtig!"

„Ich weiß, dass er wichtig ist, verdammt noch mal!", sagte Nick.

„Also was sonst hast du ihm gesagt?"

„Nicht viel. Es kam noch mehr Besuch. Warwick bat mich, über seinen Vorschlag nachzudenken. Er will nächste Woche noch einmal kommen."

„Du musst deinen wirklich guten Finanzverstand auf diese Aufgabe ansetzen. Wenn der Außenminister uns aus der Hand frisst, könnte das für unsere Geschäftsinteressen äußerst vorteilhaft sein."

Nick grinste. „Wo ist dein Patriotismus? Ich dachte, du würdest darauf drängen, mein Vermögen zum Wohl von Krone, Vaterland und was sonst noch aufs Spiel zu setzen."

„Das kommt darauf an", sagte Adam schlau, „wie viel du aufs Spiel zu setzen hast. Wie es ist, kenne ich dich zu gut, um zu glauben, dass du den Vorschlag nicht sorgfältig überlegen wirst."

„Es ist ziemlich günstig, dass unser jüngerer Bruder ein solches Talent für Sprachen hat."

Adams schokoladenfarbigen Augen funkelten vor Amüsement. „Also planst du schon, ihn in andere Hauptstädte zu schicken, um Francs zu kaufen?"

„Ich habe nie etwas derartiges gesagt."

„Sag mir, wer war dein anderer Besucher?"

„Erinnerst du dich an Randolph Hollingsworth aus Cambridge?"

„Ich dachte, der wäre in Spanien?"

„Ja."

„Und ich dachte, er wäre jetzt Lord Agar. War er nicht der älteste Sohn und starb nicht sein Vater im letzten Jahr?"

„Beides richtig", sagte Nick.

„Wer zum Teufel kam dich dann heute besuchen?"

„Seine Schwester."

Ein Ausdruck völliger Ungläubigkeit flog über Adams Gesicht. „Sie kam extra, um mit dir zu sprechen? In die City?"

„Um mich zu sprechen und mich zu fragen, ob ich sie heiraten würde."

Adam spuckte Tee über seine schneeweiße Krawatte. „Du erlaubst dir einen Spaß mit mir. Ich habe dieses exquisite Geschöpf gesehen, und ich weiß - selbst, wenn man dich für jemanden hält, dem keine Frau widerstehen kann - Lady Fiona Hollingsworth müsste nie jemanden bitten, sie zu heiraten."

Nick zuckte mit den Schultern. „Sie wollte nicht unbedingt mich heiraten. Sie wollte fünfundzwanzigtausend Pfund, um die spanischen Banditen zu bezahlen, die ihren Bruder entführt haben und Lösegeld verlangen."

„Sie hat sich wirklich für eine Ehe mit dir angeboten?"

Nick hätte schwören können, dass sein Bruder ihn mit sehnsüchtiger Bewunderung ansah. „Genau so war es."

„Jetzt verstehe ich, warum du heute Nachmittag nicht an die Börse gehen konntest. Du bist das Opfer tiefer Empfindungen, die durch deine Verlobung ausgelöst wurden."

Also verstand Adam ihn doch nicht so gut, wie er dachte. Mit einem Stirnrunzeln sagte Nick: „Es gibt keine Verlobung."

Adam wirbelte in seinem Stuhl herum. „Du hast dieses schöne Wesen doch nicht abgewiesen?"

„Natürlich habe ich das! Ich könnte nicht die Notlage einer Frau unter solchen Umständen ausnutzen."

„Wie konntest du so grausam zu der Lady sein? Ist dir klar, wie schwierig es für sie gewesen sein muss, bei dir angekrochen zu kommen?"

„Natürlich ist mir das klar. Deshalb habe ich gegen meine bessere Überzeugung gehandelt und ihr das verdammte Geld angeboten."

Adam spuckte wieder einen Mundvoll Tee aus. „Ich glaube es nicht. Ich kenne dich seit meinen ganzen einunddreißig Jahren, und ich habe nie erlebt, dass du Geld weggibst - außer natürlich an die Waisenhäuser und kostenlosen Schulen, die du eingerichtet hast, und ich glaube kaum, dass Lady Fiona in diese wohltätige Kategorie passt."

„Ich habe ihr das Geld angeboten. Sie hat es abgelehnt."

„Willst du mir sagen", fragte Adam mit einem Gesicht völligen Unglaubens, „dass die Lady bereit war, sich an einen Fremden zu verkaufen, den sie nie zuvor gesehen hatte, aber nicht die Mildtätigkeit desselben Mannes annehmen wollte?"

„Sie hat mich schon zuvor gesehen. Zweimal."

„Ich verstehe nicht. Willst du sagen, dass ihr ein Tendre füreinander habt?"

Nick schüttelte empört den Kopf. „Natürlich nicht! Das erste Mal, als ich sie gesehen habe, war bei Tattersall ..."

„Frauen gehen nicht zu Tattersall!"

„Diese Frau schon. Mit ihrem Bruder. Er konnte es nicht vermeiden, mich ihr vorzustellen, obwohl es ihm offensichtlich gar nicht recht war."

„Und das zweite Mal, an dem du sie gesehen hast?"

„Gestern Abend im Theater. Ihre Loge war gegenüber der meinen, und ich glaube, sie hat den größten Teil des Abends damit verbracht, mich anzuschauen."

„Lieber Gott! Meinst du ...?"

„Die Frau ist nicht in mich verliebt."

„Ich weiß nicht, wie du sie abweisen konntest. Du hast selbst gesagt, dass du nach einer Frau suchst, und welche Frau könnte begehrenswerter sein als Lady Fiona Hollingsworth?"

„Ich kann nicht abstreiten, dass sie begehrenswert ist."

„Hölle, das ist, als ob es Goldstücke vom Himmel regnet und du darüber läufst, anstatt sie aufzuheben!"

Das gleiche Hochgefühl, das Nick am Nachmittag empfunden hatte, als Lady Fiona bei ihm war, überkam ihn wieder. Es war wirklich gewesen, als hätte es Goldstücke vom Himmel geregnet. Wie hatte er ein solcher Narr sein können? „Nenn mich einen Narren", sagte Nick achselzuckend, „aber irgendwie habe ich mir immer vorgestellt, eine Frau zu heiraten, die sich so von mir angezogen fühlt wie ich mich von ihr."

„Bei deinem legendären Schlafzimmercharme habe ich keine Zweifel, dass die Lady sich hätte überzeugen lassen."

Die plötzliche Vorstellung von Lady Fionas nacktem Körper unter dem seinen verursachte ein schmerzhaftes Pulsieren in Nicks Unterleib. „Ich würde nicht das Unglück der Lady ausnutzen wollen."

„Du bist zu verdammt stolz! Papa ist nicht durch seinen Stolz aus der Gosse nach oben gekommen. Er hat sein Vermögen gemacht, indem er demütig den Reichen gedient hat. Stolz, mein lieber Bruder, wird dich nachts im Bett nicht wärmen!"

„Der Jammer ist", gestand Nick, „dass sie jemand anderem dieses Angebot machen wird. Und zwar schnell."

Adam stieß einen Fluch aus. „Kannst du mir ehrlich sagen, dass du sie nicht als Frau haben wolltest?"

„Ganz im Ernst, die Frau ist wundervoll."

„Dann schieb deinen Stolz beiseite. Geh zu ihr, bevor es verdammt noch mal zu spät ist."

Kapitel 3

Als er und Fiona sich wieder in der Kutsche niederließen, schnipste Trevor Schneeflocken von seinem Umhang und verzog sein Gesicht zu einem Schmollen, das einer verwöhnten Prinzessin gut angestanden hätte. „Völlig abscheulicher Mann, dieser Buchhändler! Dir jämmerliche fünftausend für die Bibliothek deines Papas anzubieten! Wage zu behaupten, dass sie mindestens fünfzigtausend wert ist."

„Eigentlich war es ja nicht die Bibliothek meines Vaters", sagte Fiona mit einem Achselzucken. „Jedenfalls nicht ursprünglich. Mein Großvater war derjenige, der die Sammlung aufgebaut hat, aber denk daran, Trevor, er hat neue Bücher gekauft. Da die Bücher nicht länger neu sind - obwohl ich annehmen möchte, dass die meisten nie geöffnet wurden - sinkt natürlich ihr Wert. Und der Buchhändler will auch noch etwas daran verdienen."

Trevor verschränkte seine Arme vor der Brust und stampfte mit seinem teuer beschuhten Fuß auf. „Du kannst einfach die Bücher nicht diesem Dieb geben."

„Das werde ich nicht, außer, ich bin dazu gezwungen", sagte sie. „Morgen werden wir sehen, wie viel die letzten paar Stücke von Mamas Schmuck noch bringen."

„Nicht annähernd fünfundzwanzigtausend, wette ich."

„Da hast du vermutlich recht."

Trevor schüttelte traurig den Kopf. „Es ist ein Jammer, dass du diese letzten Schmuckstücke deiner Mutter nicht behalten kannst. Ich weiß, dass sie gewollt hätte, dass du sie bekommst und eines Tages an deine Tochter weitergibst."

Sie schluckte und antwortete ernst. „Randy ist wichtiger als irgendwelcher Schmuck."

Ihre Familienkutsche, die bereits ein Jahrzehnt zuvor hätte ersetzt werden müssen, bog zum Cavendish Square ein und kam vor Agar House quietschend zum Stehen. Die Nachmittagssonne hatte bereits ihr Strahlen verloren. Fiona seufzte. Wieder ein Tag vorbei, und sie war keinen Schritt weiter dabei, das Geld aufzubringen, um Randy zu retten. „Komm, hilf mir, eine Liste aller wohlhabenden Junggesellen aufzustellen", sagte sie beim Aussteigen.

Trevor brummte unzufrieden vor sich hin, während er hinter ihr her schlenderte.

Fiona rauschte in ihr Haus und stand dann fassungslos wie erstarrt in der marmornen Eingangshalle. Sträuße süß duftender Blumen füllten den ganzen Flur. Rosen standen auf dem Sideboard - sechs Vasen voll, jede mit Rosen einer anderen Farbe. Dicke Sträuße von Ringelblumen und Margueriten schmückten die ersten sechs Stufen der mit einem Eisengeländer versehenen Treppe. Farbenfrohe Sträußchen lagen wie ein duftender Teppich über den Boden verstreut.

„Was zum Teufel ...?", rief Trevor aus.

Fionas Blick fiel auf den Butler. „Bitte, Livingston, was ist hier los?"

„Ich kann es nicht sagen, Mylady. Ein ganzer Strom kleiner Jungen hat das hier in der letzten Stunde abgeliefert."

„Haben diese Jungen gesagt, wer sie bezahlt hat?", fragte sie.

Er dachte einen Moment nach und schritt dann zu dem Sideboard, wo er unter einer Vase mit rosa Rosen einen Brief herauszog.

„Diese Nachricht wurde mit der ersten Lieferung abgegeben."

Sie griff begierig nach dem jetzt feuchten Briefchen und zerriss das Blatt fast in ihrer Hast, es zu lesen. Die Nachricht war kurz:

Meine liebe Lady Fiona,
Ich hoffe, dass diese Blumen meine Hochachtung für Sie beredter ausdrücken können, als meine furchtbare Zunge und ich bitte darum, dass Sie mich empfangen, wenn ich Sie in nächster Zukunft aufsuche.
Mit freundlichen Grüßen,
Nicholas Birmingham

Trevors Ungeduld, die Nachricht zu lesen, überwog Jahre der Erziehung zu guten Manieren und er spähte über ihre Schulter, während sie las. „Sehr schöne, äußerst männliche Handschrift, denkst du nicht?", fragte er.

Sie drehte sich um und schaute längs ihrer aristokratischen Nase auf ihn hinab. „Ich habe überhaupt nicht über die Handschrift des Mannes nachgedacht!"

Trevor setzte ein zerknirschtes Gesicht auf - ganze zehn Sekunden lang, dann schweifte sein Blick über die Halle. „Du kannst nicht sagen, dass Birmingham keinen Charme hat." Seine Augen leuchteten auf, als er einen Korb mit Blumen in allen Farbtönen von Lila und Lavendel sah: Stiefmütterchen, Veilchen, Lavendel, Orchideen,

Immergrün und Primeln. „Sieh nur, diese Primel ist tatsächlich blau!" Er zog sie aus dem Strauß und sog ihren Duft tief ein. „Ich frage dich, Lady, hast du je eine Primel in dieser Farbe gesehen?"

Sie musste den Impuls zu lachen unterdrücken. Trevor war mit Sicherheit der einzige Mann in ihrer Bekanntschaft, der jede Blume beim Namen kannte. Ihr Herz stockte, als sie sich daran erinnerte, dass Randy kaum eine Rose erkennen konnte. „Es hat Dornen, muss also eine Rose sein!", hatte ihr Bruder unschlüssig ausgerufen und seine Schwester ängstlich um Bestätigung angesehen.

„Ich weigere mich, Primeln oder Handschriften mit dir zu diskutieren, Trevor", fuhr sie ihn an. „Wir haben wichtigeres zu beschließen."

Sein Ausdruck wurde plötzlich weniger verträumt, er beugte sich zu ihr und sprach leise. „Sollen wir uns in die Bibliothek zurückziehen, damit wir uns ungestört unterhalten können?"

Sie legte ihre Hand auf seinen Arm. „Ein ausgezeichneter Plan."

Sobald sie in der Bibliothek waren - die, anders als die Bibliothek von Windmere Abbey, nur wenige Bücher enthielt - ließen sie sich auf ein farngrünes Sofa fallen.

„Ich sehe, dass Mr. Birmingham beabsichtigt, mir die fünfundzwanzigtausend Pfund noch einmal anzubieten", sagte sie.

Trevor verzog den Mund konzentriert, als er aufstand, um sich ein Glas Wein einzuschenken. „Madeira würde deinen Nerven guttun", sagte er und drehte sich zu Fiona um.

Sie schenkte ihm ein Lächeln. „Ich glaube, ich hätte gerne ein Glas."

Er füllte zwei Gläser und kam zurück, um sich

wieder neben sie zu setzen. „Ich schätze, du irrst dich bei Birmingham."

„Ich irre mich selten bei Männern", behauptete sie. „Meine Erfahrung mit Männern beruht darauf, dass ich einen älteren und einen jüngeren Bruder habe, deren Verhalten mich nicht mehr überraschen kann."

„Wie dem auch sei", sagte Trevor und schnippte eine Fussel von seinen goldgelben Reithosen, „diesmal hast du etwas übersehen."

Sie stellte ihr Glas ab und schaute ihn an. „Was lässt dich das denken?"

„Die Blumen."

Auf ihrer Stirn zeigte sich eine Falte. „Ich kann dir nicht folgen."

„Ein Mann schickt keine Blumen, wenn er beabsichtigt, sein Geld zu verschenken."

„Sondern?" Plötzlich verstand Fiona. *Ein Mann schickt Blumen, wenn er um eine Frau wirbt.* Gott im Himmel, hieß das, Mr. Birmingham würde ihren armseligen Antrag *annehmen* wollen? Sie wirbelte zu Trevor herum. „Sicher meinst du doch nicht ..."

Seine schmale Hand hielt den Stiel des Glases, sein kleiner Finger war abgespreizt, während Trevor den Wein im Mund herumspülte. „Mir scheint, der Mann hat seine Meinung darüber, dich zu heiraten, geändert."

In ihr tobte ein Aufruhr von Emotionen. Warum konnte sie gegenüber Mr. Birminghams möglichem Interesse an einer Ehe mit ihr nicht völlig gleichgültig bleiben? Ihr Puls raste, ihre Brust wurde eng, ihr Magen sank - gleichzeitig schien es, als würde ihr Herz leicht durch die Luft springen - all das, während sie sich vorstellte, wie die dunklen Augen Mr. Birminghams sie betrachteten. Die bloße Erinnerung an ihn hatte die seltsamste Wirkung auf ihren Körper. Ihre mageren Brüste schienen zu schwellen und tief unten in ihrem Körper fühlte sie ein Kribbeln.

Eine Ehe mit Mr. Birmingham, entschied sie, hatte weitaus mehr Anziehendes als eine Heirat mit dem kahlköpfigen, dickbäuchigen Lord Strayhorn, dessen Vermögen ihn an die Spitze der Liste mit möglichen Ehekandidaten gebracht hatte.

Livingston pochte an die Tür und trat ein. „Ein Mr. Birmingham möchte Sie sprechen, Mylady."

Ihr Herz machte einen Sprung, als sie und Trevor sich mit aufgerissenen Augen anschauten. „Ich muss wirklich gehen", murmelte Trevor. „Der Mann kann dir ja keinen Antrag machen, solange noch jemand anderes im Raum ist", flüsterte er ihr zu.

Sie fand auch, dass er gehen sollte, obwohl sie zögerte, Mr. Birmingham alleine gegenüberzutreten. Nicht, dass der Mann irgendwie furchterregend gewesen wäre. Fionas Befürchtungen hatten weniger mit Mr. Birminghams Anwesenheit zu tun, sondern viel mehr mit ihrer eigenen Verlegenheit, ihm nach dem Fiasko am Morgen wieder ins Gesicht zu sehen. „Bitten Sie Mr. Birmingham herein", sagte sie dem Butler.

Sie holte tief Luft, als sie beobachtete, wie die beiden Herren - Trevor ziemlich klein, Mr. Birmingham eher groß - sich begrüßten. Die Oberseite vom Kopf des armen Trevor reichte Mr. Birmingham gerade bis zur Brust.

Als Trevor sich verabschiedet hatte, kam Mr. Birmingham zu ihr und sie konnte sich nicht daran hindern, ihn anzustarren, wie er in seiner ganzen Pracht vor ihr stand. Von der Spitze seiner Stiefel, die so glänzten, dass sie ihr Gesicht darin gespiegelt sehen konnte, über lange, sehnige Beine bis zu seiner schlanken Taille und weiter oben zu einer männlichen (aber nicht vorgewölbten) Brust, gekleidet in einen exquisit geschnittenen Rock wanderten ihre Augen, ihr Mund blieb offen stehen, als ihr Blick schließlich auf seinem sündhaft gutaussehenden Gesicht und der Locke dunklen Haares, die achtlos in seine Stirn fiel, landete.

Sie bot ihm ihre Hand und hoffte, er würde ihr Zittern nicht bemerken, als er sie umfasste und sich darüber neigte, um sie zu küssen. Warum hatte sie nie zuvor bemerkt, wie aufreizend ein Kuss auf die Hand sein konnte? „Bitte setzen Sie sich, Mr. Birmingham. Würden Sie nicht ein Glas Madeira mit mir trinken wollen?"

„Eine ausgezeichnete Idee, Mylady", sagte er und sein Blick fiel auf die Karaffe auf einem nahestehenden Tisch. „Erlauben Sie mir, mich selbst zu bedienen."

Zu ihrer größten Überraschung kam er, nachdem er sein Glas gefüllt hatte, herüber und setzte sich neben sie auf das Sofa. Ihr Blick fiel auf seine von Muskeln sanft gerundeten Oberschenkel, die neben den ihren lagen, aber etliche Zoll länger waren. Warum hatte sie nie zuvor bemerkt, wie überaus aufreizend die Oberschenkel eines Mannes sein konnten? Sie zwang ihren Blick schnell wieder zu seinem Gesicht zurück. „Ich bin Ihnen für all diese schönen Blumen sehr verpflichtet, Mr. Birmingham", begann sie.

„Es schien das mindeste, was ich nach meinem schäbigen Verhalten Ihnen gegenüber heute tun konnte."

Ihr Herz flatterte, als er sie mit diesen nachdenklichen, schwarzen Augen prüfend anschaute. „Ihre Vorstellung davon, was schäbig ist, und die meine müssen sehr verschieden sein", sagte sie. „Ich finde nicht, dass man es als schäbig betrachten kann, mir fünfundzwanzigtausend Pfund anzubieten."

Er schüttelte den Kopf. „Nicht das. Der andere Teil."

Der andere Teil? Ihr Herz schlug laut. Ihr Heiratsantrag. Seine schnelle Ablehnung. Ihre vollständige Demütigung. Dieser „andere Teil". Sie nahm ihren Mut zusammen. „Sie müssen sich für nichts entschuldigen, Mr. Birmingham. Sie waren nicht an einer Heirat interessiert. Ich war es." Sie zuckte mit den Schultern. „Das war alles."

„Ich bin etwas unglücklich darüber, dass Sie die Vergangenheitsform verwenden, Mylady", sagte er.

Dass sie die Vergangenheitsform verwendete? Sie versuchte, sich an ihre genauen Worte zu erinnern. Ich war es. Sie war an einer Ehe interessiert. Aber nun nicht mehr? Hatte es für ihn so geklungen? Und das machte ihn unglücklich? Wie absolut wundervoll! „Ich bin es immer noch", sagte sie kryptisch und hoffte, sie würde nicht dazu gezwungen sein, noch einmal einem fast völlig Fremden ein so schamloses Angebot zu machen.

„Dann muss ich Ihnen sagen", bemerkte er, wobei er ihrem Blick leicht auswich, „dass ich meine übereilte Ablehnung bedauere. Schreiben Sie es meiner völligen Überraschung und früherer Abneigung gegen die Ehe zu - einer Abneigung, die ich nicht länger hege."

Dies war zweifellos der verflixt eigenartigste Ablauf von vagen Anträgen, von dem sie je gehört hatte. Was an dieser Stelle benötigt wurde, war eine klare Aussage, aber es lag ihr fern, sich selbst zweimal an einem Tag der Lächerlichkeit preiszugeben. Ganz gleich, wie der Mann sich wand, sie würde ihm nicht wieder einen Antrag machen. Diesmal musste er das Fragen übernehmen.

Daher saßen sie dort, so schweigsam wie ein lange verheiratetes Paar in der Kirche, und keiner schaute den anderen auch nur an. Aus dem Augenwinkel sah sie, dass er einen langen Zug aus seinem Glas trank, dann unglaublich lange den Wein im Glas kreisen ließ, wodurch die Flüssigkeit aufwirbelte, bis sie am Rand des Glases nippte.

Aus einem unerfindlichen Grund stand ihr das Bild der schönen Schauspielerin, die seine Mätresse war, vor Augen. War Miss Foley der Grund für sein Zögern, sich zu verheiraten? Für sein Zögern, seine Absichten gegenüber Fiona zu erklären?

Kaum hatte dieser Gedanke sich bei ihr eingenistet, als er schon vom Sofa aufstand, sich auf ein Knie niederließ, ihre Hand in seine nahm und frei ihrem Blick begegnete. „Ich wäre der glücklichste aller Männer, wenn Sie sich vorstellen könnten, die Gefährtin meines Lebens zu sein", sagte er, während sein Daumen sinnliche Kreise in ihrer Handfläche beschrieb.

„Ich werde ihr großzügiges Angebot nicht ablehnen, mein Herr, aber Sie müssen mir sagen, woher diese Meinungsänderung kommt."

Er behielt ihre Hand in seiner, antwortete aber sehr lange nicht. Sie begann zu denken, dass er seine Meinung wieder ändern könnte, als er schließlich sagte: „Mir wurde plötzlich klar, dass eine Heirat mit einer Frau Ihrer ... Ihrer Herkunft genau das ist, was mir bei einer Frau am besten gefallen würde - nicht, dass ich je so vermessen gewesen wäre, jemanden Ihrer Stellung auszusuchen, wenn Sie verstehen."

Die Lage hatte sich wirklich geändert. Sie verstand vollkommen, wie verletzlich er sich in diesem Moment fühlen musste, denn sie war am Morgen ganz genauso nervös gewesen, als sie ihren Stolz beiseite gelassen und ihn gebeten hatte, sie zu heiraten. „Sie können sich erheben, mein lieber Herr! Ich versichere Ihnen, dass ich nicht die Absicht habe, ihren willkommenen Antrag abzuweisen und es gibt viele Dinge, die wir besprechen müssen, wenn wir heiraten wollen."

Sie konnte kaum ihren eigenen Worten glauben. Sollte dieser Mann wirklich ihr Ehemann werden?

Nicht ohne einen Hauch von Zuneigung beobachtete sie, wie er sich wieder auf das Sofa setzte und ihre Hand ergriff. „Ich erwarte keine Mitgift", sagte er.

Sie kicherte. „Also ist Ihnen bekannt, dass ich keine habe. Ich vermute, ein Mann in Ihrer Stellung kennt die finanziellen Angelegenheiten von jedem."

„Nicht von jedem."

„Wann möchten Sie heiraten?"

Er klopfte auf seine Tasche. „Ich habe eine Sonderlizenz. Wäre morgen zu früh?"

„Aber ... morgen ist Heiligabend."

„Weihnachten ist eine Zeit des Schenkens. Ich kann mir keinen besseren Tag zum Heiraten vorstellen."

Sie schloss die Augen. Das war alles so

unerwartet. „Sie haben wirklich eine Sonderlizenz?"

„Ja."

„Sie waren sicher, dass ich annehmen würde?"

„Ich war mir gar nicht sicher, Mylady, aber ich habe gelernt, immer auf alle Eventualitäten vorbereitet zu sein."

„Dann bin ich mit morgen einverstanden."

„Wissen Sie", sagte er mit einem ungewöhnlichen Mangel an Selbstbewusstsein, „Sie müssen mich nicht heiraten, um Ihren Bruder zu retten. Ich könnte eine Art von Darlehen aushandeln, um seine Befreiung zu arrangieren."

Sie zuckte die Achseln. „Sie zu heiraten ist mir nicht zuwider, Mr. Birmingham. Mit sechsundzwanzig bin ich schon zu lange auf dem Heiratsmarkt, um nicht die Chance einer Ehe zu ergreifen - und ich bin nicht länger eine halbwüchsige Träumerin, die sich nach einer leidenschaftlichen Liebesheirat sehnt."

Seine blitzenden Augen wurden schmaler, als er sie schweigend betrachtete. Sie hatte das Gefühl, dass er seine Worte vorsichtig wählte. „Sie werden mich nicht davon überzeugen können", sagte er schließlich, „dass es nicht aus Ihrem eigenen Wunsch geschieht, dass sie noch immer auf dem Markt sind. Jeder Mann im Königreich wäre nur zu glücklich, Sie zu seiner Frau zu machen."

„Aber nicht der eine Mann, den ich zu heiraten gehofft hatte", flüsterte sie bedauernd. Sie musste Warwick erwähnen. Jeder wusste, wie völlig vernarrt sie in den Mann gewesen war, wie sie gedemütigt worden war, als er eine andere heiratete. Wenn Mr. Birmingham ihr Mann werden sollte, hatte er das Recht, alles über ihre Vergangenheit zu erfahren.

Mr. Birmingham versteifte sich und sprach streng. „Ich denke nicht, dass ich gerne eine Frau heiraten möchte, die einen anderen Mann liebt."

„Bitte, Mr. Birmingham, seien Sie versichert, dass ich Lord Warwick nicht mehr liebe. Ich bin nur verletzt genug, um zu vorsichtig dabei zu sein, einem anderen Mann mein Herz zu schenken."

Sein Gesicht zeigte Anspannung, als sein lässiger Blick über sie huschte. „Und wie ist es damit, Ihren Körper einem anderen Mann zu geben?"

Ihr Herz klopfte ihr bis zum Hals. Sie konnte nicht glauben, dass er so kühn war, mit ihr über ein so heikles Thema zu sprechen. Dann fiel ihr plötzlich ein, dass sie nur einen Tag später diesem Mann angehören würde. Er würde das Recht haben, ihren Körper zu besitzen. Der bloße Gedanke daran machte sie atemlos und überflutete sie mit einem warmen, kribbelnden Gefühl. „Wenn ich Ihre Frau bin", sagte sie und holte tief Atem, „werde ich Ihnen in jeder Weise gehören."

„Ich möchte aber nicht, dass Sie ihre Augen schließen und sich vorstellen, dass ich jemand anders sei, Fiona."

Sie zitterte innerlich. Er hatte sie bei ihrem Vornamen genannt - eine Geste, die ihr so intim vorkam wie ein Kuss. Fast so intim wie die Anspielung, dass sie ihre Augen schließen könnte ... ihre Augen schließen, während sie miteinander schliefen. Bei der Vorstellung, wie ihre beiden nackten Körper ineinander verschlungen waren, rauschte ihr Blut heiß durch ihre Adern. „Es gibt keinen anderen Mann, Mr. Birmingham."

„Nick", knurrte er. „Sie müssen mich Nick nennen."

Wie intim Nick sich anhörte. Nicholas wäre nicht annähernd so vertraut gewesen. „Ich schwöre ... Nick, dass ich eine gute Frau sein werde."

Er begann langsam, ihren Handschuh abzuziehen, während sie wie betäubt dort saß. Als ihre Hand bloß war, drückte er seine feuchten Lippen auf ihre Handfläche und sein hungriger Blick fing den ihren ein. Flüssige Hitze sammelte sich in ihrem Inneren. „Ich hoffe, dass Sie Ihre Entscheidung nie bereuen, Mylady", sagte er mit tiefer, verführerischer Stimme. Dann legte er einen Arm um ihre Schultern und zog sie an seine Brust. Lange Zeit hielt er sie so, bevor seine Lippen sich langsam senkten und die ihren berührten.

Die schiere Zartheit seiner zurückgehaltenen Kraft ließ ihre eigene Zurückhaltung schwinden. Sie öffnete ihren Mund, als der Kuss sich schnell von süß in leidenschaftlich wandelte, und der Druck seiner Lippen von leicht zu erdrückend. Je fester sein Druck war, desto größer wurde ihre Lust. Ihre Arme umschlossen seinen steinharten Rücken und leise, murmelnde Töne entrangen sich ihrer Kehle. Sie verspürte ein schmerzendes, pulsierendes Verlangen, seine Hände sie an Stellen streicheln zu fühlen, wo noch niemand sie berührt hatte.

Es war, als könnte er ihre geheimsten Gedanken lesen, denn seine Hand begann, sich um ihre Brust zu legen, sie zu kneten, während sein Daumen federleicht über ihre jetzt harte Brustwarze strich. Ihr Stöhnen wurde lauter, die Bewegung ihrer eigenen Hände, die Kreise auf seinem Rücken beschrieben, fester. Obwohl sie wusste, dass ihr Verhalten absolut schamlos war, weigerte sie sich, aufzuhören, denn sie genoss die Berührung dieses Mannes.

Ja, sagte sie sich, Nick Birmingham war dem kahlköpfigen, alten Lord Strayhorn bei weitem vorzuziehen.

Dann richtete Nick Birmingham sich auf, legte sanft seine Hände um ihr Gesicht und sagte: „Verzeihen Sie mir meine Anmaßung, Mylady."

Als er sich erhob, begannen ihre Wangen zu glühen. Für was für ein Flittchen er sie halten musste! Sie rang sich ein schwaches Lächeln ab. „Ich fürchte, ich war die Anmaßende, Mr. ... Nick."

Ihr Herz raste, als er sie mit lebhaftem Interesse beobachtete. „Ich denke, meine liebste Fiona, wir könnten beide mehr bekommen, als wir erwarteten - und dafür werde ich überaus dankbar sein." Er ging Richtung Tür und drehte sich dann noch einmal zu ihr um. „Ich werde Sie morgen früh um elf Uhr abholen kommen. Ist St. George's am Hanover Square Ihnen recht?"

Unfähig, etwas zu sagen, nickte sie. In weniger als vierundzwanzig Stunden würde sie Nick Birmingham gehören. Der bloße Gedanke daran raubte ihr den Atem.

Kapitel 4

Er schaffte es zur Bank, bevor sie an diesem Tag schloss und verlangte, dass Adam - und nicht einer von Adams Angestellten - persönlich die Auszahlung der beträchtlichen Summe bearbeitete.

„Du willst FÜNFZIGtausend Pfund?", fragte ein ungläubiger Adam.

„Die Hälfte, um meinen zukünftigen Schwager freizukaufen ..."

Adams Augen wurden rund. „Dann ... wirst du die Lady heiraten?"

„Morgen. St. George's, Hanover Square. Du bist eingeladen."

Ein leises Lächeln breitete sich auf Adams bewunderndem Gesicht aus. „Ich werde dort sein. Glückwunsch und all das, großer Bruder. Ich bin überzeugt, dass du die richtige Entscheidung getroffen hast."

„Ich wünschte, ich wäre das auch", murmelte Nick. Natürlich, wenn Lady Fiona im Bett auch nur halb so leidenschaftlich war, wie vor kurzem in ihrem Salon, hätte er einen guten Handel gemacht. Die Erinnerung daran, wie ihre Lippen sich unter seinen geöffnet hatten, ließen seinen Atem schneller gehen.

Selbst als seine Beziehung mit Diane noch am Anfang stand, hatten ihre Küsse ihn nicht so tief erregt wie die Lady Fionas. Plötzlich erkannte er, dass es ihn nicht mehr reizen würde, mit Diane zu schlafen, nachdem er Lady Fiona zu seiner Frau gemacht hatte. „Tatsächlich", fügte er hinzu, „brauche ich zehntausend mehr."

„Du meinst doch nicht SECHZIGTAUSEND?", sagte Adam.

Nick warf seinem Bruder einen ungeduldigen Blick zu. „Natürlich meine ich das."

„Aber ich dachte, das Lösegeld betrüge nur fünfundzwanzig."

„Mein lieber Bruder, ich wünschte, du würdest nicht das Wort nur in Verbindung mit fünfundzwanzigtausend Pfund verwenden!"

„Du weißt, was ich meine. Wofür sind die anderen fünfunddreißigtausend?"

„Fünfundzwanzig für William, um damit Franc zu kaufen, wenn er nach Portugal reist."

„Also willst du William schicken, um mit den Banditen zu verhandeln? Und du hast beschlossen, Lord Warwick doch zu helfen?"

„Zweimal ja", sagte Nick. „Du glaubst doch nicht, dass ich jemandem, der nicht zur Familie gehört, fünfzigtausend Pfund anvertrauen würde?"

„Hast du es Will schon gesagt?"

Nick warf einen Blick auf die Uhr an der Wand hinter Adams aufgeräumtem Schreibtisch. Das Hauptbüro seines Bruders mit der feinen Nussbaumholztäfelung, der geschmackvollen Einrichtung und beeindruckenden Kronleuchtern aus Messing hatte keine Ähnlichkeit mit Nicks kargem Arbeitszimmer, das vor ihm seinem Vater gehört hatte und an dem Nick auch nichts verändern wollte. „Noch nicht. Ich erwarte ihn hier aber jede Minute."

„Und wofür sind die anderen zehntausend?"

Nick presste die Lippen zusammen. „Eine

Abfindung für Diane."

Adam schaute seinen Bruder wieder ungläubig an. „Du willst die schönste Schauspielerin auf Londons Bühnen abservieren, nur, weil du eine blaublütige Dame heiratest? Wie ... puritanisch."

„Ich nehme alle Arten von Gelübden ernst."

Adams Augen wurden schmal. „Ich glaube, du bist in Lady Fiona verliebt."

„Glaube, was du willst", sagte Nick mit einem sorglosen Achselzucken. „Das ist mir gleich. Ich hatte nur das Gefühl, dass ich meiner Frau einen sauberen Anfang schulde."

„Weiß sie über Emmie Bescheid?"

Nick fluchte. „Ich hätte es ihr sagen sollen! Ich hatte so viel im Kopf, dass ich es völlig vergessen habe."

„Ja, du hättest es ihr sagen sollen." Adam betrachtete seinen Bruder misstrauisch, zuckte dann mit den Schultern. „Ich schätze, du könntest Emmie irgendwohin schicken."

„Du meinst, ich sollte das Kind zu der Hure zurückschicken, die es geboren hat?", fragte Nick zornig.

„Ich weiß, wie unangenehm dir das wäre. Wie ist es mit einer dieser Mädchenschulen in der Nähe von Bath?"

„Ich soll vorgeben, dass mein Kind nicht existiert, statt sie meiner aristokratischen Frau gegenüber anzuerkennen?" Das war das erste Mal, dass er das Wort Frau in Verbindung mit Fiona gebrauchte und es gab ihm ein nicht unangenehmes Besitzgefühl.

„Nun reg dich nicht so auf! Ich versuche nur, dich vorzubereiten, dich zu warnen. Lady Fiona wird kein illegitimes Kind unter ihrem Dach haben – und noch viel weniger Mutterstelle an dem Kind vertreten wollen."

Sein Bruder hatte wahrscheinlich recht, erkannte Nick und ihm wurde leicht übel. Soweit es das Kind betraf, hatte er bereits weit mehr getan, als von einem Gentleman für seinen Bastard erwartet wurde. Und doch ...

Die Tür von Adams Büro wurde aufgerissen und der dritte und jüngste Birmingham-Bruder stürmte herein. Es war, als hätte die Form, in die die beiden älteren Brüder gegossen schienen, nicht mehr existiert, als William Birmingham gezeugt wurde. Wo die beiden älteren Brüder groß und dunkel waren, zeigte sich William von kaum mehr als durchschnittlicher Größe, mit goldenem Haar und einem muskulöseren Oberkörper als seine schlanken Brüder. „Was zum Teufel war so wichtig, dass du einen Boten nach Newmarket geschickt hast, um mich zu holen?", fragte William. „Weißt du, wie viel ich im letzten Rennen hätte gewinnen können?"

„Da wirst du kein Mitleid von Nick bekommen", sagte Adam.

„Wenn du einen Tag anständig gearbeitet hättest", tadelte Nick, „müsstest du nicht dein Geld in Spielhöllen und bei Pferderennen wegwerfen."

Adam zuckte mit den Schultern. „Du weißt doch, was Nick immer sagt. Seine Lebensweise verschafft ihm alle Aufregung, die er braucht."

„Ich glaube nicht, dass Nick in seinem Leben schon jemals gespielt hat", sagte William.

Nicks Brauen zogen sich zusammen. „Warum sollte ich das wollen? Ich verliere und gewinne jeden Tag Vermögen - dazu brauche ich keine Würfel oder Spielbretter."

William, an dessen Stiefeln noch der Staub

hing, sank auf einen Stuhl. „Was ist so verdammt dringend?"

„Nick heiratet morgen", verkündete Adam.

William sprang auf. „Hölle, was du nicht sagst!"

„Er heiratet wirklich", sagte Adam.

„Aber morgen ist Heiligabend!"

„Ein sehr guter Tag für eine Hochzeit", sagte Nick.

„Wen heiratest du?", frage William.

Adam schaute seinem jüngeren Bruder in die Augen. „Hast du je von Lady Fiona Hollingsworth gehört?"

„Ich glaube dir nicht ..." William schüttelte den Kopf, sein schockierter Blick schoss von einem Bruder zum anderen. „Sie ist die Tochter eines Earls. Und sie ist schön. Es ist mir egal, wie sagenhaft Nicks Schlafzimmerkünste sind, er könnte keine Adlige - eine Adlige, von der ich schwören könnte, dass er sie nicht einmal kennt - in sein Ehebett locken."

Der bloße Gedanke, sein Schlafzimmer mit Lady Fiona zu teilen, ließ Nicks Blut wild in seine Lenden strömen. Hätte ihm jemand gestern gesagt, dass er Lady Fiona Hollingsworth heiraten würde, hätte er diese Person für einen völlig Verrückten gehalten. Doch nun stand er hier am Vorabend ihrer Hochzeit - seltsamerweise ohne Bedauern. Tatsächlich konnte es gar nicht schnell genug morgen werden, wenn es nach ihm ginge.

„Es war nicht sein Schlafzimmercharme, sondern seine Brieftasche, die die Lady anzog", erklärte Adam.

„Warum Nick?", fragte William. „Sie könnte jeden Lord des Königreichs einfangen, den sie will - außer Warwick."

Verdammt. Wusste denn jeder von der

miserablen Behandlung, die dieser Schuft Warwick Fiona hatte zuteilwerden lassen, fragt Nick sich. Es gefiel ihm überhaupt nicht, dem Mann zu helfen. Aber Warwick war Außenminister. Und Nick war ein Patriot.

„Ich persönlich denke, dass sie eine Schwäche für unseren Bruder hat", sagte Adam.

Nick erinnerte sich daran, wie sie ihn am anderen Abend im Theater angesehen hatte und wünschte zu Gott, dass das, was Adam sagte, wahr wäre. Aber das war es natürlich nicht. Man hätte sie nur an diesem Morgen mit dem verdammten Warwick sehen müssen, um zu wissen, dass das der Mann war, den sie noch immer liebte.

„Sie hat eine Schwäche für die fünfundzwanzigtausend, die ich ausgeben werde, um ihren Bruder zu befreien." Er wandte sich William zu, um ihm alles zu erklären.

Als Nick seine Erzählung über die Entführung beendet hatte, sagte Will: „Also soll ich mit den Banditen verhandeln?"

„Du wirst gut beschützt werden. Du kannst deine vierspännige Kutsche mit meiner Jacht übersetzen und an Land bekommst du vier bewaffnete Postillions, ebenso wie vier weitere bewaffnete Männer in und auf der Kutsche." Das sollte seinem jüngsten Bruder die Aufgabe schmackhaft machen, dachte Nick. Will war am glücklichsten, wenn er unter drohender Gefahr arbeitete. Keine Stellung in einem geschlossenen Büro würde Will je zusagen.

„Klingt sehr wie zu der Zeit, als ich Goldbarren aus Frankfurt herausgeschmuggelt habe", sagte Will, und seine grünen Augen funkelten.

Nick lächelte. „Hoffen wir, dass du diesmal

genauso gute Arbeit leistest."

„Niemand in der Bank weiß von der hohen Auszahlung, da ich mich selbst darum kümmere", sagte Adam, „daher erwarte ich keine Probleme auf dieser Seite des Kanals."

„Was ist die andere Gelegenheit, um die ich mich deinem Wunsch nach kümmern soll?", wollte William von Nick wissen.

„Ich möchte, dass du anfängst, so viele Francs wie möglich aufzukaufen."

William hob eine Augenbraue.

„Der Außenminister hat um Unterstützung gebeten, um die Franzosen wirtschaftlich zu ruinieren", sagte Adam. „Er hat sich eigentlich an Nick gewandt."

Nick zuckte mit den Schultern. „Wir waren zusammen in Cambridge, kennen uns aber nicht so gut."

„Ich wusste gar nicht, dass du solch gute Verbindungen zum Hochadel hast", sagte William. „Wie hast du die Bekanntschaft von Lady Fiona gemacht?"

„Tatsächlich habe ich sie bei Tattersall kennengelernt."

„Hölle, was du nicht sagst!" William schaute seinen Bruder an, als hielte er ihn für völlig verrückt. „Frauen gehen nicht zu Tattersall!"

„Sie war mit ihrem Bruder da, der sich gezwungen sah, uns vorzustellen."

Adam richtete seine Aufmerksamkeit auf William. „Ich glaube, die Lady hat sich in Nick verguckt."

Seltsamerweise wünschte Nick, seine Brüder hätten recht. „Wohl kaum", sagte er. „Ich habe sie bis gestern Abend nicht wiedergesehen, zwei Jahre nach unserem ersten Zusammentreffen."

„Du bist gestern Abend zu ihr gegangen?",
fragte William.

„Nein. Sie kam zu mir. Heute Morgen."

Adam und William tauschten amüsierte Blicke.

„Es ist NICHT so, wie ihr beide denkt!", sagte
Nick.

„Nun, sag mir eins", sagte William. „Wirst du
mit ihr schlafen?"

Nicks Herz raste, als wollte es seine Brust
sprengen. „Natürlich werde ich mit ihr schlafen!
Morgen um diese Zeit wird sie meine Frau sein."

Meine Frau. Er konnte es noch immer kaum
glauben.

* * *

Sich von einer Mätresse zu trennen stand ganz
oben auf der Liste der Pflichten, die Nick am
meisten hasste. Bisher hatte er es geschafft, diese
Affären in höchst liebenswürdiger Weise zu regeln.
Mit Yvonne war er mehr als sechs Jahre nach
ihrer Trennung noch befreundet. Natürlich hatte
es geholfen, dass er ihr als Abschiedsgeschenk
eines der schönsten Häuser der Pariser Avenue
Foch gekauft hatte. Sie war so dankbar gewesen,
dass sie in die Stadt ihrer Geburt zurückkehren
konnte, dass sie Nick für den Rest seines Lebens
Loyalität geschworen hatte. „Nickee", hatte sie
gesagt, „ganz gleich, wie viele Jahre vergehen,
wann immer ich dir helfen kann, musst du nur
fragen."

Wenn nur Diane so vernünftig sein würde wie
ihre französische Vorgängerin. Dianes Butler ließ
Nick in das Stadthaus in Marylebone ein, wo er
sie untergebracht hatte, und als er die Stufen zu
ihrem Schlafzimmer hinaufstieg, spürte er eine
dunkle Vorahnung ihn überkommen.

Nachdem er an ihre Tür geklopft hatte, holte er

tief Atem und trat ein. Vor ihrem Frisiertisch stehend lächelte sie ihn an. Sein Blick wanderte träge über die üppigen Kurven ihres Körpers. Sie trug absolut nichts unter dem glatten, schneeweißen Gewand. Vor dem heutigen Tag - vor seiner Verlobung mit Fiona Hollingsworth - hätte der Anblick von Dianes rosigen Brustwarzen unter dem hauchdünnen Stoff oder das Büschel flammendroter Haare zwischen ihren Schenkeln seinen Puls zum Rasen gebracht. Aber nicht an diesem Abend.

Er schlenderte zu ihrem Frisiertisch und ließ zwei Beutel mit Münzen auf die vergoldete Oberfläche fallen.

„Was ist das, Liebster?", fragte sie.

„Zehntausend Pfund."

Sie wirbelte herum und ihr rubinroter Mund verzog sich zu einem Lächeln. „Für wen, bitte?"

„Für dich."

Ihre Hände flogen an ihre Brust. „Das ist ein Vermögen! Warum verdiene ich so viel?"

„Weil ich mit dir sehr zufrieden war." Würde sie bemerken, dass er in der Vergangenheitsform sprach?

Sie bewegte sich auf ihn zu, ihre Augen glänzten verführerisch, als sie ihre Arme um ihn schlang; der Geruch ihres zu schweren Parfüms war ihm zuwider. „Ich werde dich heute Nacht befriedigen, wie du noch nie befriedigt wurdest, liebster Nicholas."

Er schob ihre Arme fort, strich kurz mit seinen Lippen über den Rücken einer ihrer Hände und ließ sie dann fallen. „Das Geld ist in der Tat ein Abschiedsgeschenk, Diane."

Sie schnappte nach Luft. Ihre Augen füllten sich mit Tränen. „Was meinst du damit?", fragte sie mit schwankender Stimme.

„Ich heirate morgen."

„Nein!", kreischte sie. Ihre Tränen begannen zu strömen. „Warum nicht mich? Habe ich nicht immer alles dir zu Gefallen getan?"

„Das hast du."

„Aber es ist doch nicht so, als ob du so ein Lord wärest", schluchzte sie, „der in seiner eigenen Klasse heiraten muss. Ich dachte, wir würden gut zusammen pass-ss-ssen."

„Wir haben gut zusammengepasst, aber ich kann nicht bei dir bleiben und meine Frau dem Spott aussetzen."

Diane warf sich Nick entgegen, der sich jedoch weigerte, seine Arme um sie zu legen. „Das Geld interessiert mich nicht, mein Liebling", wimmerte sie. „Alles, was ich will, bist du." Sie legte ihre Arme um ihn, drückte ihm sanfte Küsse auf den Hals und bis zu seinem Kinn hinauf, als er sich versteifte. „Können wir nicht einfach weitermachen, nachdem du geheiratet hast?", bettelte sie. „Ich werde auch diskret sein."

Er packte sie an den Schultern und hielt sie auf Armeslänge von sich ab. „Morgen werde ich mein Ehegelübde ablegen - ein Gelübde, das ich nicht brechen werde."

Er hatte Diane schon auf der Bühne weinen sehen, aber das war nicht dasselbe, wie sie wirklich weinen zu sehen. Ihr liebliches Gesicht bekam rote Flecken und war tränenverwüstet. Er hatte nicht gewusst, dass die Schauspielerin so sehr an ihm hing. Zu seiner Verwunderung schien sie mehr an ihm interessiert als an den zehntausend Pfund.

„Wen heiratest du?", fragte sie zwischen ihren Schluchzern.

„Lady Fiona Hollingsworth." Zu verkünden, dass Fiona wirklich seine Frau werden würde, brachte dieses seltsame Gefühl des Wohlbefindens zurück.

Dianes Schluchzer, eine Mischung aus Weinen und Stöhnen, wurden lauter. „Das ist es also! Ich k-k-kann nicht mit einer feinen Lady konkurrieren." Sie wischte ihre Tränen mit dem Handrücken ab und beäugte ihn. „Du hast dich in sie verliebt, stimmt's?"

„Ich werde meine zukünftige Frau nicht mit dir diskutieren."

Warum, fragte er sich, als er sich verabschiedete, glaubte jeder, dass er sich in Fiona verliebt hätte?

* * *

An diesem Abend - dem Vorabend ihrer Hochzeit - hielt Fionas Melancholie sie vom Schlaf ab. Weihnachten ohne ihre Familie, die Aussicht auf eine Ehe ohne Liebe und die Sorge um Randy, all das legte sich um ihre Schultern wie ein bleierner Umhang.

Sie hatte gewusst, dass es nicht zu ertragen gewesen wäre, Weihnachten ohne ihre geliebten Menschen in Windmere Abbey zu verbringen. Trevor hatte das auch verstanden und es war ihm gelungen, sie davon zu überzeugen, dass es weit weniger deprimierend sein würde, Weihnachten in London zu sein. Ihr kleiner Bruder musste auch erkannt haben, wie düster Windmere Abbey in diesem Jahr sein würde, mit Papa, der jetzt tot, und Randy, der jetzt fort war, denn er hatte sich entschieden, die Feiertage mit der Familie seines besten Freundes aus Cambridge zu verbringen.

Nachdem es jetzt weniger als zwei Tage bis Weihnachten war, überkamen sie die

Erinnerungen an viele fröhliche Feste in Windmere. Sie und ihre Brüder hatten immer Stechpalmenzweige und Misteln gesammelt und Mama geholfen, das Haus damit zu schmücken. Randy half Papa, den Ast aufzuhängen, unter dem man sich küsste, und Randy und Stephen waren immer stolz darauf, das Weihnachtsscheit zu suchen und nach Hause zu tragen.

Sie unterdrückte ein Schluchzen, als sie erkannte, dass es das erste Weihnachten in ihrem Leben war, wo sie niemanden hatte, dem sie ein Weihnachtsgeschenk überreichen konnte. Zumindest hatte sie es geschafft - durch äußerste Sparsamkeit - genug Geld zu sparen, um ihren Dienern allen ihr „Weihnachtspäckchen" zu geben.

Weihnachten alleine im nebligen, trüben London zu verbringen war keine Freude.

Als sie in der Dunkelheit lag, dem Knistern des Feuers und dem Heulen des Windes lauschend, gingen ihre Gedanken zu ihrer Hochzeit. Sie hatte Trevor und Nick die Wahrheit gesagt, als sie versicherte, dass sie Edward, Lord Warwick, nicht länger liebte. Warum lag sie dann hier in ihrem Bett und dachte an Edward? Sie erinnerte sich, wie sehr sie ihn geliebt hatte. Wie konnte sie dieses tiefe Gefühl so völlig ausgelöscht haben - ein Gefühl, das sie einmal das letzte Quäntchen Stolz hatte verlieren lassen?

Sie erinnerte sich an den stürmischen Nachmittag im letzten Jahr, als sie und Edward übers Moor gewandert und in eine verlassene Bauernkate gekommen waren, wo sie ihn angefleht hatte, mit ihr zu schlafen. Nur zu lebhaft erinnerte sie sich an die Demütigung, die sie verspürt hatte, als er sie abwies. Sie hatte an jenem Tag so unbedingt die Seine werden wollen. Und jetzt empfand sie keinerlei Regung mehr für ihn, nur eine große Leere in ihrem Herzen an dem Fleck, den Edward ihr halbes Leben lang eingenommen hatte.

Nur an einem zweiten Tag in ihrem Leben hatte Fiona sich von einer Leidenschaft gefangen gefühlt, wie an jenem Tag auf dem Moor mit Edward: heute. Als Nicholas Birmingham sie geküsst hatte.

Mama würde sich im Grabe herumdrehen, wenn sie wüsste, was für ein Flittchen ihre Tochter geworden war! War in ihr eine so lüsterne Veranlagung, die sie sich so willig hatte benehmen lassen? So undamenhaft? Was musste Mr. ... Nick über die hungrige Art, wie sie ihn geküsst hatte, denken?

Als sie sich an seine Zufriedenheit erinnerte, wurde ihr Atem schneller. Er hatte keineswegs unzufrieden über ihre leidenschaftliche Art gewirkt. Könnte es sein, dass der Mann, den sie am nächsten Tag heiraten würde, nichts dagegen hatte, eine Frau zu heiraten, die so begierig darauf war, fleischliche Freuden kennenzulernen?

Fleischliche Freuden, über die Diane Foley alles wusste.

Zum ersten Mal in ihrem Leben bereut Fiona, dass sie als Adlige geboren worden war. Sie wünschte sich, eine so schwache moralische Einstellung zu haben wie eine Frau aus der Klasse von Diane Foley, eine Einstellung, die es ihr ermöglichte, Nick ohne den heiligen Stand der Ehe in ihr Bett zu nehmen. Nur darüber nachzudenken, wie Nick mit der Schauspielerin schlief, ließ Fionas Atem heiß und schwer gehen, aber es schmerzte sie auch innerlich.

Dann ließ die plötzliche Erkenntnis, dass Nick auch *nach* ihrer Hochzeit weiterhin das Bett mit Diane Foley teilen könnte, Furcht in Fiona aufsteigen. Nicht, weil es ihr gegenüber der *guten Gesellschaft* peinlich sein würde, dass ihr die Liaison ihres Mannes mit seiner Mätresse bekannt war. Und sicher nicht, weil sie gegenüber Nicholas Birmingham irgendwelche romantischen Gefühle hegte. Sondern weil sie eifersüchtig war.

Jedoch war sie nicht aus den üblichen Gründen eifersüchtig. Fiona war mit ihrer eigenen äußeren Erscheinung (von der sie wusste, dass sie weit überdurchschnittlich war) sehr zufrieden, daher war sie nicht neidisch auf Miss Foleys Schönheit. Sie ärgerte sich auch nicht darüber, dass Nick vermutlich in seine Geliebte verliebt war. Wie könnte Fiona das stören, wenn sie nicht beabsichtigte, selbst Anspruch auf seine Zuneigung zu erheben?

Ihre Eifersucht bezog sich auf die Intimität, die Nick und Miss Foley mit Sicherheit teilten, eine Intimität, die Fiona immer verwehrt bleiben würde. Sie wollte Zuneigung, und sie wollte Intimität - aber vor allem wollte sie beides mit demselben Mann erleben, einem Mann, der ihre Gefühle erwiderte.

Sie hatte an jenem Tag auf dem Moor auf solche Intimität gehofft, aber selbst, wenn Edward mit ihr geschlafen hätte, wäre die Zuneigung wohl einseitig nur die ihre gewesen.

Und jetzt würde sie mit einem Mann intim werden, der ein Fremder war, einem Mann, der nicht mehr Zuneigung für sie empfand als sie für ihn. Sie würde diese Intimität ohne Liebe erleben, denn seine Aufmerksamkeit würde er weiter an die schöne Schauspielerin verschwenden.

Daher schmollte Fiona.

Als sie in ihrem Bett lag, vertrieb die Vision von Nicholas Birmingham, groß, schlank und dunkel - jeden anderen Gedanken aus ihrem Kopf, ließ glühende Hitze durch ihre Adern rasen und den raschen Atem stocken, der sich aus ihren Lungen herausquälte.

Um diese Zeit am nächsten Tag würde sie mit ihm im Bett liegen, nicht länger eine Jungfrau.

Flüssige Hitze sammelte sich zwischen ihren Schenkeln.

Kapitel 5

Er hatte nicht erwartet, von seiner eigenen Hochzeit so bewegt zu sein. Als er Fiona in ihrem blassrosa Kleid feierlich durch das Schiff der Kapelle schreiten und ihn unverwandt anblicken sah, schmolz etwas in ihm und erfüllte ihn mit einer überwältigenden Zärtlichkeit für die zarte Frau, die sein Leben mit dem seinen verknüpfen würde. Sie sah so verloren aus, dass er sich kaum davon zurückhalten konnte, sie in seine Arme zu reißen und ihr zu versichern, dass er niemals zulassen würde, dass irgendetwas ihr Glück vereiteln könnte.

Stattdessen nahm er ihre zitternde Hand in seine Hände und drückte sie beruhigend. Sie ließ nicht los, als sie sich umwandte, um den Pfarrer anzusehen.

Dieser Geck, Trevor Simpson, begleitete sie, während seine Brüder als seine Trauzeugen auftraten. Bevor die Zeremonie begann, drehte Nick sich um und zwinkerte seiner einfach gekleideten Tochter zu, die mit ihrer Gouvernante in der dritten Bankreihe saß. Sie waren die einzigen anderen Anwesenden.

Selbst unter Zwang hätte Nick kein einziges Wort dessen, was der Pfarrer gesagt hatte, wiederholen können. Alle seine Gedanken waren bei Fiona und dem Ansturm starker Gefühle, die sie in ihm auslöste. Das mächtigste von allen war sein Bedürfnis, den Rest ihrer Tage für sie sorgen zu dürfen.

Er dachte flüchtig, wie sehr es seinem Vater gefallen hätte, heute zu sehen, wie sein Erstgeborener in eine der ältesten Adelsfamilien Englands heiratete. Der brillante und immer anspruchsvolle Mann, der Nicks Vater gewesen war, wurde von zwei Obsessionen geleitet: ein riesiges Vermögen anzuhäufen und seinen Sohn so zu erziehen, dass er an Orte gehen konnte, die ihm selbst verschlossen waren. Die Beziehung zwischen Vater und Sohn war merkwürdig kalt gewesen. Obwohl Jonathan Birmingham alle seine Kräfte auf Nick konzentrierte, war Nick doch nur ein Mittel, mit dem Jonathan sich seine eigenen Träume erfüllen wollte. Die fanatischen Anforderungen des Vaters entfremdeten ihm den Sohn; die kultivierte Vornehmheit des Sohnes entfremdete später den Vater. Am Ende hatte Jonathan eine seltsame Ehrfurcht gegenüber dem Sohn, den er erschaffen hatte, empfunden.

Aber das war heute gleich. Nick schaute zu Fiona hinab und sein Herz schwoll vor Stolz. Er hatte nie eine Frau solche Anmut oder solch zarte Schönheit ausstrahlen sehen. Alles an ihr war zart, von ihrer kleinen Statur über ihre Schlankheit bis zu ihrer überaus blonden Erscheinung.

Er erkannte sofort, dass der Ring, den er mitgebracht hatte, viel zu groß für ihre schlanken Finger sein würde. Da er nicht die Zeit gehabt hatte, einen Ring für diesen Anlass anfertigen zu lassen, hatte er sich für den einfachen Goldreif entschieden, der seiner Lieblings-Großmutter gehört hatte. Als es soweit war, ließ er den Ring über Fionas Finger gleiten und murmelte: „Dieser Ring wurde von der Mutter meines Vaters getragen."

Ihre Augen strahlten, als sie zu ihm aufsah und sagte: „Ich bin sehr gerührt."

Er hatte recht gehabt. Der Ring war zu groß. Aber kein Schmuckstück war je schöner gewesen. Natürlich würde er ihn später durch etwas Besseres, etwas, das einer Dame von Fionas Stellung eher entsprach, ersetzen.

Nach der Zeremonie bewirtete er die Gäste mit einem Essen im Claridge's, wo er und Fiona nebeneinander am Kopf der Tafel saßen, die direkt unter einem glitzernden Kronleuchter stand.

„Ihre Ähnlichkeit mit meinem Mann ist bemerkenswert", sagte Fiona zu Adam. „Sind Sie sicher, dass Sie keine Zwillinge sind?"

Mein Mann! Es hatte ein paar Sekunden gedauert, bis Nick klar wurde, dass sie von ihm sprach. Dann legte sich eine zufriedene Wärme über ihn.

„Nick ist elf Monate älter", antwortete Adam.

„Und schauen Sie sich den Kleinen an - obwohl er nicht wirklich klein ist!", sagte Trevor und ließ seinen Blick über William gleiten. „Bitte, sagen Sie, woher haben Sie dieses wundervolle goldene Haar?"

William sah unbehaglich aus, als er antwortete. „Meine Mutter hat blonde Haare. Zumindest war es blond, bevor es grau wurde."

„Dann nehme ich an, dass Ihr Vater dunkel war - wie Ihre älteren Brüder", fragte Trevor.

„Ja, meine Brüder ähneln unserem verstorbenen Vater", sagte William steif, während er Garnelen auf seinen Teller schaufelte.

Fiona drehte sich zu Nick. „Deine Mutter lebt noch?"

Er nickte. „Sie hasst die Stadt, daher verbringt

sie all ihre Zeit in Kent."

„Du hast einen Landsitz dort?", fragte sie.

„Meine Mutter und Schwester leben in Great Acres, dem Haus, das mein Vater gebaut hat. Ich hatte die Gelegenheit, ein benachbartes Anwesen für mich zu kaufen."

„Wie heißt es?", fragte Fiona.

„Camden Hall."

„Ich bin schon dort gewesen!", rief sie aus und ein Lächeln erhellte ihr Gesicht. „War es nicht einer von Lord Hartleys Landsitzen?"

„Ja."

„Es ist sehr schön dort."

„Es freut mich, dass du es magst. Wir werden unsere Flitterwochen dort verbringen."

Auf ihrer Stirn zeigte sich eine Falte. „Wir fahren heute dorthin?"

Warum zum Teufel sah sie so verwirrt aus? „Ja, allerdings."

„Aber ich dachte, der Fuchs würde nie spielen, wenn es Geld zu machen gibt."

Natürlich bezog sie sich darauf, dass die Börse am Tag nach Weihnachten wieder öffnen würde. Welche anderen Wahrheiten hatte sie wohl über ihn erfahren? Er beugte sich zu ihr, legte einen Arm um sie und sprach mit heiserer Stimme. „Das war, bevor ich ein verheirateter Mann war."

Der Hauch eines Lächelns zuckte um ihren rosenblattgleichen Mund. „Ich bin sehr erleichtert zu erfahren, dass du nicht die ganze Zeit nur ans Geschäft denkst."

„Seien Sie nicht zu erleichtert", sagte Adam. „Nick ist nicht fähig, dem Geschäft den Rücken zuzudrehen."

Nick fragte sich, ob Fionas Bemerkung bedeutete, dass sie wirklich Zeit mit ihm verbringen wollte. Hatte sie ihn nicht nur geheiratet, um das Geld zu bekommen, das sie brauchte, um ihren Bruder zu befreien? „Ich versichere dir", sagte Nick zu seiner Frau, „nur die Hälfte der Dinge, die du über mich hörst, sind wahr."

„Soll ich die gute oder die schlechte Hälfte glauben?", fragte sie mit einem halben Lachen.

„Oh, nur die gute."

Einen Moment später fragte sie: „Wie alt ist deine Schwester?"

„Neunzehn."

„Ist sie schon in die Gesellschaft eingeführt worden?"

War dieser – seiner – Frau denn nicht klar, dass die Tochter von Jonathan Birmingham nicht einfach *in die Gesellschaft eingeführt werden* konnte wie die Frauen aus Fionas Klasse? Verity stand zwischen beiden Welten, wie er, und passte in keine. Er zuckte mit den Schultern. „Nein."

Er schaute in Fionas blassblaue Augen und sah, wie ein Schimmer von Verständnis sie erhellte. „Ich wäre entzückt, sie vorstellen zu dürfen", sagte Fiona. „In der Tat habe ich bereits Miss Rebecca Peabody versprochen, sie einzuführen, daher könnten die beiden zusammen vorgestellt werden. Das fände ich wundervoll."

„Wer ist bitte Rebecca Peabody?", fragte Nick.

Sie richtete sich auf. „Die Schwester der neuen Gräfin Warwick."

„Sie sind aus den Kolonien", fügte Trevor hinzu.

Nick hatte Schwierigkeiten zu glauben, dass Fiona mit der Frau, die ihr Warwick gestohlen hatte, befreundet war. „Ich wusste nicht, dass du und Lady Warwick Freundinnen seid."

„Ich habe nicht mit ihr gesprochen, seit ..." Sie

schaute Nick an und zuckte hoffnungslos mit den Achseln. „Nun, ich nehme an, dass du alles darüber weißt. Aber ich mag Miss Peabody wirklich gern, auch dadurch, dass sie die Hälfte des letzten Jahres mit mir in Windmere Abbey gewohnt hat."

„Bitte, warum hat eine Dame aus den Kolonien bei dir gewohnt?", fragte Nick.

„Weil sie verrückt danach war, unsere Bibliothek zu katalogisieren", sagte Fiona. Trevor, der ständig an Fionas Lippen zu hängen schien, nickte. „Das Mädchen liebt wirklich alles, was mit Büchern zu tun hat."

„Also stehst du diesem Mädchen nahe?", fragte Nick seine Frau.

Sie schien ein wenig darüber nachzudenken. „Nicht wirklich. Ich bezweifle, dass irgendjemand Miss Peabody nahesteht. Sie ist viel zu verliebt in Bücher, um Freundschaften zu schließen." Fiona lachte kurz. „Sie möchte auch nicht wirklich in die Gesellschaft eingeführt werden, da sie meint, dass sie sich nicht für Männer interessiere."

Nick hob eine Braue. „Und wie alt ist Miss Peabody?"

„Neunzehn", sagte Fiona.

„Sie wäre eigentlich sehr hübsch", sagte Trevor, „wenn sie nicht darauf bestehen würde, ständig diese verflixte Brille zu tragen."

Fiona nickte. „Ihre Schwester wollte sie im letzten Jahr vorstellen, aber Miss Peabody wollte nichts davon wissen."

Wie verschieden die beiden Schwestern sein mussten, dachte Nick. Nicht nur war die Gräfin schon einmal verheiratet gewesen, bevor sie Warwick kennenlernte, sondern es hieß, sie hätte ein halbes Dutzend Heiratsanträge von Männern, die sie verhext hatte, abgewiesen. „Warum führt ihre Schwester sie nicht in die Gesellschaft ein?"

„Die Gräfin ist mit der *guten Gesellschaft* nicht gut bekannt - da sie aus den Kolonien stammt, außerdem war sie seit ihrer Hochzeit mit Warwick ständig in anderen Umständen. In der Tat habe ich gehört, dass es schon wieder so weit ist."

Nick senkte seine Stimme, als er sich an seine Frau wandte. „Wird es nicht schwierig für dich, Miss Peabody vorzustellen, da deine Beziehung zu ihrer Schwester etwas angespannt ist?" Er beäugte seine Brüder, die höflich Trevor zuhörten, der eine Lobeshymne über die Sauce auf dem Spargel von sich gab.

„Eigentlich wäre es sehr gut für mich, als Sponsorin für die Schwester der Gräfin aufzutreten. Das - und meine Heirat mit dir - sollte jeden überzeugen, dass ich Warwick völlig vergessen habe."

Hätte sie Warwick doch *wirklich* vergessen. Nicks Magen drehte sich um. Jetzt verstand er den anderen Grund, warum sie ihn geheiratet hatte. Sie wollte der *guten Gesellschaft* zu verstehen geben, dass sie den Earl, der sie abgewiesen hatte, nicht länger liebte. *Verdammt sollte Warwick sein!* „Was die Vorstellung meiner Schwester angeht ..."

„Wie heißt sie?", fragte Fiona.

„Verity." Er senkte seine Stimme wieder. „Wie willst du wissen, dass Verity dich nicht in Verlegenheit bringen würde?"

„Keine Schwester von dir könnte mich in Verlegenheit bringen, Mr. ..." Sie lächelte, als sie sich selbst ertappte. „Verzeih mir, Nick."

Er war seltsam erfreut, dass sie ihn nicht anstößig fand.

„Deine Brüder sind auch perfekte Gentlemen", flüsterte sie.

„Der jüngere wird das Geld nach Portugal bringen."

„Du hast das Geld also?"

Er nickte. „Ich warte auf Anweisungen."

„Machst du dir keine Sorgen um die Sicherheit deines Bruders?"

„Er ist ein alter Hase in solchen Dingen."

„Mit Lösegeldforderungen?", fragte sie ungläubig.

„Mit der sicheren Übergabe großer Geldsummen."

„Ich liebe die Gefahr", sagte William und sah Fiona mit tanzenden Augen an.

Ihr Blick traf den seinen. „Ich bin davon überzeugt, dass Sie sich selbst verteidigen können."

William schaute von einem Bruder zum anderen und antwortete Fiona dann. „Alle Birmingham-Brüder haben Fechten und Faustkampf gelernt."

„Obwohl wir zum Glück uns nie selbst verteidigen mussten", fügte Nick hinzu.

„Wie ich solche Männlichkeit bewundere", klagte Trevor und ließ seinen liebevollen Blick von einem Bruder zum anderen schweifen.

Nicks Brüder verstummten völlig. „Ich denke, Fechten ist keine Kunst, die man in Mayfair benötigt", sagte Nick und schenkte dem Freund seiner Frau ein schwaches Lächeln.

Der Champagner wurde serviert und jeder trank auf das Brautpaar, bevor die Gesellschaft sich auflöste.

* * *

„Wohin fahren wir?", fragte sie ihren Mann, als

sie sich in seiner luxuriösen Kutsche niederließ.

Er steckte die Decke um sie fest. Es war scheußlich kalt an diesem Tag. „Nach Piccadilly. Um unser neues Haus zu sehen."

Unser. Wie seltsam es schien, bald den großen Reichtum dieses Fremden zu teilen. „Ich habe es von der Straße aus bewundert", sagte sie und dachte an die palladinische Eleganz. „Es scheint eher ... nun, groß für einen Junggesellen zu sein."

„Ich wusste, ich würde nicht immer ein Junggeselle bleiben."

Ihr Herz hämmerte. Nein, er wollte eine Familie. Hatte er ihr das nicht klar gemacht? „Wann wird es soweit sein, dass wir einziehen können?"

„Das ist schwer zu sagen. Das meiste ist fertiggestellt. Das sollte es auch, wenn man bedenkt, dass die Bauarbeiten vor drei Jahren begonnen haben. Der italienische Künstler, der die Decken bemalt, hat alles etwas verzögert."

„Temperamentvoll?"

Ein lässiges Grinsen hob einen seiner Mundwinkel. „Überaus. Er hat den Speisesaal dreimal ausgemalt, weil seine beiden ersten Versuche ihn nicht zufriedenstellten."

„Was dachtest du über die beiden ersten Versuche?"

„Ich fand sie großartig. Alles, was der Mann malt, ist großartig."

„Sonst hättest du ihn nicht engagiert, schätze ich." Das Wenige, das sie von Nicholas Birmingham gesehen hatte, brachte sie zu der Überzeugung, dass er einen ausgezeichneten Geschmack hatte. Die edlen Stoffe und der zurückhaltende Stil seiner Kleidung konnten nur von den besten Schneidern Londons stammen.

Seine Kutsche wäre eines Herzogs würdig gewesen, und das Haus, das er in Piccadilly bauen ließ, würde die eleganteste Adresse in London sein.

„Ich bin ziemlich anspruchsvoll", gestand er mit einem Lächeln.

Guter Gott, würde er erwarten, dass sie perfekt wäre? „Dann hoffe ich ehrlich, dass Du nicht von mir enttäuscht sein wirst."

Er wandte sich ihr zu und nahm ihre beiden Hände in seine, während er sie mit diesen schwarzen Augen ansah. „Ich könnte nie von dir enttäuscht sein, Fiona."

Sie fühlte seine Wärme, roch den schwachen Duft von Sandelholz an ihm und war sich überdeutlich bewusst, wie nahe sie einander waren.

Dann hielt die Kutsche an.

Sie entzog ihm eine Hand und hob den Samtvorhang, um aus dem Fenster zu spähen. „Wir sind da", murmelte sie.

Die Kutschentür schwang auf und Nick half ihr beim Aussteigen. Er hielt ihre Hand weiter fest, als sie durch den Vorderhof, vier Stufen hinauf und durch die Doppeltüre in das Herrenhaus schritten. Es fiel ihr schwer zu glauben, dass es noch nicht fertiggestellt war. Aus der weitläufigen Eingangshalle konnte sie vier Räume sehen, in einem war ein Gerüst unter einer Decke errichtet, auf der sich Nymphen und Seraphe vor Wolken tummelten. Obwohl sie den Maler nicht sehen konnte, wusste sie, dass dies das Zimmer war, an dem er noch arbeitete. Hochpolierte Marmorböden erstreckten sich, so weit sie schauen konnte, und eine Reihe von großen Kristallkronleuchtern hing an jeder Decke außer in dem Raum mit dem

Gerüst. Die Wände waren in leuchtenden Farben gestrichen und mit reinem Weiß und vergoldeten Gesimsen und Wandpfeilern abgesetzt.

Als Trevor das Haus distinguiert prunkvoll genannt hatte, hatte er wieder einmal übertrieben. Es war geschmackvoll üppig, entschied sie. Sie konnte nicht erwarten, es Trevor zu zeigen, der mit Sicherheit die klassisch eleganten Linien zu schätzen wissen würde. Es erinnerte sie an das Haus in Richmond, das Lord Burlington hatte bauen lassen, nur größer. „Es sieht aus, als wäre es bereit, bezogen zu werden", sagte sie.

Er legte seine Hand auf ihre Taille. „Es wird deine Hand brauchen, Mrs. Birmingham. Wir brauchen Möbel und Vorhänge und ... nun, du weißt schon. Vasen und ähnliches."

Mrs. Birmingham. Sie konnte es noch kaum glauben! Sie war wirklich die Frau dieses Mannes. „Du wirst mir erlauben, alles auszusuchen?", fragte sie.

„Ich werde dir dankbar sein, wenn du es tust. Ich liebe das Bauen, aber ich versichere dir, dass ich bei der Auswahl von Vorhängen und solchen Dingen hoffnungslos bin."

Wie die meisten Männer. Außer Trevor. Trevor war verflixt gut beim Dekorieren. Tatsächlich würde sie Trevors Hilfe zu schätzen wissen. „Dann denke ich, wir sollten gleich anfangen. Es braucht Zeit, Vorhänge anzufertigen und Möbel zu bauen."

„Wie gut, dass ich dich geheiratet habe."

„Oh, ich denke, irgendwie hättest du das schon mit Mr. Sheraton oder jemandem dieser Art geschafft, wenn du dir nicht mich aufgeladen hättest."

„Ich habe dich mir nicht aufgeladen, Fiona",

sagte er ernst und sah zu ihr hinab. „Ich bin ein äußerst glücklicher Mann, da ich dich geheiratet habe."

Ihr Herz flatterte. „Ich bin die Glückliche", flüsterte sie.

Er zeigte ihr alle offiziellen Zimmer im Erdgeschoss, unterbrach dann, um mit dem italienischen Maler zu sprechen, der ihm sagte, er würde innerhalb einer Woche seine Arbeit beendet haben.

Nick wandte sich lächelnd zu ihr um. „Dann können wir mit dem Umzug beginnen, sobald wir aus Camden Hall zurück sind."

Sie lächelte ihn ebenfalls an. „Das ist so aufregend."

Zusammen gingen Nick und sie die breite Terrazzo-Treppe zum zweiten Stock hinauf, wo wundervolle Eichenböden anstelle des im Erdgeschoss verwendeten Marmors verlegt waren. Am oberen Ende der Treppe befand sich ein spargelgrüner Salon. Der Flur war mit klassischen Giebeltüren gespickt, die mittlere öffnete sich zu Nicks Schlafzimmer, das königsblau gestrichen war. Auf der einen Seite des Schlafzimmers lag ein Arbeitszimmer, auf der anderen ein Ankleidezimmer. Sie durchschritten das Ankleidezimmer und fanden sich in einem weiteren Ankleideraum, der ganz in Elfenbein und Gold gehalten war. „Dies wird deiner", sagte er.

Sie hatte sich nie Gedanken darüber gemacht, dass die Ankleidezimmer ihrer Eltern aneinanderstießen, aber dass das ihre und Nicks nebeneinander lagen, trieb ihr die Röte in die Wangen.

Sie gingen weiter durch das Ankleidezimmer und kamen zu ihrem Schlafzimmer, das ebenfalls

Elfenbein und Gold gestrichen war. „Du kannst es gerne ändern", sagte er.

„Elfenbein ist perfekt! Ich kann mit den Vorhängen und Bettüberwürfen eine andere Farbe hereinbringen." Sie fragte sich, ob sie in ihrem oder seinem Zimmer miteinander schlafen würden.

Und dann wurden ihre Wangen nur noch röter.

Nachdem er sie überall herumgeführt hatte, sagte sie: „Das Haus ist wirklich wundervoll, Nick."

„Nicht *das* Haus", sagte er, ihre Hand drückend. „*Unser* Haus."

„Vielleicht werde ich eines Tages daran als an unseres denken, aber jetzt spricht es vor allem von deinen großartigen Ideen. Du kannst wirklich stolz auf dich sein."

Er zuckte mit den Schultern. „Ich sollte dich nach Agar House bringen, damit du für Camden Hall packen kannst."

Also mochte er kein Lob.

Als sie sich wieder für die kurze Fahrt zum Cavendish Square in die Kutsche gesetzt hatten, fragte sie: „Weißt du, wer das kleine Mädchen heute in St. George's war?"

Einen Moment antwortete er nicht. Dann sagte er: „Das war meine Tochter."

„Ich wusste nicht, dass du schon einmal verhei..." Sie brach ab, als wäre sie von einer Wespe gestochen worden. Natürlich war er nie verheiratet gewesen! Hatte Trevor nicht gesagt, dass Nick seinem Bastard erlaubte, bei ihm zu leben? Nur hatte Fiona nicht gedacht, dass ein Bastard ein kleines Mädchen sein würde. Ein hübsches, kleines Mädchen mit braunen Zöpfen, viel heller als das Braun der Haare ihres Vaters.

„Sie ist meine illegitime Tochter, Fiona."

Fiona besah sich intensiv die Aufschläge von Nicks Gehrock. „Und sie lebt bei dir?"

„Ja."

„Das scheint eher ... ungewöhnlich. Ist ihre Mutter gestorben?"

„Soweit ich weiß, ist ihre Mutter noch am Leben."

„Dann, warum ..."

„Weil ihre Mutter keinen guten Einfluss auf eine Tochter haben würde, an der mir inzwischen viel liegt."

„Dann kann ich nicht umhin, mich zu fragen, wenn die Mutter so schlecht war, warum du ..." *dich von ihr angezogen gefühlt, mit ihr geschlafen hast?*

Er fuhr sich mit seinen langen Fingern durch das dicke, dunkle Haar. „Das habe ich mich selbst schon tausendmal gefragt."

„Warum wohnt das Kind dann nicht bei deiner Mutter?"

Er setzte sich auf. „Meine Mutter ist sehr puritanisch und lehnt meine Tochter vehement ab."

„Ihre eigene Enkelin? Das scheint mir nicht sehr christlich."

Er zuckte mit den Schultern.

Fiona versuchte, sich zu erinnern, was Trevor über Mrs. Birminghams Herkunft gesagt hatte. Oh ja, er hatte gesagt, sie wäre gewöhnlich. Fiona konnte in ihren wildesten Träumen nicht glauben, dass ein so eleganter Gentleman wie Nick von einer gewöhnlichen Frau abstammen könnte.

In den nächsten Minuten saßen sie schweigend da, ihre Gedanken waren in Aufruhr. Sie war enttäuscht, dass sich Nick mit einer Frau eingelassen hatte, die eine Hure gewesen sein musste, trotzdem gefiel es ihr, dass er es in Kauf nahm, kritisiert zu werden, um ein unschuldiges Kind zu retten. Sie holte Luft. Sollten sie zusammen Kinder haben - und sie wünschte sich so verzweifelt Kinder - würde Nick ein guter Vater sein.

Aber sicher würde er nicht von ihr erwarten, seinem illegitimen Kind eine Mutter zu sein! Ihre Hände gruben sich in die weichen Samtbezüge der Sitze. Sie war nicht bereit, das weiter mit ihm zu diskutieren. Es würde etwas Zeit brauchen, bis sie sich an die enttäuschende Wirklichkeit gewöhnen würde.

* * *

Während der dreistündigen Fahrt nach Camden Hall sprachen sie so gut wie gar nicht. Es hatte seine Braut offensichtlich beunruhigt, von Emmies Existenz zu erfahren. Vielleicht hätte er Adams Rat annehmen und das Kind in ein Internat stecken sollen. Das würde gezeigt haben, dass seine Frau ihm wichtiger war als sein eigenes Kind. Er hatte nicht in einer Welt leben wollen, wo er die, die er liebte, der Wichtigkeit nach sortieren musste, wo er wählen musste, wen er mehr liebte. Nick war ein großer Freund von Harmonie. Warum konnte Fiona seine Tochter nicht akzeptieren? Sicher könnte sie ihn in irgendeiner Weise für das Vermögen, das er ausgab, um sie zu seiner Frau zu machen, entschädigen.

Dann erinnerte er sich daran, dass sie beabsichtigte, ihm das heute Abend zurückzuzahlen. Eine schwelende Hitze begann in ihm zu brennen, als er daran dachte, was an diesem Abend auf sie wartete. Er hob ihre Hand und fing an, ihren Handschuh Finger um Finger abzuziehen, bis die ganze Hand frei lag. Es erfüllte ihn mit Stolz, als er den goldenen Ring sah, er drückte einen Kuss auf die Innenseite ihrer Hand und sein feuriger Blick traf den ihren.

„Nick", flüsterte sie sanft, als sie ihre andere Hand hob, um sein Gesicht zu streicheln.

Er zog sie zu einem hungrigen Kuss in seine Arme. Der Kuss war hart und feucht und unglaublich intensiv, als ihre Lippen sich unter seinen öffneten und sie begann, leise, stöhnende Laute von sich zu geben. Seine Hände begannen, sich besitzergreifend über ihren Körper zu bewegen, ihre sahnig zarten Schultern zu streicheln, sich über ihren Rücken zu spreizen und dann ihre kleinen Brüste zu umfassen, wobei sein Daumen federleicht über die Spitze ihrer Brustwarze glitt.

Wer würde je geglaubt haben, dass seine so zarte kleine Frau so leidenschaftlich sein könnte? Ihre Reaktion auf ihn war berauschender als eine ganze Flasche Champagner.

Die Kutsche kam schwankend zum Stehen und er hob den Vorhang. Er hatte nicht bemerkt, dass es draußen schon dunkel geworden war und dass sie schon in Camden Hall waren.

Kapitel 6

Er hatte Hunger, aber nicht auf das Essen, das ihnen kurz nach ihrer Ankunft in Camden Hall serviert wurde, das von seinen Dienern aufmerksam mit Weihnachtsgrün geschmückt war. Als er und seine Braut sich am Tisch gegenüber saßen, konnte er seinen Blick nicht von ihr losreißen. Es schien fast kaum zu glauben, dass dieses exquisite Geschöpf seine Frau war, dass er sie in einigen Stunden ganz besitzen würde. Er berauschte sich daran, wie das Kerzenlicht auf ihren zarten Zügen spielte, als sie vorsichtig einen Löffel Schildkrötensuppe schlürfte. Guter Gott, es war heiß hier drinnen!

Als er sich an den Geschmack ihrer Zunge erinnerte, wie sie sich mit seiner vereint hatte, raubte es ihm den Atem und er begann, an seiner Krawatte zu zerren. Wieder fühlte er, wie er erregt wurde. Als er Butter auf sein Brötchen schmierte, dachte er daran, langsam jeden Zoll ihrer weichen Haut zu streicheln. Seine Lider hoben sich und er beobachtete hungrig, wie ihre Zunge über ihre Unterlippe fuhr. Er war sich nicht sicher, dass er es schaffen würde, beim Essen sitzenzubleiben, ohne von seinem Stuhl aufzuspringen, sie in seine Arme zu reißen und treppauf in sein Schlafzimmer zu tragen.

„Ist deine Krawatte zu eng?", fragte sie. „Ich muss sagen, dass sie furchtbar unbequem aussehen."

Wie konnte eine Krawatte, die seit zehn Uhr am Morgen perfekt gesessen hatte, jetzt so elend unbequem sein? „Das sind sie tatsächlich", antwortete er. Zum ersten Mal bemerkte er die metallischen Reflexe in ihrem blonden Haar. Sie war wirklich exquisit. Warwick war ein Idiot. „Du siehst heute wunderschön aus, meine Liebe", sagte er. Sie trug noch immer dasselbe rosa Kleid, in dem sie am Morgen geheiratet hatte. Es zeigte ihre sahnig weißen Schultern und das weit ausgeschnittene Mieder ließ ihr köstliches Dekolletee sehen.

Als er seine Hand um ihre Brust geschlossen hatte, war er angenehm überrascht gewesen, dass jemand so schlankes wie sie überhaupt einen Busen hatte. Sich an das Gefühl ihrer kleinen, prallen Brüste zu erinnern ließ ihn schneller atmen.

„Danke, Nick", sagte sie und nippte dann mit verführerisch gesenkten Wimpern an ihrem Wein.

Auf ihren Lippen wurde sein Name zu einer Liebkosung. Hatte sie eine Vorstellung davon, wie sehr sie ihn erregte? Konnte sie irgendwie verstehen, was für eine Qual es für ihn war, wie verzweifelt er wünschte, ihre Kleidung auszuziehen, ihre Beine weit zu spreizen und in sie einzutauchen?

Würde dieses verdammte Essen je ein Ende haben?

„Fandest du deine Zimmer zu deiner Zufriedenheit?", fragte er.

„Ja, sie sind sehr hübsch. Es war, als hätten sie nur auf deine Frau gewartet."

„Dank der früheren Bewohnerin, Lady Hartley," sagte er. „Natürlich steht es dir frei, alles zu ändern, was du möchtest."

„Werden wir viel Zeit hier verbringen?"

„Eigentlich nicht."

„Das hatte ich auch nicht erwartet", sagte sie. „Ich weiß, dass der Fuchs nicht gerne fern von seiner Höhle ist."

Der Spitzname, auf den er stolz gewesen war, nahm jetzt fast einen unheimlichen Unterton an.

„Ich bitte darum, dass wir meine Geschäfte nicht diskutieren. Dann werden wir uns besser verstehen."

Ihre blauen Augen sahen ihn verwirrt an. „Ich möchte dir eine gute Frau sein, Nick. Wenn du nicht über deine Geschäfte sprechen möchtest, verspreche ich, sie nie mehr zu erwähnen." Sie knabberte an ihrer üppigen Unterlippe. „Es würde mir nicht gefallen, wenn wir uns nicht verstehen."

„Mir auch nicht", sagte er ernst.

Es war zu früh, um zu sagen, wie gut sie miteinander auskommen würden, aber er war überzeugt davon, dass sie auf der körperlichen Ebene sehr gut zueinander passen würden. Er war über die Tiefe ihrer Leidenschaft verblüfft gewesen - und er war noch nicht einmal durch ihre glühende Oberfläche gedrungen!

So sehr er sich wünschte, sich in sie zu versenken, ermahnte er sich, daran zu denken, dass sie eine Jungfrau war, und er sich davon abhalten musste, sie zu verschlingen.

Vielleicht, wenn sie viel Wein trank, würde der Verlust ihrer Jungfräulichkeit weniger schmerzhaft und angenehmer werden. Er hob die Karaffe und füllte ihr Glas nach. „Trink aus, meine Liebe. Das wird unsere ... Vereinigung leichter für dich machen."

Sein Pulsieren verstärkte sich, als er einen rosigen Farbton in ihre Wangen aufsteigen sah.

Obwohl sie offensichtlich über seine Erwähnung ihrer sexuellen Beziehung verlegen war, hob sie ihren ernsten Blick zu ihm und nippte wieder an ihrem Wein.

Die Kerzen im Raum waren nicht das einzige, was Hitze ausströmte. Ohne den Blickkontakt mit ihr zu unterbrechen, lockerte er seine Krawatte noch mehr. Er hatte das verdammte Gefühl, dass er und Fiona von Flammen umringt waren.

Sie beobachtete ihn weiter und trank noch einen Schluck.

Er füllte sein eigenes Glas wieder und trank.

„Ich fühle mich schuldig, weil ich dir das Junggesellenleben raube, das du so schätztest", sagte sie. „Ich werde versuchen, dir im Schlafzimmer zu gefallen, aber du wirst mich lehren müssen. Ich habe gehört, dass du überaus geschickt in diesen Dingen bist."

„Von wem?", verlangte er zu wissen.

„Trevor. Er weiß alles über alle."

„Ich sagte dir heute Morgen", sagte er heiser, „dass du nur die Hälfte von allem, was man über mich sagt, glauben solltest."

„Dann bist du nicht geschickt in der ... Liebe?"

Er brach in Gelächter aus. In der Tat hielt er sich für einen Meister der Liebeskunst, aber er hatte nicht vor, das seiner Braut gegenüber zuzugeben. Es war schlimm genug, dass sie über Emmies Mutter Bescheid wusste. Er fragte sich, ob Trevor ihr von Diane erzählt hatte. „Ich weiß genug, um . . . dir alles beizubringen, was du wissen musst, meine Liebe."

Der Schein des Feuers tanzte in ihren glühenden Augen. „Werde ich alles lernen können, was ich heute Abend wissen müsste?"

Jede Minute, die er hier mit ihr saß und

darüber redete, miteinander zu schlafen, war die reine Folter. „Du wirst heute Abend genug lernen, aber ich freue mich schon darauf … dieses Wissen jede Nacht zu vergrößern." Hätte er gewusst, dass Ehe so berauschend sein würde, hätte er diesen Schritt schon Jahre zuvor gewagt. Aber dann hätte er nicht Fionas Hand gewonnen. Und irgendwie dachte er nicht, dass eine Heirat mit jemand anderem dasselbe sein könnte, wie Fiona zur Frau zu haben.

Sie starrte ihn an. Er fühlte sich verflixt unbehaglich. Er kannte sie nicht gut genug, um zu wissen, ob dies ein gutes oder ein schlechtes Starren war. Als sie sprach, wurde diese Frage beantwortet.

„Könnten wir die Süßspeisen auslassen", sagte sie mit leiser Stimme, „und jetzt nach oben gehen?"

Er begann zu zittern und konnte kaum Worte finden. „Eine ausgezeichnete Idee." Er rutschte vom Tisch ab und kam zu ihr, legte seine Hände auf ihre weichen Schultern und neigte den Kopf, um an ihrem anmutigen Hals zu knabbern. Sie neigte sich zu ihm und begann, leise, keuchende Laute von sich zu geben. In einer eleganten Bewegung hob er sie auf seine Arme und schritt aus dem Speisezimmer, um eilig die Treppe hinauf zu gehen.

Der zweite Stock, von Wandleuchtern erhellt, war unheimlich still. Er erreichte sein Schlafzimmer und öffnete die Tür mit einem Tritt; er freute sich zu sehen, dass die Diener ein Feuer entzündet und eine brennende Kerze auf den Nachttisch gestellt hatten. Ihre Arme schlossen sich um seinen Hals, als er durch den Raum ging und sie auf dem Bett absetzte. „Möchtest du, dass ich deine Zofe holen lasse?", flüsterte er.

Als sie den Kopf schüttelte, sahen ihre Augen glasig aus.

„Erlaubst du mir, dir beim Ablegen deiner Kleider zu helfen?", fragte er mit heiserer Stimme, als er sich neben sie setzte.

Ihre Augen wurden groß, als sie seinem dunklen Blick begegneten, dann aber nickte sie.

Obwohl die Vorstellung, ihm - einem eigentlich völlig Fremden - zu erlauben, sie nackt auszuziehen, sie schockieren musste, schien sie sie nicht abzustoßen. *Gott sei Dank.* Er fragte sich, wie viele jungfräuliche Töchter der *guten Gesellschaft* ebenso altklug waren wie die schöne Frau, die er geheiratet hatte. Gott, war er froh, dass er sie geheiratet hatte! „Möchtest du, dass ich den Wein hole?", fragte er.

„Ich hatte schon drei Gläser." Sie begann, seine Krawatte zu lösen. „So viel trinke ich nie."

„Heißt das, dass du dich weich fühlst?", fragte er atemlos.

„Ich fühle mich, als hätte ich eine ganze Flasche Champagner getrunken, Nick." Sie klang unglaublich aufreizend, wenn sie seinen Namen sagte. „In mir kribbelt alles. Und ich bekomme kaum Luft."

Er zog sie enger an sich. „Das ist völlig normal. Mir geht es genauso." Seine Lippen senkten sich, um sanft die ihren zu berühren. Er holte hastig Luft, als ihre Lippen sich unter seinem Mund öffneten und sie seine Zunge in ihren Mund sog. Er schmeckte den Wein, den sie getrunken hatte, roch ihren Duft nach Lavendel und dachte, er würde vor Freude explodieren.

Als der Kuss inniger wurde, begannen seine Hände über ihren Rücken zu gleiten, sich um ihre

Backen zu legen und ihr kleinen Brüste nachzuzeichnen. Er berauschte sich am Klang ihres Stöhnens.

Ihr Kleid ließ sich einfach öffnen. Er schob es bis zu ihrer Taille hinunter und sah sie an. „Das Korsett muss auch weg, meine Liebe." Er begann, es aufzuschnüren, und als ihre Brüste heraussprangen, stockte ihm beinahe der Atem. „So schön", murmelte er, füllte seine Hand mit der einen, ließ seinen Daumen über die rosige Spitze gleiten und beugte sich dann vor, um sie in seinen Mund zu nehmen. Sie begann, sich ihm entgegenzuwölben, ihr Brüste pressten sich gegen sein Gesicht, als er zunächst an der einen, dann an der anderen saugte.

Über ihren Röcken wölbte er seine Hand über ihrem Hügel, presste ihn, rieb sein Handgelenk an ihrem Becken, während sie sich seiner Handfläche entgegenstreckte, von rechts nach links und auf und nieder bewegte und begann, keuchend zu stöhnen, so dass sein Blut sich erhitzte.

Daran denkend, dass sie gewünscht hatte, alles über Sex zu erfahren, hob er sein Gesicht aus ihren Brüsten und sagte heiser: „Wenn eine Frau sexuell erregt ist, versteifen sich die Spitzen ihrer Brüste zu erotischen Punkten." In ihm pulsierte es, als er sah, wie ihr Blick auf die erhabenen Stellen in der Mitte ihrer Brüste fiel.

„Und wenn ein Mann sexuell erregt ist", fragte sie mit leiser Stimme und hob ihren glühenden Blick zu ihm, „ändert sich dann auch etwas in seiner Anatomie?"

Guter Gott! Wusste seine Frau nichts über Erektionen? Er nahm ihre Hand und hielt sie an seinen Schritt. „Das ... Glied eines Mannes vergrößert sich und wird hart. Fühl mich, Fiona.

Lege deine Hände um meinen Schaft."

Zuerst waren ihre Finger steif, dann begannen sie aber, sich sanft um ihn zu legen. „Du bist so ... so groß. Ich denke nicht ..."

Er hielt seinen Zeigefinger vor ihren Mund. „Nicht denken, Liebste. Vertraue mir einfach." Seine Hand legte sich wieder über die Stelle zwischen ihren Schenkeln mit einem Druck, der ihren Rhythmus beschleunigte. „Was du dort hast, *wird* groß genug sein, um meine Größe zu fassen", sagte er. Seine andere Hand glitt unter ihre Röcke und kroch bis zu ihren weichen Schenkeln hinauf, als er sie auf das Bett legte. „Bei einer sexuell erregten Frau ändert sich noch etwas", flüsterte er.

„Was?", fragte sie mit erstickter Stimme.

Seine Stimme war leise, als er fragte: „Fühlst du etwas Feuchtes?" Die Hand unter ihren Röcken schob sich zwischen ihren Schenkeln nach oben und tauchte in ihre glatten Falten ein. „Hier?"

Sie sah aus wie eine Frau, die unter Drogen stand, als sie nickte und ihre Hüften der Bewegung seiner Finger entgegen hob.

„Das ist die Art, wie die Natur dich für mein Eindringen bereit macht." Gott, er wollte sich in dieser Sekunde in sie versenken! Sie war so wundervoll feucht. Er war nicht in der Lage, länger zu warten, setzte sich auf und begann, ihr Kleid bis zu ihren Knöcheln nach unten zu ziehen, dann schüttelte sie es mit einem Bein ab.

Wie alles andere an ihr war auch ihr Körper exquisit. Kleine, milchweiße Brüste und ein Büschel goldener Haare zwischen ihren Schenkeln. Hätte sein Leben davon abgehangen, hätte er keine Worte finden können, um ihre

Schönheit endlos zu preisen. Aber es war eine Schönheit, die sich für immer in sein Gedächtnis einbrennen würde. Und in sein Herz.

Er stand auf, um die Kerze auszublasen, dann warf er sein Hemd und seine Hosen ab. Der Kamin gab ihm genug Licht, um sie zu sehen, als er sich neben sie legte, diesmal zärtlich seine Lippen auf ihre drückend. „Bist du bereit, Liebste?", fragte er.

„Ja, bitte", sagte sie und fuhr mit ihren Fingern durch seine Haare.

„Du musst deine Beine öffnen", flüsterte er, als er sich über sie zu heben begann.

Sie tat, was er sagte und er konnte sich zwischen diese üppigen, lilienweißen Schenkel betten; sein Daumen presste die perlenähnliche Knospe in ihrem Mittelpunkt, ein Finger glitt in ihre schlüpfrige Öffnung. „Oh, Nick", sagte sie mit einem Seufzer.

„Ich komme zu dir, Liebste." Er schob die Spitze seines Glieds in sie, so dass gerade der Kopf verschwand, hielt dann inne. „Bist du in Ordnung?", fragte er sanft.

„Ja", flüsterte sie, als ihre Hüften sich hoben, um mehr von ihm in sich aufzunehmen.

Sanft drückte er sich weiter in sie. „Noch alles gut?"

Sie hob ihren Kopf, bis ihre Lippen die seinen trafen und sagte atemlos: „Hör nicht auf."

Er zwängte sich weiter hinein, diesmal stieß er an ein Hindernis. *Das Jungfernhäutchen.* Er holte Atem. „Das kann weh tun. Ich muss deine Unschuld durchbrechen."

Ihr Kopf fiel auf das Kissen zurück und sie nickte.

Er war nicht sicher, was er als nächstes tun

sollte. Sollte er sich schnell hineindrücken, damit die Unannehmlichkeit schnell vorbei war? Oder sollte er sich sanft vorwärtstasten?

Die Entscheidung wurde ihm abgenommen, als Fiona unter ihm zu beben begann. Keine Lust, die er je gekannt hatte, konnte dem gleichkommen. Sie war so feucht und warm und eng. Und völlig bereit. Aber seine starken Gefühle waren weit mehr als nur körperlich.

Als er ihre zarte Barriere zerriss, zuckte sie zusammen.

Er hielt inne.

„Nicht aufhören", drängte sie ihn hungrig und bewegte sich gegen ihn.

Er gewann allmählich den Rhythmus wieder, bis dieser Rhythmus der Herr und er sein Sklave wurde. Sie waren beide in diesem Strudel gefangen, wurden an einen Ort getragen, wo Gedanken nur flüchtige Fetzen waren, wo intensive körperliche Lust an ihnen fraß wie ein wütendes Feuer und sie verschlang. Dann bog sie sich unter ihm hoch und wurde still, begann zu zittern, als ihr Atem stoßweise ging. Er hielt sie fest, als der Orgasmus sie überrollte, an ihr nagte wie eine zornige Flut, als sie ihn fester hielt und kehlige Laute von sich gab.

Sie drückte ihre Lippen auf die seinen, ihre Finger gruben sich in seinen Rücken, als sein Samen sie zu füllen begann und der Rest seiner Länge in sie eindrang.

* * *

Wie, fragte sie sich, konnte ein so unbequemes Verhalten ihr derart überwältigende Lust bereiten? Würde sie sich immer so wund fühlen, oder würden die Beschwerden mit einiger Übung verschwinden? Nick würde es wissen. Wenn sie so schamlos wäre, ihn zu fragen. Und lieber Gott, wie konnte dieses Schlafzimmer mitten im Winter so heiß sein? Hätte sie etwas angehabt, wäre der Stoff völlig durchnässt gewesen. Wie sie. Selbst ihr Haar war feucht und klebte an ihrem Kopf.

Als sie spürte, wie Nicks Samen in sie floss, wurde sie von tiefen Gefühlen übermannt. Sie war wirklich seine Frau. Sie könnte vielleicht sogar sein Kind bekommen. Etwas in ihrem Herzen schlug bei diesem Gedanken einen Purzelbaum. Ein äußerst angenehmer Gedanke, so viel stand fest.

Von diesem Moment an gab es kein Zurück. Sie war unwiderruflich an diesen rätselhaften Mann gebunden, dessen Glied in diesem Moment tief in ihr begraben war.

Wie sie zuvor, wurde er ruhig und begann dann zu zittern. Nur rief er ihren Namen. „Oh Gott, Fiona!" Zuerst dachte sie, etwas stimmte nicht mit ihm, dann erkannte sie, dass er nicht unzufrieden war. Überhaupt nicht unzufrieden.

Einen Moment später ließ er sich von ihr gleiten und rollte an ihre Seite, sein Körper schweißglänzend. Seine sanfte Hand strich das feuchte Haar aus ihrer Stirn und er beugte sich herüber, um ihr dort einen weichen Kuss aufzudrücken. „Da ist noch etwas, was ich dir über das sexuelle Erregtsein nicht erzählt habe", sagte er.

„Was denn?", fragte sie atemlos.

„Danach fühlt man sich, als wäre man einen steilen Berg hinaufgerannt."

Das erklärte das Schwitzen. Und die Atemlosigkeit. Bisher waren alle ihre Reaktionen völlig normal gewesen. Sogar die aufgerichteten Brustwarzen. Der Gedanke, dass ihre Brüste erotisch sein könnten, ließ wieder Wellen von Lust sie durchströmen.

Sie lag in der Dunkelheit, Nick zog sie an seine Brust und sie fühlte sich überglücklich. Außer der verflixten Wundheit.

„Oh Liebste", murmelte er, „es war so wundervoll mit uns. Ich könnte mir keine bessere Frau wünschen."

Ihr Lächeln verstärkte sich, als sie ihren Kopf in der Höhlung zwischen seiner Schulter und Brust vergrub. Sie hätte nicht glücklicher sein können. Nick hatte sie *Liebste* genannt. Einmal hatte am Abend auch *„meine Liebste"* gesagt, was noch viel besser war - wenn man die Intimität bedachte, die sie gerade geteilt hatten. Er war mit ihr zufrieden. Sie glaubte wirklich, dass er es ihr nicht übelnahm, dass sie ihn seinem geschätzten Junggesellenleben entrissen hatte.

Und sie hoffte ehrlich, dass sie mehrmals in einer Nacht miteinander schlafen könnten.

„Ist bei dir alles in Ordnung?", fragte er einen Moment später, als er ihre Haare mit zarten Küssen bedeckte.

„Ich denke schon."

Plötzlich wurde sie steif. „Was ist los?", fragte er besorgt.

„Ich habe gehört, dass es blutet, wenn eine Frau ihre Jungfräulichkeit verliert?"

Er holte tief Luft. „So ist es."

„Ist es deswegen, dass ich ... mich unbehaglich fühlte? Ist das nur beim ersten Mal so?"

Er hielt sie fest. „Ich bin kein Fachmann für die weibliche Jungfräulichkeit - du bist meine erste Jungfrau - aber ich glaube, eine Woche oder so wirst du dich wund fühlen, bis dein ... Körper sich an mein Eindringen gewöhnt hat."

„Würdest du mir eine ehrliche Antwort geben, wenn ich eine persönliche Frage stelle?"

Er antwortete einen Augenblick lang nicht. „Ja", sagte er schließlich.

„Empfinden Frauen im Bett für gewöhnlich Schmerz?"

„Nie", sagte er bestimmt. Dann seufzte er zärtlich und streichelte ihren Rücken, ihre Arme, ihr Gesäß. „Wenn du willst, werde ich nicht ... wieder in dich eindringen, bis die Wundheit vorbei ist."

Das war keineswegs, was sie wollte. Sie erstarrte. „Ist es das, was du willst?"

„Möchtest du die Wahrheit wissen?"

Sie hielt den Atem an. „Ja."

„Nein."

„Ich bin sehr froh, das zu hören, da ich gerne wieder von vorn anfangen würde."

Er ließ ein heiseres, leises Lachen hören. „Es gibt noch etwas, das du über dieses Thema wissen solltest, meine Liebe. Männer sind ziemlich verschieden von den Frauen. Nachdem ein Mann seinen Samen vergossen hat, wird er kleiner und erlebt ein tiefes Gefühl der Erschöpfung."

Sie fand eher, dass dieses miteinander schlafen viel angenehmer sein würde, wenn die Größe des Mannes verringert wäre! „Kann ein Mann nicht mit einer Frau schlafen, wenn er nicht so 'groß' ist?", fragte sie.

„Kann er nicht!", sagte er mit einem Lachen. „Er muss ziemlich steif sein, um ... richtig hineingleiten zu können." Er schob sie etwas fort, drehte sie auf den Rücken und bedeckte ihre Lippen mit seinem Mund zu einem heißen Kuss. „Wie auch immer, Mrs. Birmingham, nur darüber zu sprechen, steif zu sein, scheint mich hart gemacht zu haben."

„Dann *können* wir es wieder tun?"

„Und wieder und wieder und wieder, wenn du weiter eine solche Wirkung auf mich hast", knurrte er, als er ihren Körper mit dem seinen bedeckte.

Kapitel 7

Ein plötzlicher Lichteinbruch weckte sie am nächsten Morgen. Einige Sekunden lag sie mit geschlossenen Augen da, von einem tiefen Gefühl des Wohlbefindens durchflossen, trotz der Wundheit an Stellen, von deren Existenz sie bis zum Vortag nichts geahnt hatte. Langsam erwachte sie vollends und erkannte ihre Umgebung: das Schlafzimmer ihres Mannes. Mit glühendem Stolz beobachtete sie Nick - vollständig angezogen und frisch rasiert - der sich an einer Reihe hoher Fenster entlang bewegte und die blauen Seidenvorhänge öffnete, die den Raum in Dunkelheit gehüllt hatten.

Als er sich umdrehte, um sie anzusehen, hob ein schiefes Grinsen einen Winkel seines sinnlichen Mundes und ihr Herz machte einen Sprung.

„Fröhliche Weihnachten, Mrs. Birmingham. Ich habe Frühstück mitgebracht", sagte er, als er zum Tisch ging, das silberne Teetablett hochnahm und ihr brachte.

Sie setzte sich auf und zog die Laken hoch, um ihre Nacktheit zu bedecken. „Dir auch fröhliche Weihnachten, Mr. Birmingham." Sie nahm die dampfende Tasse mit heißer Schokolade, die er ihr anbot. „Du siehst so sauber und ordentlich aus und ich bin noch völlig zerzaust."

Er beugte sich vor, um sie auf die Stirn zu küssen und setzte sich dann neben sie aufs Bett.

„Du hast noch nie schöner ausgesehen. Ich nehme an, dass du gut geschlafen hast."

„Wie tot. Zumindest ... nachdem ..."

„Nach einer Nacht wilden und leidenschaftlichen Liebesspiels." Seine Stimme war ein befriedigtes Knurren.

Sie fragte sich, ob alle verheirateten Menschen diese Aktivitäten genossen, wie sie und Nick in der letzten Nacht. Wie kamen verheiratete Leute dann jemals zum Schlafen?

Ein Anflug von Verlegenheit überkam sie. Sie und Nick hatten sich die ganze Nacht lang so schamlos aufgeführt. Es gab keine Stelle ihres Körpers, die sein Mund nicht berührt hatte. Nur seine tiefe Zufriedenheit hatte ihre Verlegenheit ausgelöscht. Ihre Brüder hatten ihr erzählt, dass Männer einen starken Drang nach sexueller Befriedigung hätten. Ihre vollständige Hingabe auf diesem Gebiet hatte ihrem Mann definitiv gefallen.

Aber der Gedanke daran, dass Diane Foley oft Nicks Bedürfnisse befriedigt hatte, missfiel Fiona sehr.

„Ich habe ein Weihnachtsgeschenk für dich", sagte er und zog eine kleine rote Lederschachtel mit vergoldeten Verzierungen aus seiner Tasche und gab sie ihr. „Ich hatte keine Zeit, etwas zu kaufen, daher beschloss ich, dir etwas zu schenken, das für mich etwas Besonderes ist. Das sind William Blakes Gedichte. Du wirst sehen, dass die Seiten schon Eselsohren haben. Ich habe das Buch erst kürzlich neu binden lassen."

Ihr Mund blieb offen stehen. Das war wirklich außergewöhnlich. *Songs of Innocence* war ihr Lieblingsbuch. In ihren Augen sammelten sich Tränen.

Sie zog die Brauen zusammen. „Was ist los,

Liebes? Gefällt es dir nicht?"

„Oh, Nick, ich liebe es - so sehr, dass ich meine einzige Abschrift Randy als Abschiedsgeschenk gab, als er das Land verließ." Sie drückte das Buch an die Brust. „Du könntest mir nichts schenken, was mir mehr wert wäre." Sie blätterte vorsichtig die Seiten um und sah dann in sein Gesicht auf. „Ich fühle mich scheußlich, weil ich kein Geschenk für dich habe."

Er brach in Gelächter aus. „Du hast mir heute schon *alles* gegeben. Kein Weihnachten könnte wundervoller sein." Er hob ihre Hand und küsste sie. „Im Übrigen, dieser Goldring ist nur vorläufig. Ich beabsichtige, einen passenderen Ehering für dich anfertigen zu lassen. Magst du Smaragde?"

Sie runzelte die Stirn. „Ein goldener Ring passt perfekt zu mir. Ich ziehe etwas, das in deiner Familie vererbt wurde, etwas Gekauftem weitaus vor."

Er berührte den goldenen Ring. „Es wird dir nicht peinlich sein, dass er so schlicht ist?"

„Natürlich nicht!" Ihr Blick fiel auf ihren vollständig angezogenen Ehemann und ihre Wangen röteten sich, sie fasste die Laken, die sie an ihre Brust hielt, fester. „Wie lange bist du schon wach?"

Er zuckte die Achseln. „Eine Stunde vielleicht."

„Wieviel Uhr ist es?"

„Mittag." Sein ganzes Benehmen ihr gegenüber hatte sich verändert. Seine Augen leuchteten förmlich, wenn er sie ansah. Seine Stimme war wie eine zärtliche Liebkosung. Sie verstand plötzlich, wie Frauen in der Geschichte - Frauen wie Cleopatra - solche Macht über Männer hatten ausüben können. Sie machten es mit ihren Körpern. Mit ihren Körpern fingen sie Herzen ein.

Ihr Herz klopfte dröhnend.

Sie konnte kaum glauben, dass der Tag schon halb vorbei war. „Werden wir heute deine Mutter besuchen?"

„Später. Zum Weihnachtsessen. Reitest du?"

Ein Lächeln verzog ihren Mund. „Liebend gerne."

„Dann freue ich mich darauf, mit dir zu reiten. Es wird eine gute Methode für dich sein, dein ganzes neues Heim auf dem Land zu sehen."

„*Unser Heim auf dem Land*", neckte sie ihn. Sie entschied, dass es ihr gefiel, eine verheiratete Frau zu sein. Es gefiel ihr, ihr Leben mit jemandem zu teilen. Und es gefiel ihr vor allem, ihren Körper mit diesem jemand zu teilen. Seine Augen glitzerten und mit einem spitzbübischen Lächeln auf dem Gesicht zog er an dem Laken, das ihre Brust bedeckte. Sie konzentrierte sich darauf, ihn zu beobachten, obwohl sie eigentlich ihre nackten Brüste ansehen wollte, und wünschte, sie wären größer. Die geringe Größe schien ihren Ehemann jedoch nicht abzustoßen, der seinen Kopf vorneigte und eine Brustwarze in seinen Mund zog. „Wie schön", murmelte er. Sie erinnerte sich daran, was er ihr darüber erzählt hatte, wie die Spitzen steif würden und schaute verstohlen hin. Sie waren tatsächlich härter geworden.

Sie fragte sich, ob er auch hart geworden war. Ihr Blick huschte auf seinen Schritt und sie konnte ihr Lächeln nicht unterdrücken. Es sah aus wie ein Zelt. Ein Zelt mit einem Pfeiler in der Mitte.

Eine bizarre Vorstellung tauchte plötzlich in ihrem Kopf auf. „Liebster?", fragte sie. Es war das erste Mal, dass sie ein solches Kosewort benutzt hatte, aber es schien ihr in Anbetracht dessen, was sich in der Nacht zuvor zwischen ihnen abgespielt hatte, passend.

Er hatte sich inzwischen ihrer anderen Brust gewidmet. „Hmh?"

„Kann man auch bei Tageslicht miteinander schlafen?"

Er brach in Gelächter aus, als er sich aufrichtete und warf ihr dann einen ernsten Blick zu. „Und ob man kann - und ob wir es tun werden. Aber nicht jetzt. Wir haben nur noch wenige Stunden Tageslicht und es gibt so viel, was ich dir zeigen möchte."

Sie entschied, dass dieser Mann, den sie geheiratet hatte, über große Selbstdisziplin verfügen musste. Was sie eher bewundernswert fand.

* * *

Kein Stall in England konnte mit dem ihres Mannes konkurrieren, wenn es um Größe oder Pferdefleisch ging. „Meine Güte!", sagte sie, als sie den Gang durch das lange, zweistöckige Gebäude entlangschlenderten, wo Boxen auf jeder Seite mit blanken Arabern gefüllt waren. „Ich kann mich nicht daran erinnern, dass Lord Hartley einen so großartigen Stall gehabt hätte."

„In der Tat, sein Stall wurde abgerissen. Ich habe diesen vor drei Jahren gebaut."

„Nicht nur der Stall ist erstklassig", sagte sie voller Ehrfurcht, „sondern auch die Pferde! Wie kann ein Mann, der so viel Zeit in der City verbringt, so viele wundervolle Geschöpfe gesammelt haben?"

„Das ist meine einzige Schwäche."

Sie dachte flüchtig, er könnte vielleicht noch eine Schwäche haben. Eine Schwäche für Frauen.

Frauen wie Diane Foley. „Gehst du auch nach Newmarket?"

„Selten", sagte er. „Ich mache mir nichts aus dem Wetten. Ich habe Gefallen an der Zucht - und daran, die Pokale zu sammeln, die meine Pferde gewinnen. Wenn es ein besonders großes Rennen gibt - wie das Eintausend-Guinee-Classic oder das Derby in Epsom - besuche ich die Rennveranstaltung, um die Freude zu haben zu sehen, wie meine Pferde gewinnen und das Preisgeld zu kassieren."

Sie dachte, alle Männer würden wetten. Besonders Männer mit tiefen Taschen, Männer wie ihr Ehemann. Aber sie war zu der Erkenntnis gelangt, dass dieser Mann, den sie geheiratet hatte, nicht wie die Männer ihrer eigenen Gesellschaftsschicht war, obwohl niemand, der seinen familiären Hintergrund nicht kannte, glauben würde, dass Nick nicht mit den gleichen Privilegien geboren war wie sie. Seine kultivierte Stimme, sein bemerkenswerter Geschmack bei Kleidung, Häusern, Kutschen und Pferden sprach von einem Mann adliger Abstammung. Die Unterschiede waren subtil. Nick mochte keinen Müßiggang. Nick wettete nicht. Trevor hatte ihr sogar gesagt, dass Nick keine scharfen Getränke mochte.

Ihr Herz zog sich zusammen. Aber er mochte Schauspielerinnen. Wie die Männer ihrer Gesellschaftsschicht.

„Welches ist dein Pferd?", fragte sie.

Ein Lächeln breitete sich auf seinem gutaussehenden Gesicht aus. „Midnight." Er ging zwei Boxen weiter und schenkte einem herrlichen schwarzen Pferd seine Aufmerksamkeit.

„Er ist eine Schönheit", sagte sie.

„Er stammt von Gondolphin Barb ab."

Sie näherte sich, um die Nase des Tiers zu streichen. „Ich bin beeindruckt."

„Welches hättest du gerne?"

„Welch wundervolle Weihnachten!", jubelte sie und begann dann, den Stall entlang auf und ab zu gehen. Die Entscheidung war nicht leicht, angesichts der Tatsache, dass sie alle so schöne Tiere waren. Aber schließlich blieb sie vor einer Box stehen, aus der eine Fuchsstute mit weißer Zeichnung herausschaute. „Diese kleine Stute spricht zu mir. Wie heißt sie?"

„Du kannst ihr einen Namen geben. Sie gehört dir."

Fiona warf die Arme um den Hals ihres Mannes und küsste ihn auf die Wange, trat dann zurück und besah sich die klaren Linien der Stute. „Ich denke, ich sollte sie Missus B. nennen."

Ihr Mann stellte sich neben sie und legte einen Arm um sie, während sein Kopf sich zu ihr neigte und sie die zarte Berührung seiner Lippen auf ihrer Wange spürte. „Das freut mich, Fiona", sagte er heiser.

Der Heuhaufen wirkte plötzlich anziehend. Die Berührung dieses Mannes hatte die verheerendste Wirkung auf sie.

„Ich lasse Jeremiah sie satteln", sagte er.

Ein paar Minuten später galoppierten sie über die sanft abfallenden Wiesen, die durch die Winterkälte alle Farbe verloren hatten. Es war offensichtlich für Fiona, dass ihr Mann die besten Reitlehrer gehabt hatte. Sie widmete dem Vater, der diesen Mann, der jetzt ihr Ehemann war, geformt hatte, ein stilles Dankgebet.

Sie ritten von einem Ende seines Besitzes zum anderen, wechselten nur wenige Worte. Obwohl die Sonne hoch am Himmel stand, war es ein äußerst kalter, windiger Tag. Schließlich schlugen sie eine ziemlich gut befahrene Straße ein und verlangsamten ihre Gangart.

Er schaute sie an und sein Blick huschte lässig über den dunkelblauen Samt ihres Reitkleids. „Ich mag dich in dieser Farbe", sagte er. „Sie lässt deine Augen tiefblau aussehen."

„Du bist für einen Mann äußerst aufmerksam."

„Es gibt viel, was ein Mann, der dich ansieht, schätzen kann, Fiona."

Dieses Flattern, dass er immer bei ihr auszulösen schien, kehrte zurück. „Danke, Nick."

Einen Augenblick später fragte er: „Ist die Kälte dir unangenehm?"

„Für jemanden, der an Winter in Yorkshire gewöhnt ist, kann ich dir versichern, dass das Wetter in Kent überaus erträglich ist."

Nachdem sie über einen sanften Hügel geritten waren, wurde sie langsamer und fragte: „Wird Verity heute Abend bei deiner Mutter sein?"

„Ja, und meine Brüder auch. Ich hoffe, du und Verity werdet einige Gemeinsamkeiten entdecken."

Nicht so sehr, wie sie das hoffte. Einen Moment später fragte sie: „Deine Mutter weiß von unserer Heirat?"

„Ich habe ihr zur gleichen Zeit einen Brief geschickt, als ich die Anzeige in die *Times* gesetzt habe. Am Nachmittag vor unserer Hochzeit."

Sie war am Morgen ihrer Hochzeit so beschäftigt und verwirrt gewesen, dass sie die Zeitung nicht gelesen hatte. Es war ihr nie in den Sinn gekommen, dass Nick so geistesgegenwärtig gewesen war, die Bekanntmachung in die *Times* zu setzen. Sie fragte sich, wie sie gelautet hatte.

Aber sie war noch neugieriger zu erfahren, was er seiner Mutter erzählt hatte. „Hast du deiner Mutter erzählt, dass ich dich gebeten habe, mich zu heiraten?"

Seine Augen wurden schmal. „Natürlich nicht! Das würde ich niemandem erzählen." Er schwieg einen Augenblick. „Außer Adam. Und der einzige Grund, dass ich es ihm erzählt habe, ist, dass ich ihn sah, direkt nachdem ich dein großzügiges Angebot abgelehnt hatte. Ich war sehr aufgeregt und er merkte es."

Hatte sein Bruder ihn überredet, sie zu heiraten? Ihr Herz wurde schwer. Würde eine Ehe zwischen den Birminghams und der Familie des Earl of Agar für das Familienunternehmen günstig sein? War sie nur eine geschäftliche Anschaffung? Sie holte Luft. „Dann hat dein Bruder dich dazu gedrängt, mich zu heiraten?"

Neben einem Wäldchen aus Birken wurde Nick langsamer und warf ihr einen ernsten Blick zu. „Ich bin der Älteste, Fiona. Mein Bruder sagt mir nicht, was ich tun soll. Er fragte lediglich, ob ich dich attraktiv fände." Seine dunklen Augen glitten über sie. „Und das tue ich. Sehr attraktiv sogar. Als ich darüber nachdachte, erkannte ich, dass ich nie eine Frau finden würde, die mehr von den guten Eigenschaften, die ich mir bei einer Ehefrau wünsche, besitzt, als du." Seine Stimme sank fast zu einem Knurren. „Und das war, bevor ich deine leidenschaftliche Art kannte, meine Süße."

Erleichterung überkam sie.

* * *

Great Acres war nicht so geschmackvoll möbliert wie Camden Hall, aber es war ein sehr großes Anwesen, umgeben von einem üppigen Park und in stattlichem Tudor-Stil gebaut.

Als der Butler sie und Nick in den Salon führte, wanderte Fionas Blick über die Weihnachtsgirlanden, die über allen Fenstern und Türen hingen.

„Ich sehe, meine Schwester konnte sich beim Weihnachtsschmuck nicht zurückhalten", sagte Nick mit einem leisen Lachen. „Es wäre ein Wunder, wenn ein einziger Stechpalmenstrauch von ihrer Axt verschont geblieben ist."

Fionas Augen wurden plötzlich feucht, als eine mächtige Welle von Gefühlen sie durchfuhr. Wie Verity hatte Fiona es immer geliebt, zu Weihnachten grüne Zweige zu sammeln, um Windmere Abbey zu schmücken. Als sie eine Familie hatte, die ihre Bemühungen genoss. Wie sie Miss Birmingham beneidete, deren Mutter noch lebte und deren drei Brüder den Feiertag mit ihr verbringen würden. Fiona hätte alles, was sie besaß, dafür gegeben, Randy wiederzusehen. Sie fühlte einen Kloß in ihrem Hals. Sie hatte alles gegeben, was sie besaß, in der Hoffnung, ihren ältesten Bruder noch einmal zu sehen. Wie sie ihn vermisste! Wie sie Mama und Papa und Windmere Abbey vermisste, und wie sie sich nach den fröhlichen Weihnachten sehnte, die sie mit ihrer eigenen Familie verbracht hatte.

Trotz Nicks Arm, der tröstlich um sie gelegt war, wurde Fiona nervös, als die Tür aufschwang und sie einen kurzen Blick auf die Frau werfen konnte, von der sie annahm, dass sie Nicks Mutter wäre, obwohl die beiden sich gar nicht ähnlich sahen. Bis seine Mutter aufschaute. Und sie unfreundlich ansah. Um die hervorstehenden Wangenknochen herum gab es eine unverwechselbare Ähnlichkeit.

Nick ließ seinen Arm weiter um Fionas

Schultern liegen, als sie den Raum betraten.
„Mutter, ich möchte dir meine Frau vorstellen.
Lady Fiona, meine Mutter, Dolina Birmingham."

Mrs. Birmingham schien fast sechzig zu sein.
Fiona konnte nicht sagen, welche Farbe das Haar
der Frau hatte, weil es unter eine Spitzenhaube
gestopft war, aber sie sah sofort eine Ähnlichkeit
zwischen Mrs. Birmingham und ihrem jüngsten
Sohn. Beide hatten dieselben grünen Augen und
sie war auch so untersetzt wie William. Aber
anders als ihr Sohn hatte Dolina Birmingham
keinen Sinn für Mode. Ihr irisch grünes Kleid,
obwohl aus sehr gutem Stoff, war seit einem
Jahrzehnt aus der Mode und ihr viel zu eng - was
nicht schmeichelhaft wirkte, wenn man die Figur
der Frau bedachte. Das Band um den Ärmel des
Kleides quetsche ihre schlaffen Arme ein und ihr
Busen wirkte durch die Menge dessen, was *nicht*
unter dem tiefen Ausschnitt verborgen war, eher
unanständig.

Die Frau lächelte nicht, als Fiona vortrat und
knickste. „Bitte nennen Sie mich nicht ‚Mylady'"
sagte Fiona. „Nennen Sie mich Fiona, und ich
hoffe, Sie werden keine Einwände dagegen haben,
wenn ich Sie Mutter nenne."

Die Frau schaute immer noch unfreundlich
und schnaubte dann. „Nun, warum sollte eine
feine Dame wie Sie mich Mutter nennen? Die
Leute werden denken, dass ich mir etwas
anmaßen möchte."

„Es ist mir gleich, was andere denken", sagte
Fiona. „Sie werden für mich eine Mutter sein,
denn Sie haben meinem lieben Ehemann das
Leben geschenkt."

Der „liebe Ehemann" schien Mrs. Birmingham
zu gefallen, denn endlich erlaubte sie sich den

Hauch eines Lächelns. „Setzen Sie sich", befahl Mrs. Birmingham.

„Wo sind meine Brüder und Verity?", fragte Nick, nachdem er und Fiona sich gegenüber seiner Mutter auf ein Brokatsofa gesetzt hatten.

„Deine Brüder sind ausgeritten." Mrs. Birmingham verdrehte die Augen. „Deine Schwester ist zum Pfarrer gegangen, und du wirst nicht raten, was deine seltsame Schwester dort tut."

Nick hob eine Braue.

„Sie bezahlt den Pfarrer, damit er sie Latein lehrt!" Mrs. Birmingham sah zu Fiona. „Haben Sie je von einer Frau gehört, die Latein lesen und schreiben können möchte? Ich wette, selbst so eine feine Dame wie Sie spricht nicht Latein."

„Meine Brüder haben es gelernt, aber ich muss zugeben, ich nicht", sagte Fiona.

„Warum möchte sie Latein lernen?", fragte Nick.

„Das soll etwas damit zu tun haben, dass sie manche Autoren im ‚Original' lesen möchte, was auch immer das bedeuten soll."

Nick schüttelte lächelnd den Kopf. „Ein Jammer, dass das arme Mädchen keine Schwestern hat. Ich fürchte, drei Brüder waren nicht der beste Einfluss auf eine junge Dame."

„Genau das, du willst deine Schwester zu einer Dame machen, wie deine hochnäsige Frau da."

Die Dame, über die sie gesprochen hatten, betrat in diesem Augenblick den Raum. Wäre Nick ein Mädchen gewesen, dachte Fiona, hätte er genau wie Verity ausgesehen. Wie er war seine Schwester groß und schlank und ihr Haar hatte genau den gleichen Braunton wie seines - ein tiefes Mahagoni. Selbst ihre Augen waren so

dunkel, dass sie schwarz aussahen. Genau wie
Nicks. Ihr Kleid war von ausgezeichneter Qualität,
aber äußerst trist, ein dunkles Beige ohne Besatz.
Nur ihr Haar unterschied sie von einem
durchschnittlichen Landfräulein. Nach der
neuesten Mode geschnitten war es kurz und
lockig und sehr attraktiv. Fiona konnte sie sich
schon in einem blendend weißen Ballkleid
vorstellen. Mit ihrer Größe würde sie eine gute
Figur machen.

Als Verity Nick erblickte, erhellte ein Lächeln
ihr Gesicht und sie kam schnell heran. „Nicky!"

Er stand auf und trat zu ihr, um mit seinem
Mund über ihre Wange zu streichen. „Du siehst
gut aus, Verity", sagte er liebevoll.

Sie umklammerte seine Hand und wandte sich
dann Fiona zu. „Deine Frau?", fragte sie
schüchtern.

„Genau. Lady Fiona, erlaube mir, dir meine
Schwester Verity vorzustellen."

Fiona stand auf und knickste. „Ich freue mich
so, dich kennenzulernen - und bin so glücklich,
endlich eine Schwester zu haben."

Ein Lächeln umspielte Veritys Mundwinkel.
„Du hast auch nur Brüder?"

Fiona nickte. „Zwei Brüder. Keine Schwestern."
Sie hoffte, Verity würde ihre Begeisterung
darüber, endlich eine Schwester zu haben, teilen,
aber Verity sagte nichts, als sie alle drei Platz
nahmen.

Der Butler brachte den Tee und Mrs.
Birmingham servierte ihn.

Verity besaß offensichtlich nicht das
Selbstvertrauen ihres Bruders, entschied Fiona.
Als sie ihren Tee tranken und von Ereignissen im
Dorf sprachen, kam es Fiona in den Sinn, dass

Veritys Zurückhaltung, Fionas Vorstellung einer schwesterlichen Beziehung zu teilen, von ihrer Meinung über die Ungleichheit ihrer gesellschaftlichen Stellung herrühren könnte. Das wäre gar nicht gut. Verity würde wie eine Schwester für sie sein und Fiona war bereit, alles zu tun, um Verity an diesen Gedanken zu gewöhnen.

„Wir haben eine schöne Gans zum Weihnachtsessen", sagte Mrs. Birmingham. Sie wandte sich an Fiona und fügte hinzu: „Erwarten Sie kein so elegantes Menü, wie so feine Lords und Ladys es gewöhnt sind. Wir sind einfache Landleute."

„Dann sollten Sie wissen", sagte Fiona, „dass ich die meiste Zeit meines Lebens auch auf dem Land verbracht habe. In Yorkshire."

Mrs. Birmingham schaute noch etwas finsterer drein.

Verity, die offensichtlich von der Unhöflichkeit ihrer Mutter in Verlegenheit gebracht wurde, sagte: „Ich freue mich so, dass Nicky Sie hierher gebracht hat, Mylady. Ich habe mir so gewünscht, Sie kennenzulernen."

„Bitte", sagte Fiona, „nenn mich Fiona und du. Schwestern brauchen keine solchen Förmlichkeiten."

Veritys Wangen wurden rot.

„Nicky?", sagte Mrs. Birmingham.

„Ja, Mutter?"

„Meinst du, ich kann dich deiner Braut hier für ein paar Minuten entführen? Ich habe einiges von den Papieren deines Vaters durchgesehen und brauche dich, damit du mir sagst, was aufgehoben werden muss."

Nick warf Fiona einen kurzen Blick zu.

„Ich würde sehr gerne mit Verity einen Spaziergang durch den Park machen", sagte Fiona.

* * *

Ein paar Minuten später hatten die beiden Damen ihre Hüte, Mäntel und Muffs angezogen und schlenderten über die große Rasenfläche. „Nick und ich könnten uns nichts Schöneres denken, als dass du zu uns kommst und mit uns in London lebst, wenn d... unser Haus fertig ist", sagte Fiona. „Ich werde Miss Rebecca Peabody in die Gesellschaft einführen, die in deinem Alter ist und würde dich gerne zur gleichen Zeit vorstellen."

Verity erstarrte. „Das ist sehr freundlich, Mylady ..."

„Fiona."

„Fiona. Aber du musst wissen, dass ich nicht in die Gesellschaft eingeführt werden kann."

Es gab keinen Grund, warum eine attraktive junge Dame, die auch noch vermögend war, nicht hätte vorgestellt werden können. „Also bist du verheiratet?"

„Natürlich nicht."

„Also warum sagst du, dass du nicht in die Gesellschaft eingeführt werden könntest?"

Verity blieb stehen. „Weil ich nicht zur *guten Gesellschaft* gehöre."

„Aber ich schon, und du bist meine Schwester. Außerdem hast du eine große Mitgift und ich versichere dir, dass Männer aus der *guten Gesellschaft* immer auf der Suche nach Damen mit großer Mitgift sind, einschließlich meines Bruders, des Earls!"

„Ich würde nicht gerne einen Mitgiftjäger heiraten."

Jetzt röteten sich Fionas Wangen. Sie wollte nicht, dass die Leute dachten, dass sie eine Schatzgräberin wäre - und nur hinter Nicks Vermögen her. Selbst, wenn es stimmte. Nick verdiente etwas Besseres.

Sie konnte sehen, dass sie der stolzen Miss Birmingham gegenüber sehr offen würde sein müssen. „Du musst sehen, Verity, dass - genau wie Nick - du unter deinem Stand heiraten würdest, wenn du einen Mann wählst, der aus derselben Gesellschaftsschicht kommt wie du."

Verity nickte schüchtern. „Aber ich habe keine Ambitionen, wie mein Bruder in den Adel einzuheiraten."

„Du musst ja keinen Lord heiraten, Gänschen. Es gibt jede Menge Gentlemen in London, die ausgezeichnete Ehemänner für dich abgeben würden." Sie erinnerte sich an Veritys Hunger nach Bildung und fügte hinzu: „Kluge Männer. Männer, mit denen du viel gemeinsam haben könntest."

„Dann verspreche ich, dass ich über dein Angebot nachdenken werde."

Schweigend gingen sie einige Minuten weiter. Inzwischen hatten sie den Rand des Parks erreicht.

„Du musst unseren Parterregarten ansehen", schlug Verity vor. „Papa hat ihn anlegen lassen, kurz bevor er starb."

„Sehr gerne."

Die beiden Damen begannen, über die Wege des Parterres zu spazieren, der direkt hinter dem Haus lag. Kiesbestreute Wege kreuzten sich zwischen den erhobenen Beeten, von denen die meisten zu dieser Jahreszeit kahl waren.

„Das erinnert mich an Lord Culbertsens

Garten, der von Inigo Jones entworfen wurde",
sagte Fiona.

„Papa hatte eine Schwäche für Inigo Jones und
stellte einen Landschaftsgärtner ein, der Jones'
Gärten ausgiebig studiert hatte."

Fiona wünschte sich, sie hätte Jonathan
Birmingham kennenlernen können. „Ich freue
mich darauf, ihn im Frühling zu sehen."

„Da wirst du Nicky überreden müssen. Er
vertieft sich so in seine Arbeit, dass er vergisst,
hierher zu kommen."

Es schien kaum vorstellbar, dass sie ihren
Ehemann je zu etwas überreden könnte. Nick war
ein Mann mit starkem Willen.

Verity räusperte sich und sagte: „Ich muss
mich für meine Mutter entschuldigen. Sie hat
weder besondere Umgangsformen, noch ist sie
glücklich, dass Nick eine Adlige geheiratet hat. Sie
denkt, du würdest Nick von uns fernhalten. Und
auch, wenn sie unfähig ist, ihre Zuneigung zu
zeigen - irgendeinem von uns gegenüber - ist
Nicky doch ihr Liebling."

„Bitte versichere deiner Mutter, dass ich sie wie
meine eigene Mutter betrachten werde." Fionas
Schultern sackten herab. „Nick war so wundervoll
zu mir, ich würde nie seine Familie kränken. Auch
wenn Nick nicht aus einer adligen Familie
stammt, kenne ich keinen Mann in der *guten
Gesellschaft*, der eine bessere Partie wäre."

Jetzt lächelte Verity Fiona offen an. „Ich freue
mich so, dich das sagen zu hören! Es ist kein
Geheimnis, dass Nick mein Lieblingsbruder ist
und ich hatte so gefürchtet, dass du nur sein Geld
wolltest und ihn nicht lieben würdest, wie er
geliebt werden sollte."

Fiona hatte nichts über Liebe gesagt. Es wäre

ihr nie eingefallen, ein solches Wort im Zusammenhang mit ihrer Ehe zu verwenden.

* * *

Nach dem Essen, als sie sich alle um das noch glühende Weihnachtsscheit versammelten, um Weihnachtsgeschenke auszutauschen, schmerzte Fionas Herz wegen des Verlustes ihrer eigenen Familie, der verlorenen Weihnachten, die ihr einst solche Freude bereitet hatten.

Mrs. Birmingham und Verity bedankten sich mit Freudenrufen für die Kaschmirschals, die Nick ihnen schenkte und seine Brüder waren über sein Geschenk, französischen Cognac, entzückt.

„Wo zum Teufel hast du den her?", fragte Adam.

Nick lächelte verlegen. „Ich kann meine Quellen nicht preisgeben."

Verity schenkte jedem ihrer Brüder Miniaturen von sich selbst und ihrer Mutter. „Ich weiß, dass mich das sehr eitel aussehen lässt", sagte sie, „aber das kommt davon, dass ich anfing, einem herumreisenden Maler auszuhelfen."

William sah auf seine beiden Miniaturen. „Der Künstler ist ziemlich talentiert. Die Ähnlichkeit - sie wirken fast lebensecht."

„Ich freue mich sehr, sie zu haben", sagte Nick.

Fiona warf einen verstohlenen Blick auf die Miniaturen, die ihr Mann in der Hand hielt. „Ich weiß, dass deine Brüder diese Geschenke in Ehren halten werden", sagte Fiona zu Verity. „Ich habe immer die Miniatur meines lieben Bruders bei mir." Nur von Randy zu sprechen fühlte sich an, als ob sie eine offene Wunde berührte.

„Wo ist dein Bruder zu Weihnachten?", fragte Verity, deren ernster Ausdruck verriet, dass sie Fionas Trauer spürte.

Nick griff nach Fionas Hand. „Ihr Bruder ist Offizier im Spanienkrieg."

„Du musst dir große Sorgen um ihn machen", sagte Verity mitfühlend.

„Bitte sprecht nicht darüber", sagte Nick. „Ich möchte, dass meine Frau an diesem Weihnachtsabend nur fröhliche Gedanken hat."

„Es tut mir so furchtbar leid, dass ich kein Geschenk für dich habe", sagte Verity.

„Dann geht es uns beiden gleich", sagte Fiona mit bemühter Fröhlichkeit, „denn ich habe auch keins für dich. Aber ich habe schon ein sehr kostbares Geschenk von meinem Mann bekommen."

„Schmuck, zweifellos", sagte Mrs. Birmingham mit einem Schnauben.

Mit tanzenden Augen schüttelte Fiona den Kopf. „Etwas viel Nützlicheres und Unterhalteneres als Schmuck. Er schenkte mir das Buch mit seinen Lieblingsgedichten - das auch meins ist, das ich aber nicht mehr besitze, da ich es meinem lieben Bruder gab, als er England verließ."

Verity schaute von Nick zu Fiona. „Welch glücklicher Zufall, dass ihr beide die gleichen Dinge mögt. Das verheißt Gutes für eine sehr befriedigende Ehe."

Nick drückte Fionas Hand und blickte sie an. „Ich fühle mich eher wie der Mann, der das große Los von Irland gezogen hat."

Sein Kommentar ließ Fiona sich noch glücklicher fühlen als den Mann, der das große Los von Irland gezogen hatte. Und mehr als das, sie erkannte, dass sie zu einer neuen Familie gehörte. Nicks Familie. Von jetzt an würde sie Weihnachten immer mit ihm verbringen.

Sie hoffte nur, dass sie eines Tages auch den Weihnachtszauber wieder empfinden würde.

Kapitel 8

Als sie nach Camden Hall zurückfuhren, machte es sich Nick auf der Sitzbank bequem und zog seine Frau eng an sich. Heute war das schönste Weihnachtsfest seines Lebens gewesen. Er hätte nicht stolzer auf Fiona sein können. Er war stolz auf ihre Schönheit und Bildung, aber vor allem war er ihr für ihre Toleranz seiner Familie gegenüber dankbar. Es war ihm jetzt klar, dass seine Frau und seine Schwester sehr gut miteinander auskommen würden. Fiona hatte die Fähigkeit, seine bescheidene Schwester zu schätzen. Gott sei Dank.

Er war Fiona auch für ihre extreme Höflichkeit seiner barschen Mutter gegenüber dankbar. Nachdem Fiona nun mit der unhöflichsten Person, mit der sie wohl je einen Abend verbracht hatte, eine Unterhaltung gepflegt hatte, könnte seine Frau guten Grund haben, diese Heirat zu bedauern, aber zu seinem Erstaunen schien sie keinen Gedanken an diese Unterschiede zu verschwenden. Was für Nick eine große Erleichterung war. So hart seine Mutter auch schien, liebte er sie doch. So, wie er begann, Fiona zu lieben. Gott sei Dank würde zwischen denen, die er liebte, Harmonie herrschen. Jetzt . . . wenn Fiona doch nur Emmie akzeptieren würde.

Der Hauch eines Gähnens entschlüpfte seiner zarten Frau. „Müde?", fragte er.

Sie schmiegte ihr Gesicht an seine Brust und

seufzte. „Sehr."

Natürlich musste sie müde sein. Ihr lebhaftes Liebesspiel während der letzten Nacht hatte sie den größten Teil des Schlafs gekostet und die fortlaufende Beschäftigung während des Tages und die Spannung beim Treffen mit seiner Familie verlangten sicher ihren Tribut. „Da ich nicht in der Lage bin, das Bett mit dir zu teilen, ohne über dich herzufallen", sagte er mit einem kleinen Lachen, „biete ich an, dass ich heute Nacht in meinem Zimmer bleibe, damit du eine Nacht ungestörten Schlafs genießen kannst, meine Liebe."

Sie hob ihr Gesicht und fing seinen ernsten Blick auf. „Ich würde lieber mein Bett mit dir teilen, Nick."

Er zog sie in eine feste Umarmung und pflanzte einen Kuss auf ihren Kopf. „Ich bin sehr glücklich, das zu hören."

Als sie Hand in Hand die Treppen in Camden Hall hinaufstiegen, ging sein Atem schneller. Sie schickte die Zofe weg, die in ihrem Schlafzimmer wartete und wandte sich dann zu Nick um; flog in seine Arme, als gehöre sie nur dorthin und legte ihr Gesicht an seine Schulter.

Sie fühlte sich so verdammt gut an. Obwohl sie kleiner war und nicht so üppig wie die Frauen, die seine Geliebten gewesen waren, stellte doch diese Frau, die er geheiratet hatte, die vollendete Perfektion dar. Es schien fast unglaublich, dass er noch vor vier Tagen nie ein privates Gespräch mit ihr geführt hatte, dass vor vier Tagen für ihn eine Heirat mit ihr so unerreichbar geschienen hatte wie die Sterne im Himmel, dass er vor vier Tagen noch gedacht hatte, mit einer Frau zufrieden sein zu können, die nicht ein Zehntel so sehr eine

Dame war wie seine liebste Fiona.

Es schien auch unglaublich, dass er je wünschen könnte, bei einer anderen Frau zu liegen, nachdem er diese seine eigene Frau geliebt hatte.

Sie war so viel mehr als er erwartet hatte. Der bloße Gedanke an ihr leidenschaftliches Wesen ließ sein Blut heiß durch seine Adern strömen und in seine Lenden fließen.

Verführerisch stöhnend hob sie ihr Gesicht zu ihm auf. Von ihren glühenden Augen in einem makellosen Gesicht und dem Gefühl ihres an ihn geschmiegten Körpers bewegt, neigte er seinen Kopf zu ihrem zu einem Kuss, der zuerst zärtlich, dann leidenschaftlich wurde. Ihr Mund öffnete sich zu einem rassen, atemlosen und endlos tiefen Kuss. Als er endlich aufhören konnte und sie auf Armeslänge von sich abhielt, überraschte sie ihn, indem sie seine Krawatte löste und dann mit geschickten Fingern sich an die Knöpfe seines feinen Leinenhemds machte, ohne je ihren heißen Blick von seinem abzuwenden.

Sie stand mit dem Rücken zum Feuer und das Licht, das in ihrem Haar schimmerte, ließ es wie einen Heiligenschein wirken. Er holte tief Luft und umfasste eine ihrer Brüste, die er ehrfürchtig küsste. Dann griff er nach der anderen.

Sie begann zu stöhnen und sich ihm entgegenzuwölben.

Die bloße Vorstellung, sie vor dem Feuer nackt auszuziehen, ließ sein Herz rasen. Er näherte sich ihr und schob sanft das Mieder ihres Kleids nach unten, streifte es von den Schultern über ihre Arme ab und ließ das Kleid auf dem Boden zusammenfallen. Mit zitternden Händen begann er, ihr Korsett aufzuschnüren und als ihre weich gerundeten, kleinen Brüste heraussprangen, knurrte er vor Befriedigung und kam noch näher. Ihre Brüste streiften an seinem Hemd, als er ihr Hinterteil umfasste und sie in einem abgehackten Rhythmus gegen seine Erektion drückte.

Das Geräusch ihres rauen Atmens war wie ein Aphrodisiakum. Ein plötzliches Verlangen, sie aus dieser seidenen Wäsche zu befreien und mit seinen Fingern ihre feuchten Tiefen nachzuzeichnen, überkam ihn. Er begann, ihre Unterhosen langsam nach unten zu ziehen, und als sie über ihre elfenbeinfarbenen Kurven hinabglitten und die goldenen Locken enthüllten, die ihre Öffnung bargen, stockte ihm beinahe der Atem. „So schön", murmelte er wie ein berauschter Mann, als er sie auf seine Arme schwang und sie zu ihrem aufgedeckten Bett trug.

Sie rutschte in die Mitte, als er alle Decken herunterwarf. „Die werden wir heute Nacht nicht brauchen."

Wie er es zuvor getan hatte, schaute er sie an, während er sich selbst auszog, aber anders als am Abend zuvor blickte sie ihn gelassen mit ihren schimmernden Augen an - von seinen Schultern über die Brust zur Taille und noch tiefer. Die Art, wie die Winkel ihres süßen Mundes sich fast unmerklich vor Befriedigung hoben, erhitzte sein Blut.

In dieser Nacht ließ er die Kerze brennen. Er konnte sich die Lust, seinen Blick an ihrem wundervollen Körper zu sättigen, nicht versagen.

Sie stöhnte leise, als er sich neben ihr ausstreckte und begann, sie mit federleichten Küssen von ihrem Ohr über ihren zarten Hals zu bedecken. Als er tiefer ging und eine Brustwarze in seinen Mund zog, stieß sie einen heiseren

Seufzer aus und hob sich ihm entgegen. Er fühlte sich wie ein sorgloses Kind, das durch einen Garten voller Lavendel hüpft. Fionas Duft. Und er fühlte eine unglaubliche Lust.

Er wandte sich von ihren Brüsten ab und überzog ihre seidige Haut mit einer Spur von Küssen, bis er sich zwischen ihren Beinen niederließ und sie mit seinen Schultern noch weiter auseinanderdrückte, als er seinen Kopf nach unten schob, um ihre fruchtige Feuchtigkeit zu kosten.

Beim ersten Stoß seiner Zunge flog sie fast aus dem Bett. „Nicholas Birmingham!", rief sie mit schriller Stimme.

Er hob seinen Kopf und schenkte ihr ein schüchternes Lächeln. „Ja, Liebste?"

„Was machst du da?"

„Nichts, was ich selbst erfunden hätte, Liebste."

„Du meinst ..." Ihre Augen wurden rund.

Er nickte. „Es kann sein", sagte er mit heiserer Stimme, „dass eine Zeit kommt, wo du mich in den Mund nehmen wirst." Während er sprach, ersetzten seine Finger seine Zunge. Sie beobachtete ihn mit halb gesenkten Lidern und sprach mit bebender Stimme. „Leute ... andere Leute machen das wirklich?"

„Ja."

„Dann mach weiter. Bitte."

Wieder teilte er sie mit seiner Zunge, leckte und stieß in sie, während sie sich unter dem Druck seines Mundes hin und her wand. Er schloss seine Augen und stellte sich vor, wie sie ihren warmen Mund um sein Glied schloss.

Lust durchzuckte sie. Sie keuchte. Sie stöhnte. Sie zitterte heftig. Leichte Feuchtigkeit breitete sich über ihrem Körper aus.

Zutiefst befriedigt darüber, wie leicht er sie zum Höhepunkt bringen konnte, hob Nick seinen Körper über sie und versank mit einem sicheren Stoß in ihr, während sie ihre Hüften ihm entgegen hob, Stoß für Stoß. „Oh, Nick", flüsterte sie und ihre Hände gruben sich in seinen Rücken. „Wie kannst du mich nur so verrückt nach dem hier machen?"

Er hielt inne und erschauerte, als sein Samen in sie hineinströmte, als er zu einem Ort aufstieg, den er nie zuvor erreicht hatte, einem Ort voll kreisender Bewegung und leuchtendem Licht und einer fast unerträglichen Lust. Einem Ort, an dem es nur ihn und seine wundervolle Frau gab. „Mein Gott, Fiona", stammelte er schließlich, als er auf die weiche Matratze zurücksank, „ich könnte hier in deinen Armen sterben."

Sie gab ein zufriedenes, leichtes Stöhnen von sich und kuschelte sich an ihn, ihr Kopf lag auf dem dunklen Haar inmitten seiner Brust. „Du, mein lieber Mann, machst mich zu einer lüsternen Frau." Sie atmete noch immer schwer.

Seine Hand spreizte sich über die weiche, glatte Rundung ihres Gesäßes und er stöhnte auf. „Aber ich habe das Vergnügen zu wissen, dass du *meine* lüsterne Frau bist. Und ich könnte nicht glücklicher sein." *Meine Frau.* Diese Worte klangen wie Balsam. Kein Besitz hätte je kostbarer sein können.

Er sprach in Gedanken ein Dankgebet für die Banditen, die sie in sein Leben gebracht hatten.

* * *

Trotz ihrer Erschöpfung hätte sie ihn die ganze Nacht weiter lieben können. Aber an diesem Abend verriet ihr sein leises Schnarchen, dass er gleich nach ihrem Liebesspiel eingeschlafen war, seine Hand noch immer auf ihren bloßen Hüften liegend. Sie gehörte diesem Mann wirklich, aber anstatt ihm dieses besitzergreifende Verhalten übel zu nehmen, fand sie es seltsam befriedigend. Mit einem zufriedenen Lächeln auf dem Gesicht seufzte sie tief, schob vorsichtig einen Arm um seinen steinharten Rücken und lag in der Dunkelheit, während sie auf das stetige Pochen seines Herzens hörte.

Wie konnte sie sechsundzwanzig Jahre gelebt und keine Ahnung davon gehabt haben, was im Schlafzimmer von verheirateten Leuten geschah? Und wie konnte sie sechsundzwanzig Jahre gelebt haben ohne dieses Liebesspiel, nach dem sie so sehr zu verlangen begonnen hatte?

Sie fragte sich, ob sie wirklich eine lüsterne Frau war. Würde sie für einen anderen Mann ebenso bereit gewesen sein? Sie dachte an Edward. Gerade ein Jahr zuvor hatte sie gewollt, dass er sie liebte, aber die Gefühle, die sie für ihn empfunden hatte, waren nicht so stark wie das, was sie für Nick fühlte. Natürlich liebte sie Nick nicht.

Aber die bloße Vorstellung, wie Edward ihren ganzen Körper küsste, wie Nick es getan hatte, war abstoßend. Die Vorstellung, wie Nick sein Glied in ihr versenkte, ließ sie erglühen. Wie eine Kerze in der Dunkelheit.

Sie drückte sanfte Küsse in den Pelz dunkler Haare auf Nicks kräftiger Brust und schlief mit einem Lächeln auf dem Gesicht ein.

* * *

Noch immer nackt, noch immer ineinander verschlungen wie ein paar Täubchen wachten sie am nächsten Morgen auf und liebten sich noch einmal, bevor sie sich für ihren Morgenritt ankleideten. Nick hatte den Stallknecht angewiesen, Midnight und Missus B zu satteln, so dass sie nicht warten mussten, als sie am Stall ankamen.

Nach einem schnellen Galopp über die weitläufige Wiese hinter Camden Hall zügelte Nick sein Pferd auf einem sanft abfallenden Hügel. „Ich wünschte, wir müssten nicht schon heute abreisen", sagte er, als sie neben ihm anhielt.

Ihr Gesicht wurde lang. Ihr Herz wurde schwer. Sie wollte nicht nach London zurückkehren. Wenn sie erst einmal in der Stadt wären, würde ihr Ehemann mit Sicherheit wieder von seinen dummen Geschäften besessen sein und sie von seinem Leben ausschließen. Er würde ihr nicht einmal erlauben, von seinem elenden Geschäft zu sprechen. Sie fragte sich, ob sie in ihrem Heim in London noch immer das Schlafzimmer teilen würden. Würden sie sich weiterhin jede Nacht lieben? Guter Gott, wurde sie eine absolute Sklavin ihrer Leidenschaft? „Müssen wir so schnell zurückkehren?", fragte sie und versuchte, ihre Enttäuschung zu zügeln.

Er verzog das Gesicht. „Ich fürchte, ja."

Sie konnte sich gerade zurückhalten, nicht sein Geschäft zu verfluchen. Hatte sie ihm nicht versprochen, kein Wort mehr darüber zu verlieren? Sie hob stolz ihr Gesicht. „Ich werde Camden Hall vermissen."

Er lenkte Midnight neben sie und beugte sich herüber, um Fionas Wange zu küssen. „Ich auch, aber wir müssen zurück. Die Entführer werden versuchen, dich zu erreichen."

Wie konnte sie alles über Randys missliche Lage vergessen haben? War sie so mit sich selbst beschäftigt? Vielleicht *musste* sie nach London zurückfahren.

„Wohin wurde der letzte Brief geschickt?",
fragte er.

„Nach Agar House."

„Hast du erfahren können, wer ihn brachte?"

Sie schüttelte den Kopf. „Er wurde von einem
Jungen abgegeben, der einen Shilling dafür
bekommen hatte. Das ist alles, was ich weiß." Es
kam ihr in den Sinn, dass sie nicht wusste, wo sie
leben würden, bis sie in das neue Haus am
Piccadilly einziehen würden. „Werden wir dort
wohnen, bis das neue Haus fertig ist?"

„Wir werden in meinem Haus leben", sagte er
streng.

„Dem neuen?"

„Das neue ist *unseres*."

Er benahm sich äußerst arrogant. „Wo ist dann
Ihr gegenwärtiges Haus, Sir?"

„Tatsächlich", sagte er mit wieder sanfterer
Stimme, „lebe ich in der früheren Wohnung
meines Vaters südlich der Themse.

Südlich der Themse? Sie hatte noch nie einen
Londoner gesehen, der *südlich* von der Themse
wohnte. Und sie war sich nicht sicher, dass sie
dort zu wohnen wünschte, auch, wenn es nur für
ein paar Wochen war, bis sie in das neue Haus
würden umziehen können. Guter Gott, würden
betrunkene Prostituierte und Taschendieben dort
Amok laufen?

Er betrachtete sie amüsiert. „Ich versichere dir,
es ist eine äußerst anständige Gegend. Nicht
Mayfair, aber hübsch."

Sie schämte sich für ihre erste Reaktion.
Natürlich würde Nick nicht in einer Hütte leben.
„Ich bin sicher, dass es das ist."

Ein lässiges Grinsen legte sich über sein

Gesicht. „Und warum bist du da so sicher?"

„Weil du einen bemerkenswert guten Geschmack besitzt."

Er beugte sich herüber und küsste sie wieder. „Vor allem bei Ehefrauen."

Merkwürdig, sie fand, das wäre das Netteste, was jemals jemand zu ihr gesagt hatte.

* * *

Das erste, was Nick und Fiona bei ihrer Rückkehr nach London taten, war, die Dienerschaft in Agar House zu befragen, um zu erfahren, ob eine zweite Lösegeldforderung gekommen wäre, aber nach allen Fragen und der Durchsicht der Post stellte sie fest, dass es noch keine Nachricht von den Entführern gegeben hätte. Nick schaute seine Frau mit besorgt zusammengezogenen Brauen an und nahm ihre Hände. „Keine Angst, meine Liebe. Wir werden Randolph in kürzester Zeit wieder sicher zu Hause haben. Mein Bruder ist bereit, ohne Zögern nach Portugal aufzubrechen."

Wie konnte sie sich keine Sorgen machen? Es stimmte, noch war keine Woche vergangen, seit sie den ersten Brief erhalten hatte, aber das Schweigen beängstigte sie. Könnte Randy schwer verletzt sein? Sie drückte Nicks Hand. „Obwohl ich mich nicht *nicht* sorgen kann, bin ich dankbar, dass du mir hilfst, dies durchzustehen. Es hilft wirklich."

Er schenkte ihr ein schiefes Lächeln, bevor er sich an den Butler wandte. „Ich möchte, dass Sie sich meine Adresse notieren", sagte Nick zu dem Angestellten, „und dafür sorgen, dass alle Post für Lady Fiona sofort dorthin gebracht wird."

Nachdem Nick dem Butler die Adresse gegeben hatte, bot Nick seiner Frau den Arm. „Komm,

Liebes, lass uns nachsehen, ob unser neues Haus jetzt tatsächlich fertiggestellt ist."

Fiona fühlte sich ausgesprochen schuldig, dass die Aussicht, ihr neues Haus zu sehen, sie merklich aufheiterte.

Als sie bei dem Stadthaus in Piccadilly ankamen, war sie überrascht, dass sich kein einziger Arbeiter dort befand, obwohl es drei Uhr nachmittags war.

„Sie sind wirklich fertig", sagte Nick, als er über die Schwelle schlenderte, seine Hand besitzergreifend auf ihrer Taille. „Jetzt ist die Reihe an dir."

Ihr bewundernder Blick schweifte von den glänzenden Marmorböden zu den vergoldeten Gesimsen und zu den himmlischen Decken. „Ich werde mit den einzelnen Lieferanten Kontakt aufnehmen, wenn du heute Nachmittag in dein Büro gehst."

„Und was lässt dich glauben, dass ich heute in mein Büro gehen werde?", fragte er und sah mit einem verruchten Grinsen auf sie hinab.

„Weil ich seit drei Tagen deine Frau bin. Halte mich für klug genug, ein wenig darüber erfahren zu haben, wie dein Kopf arbeitet." Sie verspürte den seltsamen Wunsch, ihm zu sagen, dass sie ihn auf eine Weise kannte wie keine andere Frau, aber hatte das Gefühl, dass Diane Foley hier ihr gegenüber im Vorteil sein könnte. Wie lange hatten die beiden ein Liebesverhältnis gehabt? Guter Gott, würde Nick jetzt zu der Schauspielerin gehen?

Fionas Herz wurde schwer. Sie wusste, dass viele verheiratete Männer ihre Liebschaften hatten, aber sie wollte nicht denken, dass ihr Mann einer dieser Männer wäre. Sie wollte nicht daran denken, wie sein bloßer Körper mit den glatten Muskeln sich über den der Schauspielerin hob, wie er sie innig streichelte, so wie er es bei Fiona getan hatte. Sie stellte sich die feuerhaarige Schauspielerin vor und wurde von heftiger Eifersucht erfüllt, einer Eifersucht, die viel tiefer war als die, die sie früher für Edwards Gräfin empfunden hatte.

Als sie von Zimmer zu Zimmer eilten, staunte sie darüber, wie leicht sie sich vorstellen konnte, jedes davon mit passender Einrichtung auszustatten. „Ich denke, der Salon wird mit Wandverkleidung aus blassgelbem Damast und goldenen Seidenvorhängen perfekt wirken", sagte sie zu ihrem Mann.

„Was das angeht, muss ich mich auf dich verlassen, meine Liebe. Ich habe keine Ahnung, was Damast ist."

„Gut, ich schon, und ich freue mich schon sehr darauf, alles auszusuchen - mit Trevors Hilfe, natürlich."

Nick verdrehte die Augen und murmelte etwas über Trevor, das sie nicht verstehen konnte.

„Es ist dir klar, dass die meisten Frauen einen besten Freund haben?", fragte Fiona.

Er sah sie mit einem seltsamen Blick an. „Willst du mir sagen, dass Trevor Simpson dein bester Freund ist?"

Sie nickte.

„Hölle und Teufel!"

„Wenn du ihn kennenlernst, wirst du ihn genauso lieben wie ich es tue."

Nicks Augen wurden schmal. „Ich weiß nicht, wie es mir gefallen soll, dass meine Frau einen anderen Mann liebt."

Ihr Herzschlag setzte aus. Liebe war nie Teil

ihrer Abmachung gewesen. Könnte Nick sich wünschen, dass sie sich in ihn verliebte? Ihre Schultern sackten hinab. Natürlich würde Nick - der alle Arten von Besitz sammelte - ihr Herz, ihre Seele und ihren Körper zu besitzen wünschen. Sie zu heiraten war eher so gewesen, als hätte er seiner großen Sammlung den krönenden Abschluss gegeben. Sie zuckte mit den Schultern. „Ich denke, Trevor ist der einzige Mann, den ich kenne, mit dem ich alleine sein kann, ohne mir darum Sorgen zu machen, dass mein Ruf darunter leiden könnte. Du wirst doch keine Einwände dagegen haben, dass Trevor mir ständig am Schürzenband hängt?"

Sein Grinsen ließ ein Grübchen in einer seiner Wangen entstehen. „Ich teile meinen Besitz nicht gerne."

Sie wurde steif und begann dann, die Haupttreppe hinaufzugehen. Natürlich, das war alles, was sie für Nick war. Besitz.

Sie schlenderten den Flur zu seinem Schlafzimmer hinunter. „Hier werden wir zuerst einziehen", sagte er mit heiserer Stimme; seine Augen funkelten, als er sie ansah. „Und ich gebe keinen Deut darum, ob dein Bett jemals geliefert wird."

Ihr Blick flog zu seinem Unterleib. Er war erregt. Ein Gefühl der Macht, der schieren Lust überkam sie. Sie näherte sich ihm, hob ihre Arme, um sie in seinem Nacken zu verschränken, als er seinen Kopf zu ihr beugte, um ihre Lippen zu kosten.

Er riss sie an sich, umfasste ihre Hüften und presste sie gegen seine Erektion. Ihre Brüste fühlten sich schwer an, ihr Atem schien auszusetzen und tief in ihrem Körper prickelte es.

Sie war noch nie so erregt gewesen. Sie dachte, sie könnte vor quälendem Verlangen sterben, wenn er sie nicht jetzt gleich hier in diesem riesigen, leeren Zimmer nähme.

Nick hatte dieselbe Idee.

Er drückte sie gegen die Tür und begann, ihre Röcke zu heben. Sie befreite ihn mit zitternden Händen von seinen Hosen. Als sie sein geschwollenes Glied aus dem gelockerten Bund herausragen sah, stockte ihr der Atem.

„Öffne deine Beine", krächzte er.

Als sie das tat, trat er zwischen sie und schob sich in sie hinein. Fast sofort wurden sie beide von Zuckungen überwältigt, als sie heiße Ausrufe von Lust und geflüsterte Zärtlichkeiten von sich gaben.

Fiona war sich vage bewusst, dass das Sonnenlicht durch zwanzig Fensterflügel in das große, hallende Schlafzimmer drang. Sie war sich vage bewusst, dass sie allein in dem riesigen, leeren Haus waren und sich aufführten wie Hunde in der Hitze. Aber alles andere verschwand in einem unscharfen Gefühl körperlicher Lust.

Einen Moment später war alles vorbei und sie lehnte sich verschwitzt und keuchend an ihren Ehemann. „Du scheinst das Flittchen in mir herauszufordern", murmelte sie. Sie fand, sie sollte sich wegen ihres Benehmens schämen, aber die Lust überwog jede Verlegenheit bei Weitem.

Er wischte über ihre Stirn, küsste sie sanft und sagte: „Genau das, was ich mir bei einer Frau wünsche: ein Flittchen im Schlafzimmer und eine Dame im Salon."

Die plötzliche Erinnerung daran, dass Männer nach der Liebe unter großer Erschöpfung litten, machte sie glücklich. Sicher würde er jetzt kein

Verlangen danach haben, zu Diane Foley zu gehen und mit ihr zu schlafen. Vielleicht, wenn sie ihren Mann sexuell befriedigt halten könnte, würde er nie wieder in das Bett der Schauspielerin zurückkehren. „Oh Liebster", sagte sie mit einem Aufseufzen, „werden wir immer so viel Freude am Körper des anderen haben?"

Er hielt sie fest und seufzte ebenfalls. „Das ist unwahrscheinlich."

Sie schmollte.

„Du Füchsin!", knurrte er. „Ist dir klar, dass, wenn wir in diesem Tempo weitermachen, keiner von uns irgendetwas schaffen wird?"

„Weil wir nie aus dem Bett herauskämen!"

* * *

Sie überquerten die Themse bei Westminster und ein paar Minuten später betraten sie sein Haus. „Erlauben Sie mir, Sie ihrer neuen Herrin, Mrs. Birmingham, vorzustellen", sagte er zu Butler, Haushälterin und dem Zimmermädchen, die sich in der Eingangshalle versammelt hatten. Fiona als seine Frau vorzustellen erfüllte ihn mit Stolz. „Mrs. Hill ist die Haushälterin." Er nickte der Frau mittleren Alters zu. „Biddles ist der Butler und ..." Er sah hilfesuchend zu der Haushälterin hinüber, um den Namen des Mädchens zu finden.

„Lottie", sagte Mrs. Hill.

Fiona nickte dem knicksenden Mädchen zu.

„Sie werden meine Frau mit Mrs. Birmingham oder Lady Fiona anreden", sagte er stolz.

„Mr. Birmingham hat mir versichert, dass Sie alle äußerst fähig sind", sagte Fiona zu der Gruppe.

„Übrigens", fügte Nick hinzu und ließ seinen Blick über seine Diener schweifen, „wir werden

bald umziehen. Das neue Haus ist endlich fertig."
Dann wandte er sich zu Fiona. „Erlaube mir, dich
herumzuführen, meine Liebe."

Sie legte ihren Arm auf seinen, als sie durch die
geräumigen   Zimmer   des   Erdgeschosses
schlenderten und als sie wieder an der Treppe
waren, fragte sie: „Wo ist das Kind?"

Sein   Atem   stockte.   „Möchtest   du   sie
kennenlernen?" *Bitte, sag ja.*

„Natürlich."

„Das Kinderzimmer ist im dritten Stock", sagte
er, als sie die Treppe hinaufzugehen begannen.

„Wie alt ist sie?"

„Acht."

„Dann warst du ..."

„Vierundzwanzig, als sie geboren wurde." Alt
genug, um Verantwortung für sein Handeln zu
übernehmen.

„Und wie alt war sie, als sie zu dir kam?"

Er zuckte die Achseln. „Drei oder vier Monate."
Er hatte nie jemanden von dem erschreckenden
Vorfall erzählt, der eine eilige Entfernung von
Emmie aus Rubys Haus notwendig gemacht
hatte. Von einer Freundin Rubys, die nicht gut
auf sie zu sprechen war, hatte er erfahren, dass
Emmie nicht das erste Kind war, das Ruby
geboren hatte - obwohl sie erst achtzehn gewesen
war, als sie Nick kennenlernte. Ihr erstes Kind -
ein gesunder Junge - war nur wenige Minuten
nach seiner Geburt von seiner eigenen Mutter
erdrosselt worden.

Nicks wachsende Kenntnis seiner Mätresse
überzeugten ihn davon, dass Emmie nur noch am
Leben war, weil Ruby geplant hatte, das Kind als
Milchkuh zu benutzen, um Nicks Taschen zu
leeren. Nicht, dass Geld etwas mit seiner

Entscheidung, das Kind zu sich zu nehmen, zu tun gehabt hätte. Die bloße Vorstellung, wie die sprunghafte Ruby die Geduld mit dem Baby verlieren und sie in einem plötzlichen Wutanfall umbringen könnte, lag ihm so schwer auf der Seele, dass er nicht schlafen konnte, bevor das Kind nicht sicher unter seinem Dach war; ihre Mutter war nur zu glücklich gewesen, eine lebenslängliche Rente von Nick ausgesetzt zu bekommen.

„Wie heißt sie?"

„Emily, aber sie wird immer Emmie gerufen."

Sie begannen, die Stufen hinaufzugehen. „Wie soll das Kind mich nennen?", fragte Fiona. „Sie kann kaum Mutter zu mir sagen, und Mrs. Birmingham hört sich viel zu steif an."

Sie waren im zweiten Stockwerk angekommen und stiegen jetzt eine weitere Treppe hinauf. „Was ist mit Lady Fiona?", fragte er.

Genau da rutschte Fionas Fuß ab. Ihrem Schrei folgte das widerliche Geräusch des Aufpralles ihres Körpers beim Herunterrollen der Treppe.

Sein Herz schlug donnernd in seiner Brust, er wirbelte herum und stürzte zu ihr, in der Hoffnung, ihren Sturz aufzufangen.

Mit Schrecken beobachtete er, wie sie ein halbes Dutzend Stufen hinabfiel, bevor ihr linkes Bein sich im Zwischenraum der Geländerpfosten verfing und sie plötzlich schmerzhaft aufhielt - mit dem grauenvollen Klang ihres brechenden Knochens.

Kapitel 9

Zwischen Traum und Wirklichkeit schwebend war Fiona sich nicht sicher, wo sie war, während sie ihren Mann mit harter Stimme Befehle geben hörte. „Sie werden einen Tragstuhl benutzen, um Mrs. Birmingham überall hinzubringen, wohin sie gehen möchte, auch im Haus. Unter keinen Umständen darf sie ihr Bein belasten."

Hatte Nicks Mutter sich am Bein verletzt?, fragte Fiona sich.

„Und Biddles", sagte er zum Butler, „sorgen Sie dafür, dass der Vorrat an Laudanum aufgefüllt wird. Sie hat eine verflixt große Menge davon genommen."

„Wie Sie wünschen, Mr. Birmingham."

Laudanum? Fiona hatte nur einmal zuvor das Opiat genommen und sich hatte sich ... genauso benommen gefühlt wie gerade jetzt. Plötzlich erinnerte sie sich daran, wie sie die Treppe hinuntergefallen war. Sie erinnerte sich auch an den stechenden Schmerz, der so unerträglich gewesen war, dass nur die Bewusstlosigkeit sie davon erlösen konnte.

Sie versuchte, ihr verletztes Bein zu bewegen und stellte fest, dass es nicht nur unbeweglich war, sondern auch beträchtlich schwerer als noch am Nachmittag. Sie hob ihren Kopf, um es anzusehen. Die Bewegung erregte Nicks Aufmerksamkeit. Er eilte an die Seite ihres Bettes und umfing ihre Hand mit seinen beiden Händen.

„Wie fühlst du dich, Liebes?", fragte er sanft.

„Benebelt." Es war schwierig, die Worte zu formen und als sie es tat, wirkte ihr Stimme seltsam losgelöst. In ihrem Kopf sah sie langgezogene Buchstaben das einzelne Wort formen, das sie von sich gegeben hatte.

„Der Wundarzt ist gerade gegangen", erklärte er. „Er hat dein Bein gerichtet und mich gewarnt, dass ich dafür sorgen solle, das du zumindest die erste Woche im Bett bleibst."

Ihr schwebendes Gefühl von Wohlbefinden wurde von etwas Dunklem und Bedrohlichen durchbrochen. „Aber ich muss ..." Sie konnte sich nicht erinnern, was sie tun musste, aber sie wusste, was auch immer es war, es konnte nicht von diesem Bett aus erledigt werden.

Dieses Bett ... Wo war sie? Ihre Augen öffneten sich vollends, sie sah sich in dem grünen Schlafzimmer um, das unverkennbar weiblich war. „Wo bin ich?", fragte sie benommen.

„In Veritys Zimmer. Ich dachte, das würde besser für dich sein als Mutters."

Sie fiel in die Kissen zurück. Also war sie in Nicks Haus. Südlich der Themse. „Mein Bein?"

„Ist gebrochen", antwortete er und drückte ihre Hand. „Hast du Schmerzen?"

„Nein. Ich merke, dass ich Laudanum bekommen habe."

Er wischte ihr zärtlich über die Stirn. „Du musst es nehmen, wann immer du fühlst, dass du es brauchst."

„Aber das macht mich so ... langsam. Wie soll ich die Einrichtung für das neue Haus aussuchen?"

„Ich werde nach Trevor Simpson schicken. Er wird fähig sein, deine Anweisungen auszuführen."

Ein leises Lächeln breitete sich auf ihrem Gesicht aus. „Jetzt sehe ich, warum du so gut bei deinem Geschäft bist. Du kannst dich sofort auf Veränderungen einstellen."

Da war noch etwas, was ihr Sorgen machte, aber sie konnte sich nicht daran erinnern, was es war. Etwas Wichtiges, da war sie sich sicher.

„Der Wundarzt betonte, dass du in den ersten Tagen nicht aufstehen darfst. Das würde sonst die Schwellung verschlimmern."

Bett! Das war es! Wie sollte sie das Bett mit ihrem Mann teilen? Schlimmer noch, wie könnten sie miteinander schlafen, wenn sie nicht einmal ihr Bein bewegen konnte? Ihr Inneres zog sich zusammen. Ihr Mann war äußerst männlich. Natürlich würde er zu Miss Foley zurückgehen, um seine Schlafzimmer-Bedürfnisse zu befriedigen. Die Vorstellung, wie er sein Verlangen zwischen den Schenkeln der Schauspielerin auslebte, verursachte Fiona größere Schmerzen als ihr gebrochenes Bein. Eine Träne begann, über ihre Wange zu rinnen.

„Was ist los?", fragte Nick. „Hast du Schmerzen? Soll ich dir mehr Laudanum holen?"

Sie wischte über ihre glänzende Wange. „Ich bin so unglücklich, weil ich so gerne mit dir das Bett teilen möchte."

Er seufzte vor Erleichterung und beugte sich vor, um ihr einen zarten Kuss auf die Lippen zu geben. „Vielleicht könnten wir nächste Woche ein paar dieser ... Aktivitäten wieder versuchen, wenn ich sehr vorsichtig bin", flüsterte er.

Die Erinnerung an jeden, den sie kannte und der ein gebrochenes Bein gehabt hatte, rauschten ihr durch den Kopf. Wenn das Bein ordentlich gerichtet und die Schwellung zurückgegangen war, waren sie in der Lage gewesen, sich in begrenztem Maße wieder zu bewegen. Sie erinnerte sich, wie überrascht der Wundarzt gewesen war, als Stephen, ihr jüngerer Bruder, sich in nur sechs Wochen von seinem gebrochenen Bein erholt hatte. Natürlich war Mama noch am Leben gewesen und hatte dafür gesorgt, dass er während der ganzen sechs Wochen sein Bein nicht belastete und ihm verboten, jemals wieder auf einen Baum zu klettern.

Sechs Wochen. Wäre diese Zeit schon vergangen, würde sie kurz scheinen, aber in der Zukunft schien sie sich endlos hinzuziehen. Und sie hatte so viel damit zu tun, das neue Haus fertig einzurichten und zu beginnen, den Einführungsball für Miss Peabody und Verity zu planen.

Und dann musste sie auf ihre junge Ehe Rücksicht nehmen. Sie wollte gar nicht daran denken, dass Nick zu dieser abscheulichen Schauspielerin zurücklaufen könnte.

Also schmollte sie.

„Was ist los, Liebes?" fragte er.

„Ich will nicht von dir getrennt schlafen."

„Aber wir können nicht ..." Er hielt inne. „Ich verstehe dein Zögern, alleine in einem fremden Raum zu schlafen. Möchtest du, dass ich mir eine Liege bringen lasse, damit ich neben dir schlafen kann?"

Sie schüttelte den Kopf. „Dieses Bett ist groß genug für uns beide."

„Das kann ich nicht riskieren. Meine Bewegungen könnten deinem Bein schaden."

„Es ist ordentlich geschient worden, da bin ich sicher. Wie ich dich kenne, denke ich, dass du die

Dienste des besten Wundarztes, der für Geld zu haben ist, in Anspruch genommen hast."

„Natürlich, aber ich kann nicht in diesem Bett schlafen, Fiona", sagte er fest. „Wenn ich dich im Schlaf anstieße, könnte es dir unerträgliche Schmerzen bereiten - und könnte das Bein sogar mehr verletzten."

„Ich werde auf der linken Seite des Betts schlafen. Du kommst an meine gute Seite." Sie begegnete seinem unerschütterlichen Blick. „Bist du nicht standhaft genug, neben mir zu liegen und dir nicht zu wünschen ...?"

„Das ist es nicht! Ich bin nicht so oberflächlich, dass ich nicht das Wohlergehen meiner Frau über mein eigenes, flüchtiges Vergnügen stellen würde."

Flüchtiges Vergnügen? War das alles, was ihre Liebesnächte ihm bedeuteten?

Die nächste Träne rollte.

Und Nick seufzte. „Ich kann sehen, dass das Laudanum dich empfindlich macht. Also gut, ich werde bei dir schlafen. Aber keine Küsse. Keine Berührungen. Verstanden?"

Sie schenkte ihm ein breites Lächeln, als sie nickte.

* * *

Als Nick an diesem Abend in ihr Schlafzimmer kam, balancierte er eine Tasse warmer Milch in der einen Hand, während er die Tür mit der anderen vorsichtig aufschob. „Ich habe dir warme Milch gebracht", sagte er, kam zum Bett und stellte die Tasse auf dem Nachttisch ab. „Erlaube mir, dir aufzuhelfen."

Als er seine Arme um ihren Körper legte und begann, ihren Oberkörper aufzurichten, zuckte sie zusammen.

Er erstarrte. „Habe ich dir weggetan?"

Sie ließ sich zurücksinken. „Ich glaube, ich möchte noch ein wenig Laudanum, bitte."

Er fluchte leise, beschimpfte sich selbst, wenn sie sich nicht irrte. „Wenn ich es in deine Milch tue, versprichst du mir, dass du sie dann austrinkst?"

Sie antwortete ihm mit einem schwachen Nicken.

Er mischte die Arznei in die Milch und reichte sie ihr. „Es wird vielleicht bequemer für dich sein, wenn du dich auf deinen rechten Unterarm hochstützt. Ich habe furchtbare Angst, dir wehzutun."

Es dauerte eine volle Minute, bis sie sich weit genug aufgerichtet hatte, um die Milch zu trinken. Nach drei kurzen Schlucken machte sie eine Pause und bemerkte seinen besorgten Blick. „Hast du die Milch selbst angewärmt?"

„Ja."

„Das war überaus lieb von dir, Nick."

„Das habe ich nicht gemacht, um nett zu sein. Eher aus Schuldgefühl. Ich hätte deinen Arm nehmen sollen, als wir die Treppe hinaufgingen."

„Es ist mit Sicherheit nicht dein Fehler, dass deine Frau so ungeschickt ist." Es gefiel ihr nicht, dass ihre Stimme sich wie die eines Betrunkenen anhörte.

„Meine Frau ist ganz bestimmt *nicht* ungeschickt. Du bist die eleganteste Frau, die ich kenne."

Ihr Mann war wirklich sehr charmant, vor allem, wenn man bedachte, dass sämtliche äußeren Vorzüge, die sie sonst aufweisen mochte, im Moment kaum sichtbar waren. Nicht nur, dass sie verschwommen sprach, ihre Haare waren ein

wirres Durcheinander und ihre Kleidung war
völlig zerknittert. Sie verspürte keinerlei Wunsch,
sich im Spiegel zu sehen. „Ich kann dieses elende
Kleid nicht weiter tragen. Wusstest du, dass es
Flecken von getrocknetem Blut hat?"

Er nickte. „So wenig ich einen anderen Mann
deinen Körper sehen lassen mag, habe ich doch
den Wundarzt gefragt, ob wir es ausziehen sollten,
aber er meinte, das wäre nicht notwendig."

„Vielleicht da nicht, aber jetzt schon. So kann
ich keine Besucher empfangen."

Er richtete sich auf und sah sie an. „Du wirst
keine Besucher empfangen."

„Was ist mit Trevor?"

„Den habe ich vergessen", sagte Nick
stirnrunzelnd. „Also möchtest du dich für diesen
Geck hübsch machen?"

„Und für dich." Guter Gott, was sagte sie da?
Das Laudanum hatte dieselbe Wirkung auf sie wie
zu viel Alkohol. Sie schwätzte diesem Mann, den
sie geheiratet hatte, etwas vor - und blamierte
sich.

„Um mir zu gefallen, musst du gar nichts
anziehen", sagte er.

Sie schenkte ihm ein verführerisches Lächeln.
„Ja, das weiß ich."

„So habe ich das nicht gemeint."

„Trotzdem, ich möchte ein leichtes
Musselinmorgenkleid anziehen. Eines *ohne* Blut,
wenn du so lieb sein willst."

„Soll ich deine Zofe rufen?"

„Ich vertraue nicht darauf, dass sie mir keine
Schmerzen bereiten würde. Bei dir bin ich mir da
sicher, Nick."

„Gut. Ich glaube, deine Zofe hat deine Sachen
schon ausgepackt bevor ... vor dem Unfall." Er

ging zum Schrank und öffnete ihn. „Welches Kleid wünschen Sie, Mylady?"

„Das mit den kleinen Lavendelblüten."

Er nahm das Kleid und kam, um es auf ihr Bett zu legen. „Ich habe scheußliche Angst, dir weh zu tun."

„Ich dachte, vielleicht könntest du mich hochziehen und ich könnte die Röcke wegziehen. Dann könntest du mich wieder absetzen und das ganze Kleid wegnehmen."

Er zuckte zusammen. „Versuchen wir es", sagte er und griff mit seinen Händen unter ihre Achseln, „aber wenn du Schmerzen hast, hören wir sofort auf." Dann hob er sie so leicht auf wie ein Stück Pergament.

Sie fummelte an ihren Röcken herum und schob sie von ihren Hüften, bevor sie wieder herunterfiel. „Schmerzlos", versicherte sie ihm.

„Ich hoffe, dass nicht das Laudanum deinen Schmerz verbirgt, während du dich weiter verletzt."

Sie fiel in ihre Kissen zurück. „Ich möchte noch etwas trinken. Bitte."

Er stand neben ihr, während sie die Tasse austrank. „Dann lass uns jetzt versuchen, das Kleid ganz wegzuziehen."

Als sie sich wieder aufgesetzt hatte, konnte er das Kleid und ihr Hemd in Sekunden wegnehmen.

„Du kannst aber kaum in diesem Korsett schlafen", sagte er mit leiser Stimme, kam näher und begann, es aufzuschnüren. Die Nähe dieser langen Finger so dicht an ihren Brüsten ließen ihre Brustwarzen sich aufrichten - und die Röte in ihre Wangen steigen. Als die Schnürung gelockert war, hob sie ihre Arme und er zog das Korsett nach oben weg. Ihr Blick fiel zu den harten

Spitzen in der Mitte ihrer Brüste und sie errötete noch tiefer. Nick musste das bemerken. Sie war unfähig, sich nicht daran zu erinnern, wie er ihre Brüste in seinen Händen gewogen, in seinen Mund genommen hatte. Vielleicht war es das Laudanum, das ihr sexuelles Verlangen verstärkte. Zwischen ihren Beinen begann es zu pochen. Ein Jammer, dass sie beide diese verführerische Stimmung nicht ausnutzen konnten. Sie ertappte sich bei dem Wunsch, dass diese Woche schon hinter ihnen läge, wünschte, sie könnten wieder wie Mann und Frau beieinander liegen. Sie hob ihren Blick zu ihm, aber er richtete seine ganze Aufmerksamkeit auf das saubere Kleidungsstück.

„Hebe deine Arme", wies er sie an.

Mit hoch erhobenen Armen blieb sie stockstill, während er ihr in das Musselinkleid half, zurücktrat und sie dann anschaute. „Hübsch. Und jetzt, meine Liebe, musst du schlafen." Er ging zum Nachttisch und löschte die Kerze.

Sie legte sich zurück und beobachtete ihn, wie er dort stand und all seine Kleidung auszog, während das Kerzenlicht auf der harten Oberfläche seines so männlichen Körpers flackerte. Es war das erste Mal, dass sie ihn nackt sah, ohne dass er erregt war und sie bewunderte ihn für diese Selbstbeherrschung nur noch mehr.

Er glitt vorsichtig auf der rechten Seite ins Bett. „Bist du in Ordnung?", flüsterte er.

„Ich versichere dir, ich habe die Bewegung überhaupt nicht gespürt." Jedes Wort, das sie sprach, war ein Kampf, wie das Schwimmen gegen einen schnell fließenden Fluss.

Er warf ihr einen Kuss zu. „Schlaf jetzt, Liebste."

Liebste. Es gefiel ihr, wie das Wort sich von seinen Lippen anhörte. Auch wenn er das nicht ernst meinen konnte.

Während sie darauf wartete, dass der Schlaf sie endgültig übermannte, erinnerte sie sich daran, wie geduldig und liebevoll er mit seiner Mutter umgegangen war, die keine leicht zufriedenzustellende Frau war. Er war ein guter Sohn. Ein guter Bruder. Und jetzt ein guter Ehemann.

* * *

Nick lag still neben ihr, noch lange, nachdem sie in einen tiefen Schlaf gefallen war. Er hatte Angst, sich zu bewegen, aus Furcht, dass er ihrem Bein schaden könnte, Angst einzuschlafen, weil sie ihn brauchen könnte. Tausendmal an diesem Tag hatte er sich verflucht, weil er zugelassen hatte, dass sie stürzte. So lange er lebte, würde er das Geräusch ihres zarten Körpers, wie er die Stufen hinabrollte, den schrecklichen Klang, als ihr Knochen in zwei Teile brach, nicht vergessen.

Und er würde nie die lähmenden Sekunden vergessen, als er fürchtete, dass sie bei diesem Sturz zu Tode kommen würde. Selbst jetzt verkrampfte sein Magen sich noch, als er daran dachte.

Sie bedeutete ihm so viel. Am Abend zuvor hatte er den Banditen gedankt, die sie in sein Leben gebracht hatten. Heute war er dankbar dafür, dass ihr Leben verschont worden war.

Es gab keinen anderen Ort, wo er lieber hätte sein wollen, als neben ihr, seiner geliebten Frau.

* * *

„Ein Mr. Trevor Simpson möchte Sie sehen, Madam", verkündete der Butler am nächsten Nachmittag.

Fiona schloss vor Schmerz die Augen und zog sich zu einer sitzenden Haltung hoch. „Ich lasse bitten."

Trevor eilte in das Zimmer, praktisch wie für den Hof gekleidet mit Halbschuhen und seidener Kleidung - einschließlich einer Weste aus hellviolettem Satin. Sie war schrecklich froh, dass Nick nicht hier war, um sich über ihn lustig zu machen.

„Oh, mein armer Liebling!", kreischte Trevor, als er zu ihrem Bett lief. „Ich hätte dich diesen abscheulichen Mann nicht heiraten lassen dürfen. Schlimm genug, dass er dich *südlich* der Themse leben lässt, aber jetzt ist er noch hergegangen und hat zugelassen, dass du dir ein Bein brichst." Er zog einen Stuhl neben ihr Bett und setzte sich. „Ich habe Blumen mitgebracht. Die Zofe holt gerade Wasser für sie."

„Das war sehr lieb von dir, aber ich muss dich bitten, dass du nicht schlecht von meinem Mann sprichst. Er ist wirklich sehr lieb und furchtbar besorgt, weil ich mir das Bein gebrochen habe."

„Das sollte er wohl sein. Dieses abscheuliche Wesen."

Zwischen ihren Brauen entstand eine Falte. „Ich werde dir nicht erlauben, in diese Art über meinen Mann zu sprechen."

Trevor sah sie einen Moment aus schmalen Augen an. „Es ist äußerst unfair, dass ein Mann so viele Vorzüge hat. Dieser verdammte Birmingham ist nicht nur gutaussehend, muskulös und *groß*, aber er hat auch ein Händchen bei den Damen. Ich glaube fast, du hast dich in den Kerl verliebt."

„Liebe war nie Bestandteil der Abmachung, die ich mit Nick abgeschlossen habe." Sie bedauerte es fast, dass es keine Zeit für eine Werbung gegeben hatte, da sie sich fragte, ob Nick und sie sich ineinander hätten verlieben können. Aber wenn sie zwischen Werbung und dem Vergnügen im Bett zu wählen hatte, musste sie zu ihrer Schande gestehen, dass sie das Bett vorziehen würde. Trotzdem, Liebe *und* großartiger Sex wären wirklich die Bestandteile für eine perfekte Ehe. Schade, dass Nick und sie nur über eines davon verfügten.

„Du kannst mich nicht täuschen", sagte Trevor und faltete elegant seine Hände im Schoß, mied aber ihren Blick.

Auch wenn Trevor sie besser als sonst irgendjemand kannte, diesmal dachte er das Falsche. Sie konnte nicht in Nick verliebt sein. Sie kannte ihn erst seit ein paar Tagen. Nicht wie Edward, den sie fast ihr ganzes Leben gekannt - und ihr halbes Leben geliebt hatte.

„Jetzt erzähle mir, wie sich dieser unglückliche Unfall ereignet hat", sagte Trevor.

„Da gibt es nicht viel zu erzählen. Ich bin ausgerutscht und die Treppe hinuntergefallen und das Schlimme ist, dass mein dummes linkes Bein sich zwischen den Geländerpfosten verhakt hat und in zwei Stücke gebrochen ist."

Trevor verzog das Gesicht und hob eine flache Hand. „Ich bitte dich, sage kein weiteres Wort über diesen schrecklichen Vorfall, sonst falle ich gleich in Ohnmacht."

Sie dankte Gott, dass Nick nicht so zimperlich war. „Du kannst nicht ohnmächtig werden, ich brauche dich dringend."

Er sprang von seinem Stuhl auf und breitete einen imaginären Umhang vor ihr aus, als er auf ein Knie niederfiel. „Zu Euren Diensten, Mylady."

Fiona kicherte. „Ich werde deine Hilfe bei der Einrichtung des neuen Stadthauses in Piccadilly brauchen. Es ist fertig, weißt du."

Er lächelte wie ein betrunkener Seemann. „Ich sterbe für einen Blick darauf."

„Gut. Ich möchte, dass du heute Nachmittag dorthin gehst. Wir müssen Möbel und Vorhänge und *objects d'Art* beschaffen." Sein aufgeregtes Erglühen ließ sie grinsen.

„Ich habe genau den richtigen Tischler für dich! Er ist aus der Sheraton-Schule und fertigt die schönsten Dinge an."

„Dann sieh, ob du seine Kataloge bekommen kannst, damit wir sie ansehen können."

„Möchte dein Mann irgendetwas aus diesem Haus mitnehmen?" In seiner Stimme lag Verachtung, als er „dieses Haus" sagte.

„Er sagte, ich hätte *Carte blanche*, alles neu anzuschaffen."

„Dann sind seine Taschen noch tiefer, als die Gerüchte besagen."

Sie zuckte mit den Schultern. „Er hat die großartigsten Ställe unten in Camden Hall."

„Also er war es, der Lord Hartleys Anwesen gekauft hat? Ein wunderschöner Landsitz."

„Genau. Ich wollte gar nicht nach London zurückkommen."

Trevor rümpfte seine Nase. „Vor allem nicht nach *südlich* der Themse."

Sie hob ein wenig hochnäsig den Kopf und sagte: „Das hier ist ein durchaus hübsches Heim."

„Ich muss zugeben", sagte Trevor und schnipste eine Fussel von seinen anthrazitfarbenen Hosen, „der Mann hat einen außerordentlich guten Geschmack."

„So wie du. Deshalb brauche ich deine Hilfe bei

dem neuen Haus."

Es klopfte an die Tür des Schlafzimmers.

„Ja?", fragte Fiona.

Das Zimmermädchen öffnete die Tür. „Ihre Blumen, Madam."

Trevor stand auf und nahm sie ihr ab.

„Oh, Trev! Wie hübsch sie sind", sagte Fiona und besah sich den Blumenstrauß aus Veilchen und Primeln. „Danke."

Er stellte sie neben ihr Bett. „Dann gehe ich mir jetzt am besten das neue Schaustück ansehen. Ich versuche auch, heute noch den Tischler zu sprechen. Morgen können wir uns in das Projekt stürzen."

* * *

An diesem Tag verließ Nick die Börse früh. Fiona ging ihm nicht aus dem Kopf. Hatte sie Schmerzen? Würde sie sich in dem fremden Haus einsam fühlen? Was, wenn sie etwas brauchte und niemand ihr half? Er hatte seine Dienerschaft angewiesen, jeden ihrer Wünsche zu erfüllen und ihre Zofe gebeten, bei ihr zu bleiben, aber Fiona hatte darauf bestanden, dass sie niemanden ständig um sich herum brauchte. „Ich habe ein Buch zum Lesen", hatte sie ihm gesagt. „Geh nur. Mir geht es gut."

Aber als der Tag fortschritt stieg seine Sorge um sie. Daher stürmte aus der Börse, befahl, dass sein Wagen vorgefahren werden sollte und eilte nach Hause zu seiner leidenden Frau.

Erleichterung überkam ihn, als er sie in Veritys Bett sitzen sah, den Kopf über das Buch auf ihrem Schoß geneigt, während die Sonne aus einem halben Dutzend Fensterflügeln auf ihr lag, als sie zu ihm aufsah und lächelte.

Gott, war sie schön! Und zart. Und ihm so

teuer. Er eilte zu ihr und drückte ihr einen Kuss auf die Wange. „Wie fühlst du dich Liebes?", fragte er, auf ihr blasses Gesicht hinabsehend.

„Viel besser jetzt, wo du da bist." Sie klopfte auf die Matratze neben sich.

„Bist du sicher, dass mein Gewicht das Bein nicht stören wird?"

„Ja, ich bin sicher, Dummkopf. Ich habe es sogar geschafft, das Bein heute aus dem Bett zu heben."

„Ich wünschte, du würdest das nicht tun."

„Ich schwöre, es tat nicht weh."

„Nimmst du noch das Laudanum?"

„Ich habe es geschafft, die Dosis um ein Drittel zu verringern. Meine Mutter war überaus vorsichtig mit dem Gebrauch von Laudanum. In der Tat weigerte sie sich sogar, es zu nehmen, als … sie im Sterben lag."

Seine arme Fiona. Sie hatte so viele liebe Menschen verloren. Und jetzt könnte sie vielleicht auch noch Randolph verlieren. „Furchtbar, beide Eltern zu verlieren, aber ich verspreche, mich genauso sorgfältig um dich zu kümmern, wie sie es getan haben würden." Was war in ihn gefahren, dass er so etwas sagte? Seine Frau wollte seine Liebe nicht. Sie wollte sein Geld. Und vielleicht seinen Körper.

Aber nicht sein Herz.

Es klopfte an der Tür.

„Herein", sagte Nick, drehte sich um und sah Biddles in das Zimmer treten, einen Brief in der Hand. „Ein Page aus dem Haus Ihrer Ladyschaft hat dies gerade gebracht."

Fiona und Nick schauten sich an. „Die Entführer", sagten beide gleichzeitig.

Kapitel 10

Mit grimmigem Gesicht übergab Nick den Brief an Fiona, die sich schnell im Bett aufsetzte und ihn aufriss. Als sie die Handschrift erblickte, machte ihr Herz einen Sprung. Der Brief war von Randy selbst geschrieben. Als ihre Augen die einzelne Seite überflogen, war sie voller Glück, dass er noch am Leben war, gleichzeitig jedoch fühlte sie eine Last der Besorgnis ihr Herz schwer werden lassen.

Meine liebste Schwester,

Es ist mir äußerst unangenehm, Dir zu schreiben, da ich weiß, dass Papa nicht viel Geld hinterlassen haben kann, aber meine Entführer haben mir befohlen, diesen Brief zu schreiben, um dir oder deinem Vertreter zu sagen, dass die fünfundzwanzigtausend Guineen nach Figueria, einem Dorf direkt im Norden der Mondego-Bucht in Portugal, gebracht werden sollen. Du oder dein Vertreter sollt am Gasthaus St. Michael am 8. Januar ankommen und den Namen Hollingsworth verwenden. Weitere Anweisungen folgen dann.

Ich hoffe, dass du es schaffst, denn ich habe keinen Zweifel, dass diese abscheulichen Leute, die mich schon so grausam behandelt haben, mich töten werden, wenn du nicht zahlst.

Ihr Herz machte bei diesem letzten Satz einen

schmerzhaften Sprung und Tränen glänzten in ihren Augen. Mit bebender Hand reichte sie Nick die Nachricht. Er nickte beim Lesen und, als er fertig war, fing er ihren Blick auf. „Keine Sorge. Wir werden ihn befreien."

„Was wirst du jetzt tun?", fragte sie ihn mit verloren klingender Stimme.

„William wird noch innerhalb einer Stunde abreisen."

„Aber es sind noch acht Tage bis zum achten. Ich dachte nicht, dass er mehr als drei Tage brauchen würde, um Portugal zu erreichen." Er antwortete einen Moment lang nicht und sie wusste, dass ihr praktischer Ehemann die Situation analysierte und eine Strategie entwickelte. „Es ist für meinen Plan von entscheidender Bedeutung", sagte er schließlich, „dass William frühzeitig ankommt."

Ihre Brauen hoben sich. „Warum? Welcher Plan?"

„William wird einige Tage zu früh in Figueria ankommen, Zimmer unter dem Namen Hollingsworth anmieten und den Gastwirt bitten - mit einer großzügigen Belohnung, damit er das auch tut - seinen eigenen Brief dem zu geben, der eine Nachricht an Mr. Hollingsworth bringt. Ich verlasse mich darauf, dass der Gastwirt seine Leute darauf vorbereiten wird, einen Brief für Hollingsworth zu erwarten und den Austausch der Briefe durchzuführen."

„Und was wird in dem Brief stehen?"

„Wir werden verlangen, dass der Austausch auf dem Dorfplatz stattfinden soll. Da ich ziemlich sicher war, dass der Austausch in Portugal stattfinden würde, habe ich all diese Küstenstädte studiert. Figueria, wie die meisten portugiesischen

Städte, hat einen Platz in der Mitte."

„Du machst dir Sorgen wegen William?"

„Ebenso wie du um Randolph. Ich habe keine Lust, dass William in irgendeiner abgelegenen Gegend in den Bergen ausgeraubt und umgebracht wird. Sein Brief wird erklären, dass er das Geld in einem Wagen auf den Platz bringen wird, damit die Entführer es prüfen können, bevor sie deinen Bruder ausliefern. Der Brief wird sie warnen, dass bis zum Zeitpunkt der Übergabe - der von den Entführern bestimmt wird - der Wagen von schwer bewaffneten Männern Tag und Nacht bewacht wird. Zum Zeitpunkt des Austauschs werden unsere Männer, die den Glockenturm der Kirche am Platz besetzen, abziehen."

Ihre Augen wurden groß. „Schwer bewaffnete Männer?"

Er nickte. „Die Birminghams sind es gewöhnt, große Geldsummen quer durch den Kontinent zu versenden. Wir haben unsere eigenen, gut ausgebildeten und gut bewaffneten Wachleute. Ein Dutzend erfahrener Männer wird Will begleiten."

Sie sank zusammen. „Ich befürchte, die Entführer werden nicht zustimmen. Warum sollten sie dir erlauben, diese Bestimmungen zu treffen? Werden sie nicht befürchten, dass für sie bei der Ankunft in der Stadt ein Hinterhalt vorbereitet wird?"

„Ein Hinterhalt würde nur zum Tod deines Bruders führen. Ich möchte lieber ihn als die fünfundzwanzigtausend Guineen haben. Der Brief wird ihnen mitteilen, dass die Sicherheit von Lord Agar unser oberstes Anliegen ist."

„Wie wollen sie wissen, dass deine Männer

nach Randys Übergabe sie nicht einfach umbringen werden?"

„Weil - wie der Brief ihnen sagen wird - unsere Männer ihre Waffen niederlegen, bevor Lord Agar freigelassen wird."

Sie schloss ihre Augen und sagte mit schwacher Stimme: „Das ist alles so schrecklich."

Er legte seine feste Hand über ihre. „Ich weiß."

Sie wusste, dass er ebenso um die Sicherheit seines eigenen Bruders fürchtete wie sie um Randys.

„Wie kann William sich sicher sein, dass der freigelassene Mann mein Bruder ist?"

„Hast du ein Bild von ihm?"

Ein leises Lächeln hob ihre Mundwinkel. „Ich habe die Miniatur, die er für Mama anfertigen ließ, aber sie ist schon ziemlich alt. Sie wurde vor fast zehn Jahren gemalt, als er gerade volljährig geworden war."

„Wo ist sie?"

„In meinem Täschchen. Ich habe sie immer bei mir, wohin ich auch gehe."

Nick stand neben ihrem Bett und sah auf sie herab. „Vermisst du ihn so sehr?"

„Alles, was mir geblieben ist, sind meine beiden Brüder."

„Du hast mich", murmelte er.

Sie verstand, dass aus Nicks Bemerkung nicht Eifersucht auf ihre Brüder sprach, sondern er sie trösten wollte, sie wissen lassen wollte, dass es jetzt in ihrer Familie noch einen Menschen gab, der sich um sie sorgte. Und obwohl sie wusste, dass er sie nicht liebte, begann sie zu glauben, dass er ihr gegenüber die gleiche Loyalität an den Tag legen würde seiner Mutter, Verity und seinen Brüdern gegenüber. „Du bist mir ein großer

Trost", sagte sie. „Ich kann nicht ertragen, daran zu denken, was aus Randy oder mir geworden wäre, wenn du nicht in mein Leben getreten wärest."

Ein Lächeln verzog seine Lippen. „Du hättest einen alten Lord geheiratet, der dir im Bett längst nicht so viel Freude bereitet hätte wie ich."

„Nicholas Birmingham! Wie kannst du einem Moment wie diesem *darüber* sprechen?"

Er lachte in sich hinein, ging durch das Zimmer und fand ihr Täschchen. „Hier bewahrst du die Miniatur deines Bruders auf?"

„Ja. Ich gebe sie dir."

Er warf ihr einen amüsierten Blick zu. „Du möchtest nicht, dass ich dein Täschchen durchsuche?"

„In der Tat, das möchte ich nicht!"

Er brachte ihr die perlenbestickte Tasche, sie nahm das Bild ihres Bruders heraus und gab es ihm. Dass sie Riechsalz bei sich trug - was sie noch nie benötigt hatte - brachte sie in Verlegenheit. Sie wollte nicht, dass Nick sie für einen Schwächling hielt, eine Frau, die ständig in Ohnmacht fiel.

Bevor er ging, beugte er sich zu ihr, um ihr einen Kuss auf die Stirn zu geben. Er duftete nach einer männlichen Mischung aus Sandelholz und exotischem Tabak. „Solange ich weg bin, darfst du dich überhaupt nicht bewegen", warnte er.

* * *

Nachdem er sie verlassen hatte, wurde ihr der pochende Schmerz in ihrem Bein bewusster, aber sie beschloss, dass sie versuchen würde, ohne das Laudanum auszukommen - jedenfalls, bis Nick zurückkäme. Sie drückte die Augen wegen des

Schmerzes fest zu und legte sich in den Kissenberg zurück. Hätte sie alle Glieder gebrochen, wäre der Schmerz doch nichts gegen die Qual gewesen, ihren Bruder zu verlieren. Sie hoffte zu Gott, dass Nick sich den Entführern Randys gegenüber richtig verhalten würde - wenn es ein richtiges Verhalten bei Verbrechern wie diesen Bestien, die Randy entführt hatten, überhaupt gab.

Randys Geständnis, dass seine Entführer ihn misshandelt hatten, beunruhigte sie zutiefst. Hatte er Knochenbrüche davongetragen? Ließen sie ihn hungern? Ihre Brust wurde eng, ihr Magen drehte sich um und sie wusste nicht, wie sie die Zeit, bis ihr Bruder in Sicherheit war, ertragen sollte. Sie lag lange Zeit da, versunken in ihren trüben Gedanken, bis sie sich schließlich zwang, die Glocke zu benutzen, die Nick auf ihrem Nachttisch gelassen hatte, um nach einem Diener zu rufen.

Biddles kam. „Ja, Madam?"

„Ich möchte mit der Gouvernante sprechen. Wie heißt sie?"

„Miss Beckham."

Zehn Minuten später betrat eine Frau, die einige Jahre älter als Fiona war, zögernd das Zimmer. Fiona war sofort erleichtert, dass die Gouvernante nicht einmal leidlich hübsch war. Die Vorstellung, wie Nick mit einer hübschen, unverheirateten Frau unter einem Dach wohnte - bevor er verheiratet war - hatte Fiona einige Bedenken verursacht. Warum irgendetwas, das geschehen war, bevor sie geheiratet hatten, sie kümmern sollte, verstand Fiona selbst nicht. Dennoch war ihre Eifersucht einfach da.

Sie schaute die Frau einen Augenblick lang

prüfend an. Sehr zurückhaltend in grauen Bombasin gekleidet sah Miss Beckham überaus ordentlich aus. Ihr schwarzes Haar war so fest zurückgekämmt, dass keine einzelne Strähne herauszukriechen wagte. Sie war eher überdurchschnittlich groß und dünn, mit einem ziemlich hageren Gesicht, in dem nur ein Paar glänzende blaue Augen auffielen. „Mrs. Birmingham?", sagte die Gouvernante unsicher.

„Bitte setzen Sie sich auf den Stuhl neben meinem Bett", sagte Fiona. „Verzeihen Sie mir, wenn ich mich nicht aufsetze. Sie haben sicher die Einzelheiten meines dummen Unfalls gehört, nicht wahr?"

„Ja, Madam, und es tut mir sehr leid für Sie."

Miss Beckhams Stimme war damenhaft und ihre Manieren waren so gut, wie man erwarten konnte. Nachdem sie sich gesetzt hatte, bat Fiona: „Ich möchte, dass Sie mir alles über Ihre Schülerin erzählen."

Miss Beckham antwortete einen Moment nicht und schien überrascht zu sein. „Miss Emmie", antwortete sie schließlich, „interessiert sich nicht so sehr für Bücher, wie ich es gerne sähe, obwohl sie sehr gut lesen kann. Ich habe festgestellt, dass sie schneller lernt als andere Schüler, die ich früher hatte. Ihre größte Begabung liegt in der Mathematik - und sie scheint sehr gerne mit Zahlen zu arbeiten."

„Wie ihr Vater", sagte Fiona liebevoll. „Welche weiblichen Tätigkeiten lehren Sie sie?"

„Sie macht gute Fortschritte am Pianoforte und ihr Französisch ist ausreichend - für jemanden, der es erst seit zwei Jahren lernt. Ihre Handschrift und ihr künstlerisches Talent sind jedoch, wie ich leider sagen muss, eher bedauerlich."

Fiona lachte. „Ich wage zu behaupten, sie hätte ein Junge werden sollen."

„Ich glaube, Miss Emmie wäre lieber ein Junge. Auf dem Land ist sie am glücklichsten. Sie ist sehr gerne im Freien und liebt es zu reiten und mit Tieren zusammen zu sein."

Es überraschte Fiona nicht, dass das Kind Tiere liebte. Schließlich hatte sie weder Geschwister noch Umgang mit anderen Kindern. *Sie ist vermutlich einsam,* dachte Fiona mit einem Anflug von Mitleid.

Fiona fragte sich, ob das Kind je mit ihrem Vater ausritt. „Reitet die junge Dame, meine Stieftochter", schaffte sie es mit schwankender Stimme zu sagen, selbst überrascht, dass sie es je in Betracht ziehen würde, das Kind einer Hure als ihre eigene Stieftochter zu akzeptieren, „manchmal mit ihrem Vater aus?"

„Oh ja, Madam. Oft. Er hat sie selbst reiten gelehrt."

Das Bild, wie Nick geduldig neben dem Kind her ritt, erwärmte sie. Sein Herz war so groß, mit genug Raum für alle, die ihm wichtig waren. „Würden sie sagen, dass Miss Emmie ihren Vater gerne hat?"

„Ich würde sagen, dass sie denkt, dass er die Sterne am Himmel aufhängt."

Für eine winzige Sekunde fragte Fiona sich, ob Miss Beckham die Bewunderung ihrer Schülerin für Nick nicht teilte. Er *war* so teuflisch gutaussehend. Und er war auch nett. Sie fragte sich, ob er auch zu Miss Beckham nett war. „Hat Miss Emmie Freundinnen?"

„Nein, Madam."

Ein Kind ohne Freunde? Wie bedauernswert. Dann wurde Fiona klar, dass sogar auf dem Land der einzige Nachbar des Kindes seine eigene Großmutter war, die das Kind verabscheute. Da noch keiner von Nicks Geschwistern geheiratet hatte, gab es auch keine Cousins, mit denen das kleine Mädchen hätte spielen können. „Arme Emmie."

„Miss Emmie ist sicher kein armes kleines Mädchen. Ich habe noch nie ein Kind erlebt, das so verwöhnt wurde. Ich glaube, kein kleines Mädchen im Königreich hat mehr hübsche Kleidchen oder Puppen als sie."

Dinge, die Geld kaufen konnte, aber nicht das, was das Kind wirklich brauchte, wie Freunde - oder eine Mutter. „Ich nehme an, es liegt daran, dass sie keine Mutter hat, was sie ein bisschen wie ein Junge werden ließ", sagte Fiona.

Miss Beckham zuckte mit den Schultern. „Sie wurde immer von Frauen erzogen. Zuerst von ihrer Amme Winnie, nach deren Heirat ich angestellt wurde."

„Meinen Sie, dass das Mädchen an ihrer Amme hing?"

Das Gesicht der Gouvernante wurde hart, ihr Mund verzog sich vor Ablehnung zu einer schmalen Linie. „Sie hing viel zu sehr an dieser Winnie."

War Miss Beckham eifersüchtig? „Sieht sie ihre Amme noch?"

Miss Beckhams steife Haltung erinnerte Fiona an ihre eigene Gouvernante, die Fiona unaufhörlich angewiesen hatte, sich vorzustellen, dass an ihrem Rückgrat ein Besenstil befestigt sei. „Nein, Madam", antwortete die Gouvernante. „Winnie ist in ihr Dorf zurückgekehrt und nie wieder nach London gekommen, da sie jetzt eigene Kinder hat, um die sie sich kümmern muss

- aber sie schreibt an Miss Emmie, die sich immer freut, diese Briefe zu bekommen."

Ich nehme an, das sind die einzigen Briefe, die das Kind je bekommen hat. Armes Kind.

Fiona seufzte. „Vielen Dank, Miss Beckham, dass Sie meine Fragen beantwortet haben. Es ist Ihnen sicher bekannt, dass wir demnächst umziehen werden?"

„Oh ja, Madam. Ich habe das neue Haus von außen gesehen. Es ist großartig."

Fiona, die eine Zuneigung für den Ort entwickelt hatte, an dem sie und Nick offiziell ihr Leben als Eheleute beginnen würden, spürte Stolz in sich aufsteigen. „Ihre Räume dort werden natürlich größer als die sein, die Sie hier haben", sagte Fiona. „Gibt es etwas Bestimmtes, das sie für Ihre Einrichtung wünschen?"

„Die Einrichtung meiner Zimmer ist derzeit völlig ausreichend, aber ich danke für Ihre Frage", sagte Miss Beckham, als sie sich langsam erhob.

Nachdem sie fort war, dachte Fiona über das Kind nach, das Kind, das sie gerade als ihre Stieftochter bezeichnet hatte, das Kind, das Nick offensichtlich gerne hatte. Wie könnte Fiona das kleine Mädchen nicht akzeptieren, nachdem Nick so großzügig zu ihr und ihrer Familie gewesen war? Schließlich war es ja nicht so, dass sie sich mit dem Mädchen in der Öffentlichkeit zeigen musste. Nick hatte offensichtlich die Tochter eines Earl geheiratet, um seine gesellschaftliche Stellung zu verbessern, und ein uneheliches Kind herumzuzeigen, würde das wackelige Fundament dieser neuen Stellung gefährden.

Fiona überlegte, Emmie rufen zu lassen, entschloss sich aber zu warten, bis ihr Bein zu heilen beginnen würde. Wenn das Kind sie jetzt sähe, könnte es erschrecken oder den Eindruck bekommen, dass ihre neue Stiefmutter gebrechlich wäre, und beides war nicht das, was Fiona wünschte.

* * *

Während sie zu dem Kai an der Themse eilten, wo Nicks Jacht ankerte, gab Nick seinem jüngeren Bruder Anweisungen. „Dein Brief muss sich auf drei Dinge konzentrieren: erstens, dass Lord Agars sichere Rückkehr unsere oberste Priorität ist; zweitens, dass der Austausch auf dem Platz stattfinden muss; und drittens, dass der Wagen mit dem Geld rund um die Uhr bewacht werden wird, bis zu dem Zeitpunkt, den die Entführer für den Austausch bestimmen, dann werden deine Männer ihre Positionen verlassen und ihre Waffen niederlegen."

„Dann brauche ich eine weitere Truppe von Männern, um die anderen fünfundzwanzigtausend Guineen zu bewachen, die ich zum Ankauf von Francs mitnehmen soll", sagte William.

„Daran habe ich bereits gedacht. Statt der gewöhnlichen acht Männer wirst du zwölf bei der *Athena* vorfinden. Ist das Geld jetzt unter dem falschen Boden des Gepäckraums unter den Sitzen der Kutsche versteckt?"

William nickte. „Ja, unter dem falschen Boden der Sitze. Die Kutsche wurde seit dem Tag vor deiner Hochzeit rund um die Uhr bewacht. Im Übrigen, Glückwunsch zu deiner Frau. Sie ist bemerkenswert schön." Seine grünen Augen blitzten gutmütig, als William sich zurückneigte und seinem Bruder einen amüsierten Blick zuwarf. „Kannst du das Heiraten empfehlen?"

„Und ob", sagte Nick mit einem leisen Lachen.

Als sie den Hafen erreichten, war es schon dunkel. Nick stieg aus seiner Kutsche, krümmte sich unter dem kalten Wind zusammen und stand auf dem wettergepeitschten Kai, während Wills Kutsche auf die *Athena* gebracht wurde. Sein Blick flog zu seinem kleinen Bruder, der für die Reise in hohe Stiefel, Reithosen und braunen Rock gekleidet war und dessen nachlässig gebundene, schneeweiße Krawatte in starkem Gegensatz zu seinem gebräunten Gesicht stand. Während Nick Williams muskulösen Körper musterte, dachte er erschüttert darüber nach, dass dieser kräftige Mann sein kleiner Bruder war. Mochte der Himmel Nick helfen, wenn dem Jungen jemals etwas zustieße.

Als alles auf dem Schiff verladen war, drehte Will sich mit einem fröhlichen Lächeln zu Nick um.

„Pass auf dich auf", sagte Nick, in dessen Magen sich ein schmerzhaftes Nagen bemerkbar machte.

„Das mache ich doch immer."

Lange, nachdem William an Bord des Schiffs gegangen war, stand Nick im Licht der Laterne und beobachtete düster, wie die Jacht Fahrt aufnahm, um die Themse hinabzufahren.

Kapitel 11

Fiona ertrank zunehmend im Selbstmitleid. Zwei Wochen war es her, dass sie ihr Bein gebrochen hatte und sie hatte begonnen, Nicks Haus als Gefängnis zu empfinden. Nicht, dass es kein völlig angenehmes Haus gewesen wäre. Die Zimmer waren gut ausgestattet und relativ geräumig, und nach der ersten Woche war sie auch nicht mehr nur in ihrem, oder besser in Veritys, Schlafzimmer eingesperrt gewesen. Die Diener trugen sie in jeden Raum, in den sie wollte. Aber sie fing an, es verflixt satt zu haben, immer dieselben Zimmer und dieselben Gesichter zu sehen - meistens Diener, außer Nick und Trevor, die sich beide überaus fürsorglich um sie kümmerten.

Trevor war ihr eine große Hilfe dabei gewesen, das neue Haus fertig einzurichten. Er hatte ihr Kataloge gebracht und geholfen, alles auszuwählen. Und da die Taschen ihres Mannes tief waren, hatten sie an die Spitze der Warteliste des Möbeltischlers springen können, der ihnen versprochen hatte, alle Möbel, die sie haben wollten, in den nächsten sechs Wochen liefern zu können.

Sie hoffte, dass ihr Bein nach diesen sechs Wochen völlig geheilt sein würde. So sehr sie die erzwungene Untätigkeit hasste, noch mehr hasste sie diese hässliche Lederhülle, die von ihrer Hüfte bis zu ihrem Knöchel reichte. Selbst wenn ihr

Kleid das hässliche braune Leder der Knochenschiene des Wundarztes bedeckte, sah Nick es jedoch jeden Abend, wenn er ihr half, sich fürs Bett umzuziehen. Sie fühlte sich alles andere als attraktiv.

Aber ihr Mann schien sie überhaupt nicht unattraktiv zu finden. Nach der ersten Woche hatten sie ihr Intimleben wieder aufgenommen - nicht genauso wie zuvor, da Nick sich weigerte, sich auf sie zu legen. Aber, oh, welche Lust er ihr bereitete! Nur mit seinen wundersam geschickten Händen hatte er sie öfter zum Höhepunkt gebracht, als sie zählen konnte. Er hatte ihrem Körper gehuldigt, ehrfürchtig alle empfindsamen Stellen geküsst, genau dort, wo die erotische Wirkung am größten war.

Und sie hatte oft ihre verlangende Hand um sein steifes Glied gelegt und es gerieben, bis sie ihn zu köstlich stöhnender Befriedigung brachte.

Der Wiederbeginn seiner normalen Geschäftstätigkeit hielt Nick bis zum Einbruch der Nacht vom Haus fern und ließ sie in seiner Abwesenheit reizbar zurück.

Sie wollte aber nicht reizbar sein, wenn sie ihre Stieftochter kennenlernte. Obwohl Fiona lieber gewartet hätte, bis sie wieder vollständig genesen war, um das Kind kennenzulernen, wusste sie, dass ein weiterer Aufschub Emmie die falsche Botschaft überbringen würde. Das kleine Mädchen würde sicher denken, dass die Frau, die ihr Vater geheiratet hatte, nicht an ihr interessiert war, was weit von der Wahrheit entfernt lag.

Daher hatte Fiona Miss Beckham an diesem Morgen informiert, dass sie zusammen mit Emmie eine kleine Mahlzeit am Nachmittag einnehmen wollte, und als sie sich erinnerte, wie sehr Kinder

Süßes liebten und da sie den Verdacht hatte, dass
Miss Beckham diese besondere Vorliebe kaum
berücksichtigen würde, hatte Fiona ein Tablett
mit einer Auswahl von Süßspeisen bringen lassen.
Als die Zeit für diese Begegnung kam, wurde
Fiona nach unten in das goldfarbene
Speisezimmer gebracht, das von dem Licht, das
durch ein halbes Dutzend große Fenster
hereinfiel, durchflutet wurde, und sie setzte sich
so hinter den Tisch, dass sie hoffen konnte, dass
das Kind ihren Krankenstuhl nicht bemerken
würde.

Sie hatte angewiesen, dass Miss Emmie eine
kleine Tasse bekommen sollte, die sich dann als
ein genaues Abbild von Fionas eigener,
eierschalendünnen Tasse erwies, nur, dass sie
kleiner war.

Fiona merkte, dass sie beim Warten auf Emmie
nervös zu werden begann. Wenn sie nervös war,
wie musste das arme Kind sich fühlen? Wirklich,
warnte sie sich selbst, sie musste aufhören, das
Wort *arm* zu benutzen, wenn sie an Emmie
dachte.

Die Tür des Speisezimmers knarrte und öffnete
sich halb. Fiona sah auf und erblickte Emmie, die
dort halb im Zimmer, halb draußen stand, mit
einem ernsten Ausdruck auf ihrem hübschen,
kleinen Gesicht. Sie trug ein frisch gestärktes,
weißes Musselinkleid, das bis fast zu ihren
blassblauen Satinschuhchen reichte und unter
dem Mieder mit Bändern im gleichen Blau wie
ihre Schuhe zusammengerafft war. Ihre Kleidung
war so sorgfältig elegant, dass sie wie eine junge
Dame der Gesellschaft aussah.

Sie war ein besonders hübsches Kind mit heller
Haut, einen Hauch von Sommersprossen auf ihrer

Nase und langen Locken von einem hellen Braun, das, wie Fiona sich vorstellte, eine Mischung des dunklen Haars ihres Vaters mit dem einer blonden Frau hervorgebracht hatte. Bei Emmie hatten die hohen Wangenknochen Nicks und seiner Mutter den Weg zur nächsten Generation gefunden, und aus Emmies kleinem, ängstlichen Gesicht leuchteten Augen im gleichen Grün wie Dolina Birminghams. Wie konnte Nicks Mutter dieses Kind nicht annehmen?

„Guten Tag, Emmie", sagte Fiona fröhlich. „Möchtest du dich nicht zu mir setzen?"

Das Kind wandte seinen angstvollen Blick nicht von Fiona ab, während es langsam und vorsichtig näherkam.

„Hier, Liebes", sagte Fiona und klopfte auf den Stuhl zu ihrer Rechten. Warum, fragte Fiona sich, hatte sie das Kind *Liebes* genannt? Sie hatten sich noch nie zuvor gesehen. Aber etwas im verschreckten Verhalten des kleinen Mädchens hatte ihr das zärtliche Wort entlockt.

Fiona kam plötzlich eine ferne Erinnerung an sich selbst als verängstigtes, siebenjähriges Mädchen, das während einer schwierigen Schwangerschaft ihrer Mutter zu einer strengen Tante geschickt wurde. Es war Jahre her, dass sie zuletzt an dieses erschreckende Gefühl der Einsamkeit gedacht hatte.

Emmie kletterte auf den Stuhl neben Fiona und faltete ihre kleinen Hände im Schoß. Obwohl ihr Vater groß war, schien Emmie für ein Kind von acht Jahren klein. Hätte Fiona ihr Alter nicht gekannt, hätte sie das Kind nicht älter als sechs geschätzt.

„Wie nett von dir, mir Gesellschaft zu leisten", sagte Fiona. „Ich habe mich schon sehr darauf gefreut, deine Bekanntschaft zu machen. Ich hätte dich schon früher kennengelernt, wenn ich mich nicht verletzt hätte."

Das kleine Mädchen nickte. „Miss Beckham hat gesagt, Sie wären die Treppe hinuntergefallen und hätten sich das Bein gebrochen." Emmie hatte eine unglaublich süße, kultivierte Stimme.

„Ja, so war es. Man muss immer vorsichtig sein und sich am Geländer festhalten, wenn man auf der Treppe geht."

„Tut es noch weh?"

„Mein Bein?"

Emmie nickte.

„Ja, das tut es. Ich kann gebrochene Knochen *nicht* empfehlen." Fiona nahm das Tablett mit den Süßspeisen und hielt es dem Kind hin. „Du darfst dir selbst aussuchen, was du möchtest. Dies ist eine ganz besondere Gelegenheit und du kannst alles essen, was du möchtest."

Die Augen des kleinen Mädchens wurden rund und ein Lächeln huschte über ihr ernsthaftes Gesichtchen, als sie die große Auswahl betrachtete. Auf dem Tablett gab es kandierte Früchte, gerollte Waffeln, runde Kekse, Kakaonüsse mit Zuckerüberzug und Plumpudding. Bevor sie eine Auswahl traf, blickte sie ihre Stiefmutter an. „Ich darf wirklich so viel haben, wie ich mag?"

Fiona lächelte wohlwollend zu ihr hinab und nickte. „Eins von jedem, wenn du möchtest."

Emmie machte sich glücklich daran, ihren Teller mit einer Auswahl von allem zu füllen, während Fiona Tee in die kleine Tasse des Kindes goss, zu dem sie eine beträchtliche Menge von Zucker und Milch hinzufügte.

Fiona beobachtete nachsichtig, wie Emmie

versuchte, beim Essen ihre besten Manieren zu zeigen, die man sie offensichtlich gelehrt hatte, obwohl sie noch zu jung war, sie wirklich zu beherrschen. Das Ergebnis war, dass sie zwar ihren Mund beim Kauen geschlossen hielt, aber Flecken von Beeren und Schokolade und Tröpfchen von Sahne um ihren reizenden kleinen Mund entstanden, während sie kaute. Krümel und kleine Stückchen landeten im Schoße ihres schneeweißen Kleidchens. Fiona unterdrückte den Wunsch zu lachen.

Während sie an einem Stück Plumpudding knabberte, beobachtete Fiona, wie das Kind begeistert jedes Stück auf seinem Teller probierte. „Was, meinst du, magst du am liebsten?", fragte Fiona.

„Den Plumpudding." Mit ihren kleinen Händen schob sie den Rest des Puddings in ihren Mund. Als der Plumpudding ganz verzehrt war, sank Emmie auf ihrem Stuhl zurück und seufzte.

„Du kannst nicht alles essen?"

Reuig schüttelte das kleine Mädchen den Kopf.

Fiona unterdrückte ihren Drang, Emmie ihr verschmiertes Gesicht und ihre Hände abzuwischen. Sie wollte nicht streng wirken. *Sollte doch Miss Beckham diese Rolle spielen.*

Jetzt, nachdem Emmie gegessen hatte, konnten sie reden. „Hast du Fragen, die du mir stellen möchtest, Emmie?", erkundigte Fiona sich.

Emmie nickte. „Wie soll ich Sie nennen? Miss Beckham sagt, dass Sie nicht meine Mutter sein werden."

Hieß das, dass Emmie auf eine Mutter gehofft hatte? Armes Ding. „Darüber habe ich auch schon nachgedacht", gestand Fiona. „Die meisten Leute haben mich immer 'Mylady' genannt. Meinst du, du könntest mich auch so nennen?"

„Wenn Sie eine Lady sind, ist Papa dann ein Lord?", fragte Emmie.

Fiona lachte. „Nein. Ich bin eine Lady, weil mein Papa ein Lord war."

„Sind alle Ladys so schön wie Sie?"

„Ich bin geschmeichelt, dass du mich schön findest und verrate dir ein Geheimnis."

Auf Emmies Gesicht breitete sich ein Lächeln aus, als sie sich gespannt näher zu Fiona beugte.

„Ich denke, dass du das hübscheste, kleine Mädchen bist, das ich je gesehen habe."

„Wirklich?", fragte Emmie.

„Wirklich. Und du hast auch sehr gute Manieren. Ich werde Miss Beckham sagen, wie beeindruckt ich bin."

Diese Bemerkung schien dem Mädchen zu gefallen.

„Miss Beckham erzählte mir, dass du besonders gerne im Freien bist", sagte Fiona.

Ein Schatten der Enttäuschung fiel auf Emmies Gesicht. „Meine Amme ging immer mit mir nach draußen, wenn ich es wollte, aber Miss Beckham bleibt lieber drinnen."

„Vermisst du deine Amme? Sie hieß Winnie, wenn ich mich recht erinnere."

Emmie nickte nachdrücklich. „Ich habe mir immer vorgestellt, dass Winnie meine Mutter wäre, weil ich nie eine wirkliche Mutter hatte. Als ich Winnie sagte, dass ich keine Mutter hätte, sagte sie zu mir, dass jeder eine echte Mutter hat."

Fiona versteifte sich. „Hat sie - oder dein Vater - etwas über deine echte Mutter erzählt?"

„Papa will nicht über sie sprechen, aber Winnie sagte, sie wäre tot."

Die freundliche Amme musste versucht haben, Emmies zarte Gefühle zu schonen. Besser eine tote Mutter als eine Mutter, die nicht bei ihrem eigenen Kind sein wollte.

„Dann hast du Glück, einen so feinen Mann als Vater zu haben."

In Emmies Augen bildeten sich Tränen und sie wandte schnell ihr Gesicht ab, damit Fiona sie nicht sehen sollte.

„Was ist denn, Liebes?", fragte Fiona und senkte ihre Stimme zu einem melodischen Flüstern. Guter Gott, Nick würde doch das Kind nicht schlecht behandelt haben! Aber ebenso schnell wie der Gedanke in ihr aufkam, verschwand er wieder. Fiona wusste, dass er unfähig war, jemanden, den er liebte, irgendwie zu kränken.

Emmie schüttelte ihren kleinen Kopf.

Fiona beschloss, dem Kind Zeit zu geben, sich zu beruhigen, aber als einige Sekunden vergangen waren, konnte Emmie ihren unterdrückten Kummer nicht länger verbergen und brach in lautes, herzzerreißendes Schluchzen aus.

Schließlich konnte Fiona es nicht länger ertragen. Sie legte sanft eine Hand auf Emmies Schulter und sagte: „Du musst mir sagen, was dir solchen Kummer macht, Liebes."

„Das kann ich nicht."

„Ich wünschte, du würdest es tun. Vielleicht kann ich dir helfen."

Emmie schüttelte heftig den Kopf. „Nein, Sie haben ihn ja schon geheiratet."

Fionas Herz wurde schwer. Nahm Emmie es ihr übel, dass sie ihren Vater geheiratet hatte? „Sag mir, Emmie", sagte Fiona mit fester Stimme, „hast du Angst, dass dein Vater keine Zeit mehr für dich haben wird, weil er mich geheiratet hat?"

Emmie jammerte weiter, nickte aber mit ihrem kleinen Kopf.

Fiona strich über Emmies weiche Locken und sagte sanft: „Du musst keine Angst haben. Dein Papa hat ein so großes Herz, und darin ist ein besonderer Raum für jeden, den er liebt."

„Aber er s-s-sagte, ich wäre sein Lieblingsmädchen, und Sie s-s-sind so hübsch ..." Sie hielt inne, um tief Luft zu holen. „Er wird nicht mehr mit mir zusammen sein wollen."

„Das ist Unsinn", sagte Fiona streng. „Du wirst immer Papas Lieblingstochter sein - so wie ich seine liebste Frau." *Gebe es Gott.*

„Aber Miss Beckham sagt, wahrscheinlich werden Sie und Papa noch mehr kleine Mädchen haben ..."

Die bloße Vorstellung ließ in Fiona Wärme aufsteigen. „Und wenn das so kommt, wirst du doch immer Papas erstes kleines Mädchen sein - und immer die erste in seinem Herzen."

Fiona gab Emmie ihre Serviette, damit sie ihre Tränen trocknen konnte; dann schaute Emmie sie mit roten, geschwollenen Augen an. Sie sah so verloren aus, dass es Fiona ans Herz ging. „Glauben Sie das wirklich?", fragte Emmie.

„Oh, ich weiß es. Siehst du, ich lerne deinen Vater sehr gut kennen, und mir ist völlig klar, wie wichtig du für ihn bist. Kein anderes kleines Mädchen könnte je den Platz in seinem Herzen einnehmen, den du besetzt."

Von der Tür her ertönte ein Klopfen und Biddles trat ein, sein Blick huschte von Fionas Gesicht zu Emmies von Tränen beflecktem. Elendes Pech, dachte Fiona, dass er gerade jetzt in das Zimmer kommen musste. Er könnte denken, dass Fiona eine böse Stiefmutter wäre, die ein unschuldiges Kind zum Weinen gebracht hatte.

„Mr. Trevor Simpson möchte Sie besuchen, Madam", sagte der Butler.

„Führen Sie ihn in den Salon", wies Fiona an. „Ich werde ihm gleich dorthin folgen."

Als die Tür sich geschlossen hatte, wandte Fiona sich zu Emmie. „Jetzt möchte ich, dass du gehst und dich wäschst, weil du heute einen besonderen Ausflug machen wirst."

„Wohin?"

„Warst du schon einmal im Zoologischen Garten?"

Emmie schüttelte ihren Kopf so heftig, dass ihre zobelfarbenen Locken tanzten. „Ist das da, wo sie einen echten, lebendigen Elefanten haben?"

„Genau da, und ich werde Miss Beckham anweisen, dich gleich heute dorthin zu bringen."

Auf Emmies Gesicht stand ein Lächeln anstelle des betrübten Ausdrucks, als sie aus dem Raum stürzte, Fiona völlig vergessend.

Fiona rollte sich selbst zum Salon. „Und was hast du mir heute mitgebracht, lieber Trevor?", sagte sie, als sie in den Raum trat.

„Gute Nachrichten, Mylady."

Fiona hob eine Braue.

„Der blaue Salon ist fertig und sieht einfach atemberaubend aus! Die Spieltische, die du ausgesucht hast, sind exquisit."

Fionas Lippen verzogen sich zu einem Schmollen. „Ich wünschte, ich könnte das sehen."

Trevor warf ihr einen liebevollen Blick zu. „Du kannst den Rest deines Lebens dort verbringen." Dann zog er einige Quadrate aus farbigem Papier aus der Tasche. „Ich habe den genau richtigen

Farbton für die Bibliothek gefunden."

„Wir werden die Bibliothek *nicht* ändern, Trev. Nick hat diese Spargelfarbe selbst ausgesucht und ich denke, sie wird zu dem dunklen Holz dort drinnen wundervoll aussehen."

Trevor schnitt eine Grimasse. „Wirklich! Was hat der Mann gemacht, dass er dich so völlig beherrscht?" Leise murmelte er: „Außer, dir fünfundzwanzigtausend verdammte Guineen zu geben."

„Darf ich dich daran erinnern, dass es sein Haus ist", sagte Fiona.

Trevor betrachtete sie aus zusammengekniffenen Augen. „Bei Gott, der Mann muss teuflisch gut im Bett sein!"

„Trevor! Diesmal hast du die Grenzen des Anstands wirklich überschritten. Du magst mein ältester Freund sein, aber ich kann nicht dulden, dass du über solche zutiefst privaten Dinge sprichst."

Trevor betrachtete sie und lachte herzlich. „Weil ich dein ältester Freund bin, kannst du nichts vor mir verbergen, Liebling. Du hast dich in den gutaussehenden Kerl verliebt, den du geheiratet hast!"

Sie zuckte mit den Schultern. „Es geht dich jedenfalls *nichts* an, ob ich meinen Ehemann liebe oder nicht." Natürlich war sie nicht *verliebt* in Nick, obwohl sie begonnen hatte, ihn zu lieben. Verliebt zu sein war etwas für die, deren Leben seit der Kindheit miteinander verbunden waren. Wie sie und Edward. Aber sie würde diese Ansicht nie Trevor gegenüber erwähnen. Sie war es Nick schuldig, jeden zu überzeugen, dass sie in ihren Ehemann verliebt war. Er hatte schließlich so viel für sie getan.

Ihre Gedanken huschten zu Randy, wie in jeder Stunde des Tages. Angespannt sprach sie ein stilles Gebet für Randys sichere Rückkehr.

„Um zum Thema der Bibliothek deines Mannes zurückzukehren, stimme ich zu, dass dieses Grün gut zu dem dunklen Holz passt, aber meinst du nicht, dass ein Raum mit dunklem Holz unpassend ist, wenn alle anderen Räume hell und mit glänzend weißer Lackierung und Verzierungen sind?

„Was ästhetische Genauigkeit angeht, hast du recht", sagte sie, „aber dies ist kein Denkmal für den guten Geschmack. Es ist ein Zuhause. Nick möchte eine warme Bibliothek mit dunklem Holz und ich stimme mit ihm überein. Alle unsere Bekannten, die Häuser im palladischen Stil haben, schafften es, ihre traditionellen Bibliotheken zu behalten."

Trevor schnaubte arrogant. „Und ich dachte, Birmingham House würde revolutionär sein!"

„Das lag nie in unserer Absicht. Wir - du und ich und Nick - wollten, dass es schön ist. Nicht mehr. In der Tat denke ich nicht, dass Nick sich so wohlfühlen würde, wenn das Haus zu ausgefallen wäre. Er ist eher der Tradition verbunden, weißt du."

„Ich weiß tatsächlich sehr wenig über ihn - aber ich muss sagen, bei Frauen hat er einen guten Geschmack. Du und Diane Foley seid beide wunderschön."

Fiona versteifte sich. „Ich bitte darum, dass du diese Frau in diesem Haus nicht erwähnst."

Trevor brach in Gelächter aus. „Was es beweist. Du *bist* in ihn verliebt.

„Wirklich, Trevor", sagte sie und stampfte mit ihrem gesunden Fuß auf. „Ich weigere mich, darüber ein Gespräch mit dir zu führen."

In diesem Moment öffnete sich die Tür des Salons vollends und Nick schlenderte in das Zimmer. „Welches Gespräch willst du nicht führen?", fragte er und schaute Trevor mit einem schrägen, drohenden Blick an.

„Trevor und ich sind verschiedener Meinung, was die Farben der Bibliothek im neuen Haus betrifft, Liebster."

Groß und überaus gutaussehend in anthrazitfarbenen Hosen und einem gut geschnittenen schwarzen Rock durchquerte Nick den Raum und küsste Fiona auf die Wange. „Wie geht es deinem Bein, meine Liebe?"

„Erträglich", sagte sie resigniert.

Seine Brauen zogen sich zusammen, dann wandte er sich an Trevor. „Was ist das für eine Diskussion über die Bibliothek?"

„Diese Diskussion ist beendet, Sir. Lady Fiona hat wie immer recht." Mit einem kurzen Blick auf Fiona sagte Trevor: „Ich muss jetzt gehen. Ich muss noch diesen königsblauen Stoff für Birminghams neues Schlafzimmer bestellen." Er drehte sich um und nickte Nick zu. „Ihr Diener, Birmingham."

Als er fort war, fragte Fiona: „Geht es dir gut, Liebster?"

Nick warf ihr einen amüsierten Blick zu. „Ja. Warum fragst du?"

„Weil es erst halb drei Uhr nachmittags ist. Zu dieser Zeit bist du nie zu Hause."

„Und du sorgst dich um mein Wohlbefinden?", sagte er belustigt. „Man könnte denken, dass du eine besorgte Frau bist."

„Wenn du krank wärest, würde das mich *selbstverständlich* besorgt machen. Schließlich bin ich deine Frau."

Er lächelte und setzte sich auf ein Sofa, das nahe bei ihrem Krankenstuhl stand. „Eigentlich war ich um dich besorgt. Ich weiß, dass dich dieses Eingesperrtsein verflixt krank macht, und als ich sah, wie hell die Sonne heute scheint, beschloss ich, dass ich herkommen und dich auf einen Ausflug mitnehmen würde. Wo würden Sie denn gerne hinfahren, Mrs. Birmingham?"

Die Aussicht auf einen Nachmittag im Freien war so willkommen wie Regen nach der Dürre. „Oh Nick, ich freue mich so sehr, einmal hier herauszukommen. Könnten wir zu unserem neuen Haus fahren? Trevor sagt, der blaue Salon wäre fertig und ich sterbe vor Verlangen, ihn anzusehen."

„Dann fahren wir nach Piccadilly." Er rief einen Diener, um ihren Krankenstuhl auf die Kutsche packen zu lassen, hob dann Fiona auf seine Arme und trug sie zur Kutsche.

Auf dem Weg zu ihrem neuen Haus sagte sie: „Ich hatte heute eine nette Unterhaltung mit Emmie."

Nick zuckte zusammen und es dauerte einen Moment, bis er antwortete. „Und wie fandst du das kleine Ding?"

„Sie ist nicht nur sehr hübsch, sondern ihre Manieren sind auch alles, was man sich wünschen könnte."

Obwohl sie nichts hörte, hätte sie fast schwören können, dass Nick erleichtert ausatmete. Sein Gesicht entspannte sich. Emmie musste ihm sehr wichtig sein.

„Ich versichere dir, dass ich sehr freundlich zu ihr war, muss dir aber sagen, dass das arme Ding in Tränen ausbrach."

Er fuhr zu ihr herum und sein Gesicht war von Besorgnis umwölkt.

„Sie gab zu, dass sie Angst hat, dass sie nicht länger dein liebstes Mädchen sein wird, nachdem du mich geheiratet hast."

Fiona hatte erwartet, er könnte über diese weibliche Eifersucht seiner Tochter lächeln, aber stattdessen sah er aus, als trüge er die Last der Welt auf seinen Schultern. „Konntest du ihre Furcht lindern?"

Wie wusste Nick, dass es genau das war, was Fiona versucht hatte? Dass sie das Kind nicht als Rivalin betrachten würde, wie andere Stiefmütter in der Geschichte das sicherlich getan hatten? „Ich habe ihr gesagt, sie sei dein liebstes Mädchen, so wie ich deine liebste Frau, und dass dein Herz sehr groß ist und du dort Raum für alle hast, die du liebst."

Nick nahm ihre Hand und führte sie an seine Lippen. „Danke."

„Danke *dir*, weil du einen Raum in deinem Herzen für deine lästige Frau hast."

Seine jettschwarzen Augen hingen an ihr. „Du bist nicht lästig."

„Du musst zugeben, dass diese elende Verletzung mehr als lästig war, und jetzt verpasst du wegen mir noch eine Sitzung an der Börse."

„Weil ich wegen dir eine gute Ausrede habe, diesen wundervollen Tag zu genießen."

Der Tag war wirklich wundervoll, trotz der kalten Luft. Als sie vor dem neuen Haus vorfuhren, bedauerte sie, dass sie nicht daran gedacht hatte, es Emmie zu zeigen. Morgen würde sie Miss Beckham anweisen, sie herzubringen und es einrichten, dass Trevor einen Rundgang nur für die Tochter des Herrn durchführte.

„Wie wirst du das Haus nennen?", fragte Fiona.

„Wir werden zusammen einen Namen aussuchen. Hast du eine Idee?"

„Liebe Güte, nein. Weißt du, Nick, ich wäre niemals auf die Idee gekommen, dass ich jemals in den Besitz eines völlig neuen Hauses kommen würde."

Er nickte. „Weil die Häuser in deiner Familie ihr seit Generationen gehören."

„Ja, vermutlich deshalb."

Er hob sie aus der Kutsche und setzte sie vorsichtig in ihren Krankenstuhl, den der Kutscher heruntergestellt hatte; danach rollte Nick sie durch den ganzen Hof, verlagerte ihr Gewicht, als er sie die Stufen hinaufschob und hielt dann an, als sie in der opulenten Eingangshalle ankamen, die die Mitte des Hauses bildete.

„Trevor lobte dich für die Auswahl der Kronleuchter", sagte sie.

Sein Blick schweifte über die Decke. „Sie glitzern ziemlich."

Sie kicherte.

Zuerst gingen sie in den chinesischroten Speisesaal, für den sie und Trevor einen fünfundzwanzig Fuß langen Tisch und etwa zwei Dutzend passende Stühle ausgesucht hatten, alles aus feinstem Mahagoni. Der Tischler hatte die Kombination für das Landhaus des Herzogs von Richmond angefertigt, da jedoch die Renovierungsarbeiten des Herzogs sich verzögerten, sich damit einverstanden erklärt, dass die Birminghams sie kauften, während er für den Herzog eine neue baute. Fionas Blick sprang von dem Tisch zu den Vorhängen aus scharlachroter Seide, die gut zu den dicken

Verzierungen aus Gold passten, die im Raum verteilt waren.

Dann sah sie Nick an, dessen Augen glänzten, als er das Zimmer betrachtete. „Meine liebe Frau, du hast meine Erwartungen übertroffen. Das Zimmer ist wundervoll." Er runzelte die Stirn. „Und ich nehme an, dass ich auch deinem kleinen Freund danken muss. Ich muss sagen, er hat einen außerordentlich guten Geschmack." Nick ging zu dem glänzenden Tisch und fuhr mit der Hand über die polierte Oberfläche. „Das ist wirklich schönes Holz."

„Trevor hat den Möbeltischler gefunden. Er hat bei Sheraton gelernt."

„Dann schulde ich Trevor Simpson wirklich etwas."

„Wir sollten uns den blauen Salon ansehen. Es ist der einzige andere Raum, der schon ganz fertig ist."

Nick machte auch über den Salon passende Komplimente, dessen Wände mit geprägtem Seidendamast in einem dezenten Blumenmuster bedeckt waren, in einem viel helleren Blau als das reiche Königsblau der seidenen Vorhänge. Die Sofas waren in tief königsblauer Seide gepolstert, die mit glänzenden, goldenen Sternen gemustert waren. Er ging direkt zu dem zueinander passenden Paar von Spieltischen, die auf beiden Seiten des Kamins standen und berührte die glatte Oberfläche des einen. „Das sind die hübschesten Spieltische, die ich je gesehen habe."

„Das sagte Trevor auch. Ich habe sie ausgesucht", fügte sie selbstzufrieden hinzu.

Er drehte sich zu ihr, um sie mit einem tief nachdenklichen Ausdruck auf seinem kantigen Gesicht anzuschauen. „Habe ich dir schon gesagt", sagte er mit leiser, betörender Stimme, „dass ich sehr froh bin, dass du mich ausgesucht hast?"

Ihr Herz flatterte in der Brust. Sie dachte, es müsste aufhören zu schlagen, als sein durchdringender Blick sie traf. Nach einigen Sekunden fand sie ihre Fassung wieder und gab ihm leichthin eine Antwort. „Musst du mich immer daran erinnern, dass *ich* dich ausgewählt habe? Das ist nicht sehr galant von dir."

„Ich hatte genug Verstand, zu dir zurückzugehen, auf die Knie zu fallen und dich zu bitten, mich zu heiraten", sagte er ebenso leicht.

Kapitel 12

Das verdammte Warten war es, was William am meisten hasste. Er war am dritten angekommen und hatte sofort mit dem Gastwirt gesprochen, einem schnauzbärtigen Mann namens Gilberto, der Englisch mit einem schweren Akzent sprach. „Ich heiße William ... Hollingsworth", hatte er gesagt, „und ich glaube, dass an einem der nächsten Tage ein Brief hier für mich abgegeben werden wird." Nachdem er einen Beutel Goldmünzen aus seiner Tasche genommen hatte, gab er ihn Gilberto. „Ich bin bereit, Ihnen - oder einen Ihrer Angestellten - angemessen zu bezahlen, wenn Sie meinen Brief an die Person übergeben, die den Brief für mich bringt." Aus seiner Brusttasche zog William seinen Brief und händigte ihn dem Mann aus. „Es gibt einen weiteren Beutel voll Münzen, wenn ich den Beweis habe, dass Sie meine Anweisungen ausgeführt haben."

Gilbertos Augen wurden groß und ein Lächeln breitete sich auf seinem Gesicht aus. „Ich werde gerne dafür sorgen, dass Ihr Brief in die rechten Hände kommt und werde auch meine Leute entsprechend vorbereiten."

Nachdem an diesem ersten Tag die Sache mit dem Brief geklärt war, fuhr William weiter nach Lissabon, mit vier bewaffneten Postillions, fünf Reitern, die ebenfalls bewaffnet waren und drei Wachen, die sich die Kutsche mit ihm teilten.

Innerhalb von wenigen Stunden kaufte William französische Francs im Wert von fünfundzwanzigtausend Pfund; er war sich sicher, dass damit die Stadt kein französisches Geld mehr hatte. Nachdem die Francs sicher unter den Sitzen der Kutsche verstaut waren, kehrten sie bei Einbruch der Dunkelheit nach Figueria zurück.

Am achten erhielt William die Nachricht der Entführer des Earls, und Gilberto bestätigte, dass der Bote den Brief Williams erhalten hätte. Die Nachricht der Banditen - die Forderung, sich in den Bergen zu treffen - wurde durch Williams Anweisungen abgelehnt.

Inzwischen war schon der dreizehnte vergangen und noch hatte er kein Wort über den Austausch gehört. William begann, sich zu fragen, ob die Banditen die in seinem Schreiben enthaltenen Anweisungen ignorieren wollten. Würden sie oben in den Bergen auf ihn warten? Wenn er das hier verdarb, würde Nick ihm nie verzeihen.

Was, wenn dem jungen Adligen etwas passiert war? Sicher war er nicht gestorben. Wenn Lord Agar irgendetwas zustieße, würde das Nick gar nicht gefallen. Er erinnerte sich daran, wie sehr Nick darauf bestanden hatte, dass Lord Agars Sicherheit sein oberstes Anliegen war. Offensichtlich würde Nick alles, tun, um seine neue Frau glücklich zu machen. Sein Bruder mochte es wissen oder nicht, er hatte sich in Lady Fiona verliebt.

William hatte die Gaststube des Rasthauses langsam verdammt satt und noch mehr das ständige Portugiesisch, das er ebenso wenig verstand wie Spanisch. Als er spät am Nachmittag des vierzehnten ein Glas Portwein schlürfte, trat Gilberto zu ihm und sprach ihn leise an. „Der

Mann, auf den Sie warten, ist angekommen, Mr. Hollingsworth. Kommen Sie mit mir."

William eilte dem Gastwirt nach, der ihn in ein kleines Büro hinter dem Empfangstresen führte. Dort stand ein ziemlich großer Spanier, der eine zerlumpte Uniform der spanischen Armee trug. Die schwarzen Augen durchbohrten William. „Sie sind Señor Hollingsworth?"

„Das ist der Name, den ich verwende", sagte William.

Der Spanier schaute ihn böse. „Sie werden ihren Männern jetzt befehlen, die Waffen niederzulegen."

„Zuerst muss ich Lord Agar sehen."

Mit einem Stirnrunzeln auf seinem dunklen Gesicht sagte der Spanier schließlich: „Kommen Sie mit mir."

William folgte ihm aus dem Gasthof über den Platz, wo seine Männer den Wagen bewachten, in dem das Lösegeld war, und die Hauptstraße entlang aus der Stadt. Die Dämmerung war schon hereingebrochen und William hoffte, dass er dies beenden könnte, bevor die Nacht sich über das Dorf senkte.

Nach zwei Blockaden kamen sie zu einer Mauer aus Reitern, mindestens zwanzig. William schaute sich die Gruppe schnell an. Zwischen all den dunklen Gesichtern sah er ein helles: Randolph, der Earl of Agar, dessen Hände hinter seinem Rücken gefesselt waren. Sein blondes Haar hing wirr herunter, ebenso verschmutzt wie seine Garde-Uniform. Da er sich einige Wochen nicht rasiert hatte, war dem Earl ein roter Bart gewachsen.

William nickte und wandte sich dann an den Mann, der ihn begleitet hatte. „Sie können mit mir in die Stadt zurückkommen und sehen, dass alle meine Männer sich zurückziehen und ihre Waffen niederlegen werden, bevor Ihre Männer mit Lord Agar auf den Platz einreiten."

Der Spanier schaute böse und nickte dann.

Zurück auf dem Platz ging William zu dessen Mitte, holte tief Luft und rief laut: „Ich rufe alle meine Engländer, sogleich zu mir auf den Platz zu kommen."

Innerhalb von neunzig Sekunden bildeten alle zwölf Bewaffneten einen Kreis um William und den Spanier, dann ging ein Mann nach dem anderen in die Mitte des Platzes und legte sein Gewehr nieder.

„Brauchen Sie weitere Beweise, dass meine Männer Sie nicht angreifen werden?", fragte William.

Der Blick des Spaniers flog über den Platz und blieb an dem Turm der alten Kirche hängen. „Ich werde mir diese Kirche ansehen, wenn Sie erlauben."

„Nur zu", sagte William.

Einen Moment später kam der Spanier zurück.

„Zufrieden?", fragte William.

„Ja."

Dann machte der Spanier etwas Seltsames. Er ging zu dem Haufen von Waffen und nahm sich ein Gewehr. Eine Sekunde lang erstarrte William vor Angst. Dann feuerte der Mann einen Schuss in die Luft ab.

Die Luft strömte aus Williams Lungen. Ihm gefiel die rohe Art und Weise nicht, wie der Spanier seinen Leuten eine Nachricht schickte.

Einen Moment später kam eine große Gruppe
,
3+ abgerissener spanischer Deserteure in die

Stadt geritten und wirbelte auf der unbefestigten Straße Staub auf. Der Blick ihres Führers wanderte von William zu dem Wagen.

„Es steht Ihnen frei, die Münzen zu untersuchen", sagte William und nickte zu dem Wagen hinüber.

Gemäß den Anweisungen ihres Anführers stemmten die Spanier die Deckel der Kisten auf. Vier Holzkisten waren prall gefüllt mit den Guineen, das Gold schimmerte unter der untergehenden Sonne. Die Männer ließen ihre Hände durch den unglaublichen Berg von klingelnder Münzen gleiten und ihre gebräunten Gesichter hellten sich freudig auf.

„Wir haben unseren Teil des Handels erfüllt", sagte William. „Jetzt lassen Sie Lord Agar frei."

Der Spanier schritt mit glänzenden Augen zu dem Pferd des Edelmanns und löste die Fesseln an Randolphs Händen. „*Vamos*", sagte er.

Randolph zuckte beim Absteigen zusammen und hinkte dann zu William hinüber.

Inzwischen hatten die Spanier eines ihrer Pferde vor den Wagen gespannt und begannen, die Stadt zu verlassen; eine kleine Gruppe von ihnen blieb zurück, um sicherzugehen, dass die Engländer sich nicht wieder bewaffneten.

„Ich bin Agar, Ihr Diener, Sir", sagte Randolph zu William.

William verbeugte sich. „William Birmingham, zu Ihren Diensten, Mylord."

„Den Namen Birmingham kenne ich", sagte Randolph. „Die Bankiers, die reicher als Nabobs sind. Sie sind einer von ihnen?"

„Ja."

„Darf ich fragen, wie meine Schwester es geschafft hat, sich Ihrer Hilfe zu versichern?"

William antwortete einen Moment lang nicht. Dann holte er tief Luft und sagte: „Indem sie meinen Bruder geheiratet hat."

Randolph schnappte nach Luft, als wäre er von einer Kugel getroffen worden. Seine Augen schlossen sich fest, auf seinem Gesicht breitete sich ein schmerzvoller Ausdruck aus. „Oh, Hölle und Teufel."

* * *

Fünf Tage nachdem Nick sie über die Schwelle getragen hatte, um den blauen Salon zu besichtigen, begannen Mr. und Mrs. Nicholas Birmingham, in ihr neues Haus einzuziehen. Nick hatte nicht umziehen wollen, bevor Fionas Bein geheilt war, da er befürchtet hatte, dass das für sie zu anstrengend sein könnte. Sie hatte ihn damit überzeugt, dass sie ihm versicherte, dass es für sie sehr viel einfacher sein würde, sich um die vollständige Einrichtung zu kümmern, wenn sie bereits dort wohnte. Nick gab nach. Es schien, als gäbe es nichts, das er ihr verweigern könnte.

Während der drei Tage, die es dauerte, bis ihr Haushalt umgezogen war, nahm Fiona einen Platz am Fuße der Haupttreppe ein, so dass sie - mit Hilfe von Mrs. Pauley - die Umzugsarbeiter dirigieren konnte. Um ihren Ehemann zu beruhigen, saß sie in ihrem Krankenstuhl und hatte das geschiente Bein auf einen anderen Stuhl gelegt, um die Schwellung gering zu halten.

Hätte er im Fieberdelirium gelegen, hätte Trevor sich nicht fernhalten können. Vergnügt stolzierte er hin und her und bellte den Dienern Befehle zu. Als er sah, wie der polierte Marmor in der Eingangshalle verkratzt wurde, bekam er fast einen Anfall. „Wir müssen diesen glänzenden Marmor wirklich mit Teppichen aus dem alten

Haus bedecken, während diese unvorsichtigen Leute herumlaufen." Er warf den Übeltätern einen verächtlichen Blick zu. „Wir können die Kratzer wegpolieren, nachdem sie fort sind", sagte er kopfschüttelnd und schulterzuckend. Also dienten türkische Teppiche aus dem alten Haus hier noch drei Tage lang.

Während dieser drei Tage hatte der Tischler die restlichen bestellten Möbel geliefert und die Tuchmacher stellten hohe Leitern auf, um die seidenen Fenstervorhänge zu befestigen, während andere Diener wertvolle Gemälde an die frisch gestrichenen Wände hängten.

Am Abend des dritten Tages kam Nick früh nach Hause. Er hatte sich den ganzen Tag Sorgen um Fiona gemacht. Sie versuchte, zu viel zu arbeiten und schlief zu wenig. Er hatte schreckliche Angst, dass sie krank werden könnte, und bei ihrem zarten Gesundheitszustand befürchtete er ... das Schlimmste. Dieses Haus, das er einst für die Krönung seiner Arbeit gehalten hatte, könnte sehr wohl zu seinem Fluch werden, wenn es der Grund wäre, dass er Fiona verlor, die ihm teurer war als hundert Paläste.

Als der älteste war Nick es gewöhnt, sich für seine Geschwister verantwortlich zu fühlen, aber nie zuvor war er von der Sorge um seine Schwestern und Brüder so verzehrt worden wie jetzt um seine neue Frau. War diese ständige, quälende Sorge ein Teil des Lebens als Ehemann? Vielleicht lag es an dem schrecklichen Bild, wie sie die Stufen hinunterfiel, dass er jetzt jeden Tag um ihr Leben fürchtete.

Er hielt unter dem Türstock an und beobachtete, wie seine müde Frau ein halbes

Dutzend Seidenproben prüfte, die Trevor ihr zeigte. Ihr Bein lag auf dem Stuhl, wie Nick angewiesen hatte, aber er konnte an der ungeschickten Art, wie sie es bewegte, erkennen, dass sie Schmerzen haben musste. Um seine Sorgen noch zu vergrößern schien ihre milchweiße Haut noch blasser zu sein, als ob sie einen leichten Blauton hätte.

Er holte tief Luft und bemühte sich, sie nicht sehen zu lassen, wie ängstlich er war, ging auf sie zu und nahm ihr die Seiden aus der Hand. „Für heute, Mrs. Birmingham, hast du genug getan", sagte er fest und beugte sich hinab, um ihre Wange zu küssen. „Erlaube mir, dich in den Salon zu schieben."

Er zuckte zusammen, als sie das Bein langsam nach unten bewegte, und als sie den Salon erreichten, hob er sie hoch und legte sie auf das Sofa. „Strecke dein Bein auf dem Sofa aus, Liebes", bat er sie.

Trevor stand direkt in der Tür und sah amüsiert zu. „Ich werde mich jetzt von Adonis und Artemis verabschieden. Wenn Sie beide es sich noch gemütlicher machen, könnte ich wirklich rot werden."

„Was für schlimme Gedanken du immer hast", sagte Fiona und ihre Augen funkelten vor Heiterkeit - bis sie das Stirnrunzeln ihres Mannes bemerkte.

Als Trevor fort war, beruhigte Nick sich. „Du wirst dich jetzt entspannen und ein großes Glas Madeira trinken. Verordnung von Dr. Birmingham."

„Ja, mein Herr."

Er schenkte zwei Gläser ein und kam, um sich neben sie zu setzen. „Du siehst verteufelt müde aus, meine Liebe. Ich habe dir gesagt, dass du zu viel tust."

Mit Grübchen in den Wangen versuchte sie, die Stirn zu runzeln. „Wie schmeichelhaft von dir! Jede Dame wünscht nichts mehr als zu hören, dass sie verteufelt müde aussieht."

Er legte seinen Arm um ihre Schultern. „Oh, du bist immer noch schön, aber das wärest du nicht mehr, wenn du zu ausgezehrt würdest."

Sie drehte sich zu ihm. „Ich weiß es zu schätzen, dass du dich um mein Wohlergehen sorgst, Nick. Wirklich. Aber deine Sorge ist fehl am Platz. Ich habe mir nur ein Bein gebrochen. In ein paar Wochen wird alles verheilt und so gut wie neu sein. Meine Gesundheit ist ausgezeichnet."

„Guter Schlaf ist sehr wichtig für eine gute Gesundheit, und ich weiß, dass du nicht viel schläfst."

„Die Gefahren, wenn man bei seinem Mann schläft", sagte sie trocken. „Du kennst mich zu gut." Sie wischte eine Haarsträhne von seiner besorgten Stirn. „In welchem Zimmer werden wir heute Nacht schlafen, Liebster?"

Diese Füchsin! Sie benahm sich absichtlich verführerisch. „In meinem", knurrte er und knabberte an ihrem köstlichen Hals. „Meinem neuen. Ich schlage vor, dass alle Birmingham-Babys im gleichen Bett gezeugt werden." Als ihm klar wurde, was er gesagt hatte, erstarrte Nick. Er musste lernen, nicht so durchschaubar zu sein. Er durfte Fiona nicht merken lassen, wie vernarrt er in sie war, wie sehr er sich danach sehnte, sie zu sehen, wie sie in Erwartung seiner Babys rund wurde.

Ihre Wimpern senkten sich scheu. Er hätte sie hier auf dem Satinsofa überfallen mögen! Guter

Gott, er würde glücklich sein, wenn ihr Bein wieder geheilt war und er sie richtig lieben konnte. Obwohl ihre Schlafzimmeraktivitäten beiden Seiten viel Lust verschafft hatten, war nichts so wundervoll, wie sich wirklich *in* ihr zu fühlen.

Nichts auf Erden.

Er fand es besser, das Thema zu wechseln, bevor er anfing, Liebeserklärungen zu stammeln. Das zu tun durfte er sich nicht erlauben. „Hat dein Bruder eine Vorstellung davon, dass das ganze Geld des Nachlasses weg ist?", fragte er.

„Ich weiß es nicht. Als Papa noch lebte, wussten wir, dass es etliche finanzielle Rückschläge gegeben hatte, aber ich bezweifele, dass Randy das Ausmaß dieser Rückschläge bekannt war. Randy versteht wirklich nicht viel von Geld."

„Meinst du, er würde mir erlauben, ihm zu helfen?"

Sie warf ihm einen seltsamen Blick zu. „Wie eine umgekehrte Mitgift - oder meinst du, dass du ihm finanzielle Ratschläge geben würdest?"

„Ein wenig von beidem, denke ich."

„Ich kann nicht zulassen, dass du ihm Geld gibst. Fünfundzwanzigtausend ist genug."

„Ich kann meinem Schwager, dem Lord, nicht erlauben zu leben wie ein Bettler. Wir Birminghams haben ein bestimmtes Image zu wahren", sagte er mit einem lässigen Grinsen auf dem Gesicht.

Einen Moment lang sagte sie nichts, holte dann Luft und sagte: „Ich bin nicht einmal sicher, dass mein Bruder dir erlauben würde, ihm zu helfen. Er ist ein fürchterlicher Snob, wie du weißt."

„Ja, das weiß ich." Er erinnerte sich an den Tag

bei Tattersall, als Randolph so gezögert hatte, diesen Bürgerlichen seiner Schwester vorzustellen.

„Ich befürchte sogar, dass er dir zuerst sogar ablehnend gegenübertreten könnte, weil du mich geheiratet hast."

„Das erwarte ich von ihm."

Sie zog ihre Brauen zusammen. „Und trotzdem würdest du ihm helfen wollen?"

„Ich bin ein sehr reicher Mann, Fiona."

Sie nahm sein Gesicht in ihre Hände, eine Berührung so zart wie die eines Schmetterlings. „Du bist auch ein sehr großzügiger Mann."

Er bot ihr ein Glas an und sie trank, gab ihm dann das Glas zurück. „Liebster?"

„Ja, meine Liebe?", antwortete er.

„Wenn wir ... einen Sohn haben, würde ich ihn gerne Jonathan nennen."

Er fühlte sich, als wäre er einer der Ballons, die über dem Hyde Park aufstiegen. Bis zu diesem Moment hatte er sich nicht erlaubt, auf einen Sohn zu hoffen. Vor allem keinen Sohn mit Fiona. Einen Sohn mit dem Blut der Agars. „Jonathan war der Name meines Vaters", sagte er ernst.

„Ja, ich weiß. Ich würde unser Kind - wenn wir damit gesegnet werden sollten - gerne nach ihm nennen."

Sein schwebend leichtes Herz hämmerte in seiner Brust und er wurde beinahe von einem Gefühl des Wohlbefindens übermannt. „Aber du hast ihn nie kennengelernt."

„Aber ich verdanke ihm so viel."

Diese wenigen Worte beinhalteten mehr, als er je zu hoffen gewagt hatte. Sie verstand, wie sein Vater ihn sorgfältig geformt hatte. Ihre gefiel das Ergebnis, das er erzielt hatte. „Was lässt dich annehmen, dass ich einen solchen Vorschlag annehmen würde? Weißt du überhaupt, ob ich mich mit meinem Vater gut verstanden habe?"

Sie erlaubte ihrem Oberkörper, in seinen Schoß zu sinken, als sie sich müde auf dem Sofa ausstreckte. „Erzähle mir von ihm und eurer Beziehung."

Er hatte nie jemandem über das seltsame Vater-Sohn-Verhältnis erzählt, aber aus irgendeinem Grund unternahm er den Versuch, es in Worte zu fassen. „Der Mann, der mich erzog, war *nicht* derselbe Vater, der Adam und William großzog - und vor allem nicht derselbe Mann, der Verity so liebte. Die anderen durften Kinder sein, ihnen war es erlaubt, nicht völlig perfekt zu sein." Sein Gesicht wurde hart. „Aber mir nicht. Als wir Schüler waren und Adam seine Aufgaben schnell mit wenig angemessenen Ergebnissen erledigte, war unser Vater enttäuscht, aber nie empört. Wenn ich eine Aufgabe verdarb, wurde ich zornig getadelt - und oft geschlagen. Wenn Adam seine Krawatte schlampig band, schüttelte unser Vater den Kopf, aber wenn meine Krawatte nicht perfekt saß, bekam er einen Wutanfall."

„Wie konnte deine Mutter eine solche Ungerechtigkeit zulassen?"

Nick lachte leise. „Weil sie ebenso von ihm tyrannisiert wurde wie ich. Ihre Ehe war nie eine Partnerschaft. Mein Vater war durch und durch ein Diktator. Sie durfte ihr großzügiges Taschengeld ausgeben, wie sie wollte, aber in allen anderen Angelegenheiten traf mein Vater die Entscheidungen."

„Dann ... empfandest du keine Zuneigung zu deinem Vater?"

„Es gab Zeiten, wo ich dachte, dass ich ihn

verabscheuen würde, aber jetzt nicht mehr. Mein größtes Bedauern ist, dass sein plötzlicher Tod es mir nicht erlaubt hat, ihm dafür zu danken, dass er mich zu dem Mann gemacht hat, der ich heute bin. Ich bedaure, dass wir uns nicht näherstanden." Seine Stimme war gequält, als er sagte: „Ich wünschte zu Gott, dass er länger gelebt hätte, so dass wir einander unsere Zuneigung hätten zeigen können."

Fionas Augen glänzten. „Wie alt warst du, als er starb?"

„Er starb vor fünf Jahren - als ich siebenundzwanzig war."

„Er muss schrecklich stolz auf dich gewesen sein."

Nicks Stimme senkte sich, seine Finger fuhren durch ihre blonden Locken. „Es war wie verhext. In seinen letzten Jahren waren unsere Rollen wie vertauscht. Er wurde so merkwürdig respektvoll mir gegenüber."

„Gegenüber seiner eigenen Schöpfung", sagte sie nachdenklich.

„Ich", fuhr Nick mit betrübter Stimme fort, „sollte die Verkörperung all seines Ehrgeizes sein. Ich sollte der Gentleman werden, der er geworden wäre, wenn er in bessere Umstände hineingeboren worden wäre."

„Ich wünschte, ich hätte ihn noch kennengelernt", sagte sie.

„Trotz all seines Geldes kleidete er sich nicht wie ein Gentleman oder sprach so, aber er bezahlte viel dafür, um sicherzugehen, dass seine Kinder - zumindest äußerlich - nicht von denen der Oberschicht zu unterscheiden sein würden. Natürlich erkennen dein Bruder und andere wie er den Unterschied."

„Wenn Randy erst einmal sieht, dass ich sehr für diese Ehe war und wenn er dich richtig kennenlernt, wird er dich sehr gerne mögen."

Diese – seine – Frau redete, als ob *sie* anfangen könnte, ihn zu lieben. Ihn. Einen Emporkömmling. Durfte er hoffen?

Kapitel 13

Fiona ruhte ihre Beine auf dem Sofa des blauen Salons aus und sah Trevor dankbar an, als er ihr eine Tasse Tee reichte. „Sag, Trevor, schläfst du dieser Tage ebenso elend schlecht wie ich? Einfälle, wie diese Zimmer fertig einzurichten sind, rasen mir durch den Kopf, wenn ich nachts versuche, einzuschlafen."

„Oh, Liebes, ich schlafe in der Minute ein, in der ich meinen Kopf aufs Kissen lege", sagte er und ließ sich in einen Stuhl am Teetisch fallen. „Dann träume ich von den Zimmern. Ich muss sagen, dass mir die feinsten Ideen im Traum kommen." Er goss Tee in eine zerbrechlich aussehende Tasse und nahm einen Schluck.

Fiona war nicht ganz ehrlich zu Trevor. Einige Nächte lang hatten Einrichtung und Ausstattung der Räume sie wachgehalten. Aber nicht in der letzten Nacht. In der letzten Nacht hatte sie über den Jungen nachgedacht, der Nick einmal gewesen war. Ihr Herz wurde groß im Gedanken an den kleinen Jungen, der von einem fanatischen Vater so grausam geformt worden war. Sie fragte sich, ob sein Vater oder seine Mutter Nick je gelobt oder ihm die Zuneigung erwiesen hatten, die jedem Kind von Geburt an zustehen sollte. Soweit sie die kalte Dolina Birmingham kannte, überzeugte sie das eher, dass Nick solche Bestätigungen nicht erhalten hatte.

Als Fiona letzte Nacht in dem dunklen Zimmer neben ihm gelegen hatte, hätte sie ihn mit der Liebe überschütten mögen, an der es ihm in seiner Kindheit so gefehlt hatte. Sie hatte sich nie einem Menschen näher gefühlt. Nicht einmal Warwick, der mit ihr in den drei Jahren ihrer Verlobungszeit jede ihrer Hoffnungen für die Zukunft, jede Enttäuschung der Vergangenheit geteilt hatte.

In der letzten Nacht hatten sie und Nick sich leidenschaftlich geküsst und begierig die Lust mit dem Körper des anderen genossen, aber Nick hatte es abgelehnt, sich auf ihren Körper zu legen. „Es wird nicht mehr lange dauern, bis du ganz geheilt bist", hatte er geflüstert. „Ich kann nichts tun, das deine Genesung gefährden würde."

Nachdem er in den Schlaf gefallen war, seinen Arm über ihr ausgestreckt, seine Hand fest auf ihrer Taille liegend, fühlte sie sich, als ob sie in Glück ertränke.

„Sag mir, Mylady", fing Trevor mit einem teuflischen Lächeln in seinen Augen an, „dieser Kerl, den du geheiratet hast, hat er die bürgerliche Gewohnheit, die ganze Nacht bei seiner Frau zu schlafen?"

Sie blickte ihn finster an. „Ich kann nicht erkennen, was es dich angeht, ob mein Mann und ich zusammen schlafen."

„Zar Nicholas selbst ließ gestern die Katze aus dem Sack, als er sagte, dass du nicht gut schläfst. Ist er ein so guter Liebhaber, wie man von ihm sagt?"

„Du kannst nicht wirklich erwarten, dass ich darüber mit dir spreche! Und ich mag es nicht, wenn du ihn Zar Nicholas nennst."

„Aber der Mann ist ein echter Diktator!"

Vielleicht war Nick ein Diktator. *Wie sein Vater.* Es gehört dazu, wenn man so überaus selbstbewusst war. Aber anders als sein Vater hatte Nick viel Raum für Zuneigung. Er hatte das beim Umgang mit Emmie und seinen Geschwistern gezeigt, bei seiner Mutter und vor allem bei ihr. Er wurde nur herrisch, wenn ihr Wohlergehen auf dem Spiel stand. Der bloße Gedanke hüllte sie in tiefe Zufriedenheit ein wie ein warmer Umhang. „Und ich mag es nicht, wenn du über Nicks frühere Liebschaften sprichst!"

Trevor legte den Kopf auf die Seite und warf ihr einen überaus anzüglichen Blick zu. „Ich glaube, du bist eifersüchtig."

„Wenn du es wissen musst, ja. Ich weiß nicht, warum ich wegen etwas eifersüchtig sein sollte, was geschah, bevor wir heirateten, aber in der Tat bin ich es." Ihre Stimme klang verloren. „Ich kann es nicht ertragen, an ihn mit diesen anderen Frauen zu denken. Ich habe nicht das Recht, Treue zu verlangen. Er hat mich nur geheiratet, um Randolph zu helfen und mit den Agars verschwägert zu werden."

„Sei nicht dumm! Der Mann kümmert sich doch ständig um dich."

„Oh ja, aber er kümmert sich auch um sein Kind, seine Brüder, seine Mutter und seine Schwester."

„Was er für dich empfindet, ist entschieden etwas anderes, das schwöre ich dir. Der Mann scheint völlig vernarrt. Du, meine liebe Freundin, musst im Bett teuflisch gut sein!"

„Trevor!"

„Kannst du leugnen, dass der Sex fantastisch war?"

„Ich weigere mich, diese Unterhaltung mit dir

zu führen." Aber fantastisch schien ihre
Liebesnächte gut zu beschreiben.

Einen Moment lang sagte er nichts. „Liebes, ich
glaube, du hast dich in dem Zaren verliebt!"

Ihre Schulten sacken nach unten. „Oh, Trevor,
ich glaube, du hast recht." Wie erstaunt sie war,
es zuzugeben, aber nachdem sie das getan hatte,
wurde ihr klar, dass sie die Wahrheit gesagt hatte.
Sie hatte sich wirklich in ihren Ehemann verliebt.

* * *

Nachdem der Umzug jetzt überstanden und die
meisten Räume fertiggestellt waren, musste Fiona
ihre ausstehende Korrespondenz erledigen. Sie
blieb an diesem Nachmittag in ihrem
Schreibzimmer, ihr pochendes Bein hochgelegt,
während sie den ersten Brief an Verity schrieb
und diese drängte, zu kommen und im neuen
Haus zu wohnen. Da sie die Vorliebe ihrer neuen
Schwester für grüne Zimmer kannte, hatte Fiona
darauf geachtet, dass Veritys Schlafzimmer in
verschiedenen farngrünen Tönen gehalten war.
Ihren ersten Gedanken, den Raum in
smaragdgrün auszustatten, hatte sie verworfen,
nachdem sie sich an Veritys Geschmack für
gedämpftere Farben erinnert hatte. Smaragd war
zu auffallend. Die natürlicheren Grüntöne würden
viel besser zu Verity passen.

Fionas nächster Brief ging an Miss Peabody
und bat dringend darum, dass die junge Dame
nach Birmingham House kommen sollte; sie
erklärte auch, dass ihr gebrochenes Bein sie
davon abhielt, Morgenbesuche zu machen. Als sie
diesen Brief zu schließen begann, legte sie ihren
Stift nieder. Sollte sie die Einladung auf Miss
Peabodys Schwester, Lady Warwick, ausdehnen?
Vor sechs Wochen hätte sie das nicht tun können,

denn der Schmerz über den Verlust von Warwick
an die schöne Brünette war zu groß gewesen.
Aber jetzt empfand Fiona keine Feindseligkeit
gegen die Gräfin mehr. Jetzt hatte Fiona
verstanden, dass Warwick nicht der für sie
bestimmte Mann gewesen war. Nick war ihr
Schicksal, so wie die Gräfin Edwards gewesen
war.

Sie nahm die Feder auf und fügte hinzu:

*Es ist lange her, seit ich Lady Warwick gesehen
habe. Es würde mir Freude machen, ihr
Birmingham House zu zeigen.*

Sie unterschrieb mit *Mrs. Fiona Birmingham*,
nicht nur, um die Gräfin wissen zu lassen, dass
sie einem anderen Mann gehörte, sondern auch,
dass sie das mit Stolz erfüllte.

Als sie die Briefe versiegelte, kündigte Biddles
einen Besucher an

„Wer ist es?", fragte sie.

„Lord Agar, Madam."

Randy! Tiefe, überschäumende Freude erfüllte
sie. Ihr Bruder lebte - und war zurück auf
englischem Boden! „Bitte bringen Sie ihn direkt
hierher, Biddles."

Auf den verblüfften Blick, der sich auf dem
Gesicht des Butlers ausbreitete, hin, erkannte sie,
dass er den Mangel an Anstand dabei, einen
Gentleman in die privaten Räume seiner Herrin zu
führen, geschmacklos fand. „Das ist mein Bruder
- zurück aus Spanien!", fügte sie hinzu.

Der Hauch eines Lächelns bewegte die Lippen
des Butlers. „Sehr wohl, Madam. Ich bringe ihn
sofort hierher."

Als Randolph einen Moment später in den
Raum gehinkt kam, blieb ihr Herz fast stehen. Als
sie die Wut in seinen Augen sah, hielt sie den

Atem an.

Er stand einfach in der Tür und starrte sie finster an. „Also ist es wahr. Du hast diesen angeberischen Bastard geheiratet."

Sie fühlte einen Kloß in ihrem Hals. „Ich werde nicht zulassen, dass du in dieser Weise über meinen Mann sprichst."

„Es ist offensichtlich, dass er dich als Preis für meine Freiheit gefordert hat, verdammt soll er sein."

Randy musste bemerkt haben, dass der Zeitpunkt seiner Befreiung mit der Eheschließung seiner Schwester zusammentraf. „Er hat nichts dergleichen getan. Er hat angeboten, mir das Geld zu *schenken*, Randy, ohne Bedingungen. Er war viel zu sehr ein Gentleman, um von meinem Unglück profitieren zu wollen. Ich habe ihn gebeten, mich zu heiraten."

Randolph kam ins Zimmer und stand vor ihr, sie immer noch böse anschauend. „Das sagst du nur, um es mir leichter zu machen."

Sie war bereit gewesen vorzutäuschen, dass sie Nick liebte, um Randy Schuldgefühle zu ersparen, aber eine solche Täuschung war nicht länger notwendig. Sie holte tief Luft. „Es tut mir sehr leid, dass es dir so schlecht ergangen ist, aber ich denke inzwischen, dass deine Entführung das beste war, das mir je passiert ist, weil sie mir Nick gebracht hat."

Ihr Bruder zuckte zusammen. „Guter Gott! Du kannst dich doch nicht in ihn verliebt haben. Er ist das Produkt von rohen, ungebildeten Eltern, und du bist die Tochter eines Earls!"

„Ich beurteile Nick nicht danach, was seine Eltern waren. Ich habe nie einen Mann kennengelernt, der mehr ein Gentleman war als

Nick. Kannst du mir auch nur eines sagen, was an seinem Verhalten auf niedrige Abkunft deutet?"

„Mit Geld kann man viel kaufen, Fiona, und es scheint, dass er sich nach einer privilegierten Erziehung jetzt auch eine adlige Ehefrau gekauft hat."

Ihre Hände ballten sich zu festen, feuchten Fäusten. „Ich verstehe deinen Unmut, aber ich werde ihn nicht dulden. Nick hat viel Geld ausgegeben und das Leben seines Bruders aufs Spiel gesetzt, um deine Befreiung zu erreichen. Ich erwarte von dir, dass du zu allen Birminghams höflich sein wirst - vor allem zu Nick. Ob es dir gefällt oder nicht, ist er jetzt Teil deiner Familie."

Er sank auf den Stuhl ihr gegenüber. „Lieber Gott, das ist schlimmer als die Gefangenschaft."

„Das ist es ganz sicher nicht, Randolph Hollingsworth! Du bist wieder bei denen, die dich lieben. Jetzt erzähle mir, warum du hinkst. Was haben diese Bestien dir angetan?"

„Es ist nichts. Eine oberflächliche Wunde, die schnell heilen wird."

„Ich hatte gedacht, du würdest zu deinem Regiment zurückgehen."

„Das dachte ich auch, aber dieser diktatorische William Birmingham hatte andere Pläne." Er brummte in sich hinein: „Verdammte Birminghams, denken, dass sie die ganze Welt beherrschen."

„Ich nehme an, dass er wünschte, dass du zur medizinischen Behandlung nach England zurückkehrst."

„Das ... und er besaß die Unverschämtheit vorzuschlagen, dass ich nach England zurückkommen sollte, um mich um meine äußerst schwierigen finanziellen Angelegenheiten zu kümmern. Sag mal, Schwesterchen, wie viel von den fünfundzwanzigtausend kamen aus meiner Kasse und wie viel von Birmingham?"

Sie schluckte schwer, als ob sie etwas Bitteres einnähme. Wünschte, dass sie ihm das nicht erklären müsste. „Es gab kein Geld in deiner Kasse."

Er verbarg sein Gesicht in seinen Händen. „Ich wünschte, sie hätten mich in Portugal getötet."

„Ich werde nicht erlauben, dass du so sprichst! Du lebst. Du bist denen, die du liebst, zurückgegeben worden. Nick wird dir helfen, dein Vermögen wieder aufzubauen."

Er fuhr hoch und sah sie eisig an. „Ich werde keinen weiteren Penny von ihm nehmen!"

„Sei nicht so dumm! Wenn es etwas gibt, worüber die Birminghams alles wissen, dann ist es Geld. Wenn du keine Almosen von ihm willst, akzeptiere wenigstens ein Darlehen - ein Darlehen, um dabei zu helfen, deine Liegenschaften wieder produktiv zu machen. Dann kannst du es ihm zurückzahlen."

Randolph stand auf und stürmte aus dem Zimmer. „Das werde ich tun, verdammt noch mal. Ich werde ihm die ganzen fünfundzwanzigtausend Pfund zurückzahlen!"

* * *

An diesem Tag war Fiona beim Abendessen ungewöhnlich schweigsam. Nick war ziemlich sicher, dass er den Grund für ihr Unbehagen kannte. „Ist dein Bruder heute nach Hause gekommen?", fragte er.

Sie antwortete, ohne aufzusehen. „Ja. Er hinkte beim Gehen, aber sagte zu mir, dass es nur eine oberflächliche Wunde wäre, die schnell heilen sollte. Ich habe nicht gewagt, ihn zu fragen, wie er sie bekommen hat, denn, wie ich dir sagen muss, ich wollte nicht wissen, was diese bestialischen Männer ihm angetan haben."

Sie plapperte und versuchte, ihn von der wahren Quelle ihrer Sorge abzuhalten.

„Wenn dich das besser fühlen lässt, William hat bestätigt, dass Agars Wunde nicht mehr als eine Kleinigkeit ist." William hatte auch bestätigt, dass Randolph wegen der Heirat seiner Schwester vor Wut kochte.

„Ich kann mir keine Sorgen um seine Wunde machen, wenn ich so erleichtert bin, dass er vor diesen grässlichen Kreaturen gerettet wurde." Sie sah auf und schenkte ihm ein Lächeln. „Ich danke dir sehr, Liebster, dass du diese Befreiung ermöglicht hast."

„Es gibt nichts, was ich nicht für dich tun würde, Fiona."

Ihr Herz machte einen Sprung. „Du bist so ein überaus galanter Ehemann."

Sie wollte über alles reden, außer über das, was ihre Gedanken beherrschte: Ihr Bruder fand, dass Nick Fionas unwürdig wäre. Nick hatte gehofft, wenn Agar sähe, dass Fiona glücklich war, wenn er sie an der feinsten Adresse in London wohnen fände, würde er mit der Heirat nicht unzufrieden sein.

Aber da hatte er falsch gedacht. Randolphs Auftauchen verstärkte nur Nicks eigene Zweifel. Er war nicht gut genug für Fiona. Sie sollte mit einem Earl wie Warwick verheiratet sein. Zum Teufel mit dem Mann.

„Haben dein Bruder und du eure Beinverletzungen verglichen?"

„Tatsächlich blieb er nur ein paar Minuten und ich hatte keine Gelegenheit, um aufzustehen, so dass er von meinem dummen Unfall nichts bemerkt hat."

Wenn ihr Bruder so schnell gegangen war, konnte das nur eines bedeuten. Sie hatten über diese Ehe gestritten. „Ich hätte gedacht, dass du und er viel zu besprechen haben würdet."

„Ich wage zu behaupten, dass er von vielen Dingen in Anspruch genommen war. Er ist fast ein Jahr fort gewesen."

Also hatte sie nicht vor, Nick von der Unzufriedenheit ihres Bruders zu berichten. War sie töricht genug zu glauben, dass sie vorübergehen würde? „Ich hoffe, du hast ihm gesagt, dass meine Brüder und ich ihm sehr gerne unseren Rat in finanziellen Fragen anbieten würden."

„Ich habe es erwähnt."

„Und?"

„Ich glaube, er zieht es in Betracht, aber du musst wissen, dass mein Bruder verflixt stolz ist. Es wird für ihn nicht einfach sein, zu dir zu kommen."

„Aber wir sind jetzt verwandt." Obwohl Agar das wohl lieber nicht anerkennen würde.

Nach dem Essen entschuldigte sich Fiona, anstatt wie sonst Cribbage oder Schach zu spielen, mit Kopfschmerzen.

Zweifellos von ihrem so gefühllosen Bruder verursacht.

Obwohl er selten trank, vergrub Nick sich in seiner Bibliothek und betrank sich fürchterlich.

Kapitel 14

Wenn es nicht das eine war, das Fiona den Schlaf raubte, dann etwas anderes. Sie machte sich Sorgen, weil ihr Bein nicht so schnell heilte, wie sie gehofft hatte. Es war einen Monat her und obwohl sie ihr Bein nicht belastet hatte, hörten die pochenden Schmerzen nicht auf. Zu den Leiden ihrer Verletzung kam jetzt ihr Ärger über ihren dickschädeligen Bruder. Die Art, wie er ihren Mann kränkte, war einfach unerträglich. Als sie alleine in ihrem Bett lag und das Knistern des Feuers das einzige Geräusch im Raum war, führte sie ein Dutzend imaginärer Gespräche mit Randy. Er musste sich darauf einlassen, Nick besser kennenzulernen, denn wenn man Nick kannte, konnte man ihn nur bewundern. Aber was konnte sie tun, um dies zu ermöglichen? Sie hatte ihre tiefe Zuneigung zu Nick bereits zugegeben, aber das hatte ihren elend arroganten Bruder nur dazu gebracht, sich noch mehr zu ärgern.

Vielleicht würde es Randy besänftigen, wenn er sah, wie Nick von der guten Gesellschaft akzeptiert werden würde, wenn sie erst einmal begannen, so großzügig Gesellschaften zu geben, wie sie es planten. Sie war sicher, dass die feinen Ladys und Gentlemen, die in Mayfair lebten, in Scharen nach Birmingham House kommen würden, und wenn nur, um das eleganteste Stadthaus von London zu sehen.

Miss Peabodys Einführung in die Gesellschaft

würde auch jede Menge Adlige anziehen, denn schließlich war Rebecca Peabody durch Heirat mit Lord Warwick verwandt. Warwicks Stellung - nachdem er jetzt Außenminister geworden war - ließ ihn sich in den höchsten Kreisen bewegen. Er war sogar ein Vertrauter des Prinzregenten.

Fiona, die unglaublich erschöpft, aber nicht fähig war, einzuschlafen, wartete darauf, dass Nick zu Bett kommen würde. Nach einigen Stunden ging ihr Feuer aus und obwohl sie die Decken bis an den Hals hochzog, zitterte sie bis in die Knochen. Warum war Nick nicht gekommen? Es fiel ihr plötzlich ein, dass sie vergessen hatte, wie er sagte, dass er in seinem Bett schlafen würde. Kein Wunder, dass er nicht in ihr Zimmer gekommen war. Er musste denken, dass sie nicht bei ihm schlafen wollte.

Sie schaffte es, aus dem Bett zu schlüpfen, ohne ihr gebrochenes Bein zu belasten, ließ sich dann in den Krankenstuhl fallen und rollte zu dem Sessel hinüber, auf den sie früher am Abend ihren Kashmirschal geworfen hatte. Noch immer vor Kälte zitternd lenkte sie ihren Stuhl zu Nicks Zimmern, entschied sich aber dafür, durch den Flur zu fahren anstatt durch ihre voller Möbel stehenden, mit Teppich ausgelegten Ankleideräume. Sie hatte gelernt, dass die Räder viel leichter über harte Oberflächen glitten.

Als sie im Flur war, hörte sie die erstickten Schreie eines Kindes. Panik überfiel sie. *Emmie!* Was konnte dem Kind fehlen? Ihr Herz klopfte ihr bis zum Hals, sie sprang von ihrem Krankenstuhl auf und eilte zu Emmies Zimmer am Ende des Gangs, achtete aber darauf, ihr Gewicht möglichst auf ihr gutes Bein zu legen.

Das Zimmer des kleinen Mädchens wurde

gerade genug durch das Licht des Feuers erhellt, dass Fiona das Kind in ihrem Bett sitzen sehen konnte; die kleinen Fäuste gegen die Augen gepresst, schluchzte es. „Aber Liebes, was ist denn los?", fragte Fiona und ließ sich auf das Bett fallen.

„Ich möchte in mein anderes Haus zurückgehen", sagte Emmie mit verlorener, kleiner Stimme.

Arme Kleine. Sie hatte Angst, alleine in dem fremden, neuen Zimmer zu schlafen. „Aber dies ist dein neues Haus", sagte Fiona sanft. „Ich verstehe, dass du Angst hast, weil hier alles fremd ist und es dunkel und still ist, und du alleine bist. Ich verspreche dir, dass du dich nicht mehr fürchten wirst, wenn du dich erst daran gewöhnt hast."

Das kleine Mädchen schüttelte den Kopf; ihre zerzausten Zöpfe flogen. „Ich möchte zurückgehen."

„Aber Liebes, im alten Haus ist niemand mehr. Du wärest ganz alleine."

„Miss Beckham könnte mitkommen."

„Das wäre nicht fair ihr gegenüber, sie von allen ihren anderen Freunden wegzubringen."

„Bitte, darf ich nicht zurückgehen? Ich möchte nicht hier sein."

Fiona breitete ihre Arme aus und Emmie warf sich hinein. Alle Sinne Fionas erwachten beim Gefühl dieses Kindes in ihrer Nähe, bei dem süßen Duft nach Kräutern. „Magst du dein hübsches neues Zimmer nicht mehr?"

„Ich mag es nur am Tag", jammerte Emmie. „Nicht in der Nacht."

„Würdest du dich besser fühlen, wenn ich ein paar Kerzen anzünde?"

Emmie schüttelte nachdrücklich den Kopf.

Fionas erster Gedanke war, Miss Beckham zu rufen, um sie im Zimmer des Kindes schlafen zu lassen, bis Emmie sich an ihre neue Umgebung gewöhnt hätte, aber sie beschloss, dass es zu grausam gewesen wäre, die arme Gouvernante aus dem Schlaf zu schrecken.

„Würdest du gerne in mein Zimmer kommen und bei mir schlafen?", fragte Fiona und streichelte langsam in Kreisen über Emmies Rücken.

Das kleine Mädchen holte tief schluchzend Atem und nickte, eine letzte Träne rollte über ihre gerötete Wange hinab.

„Dann komm." Fiona begann, zu ihrem Zimmer zu hinken, während Emmie sich an ihr Nachtgewand klammerte. Als sie bei Fionas Tür ankamen, wies sie das Kind an, dort auf sie zu warten. „Ich muss deinem Papa etwas sagen. Ich bin gleich wieder da."

Um Nicks Bedenken zu zerstreuen, ließ sich Fiona für den kurzen Weg zu seinen Zimmern wieder in ihrem Krankenstuhl nieder. Sie musste ihn sehen, mit ihm sprechen, bevor sie schlafen konnte. Nick sollte nicht denken, dass sie nicht bei ihm hatte schlafen wollen.

Als sie in sein Zimmer trat, flog ihr Blick zu seinem riesigen, mit Vorhängen versehenen Bett, das einem französischen Prinzen gehört hatte. Es war völlig mit königsblauer Seide verhangen, die von den Kerzen am Bett beleuchtet wurde. „Nick?", rief sie leise, aber bekam keine Antwort. Nur unheimliche Stille. Sie näherte sich dem Bett und entdeckte, dass niemand darin geschlafen hatte. Könnte er für den Abend ausgegangen sein?

Enttäuscht kehrte sie zu Emmie zurück, die

direkt an Fionas Tür stand. „Komm, Liebes, klettere auf mein schönes, großes Bett", sagte Fiona.

Das Kind, dass sich auf wunderbare Weise von seinem Kummer erholt hatte, bettete seinen Kopf auf das dem Fenster am nächsten gelegene Kissen. „Winnie schlief immer bei mir, wenn ich krank war", sagte sie wehmütig.

Winnie war vermutlich der einzige Mensch gewesen, der dem Kind wirkliche Zuneigung gezeigt hatte - außer Nick, aber Männer befassten sich nie mit den emotionalen Bedürfnissen eines Kindes.

„Sie hat mir auch Geschichten erzählt", sagte Emmie und verzog den Mund zu einem Schmollen.

Fiona lächelte auf das Kind hinab. „Möchtest du, dass ich dir eine Geschichte erzähle?"

„Oh ja!" Ein strahlendes Lächeln verwandelte Emmies Gesicht völlig. Es war so ein zartes Gesicht mit einem Hauch von Sommersprossen auf ihrer Nase, einem Kranz federleichter Wimpern und einem Grübchen auf der Wange. Wie bei ihrem Vater.

„Welche Geschichte möchtest du hören?"

„Das Leben und die Wanderschaft einer Maus."

Das war eine von Stephens Lieblingsgeschichten gewesen. „Diese Geschichte habe ich meinem jüngeren Bruder immer erzählt", sagte Fiona.

„Ist er so klein wie ich?"

„Nicht mehr. Er ist jetzt zwanzig Jahre alt und an der Universität, aber als er so alt war wie du, liebte er diese Mäusegeschichte. Ich kann sie auswendig."

„Ich auch", sagte Emmie mit ihrer zarten,

leisen Stimme.

„Dann solltest vielleicht du sie mir erzählen", neckte Fiona.

Emmie schüttelte den Kopf. „Bitte, Mylady, erzähle du sie mir."

Mit einem Lächeln auf dem Gesicht streckte Fiona ihre Hand aus, um über die wippenden Locken des Kindes zu streichen. „In Ordnung."

Während Fiona Emmie die Geschichte erzählte, wurden die Lider des Kindes schwer, und noch bevor sie ans Ende gekommen war, schlief Emmie schon fest. Das Weinen musste das arme Kind ganz erschöpft haben. Ein paar Minuten lang studierte Fiona das Engelsgesicht des kleinen Mädchens und ihr Herz wurde schwer. Dann zog sie die Decken über Emmies Schultern und beugte sich hinüber, um ihr einen leichten Kuss auf die Stirn zu hauchen.

Das Atemgeräusch des Kindes war merkwürdig beruhigend, aber trotzdem fand Fiona keinen Schlaf. Sie vermisste Nick furchtbar. War er aus seinem Zimmer gestürmt, als er sie nicht dort fand? Dachte er, sie verlangte nicht nach ihm? Oder, schlimmer noch, hatte er die Feindseligkeit ihres Bruders gespürt und dachte, sie wäre genauso arrogant? Ihre Augen begannen, feucht zu werden. Wie konnte Nick nicht bemerken, wie sehr sie ihn zu lieben gelernt hatte?

Während der nächsten paar Stunden quälte sie sich herum und fragte sich, wohin Nick gegangen sein könnte. Die bloße Idee, dass er seinen körperlichen Hunger zwischen den Schenkeln von Diane Foley gestillt haben könnte, machte Fiona krank. Sie verfluchte sich selbst dafür, dass sie sich das Bein gebrochen und ihn vertrieben hatte. Sie schwor, dass sie sich abends nie mehr früher als er zurückziehen würde. Sie warnte sich selbst, dass sie nie etwas sagen oder tun dürfte, was auf irgendeinen Unterschied ihrer gesellschaftlichen Stellung hinwies. Dann lag sie leise weinend in der Dunkelheit, bis der Schlaf sie endlich erlöste.

* * *

Nick wurde am nächsten Morgen früh von einem Gefühl verdammter Unbequemlichkeit geweckt. Er hatte keine Ahnung, wo er war - selbst, nachdem er aufgewacht war, was verständlich war, wenn man bedachte, dass er sich noch nicht an seine neue Umgebung gewöhnt hatte. Als er völlig wach wurde, stellte er fest, dass er sich in einem verteufelt unbequemen Sessel in der Bibliothek von Birmingham House zusammengefaltet hatte. Er sprang auf, jeder Muskel seines Körpers protestierte merklich. „Hölle und Teufel!" Er hatte sich erlaubt, sich so zu betrinken, dass er es nicht einmal bis ins Bett geschafft hatte.

Gott sei Dank war er von alleine aufgewacht. Er hätte sich nicht gerne von einem Diener in diesem Zustand finden lassen. Er hatte kein Verständnis für Leute, die derartige Ausschweifungen begingen und würde nicht erwarten, dass seine Diener einen Mann respektierten, der sich so benahm.

Er war vor allem dankbar, dass Fiona ihn nicht so vorgefunden hatte.

Fluchend fuhr er sich mit der Hand durch seine Haare und erhob sich schmerzerfüllt aus dem verdammten Sessel. Zuerst ging er in sein Schlafzimmer. Würde Fiona dort sein? Würde sie sich Sorgen gemacht haben? Zornig auf sich selbst fiel ihm ein, dass Fiona nicht die Treppe hinabkommen könnte, ohne dass jemand sie in ihrem Stuhl getragen hätte. Er hoffte zu Gott, dass sie eingeschlafen war, bevor seine Saumseligkeit sie dazu gebracht hatte, ihn zu vermissen.

Als er in sein Schlafzimmer trat, war er leicht enttäuscht, sie nicht dort vorzufinden. Die seidenen Bettdecken, die Ware am Abend zuvor aufgedeckt hatte, waren unberührt, die Kerze am Bett völlig heruntergebrannt, wie das Feuer auf dem aschebedeckten Rost. Hatte sie vergessen, dass er gewünscht hatte, dass sie in seinem Bett schliefen? Oder hatten die Kopfschmerzen, derentwegen sie früh zu Bett gegangen war, sie dazu veranlasst, seinem Bett fernzubleiben?

Guter Gott! Was, wenn sie die ganze Nacht krank in ihrem Zimmer gelegen und auf ihn gewartet hatte? Er stürzte in ihre Zimmer, flog förmlich durch die aneinandergrenzenden Ankleideräume und riss die Tür zu ihrem Schlafzimmer auf.

Sie bewegte sich und stützte sich mit einem Ellenbogen auf der Matratze auf, um ihn anzusehen. „Nick!" Ihre Augen huschten über den dunklen Bartschatten auf seinem Gesicht und seine zerdrückte Kleidung. „Du bist gerade erst gekommen?"

Er fühlte einen Moment der Anspannung. Er wollte ihr nicht gerne die Wahrheit sagen, da er befürchtete, ihren Respekt zu verlieren. Aber zu lügen lehnte er noch mehr ab. Was, wenn einer der Dienstboten ihn betrunken in der Bibliothek *hatte* liegen sehen und Fiona davon erfuhr? „Ich schäme mich, gestehen zu müssen, dass ich die Nacht in der Bibliothek verbracht habe - nachdem ich zu viel getrunken hatte."

Ihre Brauen zogen sich zusammen. „Ich dachte, du verabscheust solche Ausschweifungen."

Er grunzte angewidert.

Sie klopfte auf ihr Bett neben sich.

Erleichterung überkam ihn. Sie war nicht angeekelt von ihm Er kam, um ihr einen Kuss auf die Wange zu geben und sank dann auf die Matratze neben ihr, um ihren Lavendelduft einzuatmen. Ihre Eleganz in dem dünnen Nachtgewand versäumte es nie, sein Blut zu erhitzen. So schön sie an ihrem Hochzeitstag gewesen war, jetzt in den zerwühlten Laken, mit zerzaustem Haar und der milchweißen Haut, die so glatt wie Satin wirkte, war sie zehnmal schöner.

„Ich habe mir solche Sorgen um dich gemacht", sagte sie, „und zu denken, dass du die ganze Zeit im Haus warst!"

Konnte es sein, dass sie sich um ihn ebenso viel Sorgen machte, wie er sich um sie? „Verzeih mir, dass ich dir Sorgen bereitet habe." Als er Fionas blonde Schönheit in sich hineintrank, wurde er sich bewusst, dass sie nicht alleine im Bett war. Er wurde steif, sein Herz hämmerte und Verdacht stieg in seinen Gedanken auf.

Dann hob Emmie, ihre Augen reibend und gähnend, ihren kleinen Kopf. Die Luft zischte aus seinen Lungen. „Was in der Welt macht das kleine Ding denn hier?", fragte er.

Mit einem Lächeln auf ihrem kleinen Gesicht setzte Emmie sich auf und schaute ihren Vater an. „Ich hatte letzte Nacht solche Angst und meine neue Mutter ..." Sie wandte sich an Fiona, um sich zu entschuldigen. „Ich meine, Mylady, sagte, ich dürfte bei ihr schlafen."

Er sah seine Tochter mit gespielter Strenge an. „Du bist in Lady Fionas Zimmer gekommen?"

Fiona, mit ernstem, doch freundlichen Gesicht,

hob die Hand, um Emmies hellbraune Haare zu streicheln. „Nein, ich hörte sie weinen und ging zu ihr. Das arme Lämmchen fürchtete sich in der neuen Umgebung."

Sein Herz floss vor Liebe für diese beiden Frauen über, die sich in den seidenen Decken neben ihm ausstreckten. Sein Herz schwoll vor Stolz, als er sah, wie Fionas zarte Hände durch Emmies Haar strichen, wie ihre Stimme sanft wurde, als sie zu dem Kind sprach, das ihm so kostbar war.

„Ich möchte in mein anderes Haus zurückgehen", sagte Emmie.

„Das ist Unfug", sagte Nick streng. „Das hier ist dein neues Haus und es ist alles in Ordnung hier."

„Bis sie sich daran gewöhnt hat", sagte Fiona, „könnten wir Miss Beckham bitten, in ihrem Zimmer zu schlafen."

„Warum hast du sie nicht letzte Nacht darum gebeten?", verlangte Nick zu wissen.

„Es war schon nach Mitternacht und ich wollte sie nicht wecken."

„Sie ist ein Dienstbote!"

„Jetzt hörst du dich an wie mein elender Bruder!", sagte Fiona stirnrunzelnd.

Ihr Bruder, der dachte, dass es nur auf eine Klasse von Leuten ankomme. Fiona hatte gut daran getan, Nick in seine Schranken zu weisen. „Ich nehme an, dass du Lord Agar meinst."

„Es tut mir leid, dass ich ihn erwähnt habe."

Ihre ängstlichen Worte sagten so vieles, was unausgesprochen blieb. Ihre Gedanken fingen an, miteinander zu kommunizieren, wie die eines Paares, das seit einem halben Jahrhundert verheiratet war. Er streckte seine Hand aus, um zärtlich mit seinem Zeigefinger entlang ihrer perfekten Nase zu streichen und ihre vollen Lippen zu berühren. Er wünschte, Emmie wäre nicht hier, so dass er noch zärtlicher zu seiner Frau sein könnte. „Sind deine Kopfschmerzen fort?"

Sie schenkte ihm ein Lächeln. „Ich fühle mich heute Morgen viel besser. Ich wünschte, das könnte ich auch von dir sagen. Ich schätze, du musst dich erbärmlich fühlen, nachdem du gestern Abend so unartig warst."

Ein Lächeln kräuselte die Haut um seine Augen und ließ ein Grübchen in seiner Wange erscheinen. „Und warum kennt sich meine Frau mit Männern aus, die sich betrinken?"

„Deine Frau hat zwei Brüder", sagte sie mit einem Lachen, streichelte dann Emmies dünnes Ärmchen und sah zu ihrem Mann auf. „Warum machst du dich nicht frisch und nimmst dann das kleine Ding hier zum Reiten mit? Vielleicht belebt dich die frische Luft."

Sein Blick wanderte zu Emmie hinüber, die kicherte. „Los, anziehen, kleines Ding."

Er und Fiona tauschten amüsierte Blicke, als das lachende Kind aus dem Zimmer stürzte, dann sagte er heiser: „Danke, dass du so lieb zu meiner Tochter warst."

„Wie könnte ich anders? Sie ist ein so süßes Kind."

„Ich möchte dich küssen, Mylady, aber nicht, bevor ich mich nicht frisch gemacht habe."

Sie schenkte ihm ein sanftes Lächeln.

Kapitel 15

Das befürchtete Zusammentreffen mit Lady Warwick wurde nicht halb so schlimm, wie Fiona befürchtet hatte. Viele Monate lang war Fiona so von lähmender Eifersucht und Feindseligkeit gegenüber der Gräfin besessen gewesen, dass sie nicht sicher war, ob sie diese heftigen Gefühle würde ablegen können. Aber als die Stunde ihres Wiedersehens kam, legte sich Frieden über Fiona und sie wollte nichts so sehr wie der Gräfin zu danken, dass sie ihr Warwick weggenommen hatte. Es wäre keine gute Ehe geworden. Nick war ihr Schicksal; Edwards Schicksal war seine Gräfin Maggie.

Als Lady Warwick und ihre Schwester in Birmingham House ankamen, rollte Fiona schnell in ihrem Krankenstuhl zur Türe, um sie zu begrüßen. „Ich freue mich so, dass Sie kommen konnten", sagte sie. „Möchten Sie gerne das Haus besichtigen?"

„Sind Sie sicher, dass Ihnen das nicht zu viel wird?", fragte die Gräfin und warf einen beunruhigten Blick auf Fionas Krankenstuhl.

„Es würde mir große Freude bereiten, Ihnen unser neues Haus zu zeigen - aus offensichtlichem Grund allerdings wird sich die Führung auf den ersten Stock beschränken müssen."

Die Gräfin machte anschließend pflichtschuldig

bewundernde Ausrufe über die himmlischen Decken, die hohen, palatinischen Fenster und den glänzenden Carrara- und Siennamarmor auf den Böden. Sie hatte sich nach dem Möbeltischler erkundigt und war über den schönen, reichen Seidenstoffen, dem feinen Sèvres-Porzellan und den bodendeckenden Teppichen, die speziell für Birmingham House angefertigt worden waren, fast ohnmächtig geworden.

Der letzte Raum, zu dem sie kamen, war Nicks Bibliothek, der dunkelste, aber auch durch das reiche Walnussholz, mit dem die Wände getäfelt waren und dem ruhigen Grün seiner Einrichtung, der gemütlichste Raum des Hauses. An diesem Morgen hatten die Diener Nicks Portrait über dem Kamin aufgehängt. Seit es zwei Jahre zuvor gemalt worden war, hatte er sich nicht verändert. Der Maler hatte meisterhafte Arbeit geleistet, Nicks innere Kraft durch dunkle Farben auszudrücken: Nicks dunkelbraunes Haar, seine nachdenklichen, fast schwarzen Augen, die olivfarbene Haut, die zu dem Rock in tiefem Schokoladenbraun passte, den er trug. Im Kontrast zu all den verschiedenen Brauntönen stand das reine Weiß seiner Augen und Zähne. Fiona schaute liebevoll auf das Portrait und sagte mit Stolz: „Dieser gutaussehende Mann ist mein Ehemann, Nicholas."

Das Gesicht der Gräfin wurde sanft, als sie das Portrait betrachtete. „Sie haben gut geheiratet. Er ist unglaublich gutaussehend."

Selbst Miss Peabody, die selten Menschen des anderen Geschlechts bemerkte, schob ihre Brillengläser auf den Nasenrücken hinauf und besah sich Nicks Bild. „Wenn er einen Bruder hat, nehme ich ihn."

Fiona und Maggie brachen in Gelächter aus. „In der Tat", sagte Fiona, „hat er einen Bruder, der ihm ähnlich genug sieht, um sein Zwilling zu sein."

„Dann werde ich mich sehr auf meine Einführung in die Gesellschaft freuen", sagte Miss Peabody.

Bei der Rückkehr in den Blauen Salon sagte Fiona: „Das ist der Grund, warum ich sie beide heute hierher bat. Erinnern Sie sich, ich bot Ihnen an, Sie zu protegieren und freue mich schon sehr auf ihre Einführung in die Gesellschaft. Das wird die erste große Feier in unserem neuen Haus."

Maggie richtete sich auf. „Sind Sie sicher, dass Sie das noch immer tun wollen?

Es würde keine bessere Gelegenheit geben, um die Atmosphäre zwischen ihr und der Gräfin zu bereinigen. „Mylady", begann Fiona und sah der schönen Gräfin ernst ins Gesicht. „Da Sie heute hierher gekommen sind, haben Sie den ersten Schritt gemacht, die Freundschaft, die uns einmal verband, wieder herzustellen, und ich stehe dafür in Ihrer Schuld."

Maggies Kopf senkte sich, ihre riesigen, schwarzen Augen wurden weich.

„Ich kann nicht leugnen", fuhr Fiona fort, „dass ich zu einer Zeit äußerst eifersüchtig auf Sie war, aber ich versichere Ihnen, dass das nicht länger der Fall ist." Sie sank in ihren Stuhl zurück. „Glauben Sie an Schicksal?"

„Ja", flüsterte Maggie.

„Ich auch. Und ich glaube, Sie waren Edwards Schicksal, nicht ich." Sie holte tief Luft. „Ich glaube jetzt, dass es das Beste war, was mir je passieren konnte, dass Edward Sie kennengelernt hat."

Ein leises Lächeln legte sich auf das Gesicht der Gräfin. „Weil Nicholas Birmingham Ihr Schicksal ist?"

Fiona nickte. „Ganz bestimmt."

„Ich kann Ihnen nicht sagen, wie glücklich ich bin, das zu hören", sagte Lady Warwick.

„Ich wünschte nur, Warwick würde das verstehen", sagte Fiona. „Ich weiß, wie unglaublich schuldig er sich wegen allem fühlt, was passiert ist."

„Ich werde versuchen, ihm das zu übermitteln", sagte Maggie.

Fiona sah die schöne Gräfin an und fragte sich, ob Lord und Lady Warwick sich genauso nahe standen wie sie und Nick. Es schien beinahe undenkbar, dass jemand anderes das gleiche Gefühl der Zusammengehörigkeit empfinden könnte, das ihr Mann und sie teilten.

Als sie die Gräfin weiter beobachtete, konnte Fiona gut verstehen, warum Warwick sich in sie verliebt hatte. Gab es irgendwo auf der Welt ein schöneres Geschöpf? Die Gräfin besaß wunderschönes, reiches Haar von einem dunklen Braun und mandelförmige Augen, die so dunkel waren, dass sie schwarz wirkten. Ihre sahnige Haut wurde von rosigen Wangen und einem üppig roten Mund betont, und ihre Gestalt war stattlich - mit einem großen Busen. Wenn man ganz genau hinsah, konnte man schon die leichte Wölbung von Warwicks zweitem Baby sehen. Keine schwangere Frau hatte je lieblicher ausgesehen.

Fiona hatte einmal beobachtet, das jede Farbe, die Maggie trug, auf seltsame Weise zu ihrer eigenen wurde. Heute trug sie ein Kleid in Lachsfarbe - und wieder einmal konnte Fiona nicht glauben, dass irgendjemand anderes in diesem Farbton so schön sein könnte. Die Götter hatten Maggie wirklich in jeder Hinsicht gesegnet. Und jetzt hatte sie einen Ehemann, der sie anbetete, und ein eigenes Baby, dachte Fiona mit einem Stich von Eifersucht.

Fiona wusste, dass es ihr große Freude machen würde, wenn sie Nick einen Sohn schenken könnte. „Wie gefällt es Ihnen und Warwick, Eltern zu sein?"

Die Gräfin verwandelte sich sofort aus einer anmutigen Schönheit in eine schwärmerische Mutter. „Oh, wie lieben ihn so! Er sieht genauso aus wie Edward und er ist eine solche Freude."

„Nun, darauf *bin* ich eifersüchtig", sagte Fiona mit einem Lächeln. Sie betrachtete Miss Peabody, die ein dünnes Buch aus ihrer Handtasche zog.

Ihre Schwester tadelte sie sofort. „Du wirst nicht lesen, wenn wir im Haus bei jemandem zu Gast sind!" Sie wandte sich Fiona zu und sagte: „Bitte verzeihen Sie die unmöglichen Manieren meiner Schwester."

Mit rotem Gesicht schob Miss Peabody das Buch wieder in ihre Tasche zurück. Fiona dachte, dass Rebecca Peabody vielleicht noch nicht reif für den Heiratsmarkt war. Selbst ihre Art, sich zu kleiden - heute in ein gemustertes, hochgeschlossenes Musselinkleid - war mehr die eines jüngeren Mädchens, keiner jungen Dame in heiratsfähigem Alter. „Sie sind jetzt neunzehn, Miss Peabody?", fragte Fiona.

„Ja."

„Ich denke, es wird Zeit, dass Sie über das Heiraten nachdenken."

„Wenn ich heirate", sagte Miss Peabody wehmütig, „dann, um so einen süßen kleinen

Jungen zu bekommen wie meinen Neffen."

„Becky liebt Eddie über alles", sagte die Gräfin.

„Wie wundervoll für Sie alle, dass sie so einen kleinen Kerl haben, den sie lieben können. Ich werde mich freuen, wenn das bei mir auch der Fall sein wird. Jetzt freue ich mich, dass meine Familie erst einmal größer geworden ist. Wenigstens habe ich endlich eine Schwester."

„Birminghams Schwester?", fragte die Gräfin.

„Ja, ihr Name ist Verity und sie ist genauso alt wie Miss Peabody. Wir erwarten sie in den nächsten Wochen zu Besuch. Ich versuche, sie dazu zu überreden, ihr Debüt zusammen mit Miss Peabody zu haben."

„Ich wäre entzückt, wenn ich jemanden hätte, mit dem ich diese erschreckende Veranstaltung teilen kann", sagte Rebecca.

„Haben Sie schon entschieden, wann Sie den Ball geben wollen?", fragte Maggie.

„Ich dachte vielleicht Anfang Juni."

„Fantastisch", sagte die Gräfin.

„Aber lassen Sie uns nicht bis dahin warten, die Freundschaft wieder zum Leben zu erwecken, die ich mir so wünsche", sagte Fiona.

„Bestimmt nicht", sagte Maggie, die von Fionas Friedensangebot sichtlich bewegt war.

* * *

Als Nick an einem Holztisch in einer Schenke Lord Warwick gegenübersaß, fiel das letzte Jahrzehnt unbegrenzter Macht plötzlich von ihm ab. Wieder war er der Außenseiter, der er in Cambridge gewesen war. Trotz seines unermesslichen Reichtums und obwohl er einer der wenigen jungen Männer im Christ College gewesen war, der seinen eigenen Kammerdiener hatte, war er nie von Warwick, Randolph

Hollingsworth und deren Freunden akzeptiert worden. Heute fand er sich wieder in der Stellung, sich Warwicks herablassende Arroganz gefallen lassen zu müssen.

Er verabscheute den Mann. Die Anwesenheit des Earls wäre für ihn einfacher zu ertragen gewesen, wenn er weniger gut ausgesehen hätte, wenn Fiona ihn nicht geliebt hätte und wenn Nick wirklich sicher gewesen wäre, dass Fiona diesen Kerl nicht mehr liebte. Aber Nick war sich gar nicht sicher.

„Ich war überrascht, Mylord", sagte Nick und sah in die bernsteinfarbenen Augen des Earls, „dass sie dieses Gasthaus kennen, da es im Finanzbezirk und weit weg von Whitehall liegt." Es war Warwick, der in einer Nachricht, die er Nick am Morgen geschickt hatte, vorgeschlagen hatte, sich hier zu treffen.

„Hier bin ich nicht so bekannt", antwortete der Earl. „Es ist mir besonders wichtig, dass unser Treffen eher gesellschaftlicher Natur zu sein scheint - statt ein offizieller Termin. Ich danke Ihnen, dass Sie es heute einrichten konnten."

Wenn Warwick nicht der Außenminister wäre, wäre Nick nicht gekommen, aber wegen der überaus wichtigen Arbeit des Earls konnte Nick ihm das nicht abschlagen. „Sie werden sicher erfreut sein zu hören, dass mein Bruder bei seiner kürzlichen Reise alle Francs in Portugal aufgekauft hat", sagte Nick.

Warwick nickte. „Was diese Reise angeht ... Ich habe gerade erst von Agars Gefangenschaft gehört. Verzeihen Sie mir, dass ich in meiner amtlichen Eigenschaft nichts unternommen habe. Wir dachten, er sei getötet worden."

Nick sah ihn böse an. „Und Sie haben es

unterlassen, das seiner Schwester mitzuteilen?"

„Ich wollte auf eine Bestätigung warten, bevor ich Lady Fiona so traurige Nachrichten überbringe."

Nick hasste es, den Namen seiner Frau aus Warwicks Mund zu hören.

„Sie hätte zu mir kommen sollen, als diese Banditen ihre Forderung schicken", sagte Warwick.

„Damit sie sich nicht durch die Heirat mit mir beschmutzen musste?"

Ärger blitzte in Warwicks Augen auf. „Das meine ich nicht. Es ist nur, dass ich denke, dass es die Verantwortung der Regierung gewesen wäre, einen ihrer ausgezeichneten Offiziere zu retten."

„Ich wage zu behaupten, dass Agar wünscht, dass Sie das getan hätten."

Der Earl sagte nichts.

Nick hob seinen Krug und nahm einen langen Zug. „Ich habe beschlossen, meinem Land zu helfen." Es wurmte ihn zu sagen, dass er Warwick helfen würde. „Mein Bruder reist morgen nach Preußen ab, wo er für einhunderttausend Guineen Francs aufkaufen wird."

Warwick riss die Augen auf. „Ich hatte keine Ahnung, dass Sie über so viel freies Bargeld verfügen."

Die Birminghams mochten keinen Stammbaum haben, aber sie hatten umwerfende Reichtümer und dieses Mal wollte er angeben, um Warwick zu zeigen, dass Fiona keine so schlechte Partie gemacht hatte. „Wir sind die reichste Familie Englands."

„Dann bin ich sehr glücklich, dass ich Sie für diesen Auftrag ausgewählt habe."

Wollte der aufgeblasene Mistkerl die Lorbeeren von dem ernten, was Nicks Vater, seine Brüder und Nick selbst aufgebaut hatten? Alles, was Nick tun konnte, war, sich davon abzuhalten, seine Faust in Warwicks selbstgefälliges Gesicht zu schlagen. „Sie sollten sich umso mehr freuen, dass ich ihn angenommen habe."

„Ich bin sehr dankbar dafür." Lord Warwick nippte an seinem Ale. „Die Notwendigkeit vollständiger Geheimhaltung ist Ihnen klar?"

„Allerdings, und ich weiß, dass das der Grund ist, warum Sie diesmal nicht in mein Büro gekommen sind."

„In Zukunft würde ich bitten, wenn Sie so freundlich wären, dass wir unsere Treffen des Nachts abhalten."

Er nickte. „Eine weise Wahl."

„Ich werde verdammt froh sein, wenn all das vorbei ist und Sie in der Lage sein werden, das Lob für alles, was sie tun, ernten zu können."

Nicks Zorn flammte auf. „Ich tue das nicht wegen persönlicher Anerkennung."

„Verzeihen Sie mir, wenn ich etwas anderes angedeutet habe." Warwicks Blick wanderte zu dem Feuer in der schlecht beleuchteten, niedrigen Gaststube. Er hatte eine gute Wahl getroffen. Niemand sonst benutzte derzeit diesen Raum. „Ich habe gehört, dass Ihre Frau einen Beinbruch erlitten hat."

Zu hören, wie Fiona als seine Frau bezeichnet wurde, erfüllte Nick mit Stolz. „Es war äußerst schmerzhaft für sie, aber wir hoffen, dass der Wundarzt heute die Schiene entfernen wird." Er hatte seinen Zeitplan so eingeteilt, dass er dort sein würde, um mit dem Wundarzt sprechen zu können.

„Dann wünsche ich ihr völlige Genesung."

* * *

Nick stand an ihrem Bett, den Rücken zu den Fenstern gedreht und sein gutaussehendes Gesicht von Besorgnis erfüllt, als der Wundarzt Fiona in ihrem Schlafzimmer aufsuchte. Zuerst entfernte der Wundarzt die Lederschiene von ihrem Bein, dann schälte er die Leinenstücke ab, die die Wachsstütze festgehalten hatte, und als er begann, das Wachs zu durchschneiden, hielt Nicks warme Hand die ihre fest. Erstaunlicherweise verspürte sie keinerlei Schmerzen. Sie nahm an, dass der Wundarzt recht gehabt hatte, als er sie die Schienen länger als die ursprünglich angekündigten zwei Wochen tragen ließ.

Als das Bein von allen Verbänden befreit war, bat der Wundarzt sie, es hochzuheben und von einer Seite zur anderen zu bewegen. Es war ihr fürchterlich peinlich, dass Nick ihr Bein so schmutzig und faltig sah. Dann wies der Wundarzt sie an, das Bein zu belasten. Nick half ihr aus dem Bett und auf ihn gestützt begann sie zu gehen, aber sie hinkte noch. „Ich schwöre, es tut nicht weh", sagte sie. „Ich weiß nicht, warum ich hinke."

„Das ist völlig normal", versicherte der Wundarzt. „Es wird ein paar Wochen dauern, bis Sie wieder ganz wie früher sind."

„Sind Sie sicher, dass der Bruch richtig verheilt ist?", fragte Nick. „Darf sie es wirklich schon belasten?"

Der bebrillte Wundarzt drehte sich zu Nick. „Ihre Frau ist eine gesunde, junge Frau, die durchaus dazu imstande ist, einen Knochen zusammenwachsen zu lassen. Ich würde sagen, sie ist bestens genesen und Sie, Sir, verdienen Dank dafür, dass sie sich darum gekümmert haben, dass sie während des Heilungsprozesses das Bein nicht benutzt hat."

„Siehst du, Liebling", sagte sie und schaute zu Nick auf, „es war also gerechtfertigt, dass du dich wie ein Ungeheuer benommen hast."

In der Erwartung, dass die Schiene an diesem Nachmittag abgenommen werden würde, hatte Fiona angeordnet, dass eine Badewanne vor dem Kamin in ihrem Zimmer aufgestellt werden sollte. Sobald der Arzt fort war, sah sie von der Wanne zu Nick. „Ich kann dir nicht sagen, wie ich mich danach gesehnt habe, diesen Körper - und das verflixte Bein - in ein schönes, warmes Bad zu legen. Das waren zwei lange Monate."

Seine dunklen Augen funkelten und er murmelte: „Erlaube mir, dir zu helfen, Mylady." Er trat näher und begann, ihr Kleid aufzuschnüren. Als er fertig war, hob sie die Arme und er entfernte das Kleid, zog ihr dann das Hemd aus. Sie drehte sich zu ihm um. Sein glühender Blick schaute auf die Spitzen ihrer Brüste, die sich aus dem Korsett herauspressten. Er kam noch näher und begann, das Mieder aufzuschnüren, bis ihre Brüste frei lagen. Er holte tief Atem, als er das Korsett über ihre schmalen Hüften schob und mit seinen magischen Händen ihre Unterhosen damit zusammen nach unten drückte, bis sie zur Seite trat und völlig nackt vor ihm stand.

Sie war sich bewusst, welche Selbstbeherrschung er haben musste, als er heiser sagte: „Halte dich an mir fest, wenn du in die Wanne steigst." Ihr Mann stellte ihre Bedürfnisse immer über die seinen.

Mit seiner Hilfe tauchte sie in das warme

Wasser ein. Nichts hatte sich je so gut angefühlt. Nun, eigentlich gab es da noch etwas anderes ... und sie hoffte, das an diesem Nachmittag auch noch erleben zu können.

Nachdem er seinen Rock ausgezogen und seine Hemdsärmel aufgekrempelt hatte, ließ Nick sich auf seine Knie nieder und fing an, warmes Wasser über ihre Schultern zu träufeln „Erlaube mir, dein Bein zu massieren", sagte er sanft. Er bewegte sich an das andere Ende der Wanne, hob ihren Fuß und massierte ihn, machte dann langsam bei ihrem Unterschenkel weiter, während das Wasser an den Seiten der Wanne plätscherte. Er bewegte seine Hände an ihrem Knie vorbei, um ihren Oberschenkel zu massieren. „Dein Bein ist perfekt", murmelte er.

Als er mit dem Bein fertig war, tauchte er seine Hand in die Mitte der Wanne und begann, Hände voller Wasser zu schöpfen, das er über ihre Brüste rinnen ließ. Ihre Brüste fühlten sich schwer an, wie ihr Atem, und sie wurde verlegen, als sie sah, dass ihre Brustwarzen sich in feste kleine Knöpfe verwandelt hatten.

„Deine Nippel pochen", sagte er mit leiser, heiserer Stimme.

Tiefes, brennendes Erröten stieg in ihre Wangen.

„Mache ich dich verlegen?", fragte er.

„Es ist nur ... Ich habe dieses Wort noch nie zuvor benutzen hören."

„Nippel?"

Mutig seinen heißen Blick erwidernd nickte sie.

„Sag das Wort, Fiona. Sag mir, wie deine Nippel sich jetzt anfühlen."

Sie holte Luft. „Meine Nippel, wie der Rest von mir, brauchen dich, Nick."

„Sage mir, was du fühlst."

Ihre Schüchternheit schwand. Dies war Nick. Ihre andere Hälfte. Sie hatte nicht die Macht, irgendetwas vor ihm zu verbergen. „Ich hätte nie gedacht, dass eine Frau ein so übermächtiges Verlangen spüren könnte. Ich weiß, dass Männer von dem Verlangen beherrscht werden, bei Frauen zu liegen, selbst bei Frauen, an denen ihnen nichts liegt ..." War es das, war ihr Zusammensein für Nick gewesen war? War er nur so begierig darauf, mit ihr zu schlafen, weil ihm das, was er sie darüber gelehrt hatte, so viel Vergnügen bereitete? War da nicht ein Hauch von etwas mehr, etwas Stärkerem als nur sein körperliches Verlangen?

Seine schwarzen Augen bohrten sich in ihre. „Sag mir, was du willst, was ich mit dir machen soll, Fiona."

Sie konnte ihm nicht in die Augen sehen, als sie sprach. „Ich ... Ich möchte deinen Mund auf meinem spüren, deine Zunge, die meine umschlingt. Ich möchte spüren, wie deine Hände über meine Haut gleiten." Jetzt erlaubte sie sich einen Blick in seine glühenden Augen. „Ich möchte ... ich will dich in mir spüren."

Ein Lächeln stahl sich auf sein dunkles Gesicht und er stand auf. Sie sah, dass er erregt war. Sie nahm seine Hand, stieg aus der Wanne und er massierte sie mit einem weichen Handtuch, hob sie dann auf, um sie zum Bett zu tragen und sie dort abzulegen, als wäre sie aus zerbrechlichem Porzellan. Danach ging er zu den Fenstern und zog die Vorhänge zu, einen nach dem anderen.

Ihr Herz schlug hart, als er sich umdrehte und sie ansah; sein glühender Blick glitt verführerisch über sie. Als er zu dem nach Lavendel duftenden

Bett kam, begann er, seine eigene Kleidung abzuwerfen und sie hinter sich zu verstreuen, bis er neben ihr stand, mit seinem schlanken, kräftigen bronzefarbenen Körper und hoch erregt.

Ohne ihren Blick von seinem zu lösen, setzte sie sich im Bett auf und legte ihre Hände auf die Seiten neben seinem steifen Geschlecht, während sie mit dem Kopf näher kam und ihr Mund sich öffnete, um ihn aufzunehmen.

Sie war seltsam erregt von seinem tiefen Stöhnen, von seinem männlichen Duft, von den schnellen Stößen, über die er keine Kontrolle zu haben schien.

Nach einem Moment entzog er sich ihr. „Ich kann verdammt noch mal keine Sekunde länger warten."

Ihr Atem ging jetzt unglaublich hastig, sie fiel zurück aufs Bett und Nick bedeckte schnell ihren Körper mit seinem. Er schob ihre Oberschenkel weiter auseinander und versenkte sich dann in sie.

Das Wenige an Beherrschung, an das sie sich noch geklammert hatte, verschwand. Sie schien ihre Hüften nicht schnell genug heben zu können, um ihm Stoß für Stoß entgegenzukommen. Sie war schweißnass und aufs Äußerste erregt, Zuckungen durchfuhren sie, als sie seinen Samen in ihren Körper sickern fühlte. Sie hatte sich in ihrem Leben noch nie so vollständig erfüllt gefühlt.

Ein paar Minuten später brach Nick völlig ausgelaugt neben ihr zusammen und hielt sie an der Taille mit der Hand fest. „Das war das Warten wert", sagte er.

Noch keuchend kuschelte sie sich an seine feuchte, verschwitzte Haut. „Ja, das war es, nicht wahr?"

Vage nahm sie Schritte vor ihrer Tür wahr und betete, dass sie nicht anhalten würden. Aber sie hörten auf und es ertönte ein Klopfen.

„Ja?", fragte sie und hoffte, wer immer es wäre, würde nicht hereinkommen, fragte sich, ob Nick so geistesgegenwärtig gewesen war, die Tür abzuschließen.

„Miss Verity Birmingham ist angekommen, Madam."

Kapitel 16

Nick fluchte, als er später am Nachmittag wieder zu seinem Büro fuhr und Randolphs Kutsche mit dem Wappen an der Tür vor dem Gebäude sah. Nicht nur, weil er verärgert war, dass dieser Besuch ihn davon abhalten würde, die unerledigte Arbeit fertigzustellen, aber ihm missfiel auch die Aussicht, seinem aggressiven Schwager gegenüberzutreten. Er atmete tief durch und nahm sich vor, darauf zu achten, sich Randolph durch Worte oder Taten nicht weiter zu entfremden. Fiona liebte ihren Bruder schließlich sehr.

Und Nick würde nie etwas tun, was seine geliebte Frau betrüben könnte.

Nick verbeugte sich steif vor dem Earl und sagte: „Ihr Diener, Agar. Wollen Sie nicht in mein Büro kommen?"

Wie sein Vater vor ihm hielt Nick sein Büro so nüchtern, wie es ging. Die beiden Männer setzten sich auf die einfachen Holzstühle. Nick betrachtete Fionas Bruder. Außer dem blonden Haar und den blauen Augen sahen sich die Geschwister überhaupt nicht ähnlich. Die Zartheit, die Fiona auszeichnete, fehlte ihrem muskulösen Bruder völlig, der auch überdurchschnittlich groß war. Agar schien weniger auf dem Kriegspfad zu sein, als er es bei ihrem letzten Zusammentreffen gewesen war.

„Welcher Tatsache verdanke ich die Freude dieses

Besuchs?" Das waren dieselben Worte, die Nick ein paar Monate zuvor verwendet hatte, als Fiona ihm einen unerwarteten Besuch abgestattet hatte, an dem Tag, als sie ihm den Vorschlag gemacht hatte, der sein Leben veränderte. Wenn nur der heutige Besuch etwas bedeutete, das nur halb so befriedigend wäre.

„Nachdem ich mit meinem Anwalt gesprochen habe", sagte Randolph, „bin ich hierher gekommen, um zu Kreuze zu kriechen."

Nick hob eine Braue.

„Es scheint, dass ich Ihnen nicht nur die Summe von fünfundzwanzigtausend Pfund schulde, sondern, wenn ich sie Ihnen je zurückzahlen will - was, wie ich versichern möchte, meine Absicht ist - ich meine finanziellen Angelegenheiten in Ihre Hände legen muss."

„Ich hatte Ihrer Schwester das vorgeschlagen und bin erfreut, dass Sie daran keinen Anstoß genommen haben. Aber was die Rückzahlung angeht, das ist nicht notwendig. Für mich sind fünfundzwanzigtausend eine unbedeutende Summe." Ein Lächeln huschte über Nicks Gesicht, als er sich daran erinnerte, wie Fiona am Tag vor ihrer Hochzeit zu ihm gesagt hatte, dass fünfundzwanzigtausend Pfund *wohl* eine Menge Geld für die meisten Leute wäre, aber nicht für ihn. „Ich wollte diese Summe in den Ehevertrag aufnehmen."

„Trotzdem möchte ich sie Ihnen zurückzahlen."

Agar war zu stolz für sein eigenes Wohl. „Ich hoffe, dass es Ihnen nichts ausmacht, dass ich mir die Freiheit genommen habe, einen Blick auf Ihre finanzielle Lage zu werfen."

„Mit dem Segen meiner Schwester, zweifellos."

„Natürlich." Nick musste jetzt vorsichtig sein.

Er durfte nicht belehrend wirken, sonst würde Randolph aus dem Zimmer stürmen. „Zuerst muss ich fragen, ob sie Ihr Offizierspatent verkaufen wollen." Dass Agar noch in Uniform hier saß, war kein gutes Zeichen für Nicks Plan.

„Es scheint, dass ich keine andere Wahl habe, als in England zu bleiben und zu versuchen, aus dem Durcheinander, das mein Vater hinterlassen hat, etwas zu retten."

„Gut. Das Geld, das Sie für den Verkauf ihres Patents erhalten, sollte ausreichen, Ihre Ausgaben für ein Jahr zu decken - vorausgesetzt, dass Sie sparsam leben."

Randolphs blonde Brauen zogen sich zusammen. „Was meinen Sie mit sparsam?"

„Ich weiß, dass das für jemanden mit Ihrer Erziehung schwierig ist, aber bis Sie ihr Familienvermögen wieder aufgebaut haben, werden Sie die Art und Weise, wie Sie Geld ausgeben, ändern müssen."

„Welche Art von Veränderungen?", fragte Randolph misstrauisch.

„Für den Anfang würde ich empfehlen, dass Sie ihr Stadthaus in London für die Saison vermieten. Als Junggeselle brauchen Sie nicht so viel Platz - oder all das Personal. Agar Haus zu vermieten würde Ihnen nicht nur Mittel einbringen, die anderweitig benötigt werden, sondern auch Ihre Ausgaben deutlich verringern. Sie sind natürlich herzlich eingeladen, in Birmingham House zu wohnen. In der Tat bin ich sicher, dass Ihre Schwester entzückt wäre, Sie dort zu haben."

Randolph schüttelte den Kopf. „Ich ziehe es vor, mir eine bescheidene Unterkunft als Junggeselle zu suchen."

„Wie Sie wünschen", sagte Nick. „Ich würde

auch empfehlen, dass Sie einige andere Beschäftigungen einschränken."

„Und welche Beschäftigungen meinen Sie damit?", fragte Randolph mit einem sauren Ausdruck auf seinem Gesicht.

„Glücksspiel, zunächst. Es ist Tatsache, dass niemand langfristig bei Glücksspielen einen Gewinn macht." Er beobachtete Agar, wie er reagieren würde, aber es kam keine Reaktion. „Mein anderer Vorschlag wäre, dass Sie keine Kutsche mehr unterhalten. Die Livreegebühren sind für jemanden in Ihren Umständen überhöht."

Randolph schaute ihn böse an. „Also wäre der erste Schritt, um das Familienvermögen wieder aufzubauen, ein entbehrungsreiches Leben zu führen?"

„Besser Entbehrungen auf sich zu nehmen, solange Sie Junggeselle sind und keine Familie zu unterhalten haben."

„Guter Gott!", zischte Randolph, als ob er auf sich selbst wütend wäre, weil er etwas Wichtiges vergessen hatte. „Was ist mit meinem Bruder?"

„Es ist der Wunsch Ihrer Schwester, dass sie sich um Stephens Bedürfnisse kümmern möchte. Während der Schulferien soll er in der Tat nach Birmingham House kommen." Er log, nicht über die Ferien, aber über die finanzielle Vereinbarung mit dem jungen Stephen Hollingsworth. Da Fiona keinerlei Erfahrung mit finanziellen Angelegenheiten hatte, war ihr der Gedanke an Stephens finanzielle Bedürfnisse überhaupt nicht gekommen. Zum Glück für den jungen Mann hatte Nick begonnen, ihm eine bescheidene vierteljährliche Summe zu schicken.

Randolph nickte. „Ich beabsichtige, meiner Schwester diese Last abzunehmen - sobald ich unser Vermögen wieder aufgebaut habe."

„Dann sind Sie bereit, die Opfer zu bringen, die ich vorgeschlagen habe?"

„Ja."

„Was Ihre Einnahmequellen betrifft ... Da gibt es derzeit nur zwei: das Land in Yorkshire und stark entwertete Aktien. Sie sollten imstande sein, in den nächsten Jahren eine stattliche Summe aus Ihren Ländereien zu erwirtschaften. Wenn ich Sie wäre, würde ich das Geld investieren - sogar darüber nachdenken, Ihre Ackerfläche zu vergrößern, um im nächsten Jahr höhere Erträge zu erzielen."

„Sie vereinfachen zu sehr."

Nick war es gewöhnt, mit langsam denkenden Menschen umzugehen. Sein Schwager war klüger. „Sagen wir, ich habe Vertrauen in Ihre Fähigkeit, Ihren Besitz in Yorkshire gewinnträchtiger zu machen."

Randolphs Feindseligkeit verringerte sich spürbar.

„Was die Aktien angeht", sagte Nick, „hat ihr Vater im Bestreben, schnell Geld zu machen, in hochriskante Papiere investiert. Mit Ihrer Erlaubnis würde ich gerne in sicherer Anlagen neu investieren."

„Als der ‚Fuchs' der Börse haben Sie darin natürlich freie Hand", sagte Randolph.

„Dann seien Sie so gut und bringen mir nächste Woche alle Unterlagen, dann kann ich anfangen, Ihre Aktien zu verkaufen und zu kaufen."

Im Aufstehen nickte Randolph. „Ich bin gezwungen zu akzeptieren, dass meine Schwester Sie geheiratet hat, aber es gefällt mir nicht."

Nick wurde steif. „Ich bin mir darüber im

Klaren, dass kein Mann meiner Gesellschaftsschicht je gut genug für Lady Fiona sein könnte."

„Ich muss zugeben", sagte Randolph und sah Nick von oben herab unfreundlich an, „dass ich zuerst wegen der Unterschiede Ihrer Stellung dagegen war, aber ich glaube, dass, mit meiner Schwester an Ihrer Seite und Ihrem großen Vermögen, man Sie überall akzeptieren wird."

„Also?" Nick versuchte, sich lässig zu geben und seine eigenen schwankenden Gefühle zu verbergen.

Mit einem hoffnungslosen Schütteln seines Kopfes fuhr Randolph mit einer Hand durch sein blondes Haar. „Meine Schwester ist mir sehr teuer. Ich hätte mir gewünscht, dass sie einen Mann heiratet, der sie schätzt - keinen Mann, der ein bekannter Frauenheld ist, einen Mann, der im ganzen Land Bastarde hinterlassen hat. Selbst in Cambridge haben Sie doch ..."

Nick fuhr von seinem Stuhl hoch, seine Hände zu Fäusten geballt, seine Stimme zitterte vor Wut. „Ich habe keine andere Frau angesehen, seit dem Tag, an dem Ihre Schwester mir die Ehre erwies, meine Frau zu werden."

Randolphs eisige blaue Augen musterten Nick von Kopf bis Fuß. „Sie werden verzeihen, wenn ich mir mein Urteil vorbehalte, bis die Flitterwochen vorbei sind? Man sagt, der Leopard verliert seine Flecken nie." Dann drehte Randolph sich auf dem Absatz um und ging.

Nick sank auf seinen Stuhl zurück, sein Herz schlug wild vor Wut. Aber er konnte Agar nicht die Schuld an seiner schändlichen Lebensweise geben - vor Fiona.

* * *

Nachdem Verity in ihr Zimmer geführt worden war und ihre Reisekleider abgelegt hatte, tranken Fiona und sie ihren Tee in dem scharlachrot und gold ausgestatteten Morgenzimmer, das in den Genuss der späten Nachmittagssonne kam.

Als sie sich auf dem satinbezogenen Sofa zurücklehnte und ihre Schwägerin musterte, fragte Fiona sich, ob sie je Verity ansehen könnte, ohne sich über ihre ausgeprägte Ähnlichkeit mit Nick zu wundern. Nicht, dass Verity irgendwie männlich gewirkt hätte. Sie besaß eine anmutige Schlankheit und eine süße, kultivierte Stimme, die von Eleganz sprach.

Leider trug ihre Wahl an Kleidung nicht dazu bei, ihre Vorzüge zu betonen. Obwohl nichts an ihr weniger als geschmackvoll war, fehlte ihr das Flair ihres Bruders. Sie gab sich zu viel Mühe, nüchtern zu wirken. Die Farben, die sie trug - einschließlich des Anthrazits heute - waren gedeckt und eintönig und der Ausschnitt ihrer Kleider war unmodern hoch. Fiona konnte es nicht abwarten, sie zu ihrer eigenen Schneiderin, Mrs. Spence, mitzunehmen.

„Ich kann dir nicht sagen, wie glücklich ich bin, dass du zu uns gekommen bist", sagte Fiona.

„Ich kann dir nicht sagen, wie ich mich freue, endlich Nickys neues Haus sehen zu können. Es ist unglaublich schön." Ihre Stimme wurde ernst. „Ich wünschte nur, Papa hätte das noch erleben dürfen."

„Ich hätte deinen Papa gerne kennengelernt."

„Er war kein Gentleman, wie du weißt."

„Ja", sagte Fiona. „Das hat Nick mir erzählt. Trotzdem bewundere ich ihn sehr." *Außer wegen seiner Härte gegenüber dem kleinen Jungen, der Nick gewesen war.*

Verity lächelte. „Du bist wirklich lieb. Woher wusstest du, dass ich grün gerne mag? Mein Schlafzimmer ist wundervoll."

„Ich habe die Farbe deines Zimmers in Nicks früherem Haus kopiert." Fiona goss den dampfenden Tee ein und reichte Verity eine zarte Tasse mit Untertasse. „Ich bin so glücklich, dass du dich entschlossen hast, dass wir dich vorstellen dürfen."

„Ich bin in meinem ganzen Leben noch nicht so nervös gewesen", sagte Verity. „Ich werde so angreifbar sein."

Angreifbar für Snobismus und Unverschämtheit. „Miss Peabody empfindet wohl dasselbe, glaube ich", sagte Fiona.

„Aber Miss Peabody ist die Schwägerin von Lord Warwick. Ich bin niemand."

„Du bist Lady Fionas Schwägerin. Meine Familie ist älter und angesehener als Warwicks." Fiona prahlte nicht gerne, aber noch weniger wollte sie, dass die arme Verity sich Sorgen machte. „Dein Ball zur Einführung in die Gesellschaft wird *das* Ereignis der Saison sein - und wenn aus keinem anderen Grund, als dass jeder einen Blick auf Birmingham House werfen möchte."

„Aber das stellt nicht sicher, dass ich Tanzpartner haben werde", sagte Verity.

„Bei deinem außergewöhnlichen Aussehen - und deinem Vermögen - bin ich überzeugt, dass es dir nicht an Männern fehlen wird, um mit ihnen zu tanzen." Fiona tat etwas Zucker in ihren Tee. „Nick sagte, du hättest dich immer vor den Tanzstunden gedrückt, weil du nicht angenommen hattest, dass du vorgestellt werden würdest."

„Weil ich für deine Gesellschaftsschicht nicht gut genug und zu gut für meine bin?", fragte Verity mit einem kleinen Lachen.

Fiona nickte.

Der Butler betrat das Zimmer und räusperte sich.

„Ja, Biddles?", fragte Fiona.

„Mr. Trevor Simpson möchte Sie besuchen, Madam", sagte der Butler.

„Bitte führen Sie ihn herein."

Kaum durch die Tür blieb Trevor wie angewurzelt stehen, legte seinen Kopf auf die Seite, als er Verity anschaute. „Nun, wenn das nicht die weibliche Ausgabe des Zaren ist", sagte Trevor.

Verity hob fragend eine Braue.

„Das, Miss Birmingham, ist mein Freund Trevor Simpson", sagte Fiona und schaute Trevor tadelnd an. „Er hat sich angewöhnt, deinen Bruder einen Zaren zu nennen."

Verity Birmingham tat etwas sehr Undamenhaftes. Sie spuckte vor Lachen fast ihren Tee aus. „Dann muss Mr. Simpson Nicky gut kennen", brachte Verity schließlich heraus. „Er ist im Umgang mit anderen ziemlich diktatorisch."

„Ich bitte, widersprechen zu dürfen", verteidigte Fiona ihn. „Nick war nie anders als überaus besorgt um mich."

„Das, meine liebe Dame", sagte Trevor und quetschte sich auf dasselbe Sofa wie Fiona und Verity, „liegt daran, dass der Mann in dich vernarrt ist."

Wenn er das nur wäre. „Er ist nichts dergleichen", sagte Fiona. „Er ist nur ein sehr rücksichtsvoller Ehemann."

„Ich glaube, Mr. Simpson", sagte Verity

lächelnd, „mein Bruder könnte durchaus in Lady Fiona vernarrt sein."

„Du sollst mich nicht Lady nennen", schalt Fiona. Dann nahm Fiona Veritys Hand und sagte: „Aber nur zwischen dir und mir: ich bin in deinen Bruder vernarrt." Fiona fand, dass sie ihrer Schwägerin eine solche Erklärung schuldete, nach ihrem tiefen Schweigen bei ihrem letzten Besuch - als Verity zugegeben hatte, wie glücklich sie war, dass Nick eine Frau geheiratet hatte, die ihn mochte.

„Oh, biiiitte", sagte Trevor und hob seine Augen zu der himmlischen Decke, „erspare mir das Liebesgeflüster." Selbst während Trevor den Kopf nach oben geneigt hielt, wurde sein schlankes Gesicht von den Spitzen seines Hemdkragens eingerahmt und die kompliziert gebundene Krawatte zeigte, dass sie aus Längen frisch gestärkten Leinens bestand. Er beugte sich vor und richtete seine Aufmerksamkeit auf Verity. „Lady Fiona sagte mir, dass Sie zusammen mit Miss Peabody in die Gesellschaft eingeführt werden?"

„Ich werde es vielleicht bereuen, aber ich habe zugestimmt", sagte Verity.

„Miss Birmingham befürchtet, dass niemand sie zum Tanzen auffordern wird", sagte Fiona.

„Ich für mein Teil wäre geehrt, mit Ihnen zu tanzen", sagte Trevor, „auch wenn ich fürchte, dass Sie größer sind als ich." Dann schaute er sie näher an und sagte: „Natürlich sollten Sie mir erlauben, Sie anzukleiden."

Verity schlug ihre Hände über ihrer Brust zusammen und warf Trevor einen schockierten Blick zu.

„Nicht wörtlich", sagte Fiona lachend. „Ich

glaube, Trevor möchte dir helfen, eine neue Garderobe auszusuchen."

Verity schaute Trevor an, als ob ihm plötzlich ein zweiter Kopf gewachsen wäre.

„Er kennt sich schrecklich gut mit der Mode aus", erklärte Fiona.

„Und ich kann Ihnen sagen, Miss Birmingham, dass Sie die falsche Farbe tragen." Trevor ließ seinen Blick lässig über Verity, dann über ihr anthrazitfarbenes Kleid schweifen. „Jemand mit Ihrem olivfarbenen Teint und dunklem Aussehen sollte Rot oder Schneeweiß tragen. Das sind die beiden einzigen Farben, die ich Ihnen zu tragen erlauben werde", sagte er mit einer lässigen Handbewegung.

Verity saß völlig still, offensichtlich schockiert.

„Du musst ihm den Gefallen tun", sagte Fiona zu Verity. „Bitte sag, dass du uns erlauben wirst, dich morgen zu Mrs. Spence zu begleiten." Jeder, der Zeitungen oder Zeitschriften für Ladys las, wusste, dass Mrs. Spence die Schneiderin der *guten Gesellschaft* war.

Verity sagte mit zusammengezogenen Brauen: „Ich möchte nicht so ... würdelos wirken."

Fiona lachte. „Einen großen Teil seines Busens zu zeigen ist nicht würdelos, Liebes. Alle tun es."

„Und obwohl ich annehme, dass Ihr Busen nicht üppiger ist als der der armen Lady Fiona", sagte Trevor zu Verity, „glaube ich wirklich, dass ein weiterer Ausschnitt Ihre atemberaubenden Farben und die Eleganz Ihres langen Halses betonen wird."

Veritys Wangen färbten sich scharlachrot.

„Du musst nicht verlegen sein, weil Trevor über deinen Busen spricht", sagte Fiona. „Du musst an ihn einfach als eine der Damen denken."

Jetzt schaute Trevor böse. „Gott behüte!"

* * *

Nachdem sie und Nick sich in dieser Nacht geliebt hatten, lagen sie jeder in des anderen Armen, nackte Körper, die erst kurz zuvor eins gewesen waren. Sie lauschte auf die knisternden Geräusche des Feuers und den Klang seines schweren Atems und dachte, dass sie nie solche Zufriedenheit gekannt hatte.

„Trev und ich nehmen Verity morgen zur Modistin mit", sagte Fiona flüsternd und drückte sanfte Küsse in das dunkle Haar, das die Brust ihres Mannes bedeckte.

Er drückte ihre Schultern. „Gut. Sie braucht etwas Rat. Ihr Geschmack ist zu …"

„Zu schlicht. Mit den richtigen Kleidern wird sie strahlend aussehen."

„Das denke ich auch." Seine Hand glitt über eine glatte, bloße Hüfte. „Und was hält meine Schwester von Trevor?"

Fiona lachte leise. „Ich glaube, sie war ziemlich verblüfft."

Er lachte leise. „Ich bezweifele, dass sie schon einmal jemanden wie ihn kennengelernt hat."

„Wie Schottischer Whiskey ist Trevor etwas, woran man Geschmack finden muss."

„Und wie bei Schottischem Whiskey reicht ein kleines bisschen."

„Du frecher Mensch."

„Erlaube mir, dir zu zeigen, wie frech." Er vergrub sein Gesicht in ihrem Haar, küsste sie wahllos überall, seine Hände berührten sie an den intimsten Stellen. „Hat Verity gesagt, warum sie ihre Meinung über die Einführung in die Gesellschaft geändert hat?", fragte er mit heiserer Stimme.

„Es war William", antwortete sie atemlos. „Als er sie besuchte, bevor er nach Preußen reiste, drängte er sie, auf eine Saison nach London zu kommen. Er sagte, dass er nicht daran denken wolle, dass sie eine alte Jungfer werden könnte, eine altjüngferliche Tante für die Kinder ihrer Brüder." Die bloße Vorstellung eines Kinds von ihr und Nick hatte Fiona mit einem wohlig-warmen Gefühl erfüllt. „Er hat ihr gesagt, sie täte gut daran, in der *guten Gesellschaft* nach einem Mann Ausschau zu halten, der ihrer würdig wäre."

„Genau das, was du ihr schon gesagt hast", meinte Nick und knabberte an ihrem Hals.

Sie atmete seinen Duft ein, eine Mischung aus Sandelholz, exotischen Zigarren und reiner, erhitzter Männlichkeit. „Ich habe ihren Wunsch ausgenutzt, einen gebildeten Gentleman zu heiraten."

„Gott, ich hoffe, das wird sie. Ich bete darum, dass man sie nicht brüskieren wird."

„Das macht ihr auch Sorgen." Fiona lachte. „Trevor hat versprochen, mit ihr zu tanzen."

„Der Himmel möge ihr helfen."

„Du musst dir keine Sorgen darum machen, dass sie nicht ankommen könnte, Liebster", sagte Fiona und streichelte seinen muskulösen Arm. „Ich bin davon überzeugt, dass sie jemanden finden wird, der sie ebenso schätzt wie wir."

„Ich hoffe, du hast recht." Er küsste sie zart auf die Wangen, die Augenlider und den Mund. „Bist du sicher, dass dein Bein nicht mehr schmerzt?"

„Es geht mir gut. Selbst mein Hinken ist nicht mehr so stark wie es früher am Tag heute war."

„Dann kannst du vielleicht diesmal oben sein", knurrte er und zog sie über sich.

Kapitel 17

„Sie müssen ein Reitkleid aus scharlachrotem Samt bekommen", sagte Trevor zu Verity, als er und die beiden Damen Stoffproben bei Mrs. Spence besahen. „Sie reiten doch?"

„Du kannst sicher sein", sagte Fiona, „dass Jonathan Birminghams Kinder die besten Lehrer in allen Fächern hatten - auch beim Reiten."

„Alles, außer Tanzlehrern", witzelte Trevor.

Aus sehr gutem Grund. Jonathan Birmingham hatte gewusst, dass seine Kinder in den Ballsälen der Aristokratie nicht willkommen sein würden, aber Fiona hatte nicht den Wunsch, Verity daran zu erinnern. Jetzt würde sie ihr Debüt in einem dieser Ballsäle haben. „Ich habe beschlossen, dass du Miss Birmingham das Tanzen lehren wirst", sagte Fiona zu Trevor.

Seine grünen Augen leuchteten. „Ich kann mir niemand besseren als mich vorstellen, um die Dame zu unterrichten." Sein Blick musterte Verity. „Schade, dass sie nicht kleiner ist."

Fiona mochte seine Erwähnung von Veritys Größe nicht. Das arme Mädchen war nervös genug, ohne dass er sie sich wie eine Amazone fühlen ließ, mit der kein Mann würde tanzen wollen. „Zum Glück werden die meisten Männer, die mit ihr tanzen, größer sein, als du es bist, lieber Trevor."

„Irgendwo muss es einen betörenden Zwerg geben, der auf meinen Kuss wartet", sagte er mit gequälter Stimme.

„Kein Zwerg, liebster Freund. Nur eine Person von nicht zu großer Statur", sagte Fiona und lächelte mit gespitzten Lippen.

Sie hatten bereits ein elegantes Ballkleid in schneeweißem Krepp für Verity ausgewählt, das sie bei ihrer Einführung in die Gesellschaft tragen sollte, und Trevor hatte sie ermutigt, lauter neue Kleider zu bestellen. „Obwohl deine Kleider sehr gut gearbeitete sind", hatte Fiona gesagt, „sind sie für London doch nicht modern genug."

Sie bestellten Tageskleider aus Musselin und Merino, Umhänge aus Kammgarn und Samt und das scharlachrote Reitkleid.

Verity trauerte ihrer alten Garderobe nach. „Es ist so schade, völlig gute Kleider zu verschwenden."

„Sie werden nicht verschwendet werden", sagte Fiona. „Ich versichere dir, meine Zofe wird sehr erfreut sein, sie weniger Glücklichen geben zu können."

„Aber", entgegnete Miss Birmingham, „es scheint eine solche Verschwendung, so viel Geld für mich auszugeben. Es ist ja nicht so, dass ich jede Menge Freunde hätte, mit denen ich viel unternehmen wollte."

Fiona tätschelte ihren Arm. „Aber bald wirst du das. Du hast so ein süßes, harmloses Naturell, ich bin sicher, alle meine Freunde werden dich lieben."

Der Ausdruck auf Veritys Gesicht wirkte nicht sehr beruhigt.

„Und wirklich, Verity", fügte Fiona hinzu, „du musst nicht so sparsam sein! Es ist ja nicht so, dass du nicht furchtbar reich wärest!"

„Ich fürchte, wenn es ans Geldausgeben geht,

bin ich mehr wie Papa als wie Nick", sagte Verity. „Papa hat nicht ein so großes Vermögen angehäuft, indem er leichtsinnig Geld ausgab."

Nachdem sie Mrs. Spence verlassen hatten, gingen sie zu der Hutmacherin in der Conduit Street und versuchten, sich an die Farben all der neuen Kleider zu erinnern, um dazu passende Hauben zu bestellen. Bei der Hutmacherin sah Fiona einen Hermelinmuff für Kinder. „Den muss ich für Emmie kaufen", sagte sie und kramte in ihrem Täschchen nach einer Handvoll Schillinge, um ihn zu bezahlen.

Als sie wieder in der Kutsche saßen, sagte Trevor: „Sag, ist Emmie der Bastard?"

Veritys empörtes Steifwerden entging Fionas Aufmerksamkeit nicht. „Du wirst sie *niemals* so nennen!", fauchte Fiona. „Sie ist so ein süßes Kind. Ich kann nicht dulden, dass du sie tadelst, weil ihre Eltern sich schlecht benommen haben. Aber das macht Nick natürlich jetzt nicht mehr." Zumindest hoffte sie von ganzem Herzen, dass er nicht länger mit Frauen zweifelhaften Rufs herumzog.

„Danke, dass du meine Nichte in Schutz nimmst", sagte Verity zu Fiona.

Eine feine Beschützerin bin ich! Das arme kleine Mädchen brauchte dringend eine Mutter, aber so gerne Fiona das Kind auch hatte, konnte sie es nicht über sich bringen, Emmie ihre Tochter zu nennen. „Sie ist so lieb." Fiona wechselte das Thema und fragte unverfänglich: „Meinst du, der Muff wird ihr gefallen?"

„Sie wird ihn lieben."

* * *

Nick fühlte sich abscheulich, dass er so verdammt beschäftigt gewesen war und deshalb

während der ersten zwei Wochen ihres
Aufenthalts kaum Zeit für seine Schwester gehabt
hatte. Aber heute Abend wollte er endlich ein
guter Gastgeber sein. Er schaute über den
Esstisch vor sich. Der erste Gang war serviert
worden, und die Diener in der Livree der
Birminghams in Blau und Gelb standen bereit,
um sie weiter zu bedienen. Seine Frau saß ihm
am Ende der Tafel gegenüber, ihr liebliches
Gesicht im Licht der Kerzen aus den funkelnden
Kronleuchtern über ihnen gebadet.

Trevor Simpson, ganz als Dandy gekleidet, saß
neben Verity und Adam ihnen gegenüber. Links
von Nick saß die Herzogin von Glastonbury, eine
von Fionas ältesten Freundinnen. Die Herzogin,
die nicht von ihrem ältlichen Ehemann begleitet
wurde, war mit ihrem flammendroten Haar sehr
hübsch anzusehen. Und sie war äußerst
zugänglich. Die wenigen Male, bei denen Nick sie
getroffen hatte, hatte sie Nick stets spüren lassen,
wie zugänglich sie tatsächlich war.

Fiona hatte auch Randolph eingeladen, aber er
hatte eine überaus unaufrichtige Entschuldigung
vorgebracht, warum er nicht kommen könnte. Sie
hatte Randolph seit jenem ersten Tag, an dem er
nach England zurückgekehrt war, nicht gesehen,
und Nick fühlte sich für diesen Bruch
verantwortlich. Hätte er ihr den Mond und die
Sterne schenken können, hätte er es liebend
gerne getan. Ein Jammer, dass er Agar nicht
befehlen konnte, ein pflichtbewusster Bruder zu
sein. Gott wusste, dass Fiona Randolphs Treue
verdiente. Sie hatte schließlich für ihren Bruder
große Opfer gebracht, obwohl Nick es hasste,
zugeben zu müssen, dass vermutlich ihr größtes
Opfer darin bestanden hatte, sich an einen Mann

zu binden, der ihrer nicht würdig war.

Nick mochte ihrer nicht würdig sein, aber kein Mann hätte sie mehr lieben können. Noch kein Tag war vergangen, an dem er Gott nicht für die spanischen Banditen gedankt hatte, die Fiona zu ihm geführt hatten.

„Mehr Wein?", fragte er die Herzogin.

„Ja, bitte", sagte sie.

Er füllte als nächstes Veritys Glas auf und schloss die Karaffe dann wieder mit ihrem Stöpsel. „Morgen Abend gehen wir ins Theater."

„Zu Miss Foleys neuem Stück?", fragte Adam.

Das lachende Gesicht seiner Frau wurde plötzlich weiß, sie saß ganz steif da. Mit Sicherheit wusste sie, dass Diane Foley seine Geliebte gewesen war. „Ja", antwortete Nick. „Es heißt, es wäre eine großartige Komödie."

„Dann freue ich mich darauf, es zu sehen", sagte Verity.

Sein Blick huschte über Verity. In ihrem pfirsichfarbenen Kleid, das weich von ihren Schultern fiel - und den Ansatz ihrer Brüste zeigte - sah sie wirklich wunderhübsch aus. Er hatte nie zuvor bemerkt, dass seine Schwester einen so attraktiven Busen besaß. „Du siehst ... wirklich schön aus, Verity. Eleganz steht dir." Dann fiel sein Blick auf Fiona. „Ich sehe, dass du deine Hand in der wundersamen Verwandlung meiner Schwester hattest."

Fiona, noch immer etwas erschüttert wirkend, zuckte mit den Schultern. „Für ihre eigene blendende Schönheit bin ich nicht verantwortlich."

„Ja", sagte Adam und starrte seine Schwester an, „du bist wirklich schön, Verity."

„Diese Frau ist eine Göttin", verkündete Trevor.

„Dieser Busen wurde dazu geschaffen, gezeigt zu werden."

Verity, deren Gesicht scharlachrot anlief, warf ihre Arme um ihre Brust, um ihre weichen, weiblichen Formen zu verbergen. „Ich muss sagen", erklärte sie mit schüchterner Stimme, „dass ihr mir das Gefühl gebt, ein Pferd zu sein, das bei Tattersall versteigert wird."

„Wenn Sie ein Pferd wären", sagte Trevor, „würden Sie einen guten Preis einbringen."

„Trevor", tadelte Fiona, „du solltest wissen, dass es Frauen verlegen macht, wenn ihre Brüder auf ihren Busen schauen." Sie warf Nick einen amüsierten Blick zu, der sagte, dass es etwas völlig anderes wäre, wenn Ehemänner den Busen ihrer Frau betrachteten. Es war nur einer dieser Blicke, die sie miteinander zu teilen begonnen hatten, eines der vielen kleinen Dinge, mit denen sie sich näherkamen.

Die Erinnerung an Fionas Brüste, wie sie sich anfühlten, wie sie schmeckten, erregte ihn sofort. Keine Frau hatte ihn jemals so erregt wie sie es tat. Wenn er nicht bei ihr war, aber an sie dachte, bekam er plötzlich eine Erektion.

Nach dem Essen gingen die Damen in den Salon, um Klavier zu spielen und zu singen, aber die Männer würden ihnen nicht folgen, bevor sie nicht ihren Portwein getrunken und ihre Zigarren geraucht hatten. Als die Ladys aufstanden, um den prachtvollen Speisesaal zu verlassen, erstarrte Nick für einen Moment. Er war sich nicht sicher, welchem Geschlecht Trevor sich anschließen würde. Obwohl Trevor jedoch sicher mehr mit den Damen gemeinsam hatte, blieb er zurück.

„So, mein Bruder", sagte Adam, „ich hatte

meine Zweifel bei dieser Heirat, aber es scheint, als wären die Dame und du füreinander geschaffen."

Körperlich, ja. Er und Fiona passten ausgesprochen gut zueinander. Wenn sie nur nicht diesen verdammten Warwick liebte. „Ich kann nicht für Fiona sprechen, aber ich habe mit Sicherheit keine Klagen. Sie ist alles, was ein Mann sich bei einer Frau wünschen kann."

„Nun, ich kann für sie antworten", sagte Trevor mit einer leichten Handbewegung. „Sie ist völlig vernarrt in Sie."

Nick glaubte das keinen Moment, aber er war für Fionas gespielte Hingabe dankbar. Sie hatte jedes Versprechen gehalten, das sie ihm an dem Tag gegeben hatte, als er auf sein Knie gefallen und sie um ihre Hand gebeten hatte. „Ich werde dir eine gute Frau sein", hatte sie gesagt. Und das war sie in jeder Hinsicht.

Wenn nur Warwick nicht vor langer Zeit ihr Herz erobert hätte.

„Nick hatte immer eine verheerende Wirkung auf Frauen", sagte Adam zu Trevor. „Ich stelle fest, dass die Herzogin von Glastonbury keine Ausnahme darstellt."

„Sie verruchter Mann!", sagte Trevor. „Ich wollte die glühenden Blicke, die sie ihrem Bruder zuwarf, nicht erwähnen, obwohl ich sagen muss, dass Lady Fiona nicht umhin konnte, sie zu bemerken." Er wandte sich Nick zu. „Wirkte Ihre Frau nicht unbehaglich?"

Das stimmte, aber Nick hatte das Diane Foley zugeschrieben. Er nahm an, dass eine Dame - selbst eine Dame, die einen Mann liebte, der *nicht* ihr Ehemann war - es kaum dulden würde, dass ihr Ehemann eine vulgäre Schauspielerin unter seinen Schutz stellte.

* * *

Für jemanden, der sparen wollte, gab es wenig Unterhaltendes, musste Randolph, Lord Agar, entdecken. Da er nicht bis spät ausging - teuflisch schwierig, zu trinken und zu spielen, wenn man kein Geld übrig hatte - hatte er sich angewöhnt, jeden Morgen früh aufzustehen, zum Mietstall zu gehen und sein Pferd zu holen, um einen scharfen Ritt durch den Hyde Park zu machen.

Ein guter Ausritt schien die Spannung in seinem Körper zu lösen. Und seit er aus Portugal zurückgekehrt war, hatte es sehr viel solcher Anspannungen gegeben. Er vermisste seine Schwester und wusste, dass seine eigene starrköpfige Arroganz sie einander entfremdet hatte, aber er brachte es nicht über sich, ihr gegenüberzutreten mit dem Wissen, dass sie sich an einen arroganten Emporkömmling verkauft hatte. Seinetwegen.

Ganz gleich, dass Birmingham reicher als ein Nabob war oder dass Frauen jeden Alters und jeder Herkunft sich seinetwegen lächerlich machten. Er war immer noch ein schäbiger Emporkömmling, der Randolphs Schwester als Sprosse seiner Leiter zum gesellschaftlichen Aufstieg benutzte.

Randolph grub seine Fersen in die Flanken seines Pferdes und galoppierte los. Der Nebel begann sich zu heben und so weit er sehen konnte, war er allein. Er war nicht in der Stimmung, höflich zu einem anderen Menschen zu sein. Er war zu verdammt wütend auf diesen verflixten Birmingham. Das Tragische war, dass Fiona wirklich versucht hatte, ihn, Randolph, davon zu überzeugen, dass sie sich in diesen

Emporkömmling verliebt hatte!

Es war nicht nur Birminghams geringe gesellschaftliche Stellung, die Randolphs Zorn erregt hatte - obwohl er sie keineswegs übersehen konnte, wenn es um seine Schwester ging. Es war der Ruf des Mannes, was anrüchige Frauen anbetraf. Und jeder wusste von seinem Bastard - oder seinen Bastarden, vermutlich! Was für ein Jammer, dass Fiona ein solches Kind der Schande am Hals hatte. Fiona, die eine unschuldige Jungfrau gewesen war. Vor Birmingham.

Randolph schnipste zornig mit seiner Reitgerte und stürmte weiter. Aber er war nicht mehr alleine. Etwa fünfzig Fuß entfernt kam ein einzelner Reiter, eine Frau, auf ihn zu getrabt. Als sie näherkam, konnte er ihre Gesichtszüge erkennen. Ein schönes Gesicht. Dichtes, dunkelbraunes Haar, das unter einen modischen Reithut in leuchtendem Rot hochgesteckt war, ebenso rot, wie das Reitkleid, das sie trug. Er sah, dass ihre Augen so dunkel waren wie ihre Haare, ihre Wangenknochen hoch und ihr Gesicht sehr schön. Aber was ihn noch mehr als ihr üppige Schönheit beeindruckte, war die Art, wie sie zu Pferd saß. Er hatte noch nie eine Frau eleganter reiten sehen.

Keine Frage, dass sie eine Dame war. Ihr Pferd war zweifellos teuer, ebenso wie ihre Kleidung. Und nur jemand, der die besten Reitlehrer gehabt hatte, konnte so auf einem Pferd sitzen. Aber Randolph konnte nicht verstehen, warum sie keinen Reitknecht bei sich hatte, selbst wenn sie eine verheiratete Dame war - was sie, wie er innig hoffte, nicht war.

Als sie an ihm vorbeiritt, zog er seinen Hut und nickte ihr zu.

Sie nickte leicht und ein Lächeln hob die Winkel ihres schönen Mundes, dann ritt sie weiter.

Den Rest des Tages war Randolph unfähig, die schöne Brünette aus seinem Kopf und seinen Gedanken zu vertreiben. Irgendetwas an der dunklen Schönheit war vage vertraut gewesen. Vielleicht, weil sie die gleichen Farben hatte wie die Gräfin Warwick, die Randolph angebetet hatte. Natürlich war die Gräfin viel üppiger, als die elegante, schlanke, einsame Reiterin, die er am Morgen gesehen hatte.

Er ertappte sich dabei, wie er sehnsüchtig auf seinen nächsten Ritt durch den Park wartete.

Am nächsten Tag sah er sie wieder. Als sie näherkam, schlug sein Herz dröhnend, als sein Blick dem ihren begegnete und er zog seinen Hut. Wieder nickte sie ihm kaum merklich zu und ritt weiter.

Jeden Tag in den nächsten drei Wochen ritt er in den Park und jeden Tag begegnete er der Frau in Rot und zog schweigend seinen Hut vor ihr. Seine morgendlichen Ausritte wurden zum Höhepunkt seiner Tage, die Frau in Rot der Gegenstand seiner nächtlichen Träume.

Er wurde langsam von ihr besessen. Visionen ihrer dunklen Schönheit begleiteten ihn, wohin er auch ging. Er hielt auf jeder Straße nach ihr Ausschau. Bei jedem Theaterbesuch, Rout oder Gesellschaft schaute er alle Frauen an in der Hoffnung, sie zu finden. Sein Verlangen zu erfahren, wer sie war, wurde so groß, dass er sogar in Betracht zog, ihr aus dem Park zu folgen, aber eine so unfeine Handlung würde die Schönheit nur dazu bringen, ihn abzulehnen, wenn sie ihn entdeckte.

Mit Sicherheit würde das Schicksal dafür sorgen, dass ihre Wege sich auch außerhalb des Hyde Parks kreuzten. Schließlich müssten sie zur gleichen Gesellschaftsschicht gehören, denn er hatte keine Zweifel daran, dass sie eine Dame war. Zweifel hatte er nur, was ihre Stellung anging - war sie verheiratet oder nicht?

Er wünschte zu Gott, sie wäre es nicht.

Kapitel 18

Während Fiona und Maggie sich über den Schreibtisch beugten, um die Gästeliste für den Ball ihrer Schwestern zusammenzustellen, waren die beiden Ehrengäste auf dem besten Weg, schnell Freundschaft zu schließen.

„Meine Schwester sagte mir, dass Sie ebenso wie ich zögerten, sich in die Gesellschaft einführen zu lassen", sagte Verity zu Miss Peabody.

Rebecca Peabody zuckte mit den Schultern. Verity dachte, dass sie der schönen Gräfin, die ihre Schwester war, bemerkenswert ähnlich sah – abgesehen von der Brille, die die Gewohnheit hatte, auf ihrer Nase herabzurutschen, und dem Fehlen eines Busens. „Ich muss zugeben, dass ich Bücher viel mehr liebe als Männer. Natürlich, wenn echte, lebende Männer so edel wären wie Mr. Darcy in *Stolz und Vorurteil*, wäre das etwas ganz anderes."

Ein Lächeln zuckte um Veritys Mund. „Genau."

„Wodurch haben Sie sich überzeugen lassen?"

„Meiner Einführung in die Gesellschaft zuzustimmen?", fragte Verity.

„Ja."

Sie dachte einen Moment über ihre Antwort nach, bevor sie sie aussprach. „Zwei Dinge, denke ich. Zunächst, weil mein jüngster Bruder sagte, dass, sollte ich nicht zustimmen, ich als die altjüngferliche Tante der Kinder meines Bruders enden würde." Das sagte sie mit einem Lachen in der Stimme.

„Nein, wirklich, Sie beschreiben mich!", sagte Miss Peabody mit einem freudlosen Lachen. „Bitte, was war der andere Grund?"

„Wenn ich nicht vorgestellt würde, könnte ich nie die Gelegenheit finden, einen Mann kennenzulernen, der mein Seelenverwandter sein könnte." Es war wirklich seltsam mit der Seelenverwandtschaft. Einen Monat zuvor wäre diese Vorstellung ihr sehr fremd gewesen, aber während der drei letzten Wochen wurde Verity von dem Gefühl heimgesucht, dass der gutaussehende blonde Mann, den sie jeden Morgen im Park reiten sah, der Freund ihrer Seele sein könnte. Es sah ihr gar nicht ähnlich, sich wegen eines Mannes so dumm anzustellen. Nach allem, was sie wusste, könnte der blonde Adonis ein glücklich verheirateter Mann sein. „Sie sehen, meine Chancen, einen passenden Mann auf unserem Landsitz zu begegnen, sind praktisch nicht vorhanden. Meine Mutter ist das unsozialste Wesen, das man sich vorstellen kann, daher sind die einzigen Männer, die ich je sehe, Diener und Reitknechte."

Miss Peabody starrte sie an, als wäre Verity nicht ganz bei Sinnen. „Können Sie mir erklären, was genau ein Seelenverwandter ist?"

Als Verity nach London gekommen war, hatten ihre Wünsche sich darauf beschränkt, einen Mann zu treffen, der ihr geistig ebenbürtig war, aber jetzt wollte sie so viel mehr von einem Mann. Sie brauchte einen Moment, um diese Gefühle zu sortieren, um sie Miss Peabody vermitteln zu können. „Ein Mann, der Freude an den gleichen Dingen hat wie ich, der sein Leben mit mir verbringen möchte, weil unter allen Frauen der Welt ich diejenige bin, die am besten zu ihm passt, ein Mann, der mein Schicksal ist." Sie erinnerte sich daran, wie Fiona ihr gesagt hatte, dass Nick ihr Schicksal wäre. „Ich glaube, Lady Fiona empfindet, dass mein Bruder ihr Schicksal sei - trotz ihrer unterschiedlichen Herkunft."

Miss Peabody seufzte. „Ich kann nicht sagen, wie glücklich ich bin, das zu hören, denn ich war im letzten Jahr äußerst bestürzt über die schäbige Art, wie meine Schwester Lady Fiona behandelt hatte."

Das war Verity neu. „Ich kann nicht glauben, dass Lady Warwick Fiona jemals schäbig behandelt haben könnte."

„Dann wissen Sie es nicht?"

„Was?"

„Meine Schwester hat Lord Warwick Lady Fiona abspenstig gemacht."

Veritys Herz klopfte laut. Fiona hatte Warwick geliebt? Hieß das, dass Fiona Nick aus Rache geheiratet hatte? Dieses Wissen verstörte sie. Vor allem, da Nick so bis über beide Ohren in seine Frau verliebt war. „Sie waren verlobt?"

Miss Peabody schürzte ihre Lippen. „Inoffiziell."

„Ich nehme an, Dinge regeln sich zum Besten", sagte Verity resigniert. „Ich bin sicher, dass Lord und Lady Warwick sehr glücklich miteinander sind - genauso wie Fiona und Nicky."

„Ich glaube, Ihr Bruder sieht besser aus als Warwick, obwohl ich nur ein Portrait von ihm gesehen habe." Miss Peabody wurde lebhafter. „Ich habe gehört, dass Sie einen anderen Bruder haben, der sein Zwilling sein könnte."

Verity lachte amüsiert. „Es ist schwer für mich, meine Brüder für gutaussehend zu halten, aber ich muss sagen, die Mädchen beteten Nicky immer an; später auch die Frauen."

„Und der andere Bruder?"

„Adam? Er ist ganz anders als Nicky - obwohl sie sich sehr ähnlich sehen." Da sie spürte, dass Miss Peabody sich ein wenig für Adam interessierte, fügte sie hinzu: „Ich werde ihn Ihnen bei unserem Ball vorstellen. Ich bin sicher, er wäre entzückt, mit Ihnen tanzen zu dürfen."

„Ich glaube nicht, dass ich schon bereit bin zu heiraten", sagte Rebecca einen Moment später. „Da ich nicht das Gefühl habe, einen Seelenpartner zu brauchen, werde ich wohl doch als liebevolle, jungfräuliche Tante enden."

„Dazu sind Sie viel zu hübsch", sagte Verity. Wie schade, dass Miss Peabody immer diese Brille tragen musste.

„Ja, das ist sie", stimmte Fiona zu, die herankam und sich neben Verity setzte. „Ich habe die Befürchtung, dass die Männer sich bei Ihrem Einführungsball handgreiflich um Sie streiten könnten."

„Das befürchte ich auch", sagte Maggie, während sie sich auf dem Sofa gegenüber niederließ.

„Sie könnten sich sogar heute Abend bei Almack's Ihretwegen schlagen", sagte Fiona.

„Sie haben die Einladungen erhalten?", fragte die Gräfin.

Fiona nickte. „Ja, die Herzogin von Glastonbury, eine meiner ältesten Freundinnen, bestand darauf, sie für uns zu beschaffen, obwohl ich ihr sagte, dass ich mit der Gräfin Cowper das beste Verhältnis pflege."

„Ich zittere noch immer bis ins Mark, wenn ich Lady Cowper sehe", sagte Maggie mit einem

Lachen.

Fionas Blick wanderte zu Verity. „Lass dich nicht von Lady Warwicks Ängsten anstecken. Lady Cowper ist überaus liebenswürdig und ich bin sicher, dass sie dich lieben wird." Dann fügte Fiona mit einem Lächeln zu Maggie hinzu: „Ich wage zu behaupten, dass Ihre Herkunft aus den Kolonien Sie ein wenig vorsichtig bei der englischen Geziertheit macht."

Verity kam nicht aus den Kolonien, aber sie ängstigte sich ganz gewiss vor gewissen Formen der englischen Geziertheit.

Die Tür des Salons flog auf und Emmie stürzte in das Zimmer. Ihr schönes braunes Haar floss über den Rücken ihres buttergelben Kleids und ihre Hände waren in ihrem Hermelinmuff versteckt. „Mylady! Miss Beckham sagt, ich dürfte meinen neuen Muff heute im Park anziehen. Ich wollte es Ihnen nur zeigen."

Die erwähnte Gouvernante huschte in den Raum, einen verlegenen Ausdruck auf ihrem Gesicht. „Miss Birmingham!", rief sie. „Sie sollen Ihre Stiefmutter niemals stören, wenn sie Besuch hat." Sie warf Fiona einen um Verzeihung bittenden Blick zu. „Bitte verzeihen Sie mir."

„Da gibt es nichts zu verzeihen. Das hier ist schließlich auch Miss Emmies Heim", sagte Fiona. Sie wandte dem kleinen Mädchen ihre Aufmerksamkeit zu und sagte: „Komm näher, Liebes, und lass uns sehen, wie hübsch du aussiehst." Fiona fuhr dann fort, Emmie der Gräfin und Miss Peabody vorzustellen. „Dies ist Nicks Tochter Emmie, Mylady, Miss Peabody. Ist sie nicht ein hübsches kleines Ding?"

Die Damen machten lobende Ausrufe über sie - und ihren schönen Muff.

Bevor sie ging, knickste Emmie und kam dann, um ihre Tante und ihre Stiefmutter zu küssen.

* * *

Es war ewig her, dass Fiona zuletzt bei Almack's gewesen war. Sie freute sich schon sehr darauf, am Arm ihres gutaussehenden Mannes durch die Gesellschaftsräume zu gehen. Dies würde die erste Gelegenheit sein, ihn vielen ihrer alten Freunde vorzustellen.

Sie saß an ihrem Frisiertisch und sah ihrer Zofe zu, wie diese kleine Diamanten in ihrem Haar befestigte, als Nick an die Zwischentür klopfte und eintrat; sein Blick huschte verführerisch über sie.

„Danke, Prudence", sagte Fiona. „Das wäre dann alles."

Als die Zofe das Zimmer verlassen hatte, beobachtete Fiona Nick durch den Spiegel, wie er auf sie zu kam und sich dann vorbeugte, um an ihrem Hals zu knabbern. „Du siehst zum Anbeißen aus", murmelte er, während eine seiner Hände besitzergreifend ihre Brust umfasste. „Ich liebe dieses Kleid. Es passt zu deinen unglaublichen Augen."

Sie schaute in den Spiegel. Sie konnte sich nicht erinnern, das blassblaue Kleid schon einmal in seiner Gegenwart getragen zu haben.

Er griff in seine Tasche und zog eine Samtschachtel heraus. „Du hast dieses Kleid im Theater getragen, an dem Abend, als du in der Loge mir gegenüber saßest, bevor wir geheiratet haben."

Sie war gerührt, dass er sich an das Kleid erinnerte, noch mehr aber davon, dass er sie überhaupt bemerkt hatte. „Du erinnerst dich an den Abend?"

„Ein Mann vergisst nicht die schönste Frau, die

er je gesehen hat."

Ihre Freude füllte jede Zelle ihres Körpers. Nick hatte ihr schon früher Komplimente gemacht, aber nie mit solchen Worten. „Also hast du mich an dem Abend im Theater wirklich bemerkt?"

„Wie hätte ich anders können?", fragte er mit einem teuflischen Funkeln in seinen Augen. „Du hast mich während der ganzen Vorstellung angestarrt!"

„Du abscheulicher, eingebildeter, arroganter Mann!"

„Kannst du es leugnen?"

Sie zog einen Schmollmund. „Nein." Obwohl jener Abend erst drei Monate her war, gehörte er doch zu einer anderen Welt, einem anderen Menschen. Es fühlte sich mehr wie drei Jahre als wie drei Monate an.

Er öffnete die Samtschachtel und zog ein umwerfendes Saphirkollier heraus, das er um ihren schlanken Hals legte. „Ich habe Saphire gekauft, weil sie zu deinen Augen passen", sagte er, als er den Verschluss befestigte.

Obwohl der Schmuck verschwenderisch teuer gewesen sein musste, war es der Gedanke hinter dieser Geste, der sie am tiefsten berührte. Nick hatte sich an seinem arbeitsreichen Tag Zeit genommen, um ihn für sie auszusuchen. „Wie schön es ist!", rief sie aus. „Das schönste Schmuckstück, das ich je besessen habe."

Er beugte sich vor, um ihren Hals zu küssen. „Ein so schöner Hals verlangt nach Schmuck. Natürlich", sagte er mit heiserer Stimme, „ziehe ich es vor, wenn du gar nichts anhast."

„Ich bitte dich, sprich nicht von so etwas, denn dann möchte ich mit dir ins Bett gehen und wir schaffen es nie zu Almack's."

Er richtete sich auf und ein Stirnrunzeln zeigte sich auf seinem nachdenklichen Gesicht.

„Was ist los, Liebster?", fragte sie.

„Es tut mir so leid, dass ich dir sagen muss, dass ich euch heute Abend nicht zu Almack's begleiten kann."

Sie fuhr herum, sah ihn mit zusammengezogenen Augenbrauen an. „Warum?"

„Geschäfte."

Ihr Herz dröhnte. „Aber die Börse ist abends nicht geöffnet! Was für eine Art von Geschäften beansprucht dich auch noch abends?" In ihr stieg das scheußliche Gefühl auf, dass er sie anlog. Könnte es sein, dass er befürchtete, dass ihre aristokratischen Freunde ihm heute Abend die kalte Schulter zeigen würden?

„Ein sehr wichtiger Mann, dessen finanzielle Angelegenheiten ich verwalte, hat darum gebeten, sich heute Abend mit mir zu treffen. Er wird nur einen Tag in London sein, und dies ist die einzige Zeit, zu der wir uns treffen können."

Ärger, Enttäuschung und das üble Gefühl, dass er log, ballten sich in ihr zusammen. Warum hatte er den Namen des wichtigen Mannes nicht erwähnt. Ihre Schultern sackten hinab. Im Spiegel ihres Frisiertisches sah sie ihn hinter sich stehen und sie mit glühenden Augen beobachten. „Ich kann dir nicht sagen, wie enttäuscht ich bin", sagte sie. „Wenn du nicht zu Almack's gehst, gehe ich auch nicht."

Er verzog das Gesicht. „Ich fühle mich sehr geehrt, dass du so viel Wert auf meine Gesellschaft legst, aber ich bitte dich, trotzdem zu gehen. Verity zuliebe."

Natürlich war sie sehr egoistisch. Es wäre Verity gegenüber nicht fair, auf den Abend bei

Almack's verzichten zu müssen, nur weil Fiona schmollte.

„Ich gebe dir mein Wort, dass ich nächste Woche zu Almack's gehen werde", sagte er. „ich wage zu behaupten, dass es noch viele Gelegenheit für deine Freunde geben wird, mich unter die Lupe zu nehmen."

Sie sah zu ihm auf. „Du kannst nicht leugnen, dass du von dieser Veranstaltung, auf die ich mich so gefreut habe, nicht ebenso begeistert bist wie ich."

Er zuckte die Achseln. „Meine Begeisterung mag nicht so groß sein wie deine, aber du kannst sicher sein, dass ich meiner Frau und meiner Schwester zuliebe bereit bin, dort an deinem Arm vorgeführt zu werden. Nur nicht heute Abend."

Fiona zeigte ihrem Mann die kalte Schulter und ging mit Verity zu Almack's Gesellschaftsräumen. Ihre Freundin, die Herzogin von Glastonbury, war die erste, die auf sie zueilte. Die Herzogin, eine üppige Rothaarige, gekleidet in ein glänzendes, rostrotes Kleid, war im gleichen Jahr in die Gesellschaft eingeführt worden wie Fiona und hatte eine Schar hochgeborener Freier angezogen. Anders als Fiona war Hortense glücklich gewesen, einen ältlichen Adligen wegen seines hohen Titels zu heiraten.

„Wo ist denn dein Mann?", fragte die Herzogin. „Ich hatte mich so darauf gefreut, ihn zu sehen."

Fiona versteifte sich. „Du wirst bis nächste Woche warten müssen. Er hatte heute Besuch von außerhalb der Stadt."

Als schon der halbe Abend vergangen war, schlug ein abscheulicher Gedanke wie eine Welle über ihr zusammen. *Nick ist bei Diane Foley!* Das würde erklären, warum er so vage über seinen

„wichtigen" Kunden gesprochen hatte, warum das „Treffen" heute Abend stattfinden musste.

Fiona begann zu zittern und ihr wurde so heiß, dass sie befürchtete, gleich in Ohnmacht zu fallen. Sie konnte ihre Unterhaltung mit Trevor, der mit ihr tanzte, nicht fortführen.

„Was ist los?", fragte Trevor und trat etwas von ihr zurück, um besser in ihr plötzlich blass gewordenes Gesicht sehen zu können. „Bist du krank?"

Sie war zu aufgeregt, um einen klaren Gedanken fassen zu können. Verschwommene Anschuldigungen und überwältigender Kummer überkamen sie. Ihre Augen füllten sich mit Tränen. Sie konnte nicht einmal Trevor sehen.

„Mylady! Was ist los? Darf ich dir etwas zu trinken holen?"

Sie konnte nur nicken.

Er führte sie zu einem Stuhl, wo andere Ladys saßen und befahl ihr, sich hinzusetzen. Zitternd fiel sie auf den Stuhl. Der Schmerz, den sie empfunden hatte, als Warwick eine andere heiratete, war eine Kleinigkeit verglichen mit dieser lähmenden Pein, ihre Liebe zu Warwick war nur ein Bruchteil dessen gewesen, womit sie jetzt ihren Mann überschüttete.

„Lady Fiona", sagte Lady Jersey, die links von ihr saß, „ich hatte mich so darauf gefreut, heute Abend Ihren Mann kennenzulernen."

„Sie werden Ihn nächste Woche sehen", sagte Fiona und zwang sich, nicht in Tränen auszubrechen. Ein Leben voller vornehmer Beherrschung half ihr dabei. Ihre Tränen rannen nicht. „Haben Sie Miss Birmingham kennengelernt?", fragte Fiona die Patroness.

Lady Jersey fächelte sich. „Ein hübsches

Mädchen.“

„Vielen Dank.“ Fiona fühlte sich scheußlich heiß. Sie holte tief Luft und sagte: „Alle Birminghams sind mit gutem Aussehen gesegnet.“ *Vor allem Nick.*

„Das habe ich gehört.“

Trevor, der auf seinen kurzen Beinen wie eine Maus herumhuschte, kam zu Fiona, drückte ihr ein Glas Limonade in die Hand und beobachtete sie beim Trinken wie ein liebevoller Vater. Dann ließ er sich auf den Stuhl neben ihr sinken. „Du musst mir erlauben, dich nach Hause zu bringen.“ Innerlich verfluchte er Nick dafür, dass er nicht an der Seite seiner Frau war, wenn es ihr nicht gut ging.

„Ich denke, es ist die Hitze“, sagte Lady Jersey und warf Fiona einen besorgten Blick zu, während sie sich selbst heftig fächelte. „Scheußlich heiß hier drinnen heute Abend.“

„Lady Fiona hat noch nie so unter überhitzten Räumen gelitten.“ Trevor schaute Lady Jersey stirnrunzelnd an. „Sie ist offensichtlich krank, ich bringe sie nach Hause.“

„Bitte, noch nicht.“ Fionas schwimmender Blick wanderte zur Tanzfläche. Verity hatte noch keinen einzigen Tanz ausgelassen. In ihrem einfachen, weißen Kleid sah sie elegant aus und vollführte ihre Tanzschritte fehlerlos. „Ich möchte Miss Birminghams Tanzpartner nicht enttäuschen.“

Trevor beobachtete seine Schülerin. „Man würde nie vermuten, dass Miss Birmingham nicht das letzte Jahr in Ballsälen verbracht hat.“

„Vielleicht, weil sie einen so guten Tanzlehrer hatte“, sagte Fiona mit monotoner Stimme. Wenn sie nur weiterreden könnte. Vielleicht würde das ihren Kopf von schmerzlichen Gedanken an Nick

mit Diane Foley freihalten. Lag er in diesem
Moment neben ihr? Würde er seinen Mund auf
Miss Foleys Brüste legen? Der Gedanke fuhr wie
ein Messer in Fionas Herz. Sie unterdrückte die
neuen Tränen, die aufzusteigen drohten.

„Es ist mir gleich, was du sagst", erklärte
Trevor. „Ich bringe dich nach Hause, sobald dieser
Tanz vorbei ist. Es wird Miss Birmingham nicht
schaden, schon zu gehen. Sie wird noch viele
Gesellschaften und Bälle haben."

Fiona betupfte ihr Auge mit der
behandschuhten Hand und nickte.

* * *

Auch nachdem Nick sich an diesem Abend mit
Warwick getroffen hatte, war er nicht überzeugt,
dass dieses Treffen notwendig gewesen war.
Schließlich hatte er noch nichts von William
gehört. Nick hatte den Verdacht, dass Warwick
darauf bestanden hatte, um nicht zu Almack's
gehen zu müssen. Scheußlich langweilige
Veranstaltungen, hatte man ihm gesagt.

Etwas an ihrem Treffen - außer dem
grässlichen Ort eine Fahrstunde von London
entfernt - störte Nick. Warwick hatte Fiona
mehrfach erwähnt. *Wie gefällt Lady Fiona Ihr
schönes neues Haus? Sie sind ein sehr glücklicher
Mann, Birmingham, dass Sie Lady Fiona heiraten
durften.* Als sie über den Einführungsball von
Miss Peabody und Miss Birmingham sprachen,
hatte Warwick gesagt: „Ich werde nie den ersten
Ball Lady Fionas vergessen. Ich hielt sie für die
schönste Frau, die ich je gesehen hatte."
Bedauerte Warwick jetzt, dass er eine andere
geheiratet hatte? Liebte er Fiona noch immer? Mit
einem üblen Gefühl in seiner Brust überlegte
Nick, ob Fiona Warwick noch immer liebte. Nick

war sich des Mangels an ehelicher Treue in der *guten Gesellschaft* durchaus bewusst. Hatte Warwick die Hoffnung, eine Affäre mit seiner Frau beginnen zu können?

Als Nick zugestimmt hatte, Fiona zu heiraten, hatte er nicht mit den unglaublichen Tiefen und Höhen gerechnet, die seine Liebe zu ihr ihm bringen würden. Kein Schmerz könnte je größer sein, als seine Frau im Bett eines anderen zu finden. Warwick sah einfach zu männlich aus. Verdammt, Nick hasste den Earl!

Später, als er sich Birmingham House näherte, war er von dem gewohnten Wohlgefühl erfüllt, das immer bei dem Gedanken, seine Frau zu sehen, in ihm aufstieg. Dann, als er sich daran erinnerte, wie enttäuscht von ihm sie früher am Abend gewesen war, fühlte er sich nicht berechtigt zu erwarten, dass sie in dieser Nacht in sein Bett kommen würde.

Mürrisch gestimmt stapfte er die Treppenstufen hinauf, nur eine einzelne Kerze erleuchtete seinen Weg. Drei Monate einer sehr befriedigenden Ehe hatten in Nick eine Abneigung dagegen entstehen lassen, alleine zu schlafen. Selbst wenn er nicht das Vergnügen hatte, Fiona zu lieben, war es genug, sie neben sich zu wissen, um ihn mit Freude zu erfüllen. Aber natürlich nicht heute Nacht. Ihre schlechte Laune würde sie zweifellos veranlassen, in ihrem eigenen Zimmer zu bleiben.

Als er die Tür zu seinem Schlafzimmer aufschob, war er erstaunt, Fiona in seinem Bett liegen zu sehen.

* * *

Fiona hatte sich gesagt, dass ein Mann, der gerade erst mit einer anderen Frau im Bett gewesen war, kaum Lust haben würde, in derselben Nacht mit einer anderen Frau zu schlafen. Aber sie hatte nicht die Kraft, sich von Nick fernzuhalten. Wenn es um ihn ging, verlor sie schnell ihren Stolz. Selbst wenn er sie nicht wollte, sie brauchte das Gefühl, ihn neben sich zu wissen.

Er begegnete ihrem Blick. „Noch böse?"

„Ich war nicht böse", sagte sie und setzte sich auf. Sie hatte ein blassblaues Nachtgewand an, da Nick sie gerne in Blau sah. „Ich war enttäuscht."

Er kam, um sich neben sie auf das Bett zu setzten; seine Hand legte sich um ihre Wange. „Ich mache es wieder gut", murmelte er.

Ihre Stimme hörte sich an wie das Schnurren einer zufriedenen Katze. „Jetzt?"

Sein Kopf neigte sich zu ihr. „Nichts würde mir größere Freude bereiten."

Ihre Lippen trafen sich, sanft zuerst, aber die Sanftheit entzündete schnell eine brennende Leidenschaft, die sie in ihrer tosenden Flut mitriss. Sie war von seiner eigenen schnellen Atemlosigkeit erstaunt, von seinem Begehren, das ihrem eigenen in nichts nachstand. Er riss sich schnell seine Kleidung herunter und ebenso schnell befreite er sie aus ihrem Nachtgewand.

Es war, als wäre ihrer beider Verlangen so verzweifelt, dass keiner eine Sekunde mit sanftem Vorspiel oder zärtlichen Worten verlieren könnte. Er rollte mit ihr über das breite Bett, bis sie flach auf ihrem Rücken lag und er sich über sie beugte, ihre Schenkel spreizte und glühende Worte murmelte. Dann stürzte er sich in sie und ritt sie fester und härter, als er es je zuvor getan hatte.

Explosionen durchzitterten sie, als er bebte und ihren Namen ausrief, dann still wurde. Ihre Arme umschlangen seinen steinharten Rücken fest, als sie ihre Hüften hob, um ihm entgegenzukommen, dabei pulsierte in ihr die außergewöhnlichste Lust, die sie je erlebt hatte.

Im heißesten Moment schrie Nick auf: „Oh, meine Geliebte, meine Fiona."

Lange danach lagen sie noch in den Armen des anderen, völlig erschöpft und völlig befriedigt. Und lange danach noch erinnerte sie sich an seine Worte. *Oh, meine Geliebte, meine Fiona.*

Kapitel 19

Fiona vermisste Randolph furchtbar. Sie sagte sich ständig, dass sie an seine Abwesenheit gewöhnt sein sollte, da er ja das letzte Jahr in Spanien verbracht hatte, aber das Wissen, dass er in London war und es ablehnte, sie zu sehen, war es, was sie so sehr verletzte. Dass sie sich immer besonders nahegestanden hatten, machte diese Entfremdung noch schwerer zu ertragen.

Aus Randys offenen Gesprächen mit ihr hatte sie viel über Männer und ihre Wünsche gelernt. Jetzt, mehr als je zuvor, wünschte sie sich, ihn ausfragen zu können, um den rätselhaften Mann, den sie geheiratet hatte, besser zu verstehen. Aber jetzt, mehr denn je zuvor in ihrem Leben, war ihr Bruder völlig unzugänglich.

Mehr als einmal hatte sie sich gerade noch davor zurückgehalten, ein Treffen mit Randolph herbeizuführen. Obwohl sie sich wünschte, ihre Befürchtungen wegen der Heilung der Verletzungen, die er während seiner Gefangenschaft erlitten hatte, zu beruhigen, war sie zu verärgert über ihn, um den ersten Schritt zu tun. Zu ihm zu gehen würde heißen, sein schäbiges Verhalten Nick gegenüber zu tolerieren.

Diese offensichtliche Feindseligkeit gegenüber ihrem Ehemann konnte sie nicht dulden.

Sie war von der Sorge geplant, dass Randy und sie sich nie mehr versöhnen würden. So schmerzhaft das war, es war eine Trennung, mit der sie leben könnte, wenn sie gezwungen wäre, es zu tun. Eine Trennung von Nick jedoch war undenkbar. Unerträglich. Sie wusste nicht, wie sie würde weiteratmen können, wenn sie je ihren Mann - oder seine Zuneigung - verlöre.

Sie fragte sich, ob sie zugestimmt hätte, ihn zu heiraten, wenn sie gewusst hätte, dass sie sich so wahnsinnig in ihn verlieben würde, dass jede Trennung von ihm eine Qual war. Diese Ehe war völlig anders als alles, worauf sie sich vorbereitet hatte. Sie hatte erwartet, dass sie ihn recht gern haben würde, zufrieden sein würde, sein Geld auszugeben und seine Kinder zu gebären, aber sie hatte nie eine so vernichtende, erstickende, sie völlig machtlos machende Liebe erwartet, die sie verzehrte.

Die Tortur des letzten Abends, als sie fürchtete, er könnte in Diane Foleys Armen sein, war der größte Kummer, den sie je erlebt hatte.

Als sie am Tiefpunkt ihrer Verzweiflung angelangt war, war Nick gekommen und hatte sie in seinen Armen in den Himmel geführt. Jedes Mal, wenn sie sich seine Worte ins Gedächtnis rief, kribbelte es in ihr und ihr Atem stockte. *Oh, meine Geliebte, meine Fiona.*

Den ganzen Morgen war sie von diesem flauschig warmen Gefühl umgeben gewesen, das die Erinnerung an die betörende Berührung seiner Hände auf ihrem nackten Körper hinterlassen hatte, der Klang seiner heiseren Stimme, das Gefühl, wie sein kraftvoller Körpers sich über sie legte. Mit Sicherheit hätte er sie nicht mit solchem Hunger begehren können, wäre er gerade erst aus Diane Foleys Bett gekommen, hätte nicht solch zärtliche Worte sprechen können.

Oder doch?

Das war eines der Dinge, die sie Randy gerne gefragt hätte. Das, und ob Worte, die in höchster Leidenschaft ausgerufen wurden, der Wahrheit entsprachen oder nur der überwältigenden körperlichen Lust entsprangen. Denn nur in seinem Bett verlor Nick seine Reserviertheit. Nur in seinem Bett behandelte er sie wie eine Frau aus Fleisch und Blut und nicht wie eine unberührbare Lady.

Später an diesem Nachmittag kam Trevor, um sie zu einer Fahrt in den Hyde Park abzuholen. Miss Peabody und Miss Birmingham gingen dort spazieren, aber wegen Fionas noch nicht ganz gesundem Beines zog sie es vor zu fahren. Es war ein schöner Tag, frisch und strahlend sonnig, und eine Vielzahl bunter Frühlingsblumen schmückten die weiten Grünflächen. Da das Wetter so schön war, mussten sie in einer langen Reihe von Fahrzeugen warten, bevor sie durch das Tor zum Park fahren konnten.

Nicht lange, nachdem sie in Trevors Phaeton in den Park hineingefahren waren, räusperte Fiona sich. „Ich nehme nicht an, dass du je mit einer Frau geschlafen hast?" Eine verheiratete Frau zu sein, hatte sie ihre Schüchternheit vergessen lassen. Vor drei Monaten wäre sie nicht in der Lage gewesen, mit einem Mitglied des anderen Geschlechts über ein so intimes Thema zu sprechen.

Trevor hielt die Zügel fester. Er sah geradeaus auf die vor ihnen fahrende Kalesche und sagte: „Musste es versuchen. Einmal. Als ich in Cambridge war. Da war ein überaus williges kleines Flittchen, das ihre Röcke in jeder Nacht jederzeit hob."

„Ich denke nicht, dass Männer - unter solchen Umständen - verpflichtet sind, irgendwelche romantischen Beteuerungen von sich zu geben?"

„Das Einzige, was ein Mann - unter solchen Umständen - zu tun hat, ist, seinen Geldbeutel zu öffnen", sagte Trevor mit einem verruchten Lachen.

„Würdest du glauben, dass ... wenn ein Mann in seiner Leidenschaft romantische Beteuerungen von sich gibt, seine Worte von diesem „Moment" beeinflusst werden?"

Er nickte einem einsamen Reiter zu, der vorbeitrabte. „Wenn du wegen Birmingham fragst, der Mann ist völlig vernarrt in dich."

„Ich wünschte, ich hätte dein Vertrauen in seine Gefühle", sagte sie. „Weißt du, ob ... ob er Miss Foley noch besucht?" Ihr Herz hörte fast zu schlagen auf.

„Ein Mann braucht keine Geliebte, wenn seine Frau seinen sexuellen Bedürfnissen genügt."

Ihre Wangen brannten. Woher wusste Trevor, dass sie gelernt hatte, sich um die sexuellen Bedürfnisse ihres Mannes zu kümmern? „Du hast meine Frage nicht beantwortet."

Er zog an den Zügeln, bis der Wagen fast anhielt, wandte ihr dann sein Gesicht mit einem ernsten Ausdruck zu. „Meines Wissens nach 'besucht' der Zar Miss Foley nicht mehr."

Sie hätte vor Freude in die Hände klatschen wollen. Es war ein herrlicher Tag! Plötzlich nahm sie auch den Duft von Rosen und frisch gemähtem Gras wahr. „Ich vermute, du würdest es mir nicht sagen, wenn er es täte."

„Nein, das würde ich nicht. Du bist viel verliebter in ihn, als für dich gut ist." Er schnalzte mit den Zügeln. „Aber ich bin ehrlich zu dir."

Nachdem sie um den Serpentinenteich gefahren waren, ihren Bekannten zugenickt und angehalten hatten, um mit alten Freunden zu sprechen, fragte sie: „Was weißt du über Randy?"

„Er entwickelt sich zum Einsiedler. Kein Almack's. Kein Boodle's. Kein Spiel. Ich habe gehört, dass er sogar Agar House vermietet und die alte Kutsche verkauft hat. Habe ihn nicht einmal gesehen. Er ist völlig ungesellig geworden."

Ihr Herz klopfte laut. „Meinst du, seine Verletzung ...?"

Er schüttelte den Kopf. „Harry Lyle hat mir erzählt, dass dein Bruder völlig genesen sei."

„Gott sei Dank", sagte sie, jeder Muskel in ihrem Körper entspannte sich.

„Ich weiß, dass der Kerl sich dir gegenüber fürchterlich schlecht benommen hat, aber ich habe gehört, dass er irgendwie die Angelegenheiten mit deinem Mann in Ordnung gebracht hat."

Sie wirbelte zu Trevor herum. „Wie das?"

„Er hat seine finanziellen Angelegenheiten in Birminghams Hände gelegt."

„Ich verstehe nicht, wieso er mit Nick spricht, aber nicht mit mir."

Trevor zuckte mit den Schultern. „Zweifellos hat dein begriffsstutziger Bruder Schuldgefühle, dass du dich für ihn 'opfern' musstest."

Sie lachte bitter auf.

* * *

In dem Bewusstsein, dass sie nicht aus vornehmen Haus kam und daher übermäßig scharf beobachtet werden würde, hatte Miss Verity Birmingham sich ihr Leben lang dazu angehalten, möglichst unauffällig zu sein. Sie begann nie ein Gespräch, sondern redete nur, wenn sie angesprochen wurde. Sie hatte gesellschaftliche Anlässe gemieden und sich mit einer Bescheidenheit gekleidet, die zu jemandem gepasst hätte, der doppelt so alt war. Sie hatte nichts mehr geliebt, als sich unsichtbar zu machen.

Bis zu dem Tag, an dem sie ihr rotes Reitkleid angezogen hatte. Und begonnen hatte, den Weg des auf raue Weise bestaussehenden Mannes zu kreuzen, den sie je gesehen hatte. Fünf Wochen lang hatte sie keinen Morgenritt ausgelassen.

Er auch nicht. Er, mit seiner breiten Brust, den langen Beinen und dem weißblonden Haar. Er, der so prachtvoll auf seinem ebenso herrlichen Kastanienbraunen saß. Sein übliches Nicken in ihre Richtung hatte sich zu einem lächelnden „Guten Morgen" erweitert, aber die Entwicklung ihrer Bekanntschaft ging für ihren Geschmack viel zu langsam.

In ihr musste doch ein Stück ihres Vaters stecken. „Warte nicht, bis dein Schiff im Hafen anlegt", hatte Jonathan Birmingham immer gesagt. „Schwimm ihm nach draußen entgegen."

Heute würde sie IHM entgegenschwimmen.

Sie hatte ihre Zofe an diesem Morgen früh geweckt, damit sie ihre Haare möglichst schmeichelhaft frisieren sollte, und nachdem sie das elegante rote Reitkleid angezogen hatte, sprühte sie noch etwas Parfüm auf ihre Handgelenke und unter ihre Ohren.

Sie beabsichtigte, im südlichen Teil des Parks zu galoppieren, wo sie IHN gewöhnlich sah, und dann über eine niedrige Hecke zu springen. Obwohl sie eine ausgezeichnete Reiterin war, würde sie an diesem Morgen von ihrem Pferd „fallen".

Sie kam etwas früher als gewöhnlich im Park an und galoppierte im Kreis bis sie einen Blick auf ihn in der Ferne erhaschte. Sie beobachtete ihn, wie er näherkam, ihr Herz hämmerte. Dann grub sie die Fersen in die Flanken ihres Pferdes, beugte sich vor und raste auf die Hecke zu. Sie hatte den Ablauf in ihrem Kopf hunderte Male durchgespielt, vor allem in der vergangenen Nacht, als die Aufregung sie vom Schlafen abgehalten hatte. Als das Pferd abhob, um im Bogen über die Hecke zu fliegen, glitt sie von seinem Rücken und landete mit einem nicht geplanten Schrei auf ihrem Hinterteil.

Obwohl ihr „Unfall" sorgfältig geplant gewesen war, bildeten sich doch Tränen in ihren Augen und ihr Herz schlug so laut, dass sie nicht hörte, wie ER heranritt und von seinem Reittier sprang.

Aus einem Augenwinkel sah sie ihn auf sie zu schreiten. „Sind Sie verletzt?", fragte er mit Panik in der Stimme.

Ihr Gesicht hob sich zu seinem, aber als sie antworten wollte, versagte ihre Stimme.

Er fiel vor ihr auf die Knie, die Züge seines schönen Gesichts waren vor Sorge verzogen. „Können Sie sich bewegen?"

„Ich weiß nicht", brachte sie schließlich heraus.

„Erlauben Sie mir, Ihnen zu helfen." Er legte einen Arm um sie und stand dann, sie mit sich ziehend, auf.

Sie war so froh zu sehen, dass sie selbst hoch aufgerichtet nicht seine fantastischen Schultern überragte. Gott sei Dank war er groß. Sie war ebenso froh, dass sie daran gedacht hatte, Parfüm aufzulegen. Er war auf jeden Fall nahe genug, um den leichten Blütenduft wahrzunehmen. In der Tat war dies näher, als sie je einem Mann außer ihren Brüdern gewesen war.

Und sie stellte fest, dass es recht angenehm war, diesem Mann so nahe zu sein.

„Versuchen Sie zu gehen", drängte er.

Er legte seinen Arm um ihre Taille, als sie einen wackeligen Schritt machte. Dann noch einen. Glücklicherweise hatte sie keinen Knochen gebrochen oder sich sonst ernsthaft verletzt. Obwohl dieser Mann es wert gewesen wäre, sich Schaden zuzufügen. Ihr Blick blieb auf seinen glänzenden, schwarzen Stiefeln hängen. Sie konnte kaum glauben, dass sie wirklich neben ihm stand, so dicht, dass sie den Geruch nach Leder wahrnehmen konnte. Sie berührten einander sogar!

„Haben Sie Schmerzen?"

„Lieber Herr, man fällt nicht vom Pferd, ohne dass es weh tut." Liebe Güte, das hörte sich nicht nach ihrem gewöhnlichen Selbst an. Dieser Mann hatte eine seltsame Wirkung auf sie. Und auf ihre Zunge.

„Erlauben Sie mir, es anders auszudrücken. Tut es weh, wenn Sie auftreten?"

„Ich glaube nicht."

„Dann hatten Sie wirklich Glück."

Sie war froh, dass er seinen Arm um sie liegen ließ. „Ich nehme an, mein Stolz ist am meisten verletzt. Normalerweise bin ich keine so schlechte Reiterin." Lieber Gott, sie hatte auch noch angefangen anzugeben - etwas, das sie *nie* zuvor getan hatte.

„Ich muss sagen, dass ich überrascht war, als sie stürzten, denn ich habe oft ihre großartigen Reitkünste bewundert."

Das war ein Anfang. Jetzt war die Frage, ob er noch etwas anderes an ihr bewunderte. „Ich hatte die Gelegenheit, Sir, auch zu bewundern, wie Sie reiten, was es besonders peinlich für mich macht, dass ich mich vor Ihren Augen wie eine Idiotin aufgeführt habe."

Er hob seine Hand, um eine Locke dunklen Haares aus ihrer Stirn zu streichen. „Sie könnten sich nie wie eine Idiotin aufführen."

„Vielleicht wäre *unelegant* ein besseres Wort als *Idiotin*", schlug sie vor.

Seine Augen hatten den gleichen Blauton wie die Lady Fionas. Und in ihnen stand Besorgnis. „Ich glaube auch nicht, dass Sie je unelegant sein könnten."

Sie lachte. „Oh, ich bin sicher, dass es unelegant aussah, wie ich dort auf meinem *derrière* gelandet bin."

Er lachte auch. „Erlauben Sie mir, Sie zu begleiten, bis ich sicher bin, dass Sie völlig in Ordnung sind."

„Vielleicht sollten wir zuerst unsere Pferde einfangen."

Sie fühlte eine Leere, als er sie losließ, um sein gehorsames Tier an einen dünnen Baum zu binden. Er brauchte länger, um ihres zu finden und anzuleinen. Etwas berührte ihre Seele, als sie seinen gebeugten Kopf betrachtete, während er ihr Pferd am Weglaufen hinderte; ihr Blick huschte vom Blond seines Kopfes an seinem schokoladenbraunen Rock entlang zu den rehfarbenen Reithosen. Alles an ihm wirkte kräftig. Sie konnte ihn sehen, wie er hunderte von Männern kommandierte.

Als er zu ihr zurückkam, bot er ihr seinen Arm und sie gingen einen Pfad entlang. „Eine Dame der Gesellschaft wie Sie sollte nicht ohne ihren Reitknecht ausreiten, wissen Sie. Ihr ... Mann sollte darauf achten, dass man sich besser um seine Frau kümmert."

Das klang gut. Er war offensichtlich daran interessiert zu erfahren, ob sie verheiratet war. „Ich habe keinen Ehemann."

„Ich freue mich, das zu hören."

Ihr Puls raste. „Heißt das, dass Sie nicht verheiratet sind?" Sie hielt den Atem an.

„Ja, ich bin Junggeselle."

Vor Erleichterung hätte sie in Ohnmacht fallen mögen.

Sie spazierten schweigend weiter, ihre Sinne waren noch nie so wach gewesen, sie nahm wahr, wie die Vögel zwitscherten und der Wind an den Blütenblättern der Frühlingsblumen zerrte.

Einen Moment später sagte er: „Sicher sind Sie in die Gesellschaft eingeführt worden?"

„Eigentlich erst in etwas über einem Monat."

Er murmelte etwas in sich hinein. Wenn sie sich nicht irrte, verfluchte er die Männer, die ihr zu Füßen liegen würden. *Wenn er nur wüsste.* Sie glaubte noch immer, dass sie ein armes Mauerblümchen sein würde, mit ihren Brüdern und Trevor Simpson als einzigen Tanzpartnern. Sie wünschte sich flüchtig, dreist genug zu sein, diesen Fremden zu ihrem Ball einzuladen, aber sie dachte an die Notwendigkeit, sich anständig zu benehmen. Es war für sie lebenswichtig, dass sie für diesen Mann nicht von einer jungen Dame aus vornehmen Haus zu unterscheiden sein würde.

„Leben Sie in der Nähe des Parks?", fragte er und lächelte zu ihr herab.

„Während der Saison. Ich wohne bei meinem Bruder und seiner neuen Frau."

„Und den Rest des Jahres? Wo leben sie da?"

„In Kent."

„Haben Sie dort das Reiten gelernt?" Sein blondes Haar wurde vom Wind zerzaust.

„Tatsächlich habe ich hier im Hyde Park reiten gelernt. Als Kind habe ich in der Stadt gelebt. Nach dem Tod meines Vaters konnte meine Mutter sich den Wunsch erfüllen, das ganze Jahr auf dem Land zu leben." Verity hasste es zu sehen, dass der Nebel sich hob, weil das bedeutete, dass ER gehen würde.

„Das erklärt, warum noch niemand Sie eingefangen hat."

Zum ersten Mal in ihrem Leben benahm sich Verity Birmingham kokett. „Bitte, Sir, was meinen Sie mit ‚eingefangen'?"

„Ich meine, dass Sie, kaum, dass man Sie vorgestellt hat, mit Heiratsanträgen überschüttet werden." Seine Brauen zogen sich zusammen und er klang ziemlich mürrisch.

Was wundervoll war.

„Sie wollen nur nett sein."

„Das hat nichts mit nett zu tun", zischte er. „Sie sind viel zu hübsch."

Genau da entschied Verity, dass dies der wundervollste Tag ihres Lebens war. Ihre dunklen Wimpern senkten sich und sie flüsterte: „Danke."

Sie waren wieder dorthin zurückgekehrt, wo ihre Pferde angebunden waren und er drehte sich zu ihr, um mit enttäuschter Stimme zu sagen: „Ich bedaure, dass ich jetzt gehen muss, weil ich sonst zu spät zu einer Verabredung mit meinem Schwager käme - einem Mann, den man nicht warten lässt. Wäre es sehr unerzogen, wenn ich mir die Erlaubnis erbitten möchte, morgen mit Ihnen ausreiten zu dürfen?"

Wäre sie zu unerzogen, wenn sie dem zustimmte? Schließlich trafen sich wohlerzogene junge Damen nicht mit Männern - vor allem fremden Männern - ohne Anstandsdame. Ihr Wunsch, mit ihm zusammen zu sein, war größer als ihr Verlangen, den Anstand zu wahren. „Nur, wenn Sie versprechen, mir morgen mehr über sich zu erzählen", sagte sie. „Heute haben Sie die ganze Zeit Fragen gestellt."

Er verbeugte sich und nahm ihre behandschuhte Hand, auf die er zart seine Lippen drückte.

Da sah sie seinen Siegelring.

Sie zuckte zurück, als wäre sie von einer Schlange gebissen worden. Sie hörte nur undeutlich seine Worte: „Seien Sie sicher, dass ich mich darauf freue, meine Bekanntschaft mit Ihnen zu vertiefen."

Ihr Herz donnerte, sie nickte schwach, als sie ihm erlaubte, ihr beim Aufsteigen zu helfen.

„Sind Sie sicher, dass Sie nicht verletzt sind?", fragte er besorgt.

„Ja, doch", fauchte sie, grub ihre Fersen in die Flanken ihres Pferdes und ließ das losstürmende Pferd sie von ihm davontragen. Ihr blonder Adonis war ein Lord! Warum musste sie unter allen Männern in London sich ausgerechnet in ein Mitglied des Hochadels verlieben? Wenn er herausfand, wer sie war, würde es sie vermutlich behandeln, als wäre sie aussätzig.

Ihre Knöchel wurden beim festen Griff um ihre Zügel weiß, als sie erkannte, dass es keine Morgenritte mehr geben würde. Sie konnte ihn morgen nicht wiedersehen - niemals.

* * *

„Wie gefällt es dir bei Almack's, Liebster?", erkundigte sich Fiona bei Nick.

Er sah auf das Gesicht seiner Frau hinab. „Mit

der schönsten Frau hier Walzer zu tanzen ist
überaus angenehm. Alles andere ist so langweilig,
wie man mir gesagt hat."

Sie schmollte. „Aber du musst zugeben, dass
Verity recht gut angekommen ist."

„Dafür bin ich dankbar. Meinst du, dass sie
sich zu einem ihrer Verehrer hingezogen fühlt?"

„Sie ist zu allen liebenswürdig, aber ich glaube
nicht, dass ein Mann schon ihr Herz erobert hat."

Als der Tanz zu Ende war, ging er, um für seine
Frau und seine Schwester Limonade zu holen,
aber als er zurückkam, führte Lord Warwick Fiona
auf die Tanzfläche. Noch ein verdammter Walzer!

So schmerzhaft es war, seine Frau mit dem
Mann zu sehen, den sie geliebt hatte, konnte Nick
seinen Blick doch nicht losreißen. Sie bildeten ein
so atemberaubendes Paar, Fiona zart und blond,
Warwick dunkel und kräftig. Warwick lächelte zu
Fiona hinab und sie machten den Eindruck, als
genössen sie die Gesellschaft des anderen sehr.
Verdammter Warwick.

„Sie sind ein hübsches Paar, nicht wahr?",
fragte die Herzogin von Glastonbury, die sich
neben ihn gestellt hatte und seinem Blick gefolgt
war.

Er schaute böse an seiner Nase entlang auf die
schöne Rothaarige hinab. „Von wem sprechen
Sie?"

„Von Ihrer Frau und Warwick, natürlich. Selbst
als junges Mädchen war Lady Fiona verrückt nach
ihm und ich glaube, er war auch verrückt nach
ihr, aber da er keine Hoffnung hatte, ein
Vermögen und einen Titel zu erben - damals,
jedenfalls - verehrte er sie nur aus der Ferne. Ich
dachte immer, sie würden ihr Leben zusammen
verbringen."

So wie jeder in der guten Gesellschaft. Nick wurde steif. „Dann ist es mein Glück, dass Warwick Liebe und Vaterschaft mit einer anderen Frau gefunden hat."

„Das dachte ich auch", sagte sie und starrte noch weiter das Paar an, das über die Tanzfläche wirbelte, „bis ich ihn heute wieder mit Fiona zusammen sah."

Genau, was auch Nick dachte. Er hatte sich oft gefragt, wie Warwick eine andere Frau Fiona hatte vorziehen können. „Sicher wissen Sie, dass die beiden schon ihr Leben lang Freunde waren", sagte er. „Es sähe *meiner Frau* nicht ähnlich, alten Freunden den Rücken zuzudrehen."

„Natürlich haben Sie recht", sagte die Herzogin und legte ihre Hand auf seinen Ärmel. „Lady Fiona ist einer der liebsten Menschen, die ich kenne." Sie senkte ihre langen Wimpern. „Verzeihen Sie mir die Kühnheit, Mr. Birminghams, aber ich würde zu gerne mit Ihnen Walzer tanzen. Ich tanze liebend gerne mit großen Männern. Sie wissen, dass mein Glastonbury sehr klein ist."

Und abwesend. Nick konnte diese verdammt dreiste Frau nicht abweisen.

* * *

„Ich habe dich nie strahlender gesehen", sagte Lord Warwick zu Fiona, als er zu ihr hinablächelte; ihre Hände waren verschlugen und seine andere Hand lag auf ihrer Taille, als sie die Walzerschritte ausführten.

„Das liegt daran, dass ich nie glücklicher war."

„Ich wollte dir danken, weil du meiner Frau deine Ansicht über das 'Schicksal' erklärt hast. Du hast mein Gewissen erheblich erleichtert."

Sie lachte leise. „Ich wusste in dem Moment,

als ich dich mit deiner Gräfin sah, dass sie - nicht ich - dein Schicksal war. Ich gebe zu, dass das damals schmerzhaft für mich war. Aber jetzt kann ich wahrheitsgemäß sagen, dass ich nie glücklicher gewesen bin. Nick stammt vielleicht nicht aus einer vornehmen Familie, aber unter allen Männern der Erde gibt es keinen, der besser zu mir passt."

Warwick nickte. „Er ist ein guter Mann. Das hast du gut gemacht, Fiona."

„Es ist nicht nur das Geld, weißt du."

„Ja, das weiß ich."

Als sie Nick sah, wie er mit der Herzogin von Glastonbury über die Tanzfläche schwebte, wurde sie steif. Sie lächelten und lachten miteinander. Fiona gefiel es gar nicht, ihren Mann mit ihrer alten Freundin zu sehen. Hortense war nicht nur ein bekannter Flirt, es war auch bekannt, dass sie ihre sexuellen Gefälligkeiten wahllos verschenkte.

Und wenn Fiona sich nicht irrte, hatte Hortense es auf Nick abgesehen.

Kapitel 20

Der Morgennebel hatte sich gehoben, die Sonne stieg am grauen Himmel auf und noch immer war sie nicht gekommen. Dies war der zweite Morgen, an dem Randolph auf sie gewartet hatte, der zweite Tag, an dem sie nicht gekommen war. Bei jedem neuen Reiter, der in den Park ritt, schaute er hoffnungsvoll auf, begierig, ihr rotes Reitkleid zu sehen, aber jedes Mal erwartete ihn nichts als Enttäuschung.

Zuerst hatte er sich gesorgt, dass ihr etwas zugestoßen sein könnte. Schließlich hatte sie in fünf Wochen nicht einen einzigen Morgen ausgelassen. Bis jetzt. War sie krank geworden? Dann, als er sich an ihren Sturz vom Pferd erinnerte, zog sein Inneres sich zusammen. Er befürchtete, dass sie von diesem Sturz innere Verletzungen davongetragen haben könnte. Er verfluchte sich dafür, dass er sie nicht genauer untersucht hatte, nachdem sie zu Boden gefallen war.

Dann begann sein Kopf sich zu drehen und er fragte sich, ob sie ihn belogen haben könnte. Vielleicht war sie in Wirklichkeit doch verheiratet. Vielleicht hatte ihr Ehemann von ihrem Zusammentreffen erfahren und sich eingeschaltet. Aber warum, fragte er sich, hätte sie die Geschichte über ihren Einführungsball erfinden sollen, wenn sie verheiratet war? Er verfluchte sich selbst dafür, dass er an ihrer Ehrlichkeit zweifelte, er wusste, dass sie ein unschuldiges Mädchen war. Sie hatte ihm die Wahrheit gesagt. Sie war eine junge Dame vom Land, die für ihre Einführung in die Gesellschaft in die Stadt gekommen war.

Er zerbrach sich den Kopf, um herauszufinden, ob er etwas gesagt hatte, was sie hätte abstoßen können. Er hatte nichts als Komplimente von sich gegeben. Vielleicht war es das. Vielleicht mochte sie es nicht, von einem fremden Mann gelobt zu werden.

Sein leidenschaftliches Interesse an ihr wurde offensichtlich nicht erwidert. War ihr Wegbleiben die Art, wie sie seine Annährungsversuche zurückwies?

Als er zu ihrem Treffen vor zwei Tagen zurückschaute, wünschte er, er hätte alles anders gemacht. Warum hatte er sie nicht nach ihrem Namen gefragt? Warum hatte er nicht herausgefunden, wo sie lebte? Er fühlte sich wie ein Mann, der mit leeren Händen aus einer Goldmine kam.

Keine Frau hatte ihn je so beeindruckt, wie diese elegante Frau in Rot. Nicht einmal die Gräfin. Es war etwas an dieser dunklen Schönheit, das ihn geblendet hatte, etwas außer ihrer umwerfenden Lieblichkeit. Sie war so unglaublich elegant, ihre Bewegungen auf dem Pferd so flüssig. Er hatte noch nie in Augen gesehen, die so dunkel oder so faszinierend waren. Als sie endlich miteinander sprachen, war sie alles, was er sich wünschen konnte, und noch mehr. Ihre Stimme war weich und kultiviert. Ihre anmutige Gestalt an den richtigen Stellen gerundet. Sie hatte Sinn für Humor.

Mit schneller werdendem Atem erinnerte er

sich an das berauschende Gefühl, als sie ihren Arm um seine Taille gelegt und diese ersten Schritte nach ihrem Sturz gemacht hatte. Nie zuvor war er von einem solchen Gefühl des Beschützenwollens überwältigt worden, nie einer begehrenswerteren Frau so nahe gewesen.

Und jetzt war ihm nichts geblieben.

Obwohl er wusste, wie nutzlos es war, auf sie zu warten, konnte er sich nicht davon abhalten, jeden Morgen hierher zu kommen. Er würde jeden Tag kommen, in der Hoffnung, sie wiederzusehen.

* * *

Fiona saß an ihrem vergoldeten französischen Schreibtisch in ihrem Schreibzimmer, als Biddles an die Tür klopfte. „Sie haben Besuch, Madam."

Zweifellos war es ein weiterer junger Mann mit Blumensträußen für Verity. Mit ihrer Schönheit und ihrem Vermögen fehlte es Verity Birmingham nicht an Verehrern. Schade, dass keiner der Männer ihr gefiel. „Wer ist es, Biddles?", fragte Fiona und legte ihre Feder nieder.

„Die Herzogin von Glastonbury."

„Führen Sie sie in den Salon. Ich komme gleich." Um die Wahrheit zu sagen, Fiona war nicht gut auf Hortense zu sprechen. Die Frau - die viel zu hübsch war - hatte sich am Abend zuvor Nick regelrecht an den Hals geworfen.

Aber als Fiona ein paar Minuten später in den Salon geschlendert kam, verbarg sie ihr Missfallen. „Wie nett, dass du mich besuchst", sagte sie zur Herzogin, als sie sich auf das seidenbezogene Sofa setzte und mit einem Blick das schöne, pfirsichfarbene Kleid der Herzogin ansah. Und ihren üppigen Busen.

„Wo ist Mr. Birmingham heute?", fragte die Herzogin.

Sie hätte wenigstens den Anstand besitzen können, ein bisschen zu warten, bevor sie den wahren Grund ihres heutigen Besuchs zugab! „Mein Mann", sagte Fiona betont, „verpasst nie eine Sitzung an der Börse."

„Das hatte ich ganz vergessen. Er ist als der Fuchs der Börse bekannt, nicht wahr?"

Fiona nickte, vor Stolz strahlend. „Er ist sehr geschickt mit Geld und solchen Dingen."

Hortenses Blick huschte über das Muster aus Gold und Smaragd im Teppich und die frisch gestrichenen weißen Säulen, die bis zur wie gewölbt gemalten Decke reichten, die den Eindruck erweckte, eine Kuppel zu sein. „Er weiß offensichtlich auch, wie er sein Geld ausgibt. Birmingham House ist wirklich atemberaubend."

Biddles erschien mit einem Teetablett.

„Tee?", fragte Fiona.

„Ja, bitte."

Fiona goss den Tee in zwei zerbrechliche Porzellantassen und überreichte der Herzogin eine.

„Du musst mir sagen, wie du deinen Mann kennengelernt hast", sagte Hortense.

Die Frau ist ein offenes Buch! „Tatsächlich hat mein Bruder ihn mir vor einiger Zeit vorgestellt. Sie waren zusammen in Cambridge, weißt du."

„Ich wusste nicht, dass Birmingham und Agar befreundet sind."

„Oh, das sind sie nicht." Fiona nahm einen Schluck Tee und ließ sich nicht dazu herab, dies weiter zu erklären.

„Wie hast du es dann geschafft, den gutaussehenden Mr. Birmingham einzufangen?"

Er ist gutaussehend. Und er gehört mir. „Unsere Wege kreuzten sich im Dezember wieder und ...

ein Funke flog." Was der Wahrheit ziemlich nahe kam.

Mit einem teuflischen Gesichtsausdruck sagte die Herzogin: „Er könnte bei mir auch jederzeit ein Feuer entfachen."

Innerlich kochend durchbohrte Fiona ihre alte Freundin mit einem eiskalten Blick. „Ich möchte, dass er nur ein Feuer entfacht: meins." Sie fühlte sich wie eine Katze, die ihr Territorium markiert.

Die Herzogin zuckte mit den Schultern. „Ich denke, er ist großartig im Schlafzimmer."

Fiona erwiderte unerschrocken ihren Blick. „Das ist er, aber wir müssen diese Unterhaltung sofort beenden. Miss Birmingham wird jeden Moment ins Zimmer kommen, und wir sollten Rücksicht auf ihre mädchenhaften Gefühle nehmen."

Bevor Hortense antworten konnte, schloss Verity sich ihnen an und setzte sich neben Fiona.

„Sie sehen Ihrem Bruder sehr ähnlich", sagte Hortense zu Verity.

Verity verdrehte die Augen. „Genau das, was eine Dame *nicht* hören möchte."

„Aber Ihr Bruder ist außergewöhnlich gutaussehend", sagte Hortense. „Und Sie teilen seine besten Eigenschaften: seine Schlankheit, seine hohen Wangenknochen, seine tiefblickenden Augen und den olivfarbenen Teint."

Hortense beschäftigte sich viel zu eingehend mit Nick. „Mir sagt man auch nach, dass ich meinem älteren Bruder sehr ähnlich wäre", sagte Fiona, „was ich sehr kränkend finde, da er ein eher großer, muskulöser Mann ist."

Die Herzogin wandte Verity ihre Aufmerksamkeit zu. „Ich würde sagen, das Einzige, was Lady Fiona mit ihrem Bruder

gemeinsam hat, sind ihre Farben - die blauen
Augen und das blonde Haar. Haben Sie Lord Agar
kennengelernt?"

„Ich hatte noch nicht das Vergnügen", sagte
Verity.

Fiona zuckte mit den Schultern. „Randy ist seit
seiner Rückkehr aus Spanien fast zum Einsiedler
geworden."

„Ja, ich habe gehört, dass er sogar Agar House
vermietet hat."

„Ich fand, dass das ziemlich klug von ihm war,
wenn man bedenkt, wie groß es für nur einen
Bewohner ist", sagte Fiona.

„Ich frage mich, was er die ganze Zeit macht. Er
hat sich nicht einmal bei Almack's sehen lassen",
sagte die Herzogin. „Er wird doch zum
Einführungsball für Miss Birmingham und Miss
Peabody kommen, nicht wahr?"

Fiona versteifte sich. Wie würde es aussehen,
wenn Randy nicht käme? Seine Abwesenheit
würde sein Missfallen über Nick betonen. Um
Nicks willen *musste* Randy kommen. „Ja, ich
denke, das wird er." Sie hatte nicht vor, den
Bruch zwischen Randy und ihr der größten
Klatschbase Londons anzuvertrauen.

Die Tür des Salons wurde aufgerissen und
Emmie kam hereingerannt, ihre langen Haare
flogen hinter ihr her und eine aufgelöste Miss
Beckham folgte ihr auf dem Fuß. „Mylady!", rief
Emmie. „Ich bin hingefallen und mein schöner
weißer Muff ist ganz schmutzig geworden."

„Komm her und lass mich das sehen", sagte
Fiona, einen Arm um die Schultern des kleinen
Mädchens legend, als sie den Muff besah. „Keine
Bange, Schatz, das lässt sich waschen", sagte
Fiona. „Denk daran, das Fell gehörte einem Tier,

und die laufen immer im Schlamm herum, und dann kommt der Regen und wäscht sie und macht sie wieder sauber."

„Ich bin so froh", sagte Emmie mit einem Seufzer und schob ihre kleinen Hände wieder in den Muff.

„Kommen Sie schon, Miss Emmie", sagte Miss Beckham streng. „Ihre Stiefmutter hat wichtige Besucher."

Nachdem Emmie gegangen war, schaute Hortense Fiona stirnrunzelnd an. „Stiefmutter? Aber ... du erlaubst doch sicher nicht, dass dieser Bastard hier mit dir lebt?"

Fionas Augen wurden schmal. „Dieser ‚Bastard' ist meine Tochter und ich erwarte, dass du sie nicht mit einem solchen Schimpfwort verleumdest."

Veritys braune Augen funkelten, als sie Fiona zulächelte, dann wandte sie sich an die Herzogin. „Und das Kind ist meine Nichte. Ein wunderhübsches kleines Mädchen, meinen Sie nicht auch?"

Hortense wirkte fassungslos, als sie nickte.

* * *

Später an diesem Tag besuchte Fiona Lord Warwick in seinen Räumen in Whitehall. Sie freute sich, dass sie nach mehr als einem Jahr der Entfremdung ihre alte Freundschaft wieder aufnehmen konnten, zufrieden, dass diese Beziehung genau das war: Freundschaft. Nicht mehr.

Warwick erhob sich lächelnd hinter seinem Schreibtisch und begrüßte Fiona. „Wie komme ich zu diesem Vergnügen?"

Sie streckte ihm ihre Hand entgegen, über die er kurz mit seinen Lippen strich. „Ich hoffte, du

könntest mir sagen, wo ich Randy finden kann."
Wenn irgendjemand wusste, wo Randy wohnte,
war es Warwick. Sie waren schon fast ihr ganzes
Leben lang Freunde.

„Er hat eine Wohnung in Marylebone." Warwick
nahm seine Feder zur Hand und schrieb die
Adresse auf, gab ihr dann den Zettel. „Er ist ein
veränderter Mann, seit er aus Spanien
zurückgekehrt ist."

Sie nickte. „Ich hoffe, dass er nicht so sehr zum
Einsiedler geworden ist, dass er den
Einführungsball für Miss Peabody und Miss
Birmingham nächsten Monat verpasst."

Er verzog das Gesicht. „Er muss dabei sein.
Deinem Ehemann zuliebe."

Warwick versteht es. Sie nickte. „Ich muss mich
dafür entschuldigen, dass ich dich von deiner
wichtigen Arbeit abhalte." Sie winkte mit dem
Stück Papier. „Das war alles, was ich von dir
brauchte."

„Ich bin nie zu beschäftigt für eine alte
Freundin." Er bot ihr seinen Arm. „Erlaube mir,
dich zu deiner Kutsche zu begleiten. Es ist verflixt
schwierig, in diesem Labyrinth von Gängen den
Weg zum Ausgang zu finden."

* * *

Die Kuriere der Birminghams brachten eine
Mitteilung von William, als Nick an diesem Tag
sein Büro verließ. Er sehnte sich danach,
heimzufahren, um Fiona zu sehen. Den ganzen
Tag über hatte er sich mit dem Anblick gequält,
wie sie in Warwicks Armen am Abend zuvor bei
Almack's getanzt hatte. Nick musste sie in seinen
Armen spüren, musste das leise Stöhnen in ihrer
Kehle hören, das seine Küsse immer hervorriefen,
musste sich versichern, dass sie ihn ebenso sehr

wollte wie er sie.

Er stopfte Williams Brief in seine Tasche, um ihn auf der Fahrt zurück nach Birmingham House zu lesen.

In der Kutsche entzifferte er schnell den Code, in dem der Brief geschrieben war. William hatte eine Runde durch die größten deutschen Städte gemacht und Francs aufgekauft, inzwischen war er auf dem Weg nach Neapel. Er bat Nick, an ihren Vertreter in Neapel Geld zu schicken, damit er dort aus neapolitanischen Kassen alle Francs aufkaufen könnte.

Das würde Nick als erstes am nächsten Morgen erledigen. Er steckte den Brief zurück in seine Tasche, lehnte sich im Sitz seiner Kutsche zurück und schaute gemächlich aus dem Fenster. Dann wurde sein Rücken steif und seine Augen schmal. Wenn er sich nicht irrte, parkte die Kutsche seiner Frau nur ein paar Meter entfernt. Was konnte sie nur hier in der Nähe von Whitehall zu tun haben?

Dann sah er sie. Ihren Arm bei Warwick eingehakt, lächelte sie und lachte zu dem Earl hinauf.

Plötzlich wurde Nick alles klar. Warwick bedauerte *tatsächlich*, dass er Fiona nicht geheiratet hatte.

Und jetzt würde Nicks Frau Warwicks Geliebte werden.

Kapitel 21

Nick musste sich am Abend mit Warwick treffen, um ihm über den Erfolg seines Bruders in Deutschland zu berichten, aber nachdem er am Nachmittag den Earl mit Fiona gesehen hatte, war er sich nicht sicher, ob er auch nur höflich zu dem Mann würde sein können. Das Einzige, worüber sich Nick im Moment sicher war, war sein Verlangen, den Außenminister mit seinem Degen zu durchbohren.

Für König und Krone würde Nick seine persönliche Abneigung überwinden.

Nachdem er diskret Warwick eine Nachricht hatte zukommen lassen, informierte Nick seine Frau, dass er am Abend nicht mit ihr essen würde.

Er versuchte, sich nicht von dem enttäuschten Blick, der über ihr Gesicht glitt, beeindrucken zu lassen. „Warum?", fragte sie und ihre ernsten blauen Augen sahen zu ihm auf.

„Etwas ist dazwischengekommen. Geschäfte."

Er wappnete sich dagegen, sich von dem verletzten Ausdruck auf ihrem Gesicht beeindrucken zu lassen. Wenn sie sich heimlich mit Warwick traf, verdiente sie seine Sympathie nicht.

„Aber ... Adam wird hier sein. Und Trevor auch. Hättest du mir das nicht früher sagen können?"

Er schaute sie eisig an. „Tatsächlich konnte ich das nicht. Die wichtige Angelegenheit, die mich abruft, wurde mir gerade erst bekannt."

Sie schien etwas sagen zu wollen, schloss ihren Mund aber wieder.

Dass sie ihn gerne ausgefragt hätte, bezweifelte er nicht. Zum Glück war sie eine gehorsame Frau, die sich an seinen Wunsch hielt, dass er mit ihr nicht über seine Geschäfte sprechen wollte.

Wie schade, dass sie in anderen Dingen nicht genauso fügsam war. Ein Jammer, dass Warwick ihr Herz eingefangen hatte, bevor Nick eine Gelegenheit dazu bekam. Ohne Warwick, da war Nick sich sicher, hätten er und Fiona sehr gut zueinander gepasst.

Hätten gepasst? Seine Hände ballten sich zu Fäusten und er fluchte in sich hinein. Er und Fiona *passten* zueinander. Verdammt! Sie war die leidenschaftlichste Geliebte, die er je gehabt hatte. Sie war lieb zu Emmie und zu Verity, und kümmerte sich um alle seine Bedürfnisse. Warum konnte er dann nicht für all das, was sie ihm gab, dankbar sein?

Weil, wie er sich selbst gegenüber reumütig zugab, er nie zufrieden sein würde, bevor er sie nicht völlig besaß, Körper und Seele.

Ihre Brauen zogen sich zusammen, als sie sein verhärtetes Gesicht betrachtete. „Was ist los, Liebster? Du bist nicht du selbst. Du bist zornig."

Wie konnte sie ihn *Liebster* nennen, wenn sie gerade von ihrem Liebhaber kam? „Nichts ist", zischte er und stürmte aus dem Haus.

Er hatte Warwick gebeten, ihn in einem Gasthaus im abgelegenen Hampstead zu treffen, wo Nick eine Weile wartete, während er sein Ale in der dunklen, nur vom Feuer beleuchteten Gaststube nippte, bis der Außenminister endlich eintraf.

„Es ist ziemlich schwierig, seiner eigenen neugierigen Frau zu entkommen", erklärte Warwick, als er sich neben Nick setzte, „wenn die geheime Natur unserer Geschäfte nicht verraten werden soll. Aber ich nehme an, dass sie das alles kennen - nachdem Sie ja auch ein verheirateter Mann sind."

„Ein verheirateter Mann, der Ehrlichkeit und Treue in der Ehe hoch schätzt", sagte Nick mit einem bösen Gesicht.

Warwick warf ihm einen verwirrten Blick zu. „Noch etwas, worin wir übereinstimmen, also." Warwick entspannte sich. „Ich gehe davon aus, dass Sie Nachricht von Ihrem Bruder haben?"

„Ja", sagte Nick mit eisiger Stimme. „Er hat in den großen deutschen Städten keinen Franc übriggelassen."

„Das dachte ich mir schon." Warwick nickte. „Meine Kontakte in Paris teilten mir mit, dass der französische Finanzminister anfängt, nervös zu werden."

Nick grinste schlau. „Und das ist nur der Anfang. In zwei Monaten - wenn unser Plan gelingt - werden sie verzweifelt sein." Er machte eine Pause und schaute Warwick prüfend an. „Meinen Sie, dass sie Ihre Hand dahinter vermuten?"

„Alles, was sie wissen, ist, dass die Familie Birmingham versucht, die französische Währung zu manipulieren. Soweit ich weiß, haben sie keine Verbindung zwischen Ihnen und der englischen Regierung hergestellt." Warwick runzelte die Stirn. „Ich würde Ihnen und Ihren Brüdern raten, vorsichtig zu sein. Es besteht die Gefahr, dass französische Attentäter Ihren ‚Aktivitäten' einen Riegel vorschieben möchten."

Nick hob eine Braue. „Mein Bruder William ist immer gut bewacht." Dass er oder Adam in Gefahr sein könnten, war Nick nicht in den Sinn gekommen, aber ihm wurde schnell klar, dass Warwick mit seiner Warnung recht hatte. Adam musste auch vor dieser Gefahr gewarnt werden.

„Ja", sagte Warwick, „ich nehme an, dass er gut bewacht sein muss - wenn er solch große Summen Geld bei sich hat."

Einen Moment später sagte der Außenminister: „Ich fühle mich verpflichtet, für die Sicherheit Ihrer Familie zu sorgen. Vielleicht sollte ich die Horse Guards beauftragen, Sie, Ihren Bruder und Ihre Frau zu beschützen. Sie werden natürlich *nicht* in Uniform sein."

Fiona! Es würde doch niemand versuchen, ihr Schaden zuzufügen! Nick würde jeden mit seinen bloßen Händen töten, der je seine Frau bedrohen wollte. Er richtete sich auf und ballte die Fäuste, als er Warwick betrachtete. „Die Birminghams sorgen für sich selbst."

„Aber niemand ist besser ausgebildet als die Guards."

„Das mag wohl sein, aber können Sie für ihre völlige Vertrauenswürdigkeit bürgen?" Nicks glühender Blick senkte sich in Warwicks. „Ein unvorsichtiges Wort von einem von ihnen könnte die Sicherheit meiner Frau gefährden."

Warwicks Gesicht erblasste, was Nick nicht überraschte. Natürlich machte er sich Sorgen um Fiona. Er liebte sie ja. „Wir sprechen hier über die besten Soldaten seiner Majestät", protestierte Warwick.

„Es ist mir gleich, über wen wir sprechen!", fauchte Nick. „Je weniger Leute von meiner Zusammenarbeit mit Ihnen wissen, desto besser."

Warwick schaute ihn aus zusammengekniffenen Augen an. „Ich muss darauf bestehen, dass Lady Fiona ständig unter Schutz steht."

„Das wird sie, verdammt! Ich bin durchaus in der Lage, mich um alle Bedürfnisse meiner Frau zu kümmern!" Ein Jammer, dass seine besten Männer auf dem Kontinent waren. Trotzdem, bevor er heute Abend nach Hause zurückgehen würde, wollte er ein Paar vertrauenswürdiger Angestellter beauftragen, Fiona Tag und Nacht zu bewachen.

Die nächsten Minuten vergingen unter Spannung. Beide Männer taten so, als wären sie sehr an den im Kamin des Raumes flackernden Flammen interessiert. „Wohin reist Ihr Bruder jetzt?", fragte Lord Warwick schließlich.

„Nach Neapel."

„Ein tapferer Mann", sagte Warwick, „wenn man bedenkt, dass die Stadt eine französische Festung ist."

Nicks Blick huschte zu Warwick und er verfluchte im Stillen die außergewöhnlich breite Brust des Mannes. „Ich hoffe, dass die Freundschaft meines Bruders mit Napoleons Bruder dort ihn vor Gefahren schützen wird."

„Da Bonaparte die Stadt regiert, ist Ihr Vertrauen vermutlich gerechtfertigt."

Nicks dunkle Augen blitzen. „Außerdem ist mein Bruder sehr gut darin, die richtigen Hände zu schmieren."

„Bestechung ist gut", sagte Warwick grinsend.

„Ale?", fragte Nick.

„Ich denke ja."

Nachdem ein Krug Ale vor Lord Warwick auf den abgenutzten Tisch gestellt worden war, holte

Nick tief Luft. „Als ich heute den Strand entlangfuhr, sah ich Sie mit meiner Frau." Nicks Augen wurden schmal. „Würden Sie mir das erklären?"

Warwick versteifte sich und antwortete einen Moment lang nicht. Dann sagte er: „Ich schlage vor, dass Sie Lady Fiona fragen."

Mit einem gemurmelten Fluch knallte Nick seinen Krug auf den Tisch und stapfte aus dem Gasthaus.

Seine Wut auf Fiona hielt ihn nicht davon ab, am Laden von James Hutchinson in Cheapside vorbeizufahren. Selbst wenn der Mann schon schliefe, hätte Nick keine Bedenken, ihn aufzuwecken. Der sechzigjährige Hutchinson verdankte sein gutes Leben der Kasse der Birminghams. Nicks Vater hatte den ehemaligen Dragoner angestellt, der mit Waffen so geschickt war wie im Faustkampf.

Nick freute sich, dass er in Hutchinsons oberem Fenster noch ein Licht brennen sah. Er würde ihn nicht wecken müssen. Nick stieg ab und ließ seinen Blick über das Erker-Fenster des Hauses bis zu dem oben hängenden Schild gleiten, auf dem „Hutchinsons Fechtschule" stand. Zahlende Studenten wurden jedoch nie angenommen. Die Schule war der Übungsplatz für Birminghams Privatarmee gut ausgebildeter Wachleute, Männer, die großzügig genug bezahlt wurden, um ihre Treue zu den Birminghams sicherzustellen, Männer, die Hutchinsons strenge Prüfungen bestanden hatten.

„Mr. Birmingham! Welchem Umstand verdanke ich dieses Vergnügen?", fragte Hutchinson, als er die rohe Holztür weit öffnete.

Nick wollte nicht antworten, bevor er nicht

sicher war, dass niemand sie belauschen konnte. Nachdem er seinen Umhang abgelegt hatte, die Holztreppe zu Hutchinsons Unterkunft hinaufgestiegen war und sich in einen bequemen Stuhl vor Hutchinsons Kamin gesetzt hatte, antwortete er. „Ich brauche dringend Ihre Männer - unsere Männer - um Mrs. Birmingham ständig zu bewachen."

Aus dem ernsten Ausdruck auf Hutchinsons Gesicht war es deutlich für Nick, dass der Mann dachte, dass Nick seiner Frau misstraute. „Ein Mann in meiner Stellung macht sich viele Feinde", erklärte Nick. „Ich möchte nicht, dass einer meiner Feinde sich an meiner Frau zu rächen versucht." So wütend er auf sie war, die bloße Idee, dass jemand Fiona verletzen könnte, war zu unerträglich, um auch nur daran zu denken.

Hutchinsons buschige graue Brauen zogen sich zusammen. „Hat es Drohungen gegen Mrs. Birmingham gegeben?"

„Nein, aber eine gute Verteidigung kann den aggressivsten Angriff abwehren. War das nicht immer unsere Devise?"

Hutchinsons rotes Gesicht hellte sich auf. „Allerdings. Darüber, lieber Sir, sind wir uns völlig einig."

„Steht uns jemand zur Verfügung?"

„Zufällig habe ich ein Paar talentierter, junger Männer, die gerade ihre Ausbildung beendet haben. Sie sind klug, gut mit den Fäusten und geschickt mit Pistolen und Schwertern."

Nick stand auf. „Ich möchte, dass sie meine Frau Tag und Nacht beschützen."

* * *

Es war ein scheußlicher Abend gewesen. Fiona war so offensichtlich unwohl gewesen beim Essen, dass Adam und Trevor sich verabschiedeten, kaum, dass die Teller abgeräumt worden waren. Selbst Verity - die das liebenswürdigste aller Geschöpfe war - hatte Fionas Kummer gespürt und die erste Gelegenheit genutzt, um sich aus der Gesellschaft ihrer Schwägerin zu verabschieden. „Wenn du jemanden brauchst, der dir zuhört", hatte Verity ernst gesagt, „bin ich für dich da."

Fionas liebte ihre Schwägerin dafür nur noch mehr. Weise, wie sie war, hatte Verity Fiona nicht gefragt, ob sie krank wäre, noch hatte sie sich in Fionas Privatangelegenheiten mit der Frage nach dem Grund ihres Elends eingemischt. Intuitiv hatte sie Nicks Abwesenheit mit Fionas Kummer in Verbindung gebracht.

Fiona hatte ihr gedankt und war dann in ihr eigenes Schlafzimmer gegangen, von dem fast unerträglichen Schmerz wegen Nicks Abwesenheit und der Feindseligkeit bei ihrem Abschied niedergedrückt.

War er zu Miss Foley oder zur Herzogin von Glastonbury gegangen? Fiona schickte ihre Zofe fort und fiel auf ihr Bett. So sehr sie sich bemüht hatte eine liebende, pflichtbewusste Frau zu sein, sie hatte doch versagt. Sie konnte Nicks Zuneigung nicht einmal lange genug aufrechterhalten, um schwanger zu werden.

Vor ihrer eigenen Heirat hatte sie es gleichgültig hingenommen, dass die verheirateten Männer der *guten Gesellschaft* ihre Geliebten hatten. Ihr eigener Vater hatte während seiner Ehe mehrere gehabt, und ihre Mutter hatte über die meisten von ihnen Bescheid gewusst. Sogar ihre Mutter hatte die gelegentliche Affäre hingenommen, während sie eine völlig harmonische, liebevolle Beziehung mit ihrem Ehemann führte.

Aber Fiona war offensichtlich nicht aus demselben Holz geschnitzt wie ihre Eltern. Unter keinen Umständen könnte sie es je akzeptieren, dass ihr Ehemann eine Geliebte hätte. Der bloße Gedanke daran war wie ein Schraubstock, der ihr blutendes Herz enger und enger zusammendrückte.

Sie wollte böse auf Nick sein, aber wie konnte sie das, wenn doch Liebe nie Teil ihrer Ehe gewesen war? Er hatte weder versprochen, sie zu lieben, noch um ihre Liebe gebeten. Er hatte seinen Teil der Vereinbarung erfüllt, indem er die fünfundzwanzigtausend Pfund für Randys Freikauf aufbrachte und Fiona seinen Namen und Zugang zu seinem riesigen Reichtum gab. Im Gegenzug wurde die Birmingham-Familie in jeder Weise mit dem vornehmen Namen der Agars verbunden. Sie schluchzte. War der einzige Grund, warum Nick mit ihr geschlafen hatte, der, ein Kind vom Blut der Agars zu zeugen?

Empfand er nicht denselben, alles verzehrenden Hunger, der sie verschlang? Ein Jammer, dass sie keine Erfahrung mit Bettgeschichten hatte. Wie sollte sie wissen, ob sein Wunsch, mit ihr zu schlafen, echt war? Er hatte ihr allerdings jeden Anlass gegeben zu glauben, dass sein Verlangen nach ihr genauso groß war wie das ihre nach ihm.

Von ihrem Tisch nahm sie den schmalen Band, den Nick ihr am Weihnachtsmorgen geschenkt hatte. Sie drückte ihn einen Moment an ihre Brust, bevor sie ihn auf der Seite aufschlug, wo „Der Garten der Liebe" abgedruckt war, ein trauriges Gedicht, das sie auswendig wusste und las, während sich in ihren Augen Tränen sammelten.

Ich ging in den Garten der Liebe
Und sah, was ich niemals geschaut:
Eine Kapelle war, wo im Grünen
Als Kind ich einst spielte, gebaut.

Und die Pforten waren verschlossen,
und „Du sollst nicht" stand über der Tür;
So wandte ich mich zum Garten
Und suchte nach Blumen wie früh'r.

Statt Blumen fand ich dort Gräber
Und Grabsteine; um sie herum
Gingen Priester in Scharen in schwarzen Talaren,
Die spießten mit Stangen mein Glück und
Verlangen.

Jetzt weinte sie, löschte alle Kerzen und kletterte in ihr einsames Bett. Als sie in der Dunkelheit lag, fragte sie sich wieder, ob ihr Mann in diesem Augenblick neben Miss Foley oder Hortense lag. Würde er ihre Schönheit loben, so wie er es bei ihr tat? Würden seine Hände über ihr heißes Fleisch gleiten, während er seine Zuneigung bekundete? Würden seine Lippen den Hals der anderen Frau kosten, würde sein Mund sich um ihre Brustwarzen schließen, wie bei Fiona? Die bloße Erinnerung daran ließ sie innerlich vergehen.

Sie bereute den Tag, an dem sie zugestimmt hatte, seine Frau zu werden. Die Heirat mit Nick hatte ihr Leben zutiefst verändert. Und nicht zum Besseren. Denn durch diese Heirat hatte sie so viel verloren. Sie hatte die Zuneigung ihres Bruders verloren, ihren eigenen Stolz, und vor allem ihr Herz, ganz und unwiderruflich.

Und doch, hätte sie es noch einmal zu entscheiden, würde sie ihn doch wieder heiraten, ihm ihren Körper und ihr Herz geben. Trotz des Schmerzes, der sie jetzt fast zum Wahnsinn trieb, hatte sie sich nie lebendiger gefühlt.

Sie würde heute Nacht nicht in sein Zimmer gehen. Obwohl er gesagt hatte, dass er jede Nacht mit ihr zusammen schlafen wollte, hatte er das wohl nicht gemeint. Er war früher am Abend so kurz angebunden mit ihr gewesen, dass sie überzeugt war, dass jeder Funke von Zuneigung, den er für sie empfunden hatte, jetzt zerstört war.

Aber warum? Warum war er so böse auf sie gewesen? Sie hatte nichts getan, seinen Zorn zu verdienen. Und was war mit seinem großen Herzen geschehen - von dem sie Emmie einst gesagt hatte, dass es groß genug wäre, um Platz für alle Menschen zu bieten, an denen ihm lag?

Seit Hortense begonnen hatte, sich Nick an den Hals zu werfen, schien er für Fiona nichts mehr zu empfinden.

Sie lag dort auf ihrem Bett, lauschte, hörte aber weder das Geräusch des knackenden Feuers noch den Wind, der um ihre Fenster heulte. Sie quälte sich selbst mit der Vorstellung, wie ihr Ehemann sich dem Liebesspiel mit Hortense hingab. Würden sie sich auch die ganze Nacht hindurch lieben, so, wie er es mit Fiona in den ersten Tagen ihrer Ehe gemacht hatte?

Als sie auf ihrem Bett lag, hörte sie seine Schritte im Flur vor ihrer Tür, sie schrak hoch und die Decke rutschte von ihren bloßen Schultern. Lauschend hielt sie den Atem an. Es

konnte nicht Nick sein - es war kaum elf Uhr
vorbei - es war viel zu früh. Sie kroch aus ihrem
Bett und ging leise zu der Zwischentür ihrer
Ankleideräume, um sich zu versichern, dass die
Schritte, die sie gehört hatte, Nicks waren. So
sehr sie sich wünschte, zu ihm zu laufen und
seine Lippen auf den ihren zu spüren, seine Arme
um sich zu fühlen, wünschte sie sich auch,
wenigstens den Anschein von Beherrschung ihrer
wilden Gefühle und ein wenig ihres Stolzes zu
bewahren.

Als die Tür zu seinem Ankleidezimmer aufging,
fand sie sich jedoch den blitzenden schwarzen
Augen ihres Mannes gegenüber.

„Kommst du, um bei mir zu schlafen, meine
Liebe?", fragte er mit einer harten Stimme, die so
gar nicht zu dem liebevollen Mann passte, als den
sie ihn kannte. Er hatte gerade seinen Rock
abgelegt und hielt ihn noch in der Hand, während
er sie ansah.

Ihr Blick huschte über die schlanke Gestalt
seines so männlichen Körpers. „Ich ... ich glaube
nicht. Ich wollte nur sehen, ob du sicher nach
Hause gekommen bist."

Er schnaubte. „Erlaube mir, an deiner Sorge zu
zweifeln."

Sie erstarrte. „Wie du willst." Sie wollte sich
abwenden,   um   in   ihr   Schlafzimmer
zurückzugehen, als sie fühlte, wie seine Hand sich
um ihren Oberarm legte und er sie herumwirbelte,
damit er sie ansehen konnte.

„Komm, meine Liebe", sagte er mit eisiger
Stimme, „trink ein Glas Weinbrand mit mir. Ich
hatte noch gar keine Gelegenheit, dich nach
deinem Tag heute zu fragen."

Schmerz durchfuhr sie. „Da gibt es nichts zu

erzählen, Nick."

Seine Hand lockerte sich. „Tu mir den Gefallen."

Sie sah, dass er eine Karaffe mitgebracht hatte. „Wie du möchtest." Sie kam und setzte sich auf einen der beiden Sessel nahe dem Feuer.

„Ich hoffe, du hast nichts dagegen, mein Glas zu teilen", sagte er.

„Wir teilen doch sonst alles", sagte sie achselzuckend, nahm den Schwenker, den er ihr reichte und nippte daran.

„Also, was hast du heute getan?", fragte er und ließ sich auf dem Sessel neben ihr nieder.

Nicks Stimme klang so verändert, dass sie sich fragte, ob er vielleicht betrunken wäre. Sie erinnerte sich daran, wie Randy ihr erzählt hatte, dass es gute und schlechte Betrunkene gäbe. Nick, musste sie bedauernd zugeben, war offensichtlich ein schlechter Betrunkener. Sie schaute zu ihm hinüber. Dieser barsche Mann war nicht der, in den sie sich verliebt hatte. „Mein Tag war entschieden langweilig", begann sie. „Heute Morgen habe ich Briefe geschrieben, dann kam die Herzogin von Glastonbury und blieb ziemlich lange. Nachdem sie ging, war es für mich Zeit, mich zum Essen umzukleiden."

„Du bist den ganzen Tag nirgendwohin gegangen?", fragte er und hob eine Braue.

Sie konnte ihm nicht sagen, dass sie ausgefahren war, um Randy zu suchen, da sie nicht wollte, dass Nick wusste, wie sehr sie ihren Bruder vermisste. Ein intelligenter Mann wie Nick würde sicher erkennten, dass er der Grund für die Entfremdung zwischen Bruder und Schwester war und diese belastete Ehe konnte nicht noch weitere Probleme brauchen. Außerdem hatte sie Randy am Nachmittag nicht zu Hause angetroffen. „Nein."

Er kippte den Rest des Weinbrands im Glas herunter und stand auf.

Ein kalter Schauer lief ihren Rücken hinab, als sie ihn beobachtete, seinen Rücken zum Feuer gedreht und ein ganz anderes Feuer, das seine zornigen Augen aufleuchten ließ.

„Willst du in mein Bett kommen?", fragte er.

„Ich glaube nicht", sagte sie mit ernster Stimme.

* * *

Nachdem sie sich selbst überzeugt hatte, dass jede Ehe besser sein würde, als den Rest ihres Lebens wie begraben in Great Acres zu verbringen, war Verity Birmingham mit großen Hoffnungen nach London gekommen. So sehr sie ihre Mutter liebte, konnte sie doch nicht behaupten, dass es nicht anstrengend wäre, tagein, tagaus mit Dolina Birmingham zusammen zu sein. So traurig es war, hatte ihre Mutter doch mehr mit den Dienern gemeinsam als mit ihrer Tochter. Bei allem, von der Lektüre bis zum Stoff für ein neues Kleid, war Dolina Birminghams Geschmack der einer bürgerlichen Frau. Ihre Grammatik war bedauerlich und ihr Temperament heftig.

Verity hatte gehofft, in London einen Mann zu finden, dessen Interessen zu den ihren passten, einen Mann, mit dem sie glücklich den Rest ihres Lebens verbringen könnte. Aber nachdem sie den blonden Adonis im Park gesehen hatte, wusste sie, dass sie nicht länger mit einer angenehmen Beziehung zufrieden sein würde, wenn jede Zelle ihres Körpers nach einer großen Leidenschaft schrie.

Und nur ein Mann könnte ihr die bieten: der blonde Lord, den sie nie wiedersehen durfte.

Obwohl sie noch nicht offiziell vorgestellt worden war, erstaunte Verity doch ihre eigene Beliebtheit. Oder die Beliebtheit ihrer großzügigen Mitgift. Fiona hatte natürlich recht gehabt. Frauen mit großer Mitgift waren von Gentlemen der *guten Gesellschaft* sehr gesucht.

Ein Gentleman hatte offensichtlich beschlossen, dass er sich ihre Hand sichern müsste: Sir Reginald Balfour, der jetzt gegenüber von ihr und Fiona im Blauen Salon saß.

Sie wusste, dass er in Nicks Alter war, da er zur gleichen Zeit wie Nick in Cambridge gewesen war. Sie wusste auch, dass Nick den Baronet nicht besonders mochte - wahrscheinlich, weil er ein offensichtlicher Mitgiftjäger war. Es war kein Geheimnis, dass Miss Glenda MacTavish - die Erbin des riesigen Biervermögens ihres Vaters - ihm letzten Monat einen Korb gegeben hatte.

Während Fiona ihn in ein Gespräch zog, sah Verity ihn prüfend an. Er war mittelgroß, kaum größer als sie selbst - sehr schade. Sein Teint war so hell, dass sie überzeugt war, dass seine braunen Haare in seiner Jugend eher blond gewesen sein mussten. Er kleidete sich mit hervorragendem Geschmack, beeinflusst durch seine Freundschaft mit Brummel, eine Beziehung, die er zu erwähnen nie versäumte.

Seit dem ersten Mal, wo er bei Almack's mit ihr getanzt hatte, machte Sir Reginald kein Geheimnis daraus, dass er sich ihre Hand sichern wollte - und ihr Vermögen. Er schaute böse auf jeden anderen Mann, der es wagte, mit ihr tanzen zu wollen, und machte abfällige Bemerkungen über ihn. Seine unmäßige Verehrung für sie ließ

ihn selbst äußerst schlechte Gedichte ihr zu
Ehren schreiben, und er prahlte ständig mit
seinen wichtigen Beziehungen, sowohl den
familiären wie den gesellschaftlichen.

Sie sagte sich, dass sie sich von Sir Reginalds
Interesse geschmeichelt fühlen sollte. Schließlich
waren viele junge Damen bei Almack's von seinem
guten Aussehen angezogen worden.

Aber nicht Verity. Es lag nicht nur an Nicks
Äußerung, dass Sir Reginald keinen Penny in der
Tasche hätte, die sie seine Zuneigung skeptisch
betrachten ließ. Sie konnte sich bemühen, wie sie
wollte, sie konnte den Mann nicht gernhaben.
Selbst wenn sie ihr Herz nicht an ihren
geheimnisvollen Lord verloren hätte, könnte sie
sich doch nie bei dem pompösen Sir Reginald
wohlfühlen.

Wehmütig dachte sie an ihr einziges
Zusammentreffen mit dem Mann, dem ihr Herz
gehörte. Sie hatte sich nie zuvor in Gegenwart
eines Mannes so wohl, so entspannt gefühlt.

„Ich bin dabei, eine Party von ungefähr zwanzig
Leuten zusammenzustellen, um nächsten
Donnerstagabend nach Vauxhall zu gehen",
erzählte Sir Reginald Fiona. „Nichts würde mir
mehr Freude machen, als Sie und Mr.
Birmingham - er wandte sich ab, um Verity
anzulächeln. „Und Miss Birmingham bei dieser
Gesellschaft dabei haben zu dürfen."

Fiona zog die Brauen zusammen. „Meinem
Mann gefällt es in Vauxhall nicht."

Er zuckte die Achseln. „Ich gebe zu, es hat
keinen guten Ruf, aber ich geben Ihnen mein Wort
als Gentleman, dass wir uns an die hell
erleuchteten Pfade halten werden."

Wenn sie noch einmal hörte, wie er sich selbst

als *Gentleman* bezeichnete, würde sie sich erbrechen, dachte Verity.

Bevor sie etwas über Vauxhall sagen konnte, führte Biddles zwei junge Herren herein, die nicht älter als Verity waren, einer von ihnen brachte Blumen mit.

Nachdem sich die beiden Herren Sir Reginald vorgestellt hatten, hob Verity ihr neues Sträußchen an die Nase, um den Blumenduft zu genießen. „Wie überaus freundlich von Ihnen", sagte sie zu Mr. Merriweather, der es ihr geschenkt hatte.

Sir Reginald schaute an seiner aristokratischen Nase entlang auf die jüngeren Männer hinab. „Nette Jungen, nicht wahr? Ich bin sicher, als ich so jung war, dachte ich nicht weiter als bis zum nächsten Rennen in Newmarket." Dann richtete er seinen Blick auf Verity. „Jetzt scheint alles, woran ich denken kann, zu sein, mich in Stoneleigh niederzulassen und eine Familie zu gründen."

Sie glaubte ihm keinen Moment. Nach allem, was sie über ihn gehört hatte, zogen ihn die Rennen in Newmarket noch immer sehr an.

Gott sei Dank hatte sie Fiona, die meisterhaft die Unterhaltung lenkte und auf wundersame Weise die drei Besucher davon abhielt, einander mit Dolchen zu bewerfen.

Veritys Gedanken schweiften währenddessen zu ihrem gutaussehenden Seelenpartner. Sie konnte nicht leugnen, dass zwischen ihnen etwas Besonderes gewesen war. Sie hätte schwören können, dass er das auch bemerkt hatte.

Schade, dass sie ihn nie wiedersehen durfte.

Kapitel 22

Dies war der Abend des Einführungsballs seiner Schwester, der Abend, auf den seine Frau wochenlang hingearbeitet hatte, der Abend, an dem er wie ein neues Gemälde in der Nationalgalerie ausgestellt werden sollte. Nick holt tief Luft, trat an die Tür zu Fionas Ankleidezimmer und klopfte mit den Fingerknöcheln daran.

„Nick?", fragte sie.

Er war noch immer nicht immun gegen das aufkommende Gefühl des Besitzerstolzes geworden, das er empfand, wenn er seinen Vornamen von ihren Lippen hörte. „Ja." Er öffnete die Tür und schlenderte in ihr Schlafzimmer, seine sorglose Arroganz überdeckte den in ihm rasenden Aufruhr. Dies war sein erster Besuch in den Zimmern seiner Frau seit mehreren Wochen.

Sie warf ihm einen fragenden Blick zu und schickte dann schnell ihre Zofe weg. „Du kannst mir die letzten Knöpfe zumachen", sagte sie zu Nick, als Prudence fort war.

Als er sich ihr näherte, schlug sein Herz schneller. Seine Frau hatte nie schöner ausgesehen als heute Abend in dem blauen Kleid, das durch und durch von Silberfäden durchwoben und mit Hermelinborten am Mieder besetzt war, einem Mieder, das er unanständig weit ausgeschnitten fand. Er mochte es nicht, dass andere Männer einen Teil dieser köstlichen Brüste sehen konnten, Brüste, die kein Mann vor ihm berührt hatte. Der Gedanke an Lord Warwicks Hände auf Fionas nackter Haut bereitete ihm fast unerträgliche Schmerzen.

Sein heißer Blick schweifte über sie. Kein Monarch könnte königlicher aussehen, keine Frau anmutiger.

Und es war viel zu lange her, dass er sich den Luxus erlaubt hatte, sie in seinen Armen zu halten.

Sie wirbelte herum, um ihm ihren Rücken zuzudrehen, und mit zitternden Händen begann er, die verbleibenden Knöpfe zu schließen, verfluchte sich dafür, dass er sie schloss, wenn alles, was er wirklich wollte, war, sie auszuziehen, ihre sahnige Haut freizulegen und seine Lippen darauf zu spüren, zu fühlen, wie er in ihre wundervolle Wärme einsank.

Als er fertig war, drehte sie sich um und sah ihn an, ihr Blick fiel auf die Schwellung in seinem Schritt, ein Opfer ihrer verheerenden Wirkung auf ihn. „Ich bin so froh, dass du gekommen bist", flüsterte sie heiser und trat näher auf ihn zu.

Um den Abstand zwischen ihnen zu wahren, zog er sich zurück und hob eine dunkle Braue. „Und warum das, meine Liebe?"

Sie hielt inne, ein Ausdruck des Verletztseins huschte über ihr blasses Gesicht. „Weil dies ein sehr wichtiger Abend ist, mein Lieber, nicht nur für Verity, sondern auch für uns. Es ist unsere erste große Gesellschaft in unserem schönen neuen Haus, das erste Mal, dass viele meiner alten Freunde den Mann kennenlernen werden, den ich geheiratet habe. Ich ..." Ihre Augen wurden feucht, als sie nach Worten suchte. „Ich möchte, dass sie denken, dass wir glücklich verheiratet sind."

Er lachte bitter auf. „Ich stehe gerne zur Verfügung. Ich kann die Rolle eines aufmerksamen Ehemanns sehr überzeugend spielen."

Ihre Brust hob sich heftig und sie wandte ihren Blick nicht von ihm ab. „Als ich mir das Bein gebrochen hatte, war deine Sorge nur vorgetäuscht?"

„Natürlich nicht, mein Liebling. Dein Wohlergehen steht bei mir an erster Stelle. In der Tat", sagte er und griff in seine Tasche, „ich habe dir noch ein bisschen Glitzerzeug mitgebracht."

Diesmal waren es Halskette, Armband und Ohrringe mit Diamanten, und sie hatten ihn ein sozusagen königliches Lösegeld gekostet. Er hatte nicht gewusst, warum er sie für sie kaufen sollte, nachdem sie ihn doch betrog, aber er fühlte sich ihr seltsam verpflichtet, weil sie seine Schwester vorstellen würde, weil sie sich wie eine aufmerksame Ehefrau benahm, weil sie sich seiner nicht schämte.

„Oh Nick! Wie wunderschön! Was könnte ich getan haben, um jemals ein solches Geschenk zu verdienen?"

„Du hast hart für das heutige Fest gearbeitet. Ich dachte, du verdienst eine Belohnung."

„Deine Aufmerksamkeit ist alles, was ich mir wünsche." Sie hob sich auf die Zehenspitzen, um ihn zu küssen.

Als ihre Lippen sich berührten, löste sich seine Entschlossenheit völlig auf. Er riss sie in seine Arme, in eine erdrückende Umarmung, und küsste sie, ließ den ganzen aufgestauten Hunger nach ihr heraus. Er verging fast, als er ihre kühle Zunge in seinen Mund gleiten fühlte, als er ihr verlangendes, leises Stöhnen hörte. *Es war fast wie früher. Bevor sie ihn mit Warwick betrog.*

Sein eigener Atem ging rasch und heftig, seine Hände legten sich um ihre Brüste, sein Daumen streichelte die harte Spitze ihrer Brustwarze. Sie schmolz in seinen Armen, und als sie ihre Arme fester um ihn legte, konnte er fast nicht anders, als ihre Röcke zu heben und sie stehend zu nehmen.

Stattdessen überdeckte die Vorstellung von seiner Frau unter Warwicks stoßendem Körper sein eigenes blindes Verlangen.

Er stieß sie von sich.

„Oh, Liebster", sagte sie und ließ ihre so seelenvollen Augen über sein Gesicht gleiten, „kannst du mich nicht noch einmal lieben? Wir haben noch viel Zeit, bevor die ersten Gäste ankommen."

Wie konnte sie so nach ihm verlangen, wenn sie einen anderen Mann liebte? Für einen winzigen Moment erlaubte er sich zu glauben, dass er es war, den sie liebte, dann zerstörte die quälende Vision von ihr in Whitehall mit Lord Warwick diesen Hoffnungsschimmer. Obwohl jede Zelle seines Körpers vor Verlangen nach ihr pochte, hielt er Abstand von ihr. „Ich möchte deine schöne Frisur nicht beschädigen." Dann, mit unergründlichem Gesicht, bot er ihr seinen angewinkelten Arm. „Sollen wir nach unten gehen?"

* * *

Sie durfte nicht weinen. Ihr Herz wurde in Stücke gerissen, aber sie konnte es sich nicht erlauben zu weinen. Nicht an diesem Abend. Sie war es Verity schuldig, die gelassene Gastgeberin zu spielen, und sie schuldete Nick noch viel mehr.

Es war nicht sein Fehler, dass er sie nicht liebte. In der Tat hatte er sie nie um ihre Liebe gebeten, noch ihr die seine versprochen. Er hatte ihr viel gegeben und nur wenig verlangt. Alles, was sie ihm zu bieten hatte - nachdem er ihren Körper nicht länger wollte - war ihre angesehene Stellung in der Gesellschaft. Also würde sie heute stolz an seiner Seite stehen, als ein Zeugnis seines Wertes.

Um Nicks willen würde sie nicht weinen.

Aber ihr Herz blutete. Es blutete seit dem demütigenden Moment, als ihr Mann sich geweigert hatte, mit ihr zu schlafen. Das Schlimme war, dass er, als sie ihn zuerst geküsst hatte, mit dem gleichen sengenden Verlangen reagiert *hatte*, das ihre Nächte früher so wundersam gemacht hatte, bevor ... bevor die Herzogin von Glastonbury in ihr Leben gestürmt war - und Nicks Zuneigung gestohlen hatte.

Als sie später neben Miss Peabody und Verity die Gäste begrüßte, konnte Fiona nicht umhin, von der Vorstellung betroffen zu sein, wie anders dieser Abend war, als sie ihn in all diesen Wochen großer Erwartung und Vorfreude geplant hatte. Wie hatte sie sich darauf gefreut, stolz an der Seite ihres Mannes zu stehen, ihre Hand besitzergreifend auf seinem Ärmel, während sie wegen ihres unglaublichen Glücks strahlte, einen so gutaussehenden, so würdigen Mann gefunden zu haben.

Jetzt ertrug sie den Schmerz seiner Zurückweisung.

„Wie nett, dass Sie gekommen sind", sagte sie zur Gräfin Lieven, die ihren Blick nicht von Nick abwenden konnte. Fiona konnte sich an keine Gesellschaft erinnern, bei der mehr hochrangige Persönlichkeiten anwesend gewesen wären.

„Ich bin entzückt, hier zu sein", sagte die Gräfin und ihr Blick glitt über die prächtige Marmortreppe. „Ich starb vor Neugierde, Birmingham House sehen zu können."

Jegliche Zweifel, die Fiona noch gehabt haben mochte, ob die *gute Gesellschaft* Nick akzeptieren würde, wurden schnell zerstreut. Männer respektierten den Mann, der dieses prächtige Haus erbaut hatte, den Mann, der Lady Fiona Hollingsworth zur Braut gewonnen hatte. Frauen bewunderten diesen sündhaft gutaussehenden, reichen Mann offen.

Der riesenhafte Ballsaal im 3. Stock, von dem Fiona befürchtet hatte, dass er leer wirken könnte, war von Ladys und Gentlemen in ihren seidenen Festgewändern überfüllt. Tausende Kerzen leuchteten im Kreis von einem Dutzend großer Kronleuchter, die den Saal erhellten, als schiene die Sonne. Als das Orchester zu spielen begann, führte Nick Verity auf die Tanzfläche; Lord Warwick folgte mit Miss Peabody. Es war das erste Mal, dass Fiona Miss Peabody ohne ihre Brille sah. Sie war ebenso schön wie ihre Schwester - außer, dass sie keinen Busen hatte.

Fiona gesellte sich zur Gräfin Warwick und sie beobachteten, wie ihre beiden Schützlinge fehlerlos ihre Tanzschritte ausführten. Keine der beiden jungen Damen hatte je schöner ausgesehen. Trevor huschte an die Seite von Fiona und Lady Warwick. „Sieht Miss Birmingham in ihrem weißen Kleid nicht atemberaubend aus?", fragte er, während sein Blick über den hölzernen Tanzboden wanderte.

Gott sei gedankt für Trevor! Fiona war den Tränen nahe gewesen, als er auf sie zu gekommen war. Sie sah ihn mit glänzenden Augen an. „Und ihr Kleid ist wirklich umwerfend. Ich muss denjenigen, der ihr empfahl, schneeweiß zu tragen, wirklich loben."

„Oh, wirklich", sagte Trevor strahlend, „das bin dann wohl *ich!*"

„Und schaut euch Miss Peabody an", sagte Fiona. „Ist sie nicht außergewöhnlich hübsch heute Abend?" Miss Peabody, die sich nicht für Mode interessierte, hatte die elegante, cremefarbene Kreation, die sie trug, offensichtlich nicht selbst ausgewählt.

Trevor warf der genannten Dame einen Blick zu. „Ich muss sagen, sie sieht wirklich umwerfend aus. Ich habe sie zuvor nie wirklich bemerkt." Er neigte sich näher zu Fiona, um ihr zuzuflüstern: „Sie ist so gesellig wie eine Türklinke."

Fiona gab ihm einen Klaps mit ihrem Fächer.

Als der Tanz zu Ende war, bat Nick Fiona um den nächsten Walzer. Sie erschauerte, als er sie in seine Arme zog. Dann schob sie ihre trübe Stimmung beiseite, schaute zu ihm auf und zwang sich zu einem Lächeln. „Mir fällt niemand ein, der für heute Abend abgesagt hätte, Liebster." *Außer Randy.* „Du - und dein prachtvolles Haus - seid ein großer Erfolg."

„Unser Haus", berichtigte er.

Ihr Herz zog sich zusammen. „Ich kann kein Lob dafür akzeptieren, da du die treibende Kraft warst, mit deiner bemerkenswerten Vision, mit der du all dies geschaffen hast."

Er lachte bitter auf. „Du und ich wissen beide, dass meine sogenannte Vision nicht in der Lage gewesen wäre, diesen Saal mit der *beau monde* zu füllen. Nein, meine Liebe", sagte er mit einem Kopfschütteln. „Es war meine Wahl von dir als meine Braut, die das Fest heute Abend zu einem so perfekten Erfolg werden lässt."

Sie erstarrte. „Wenn du dich erinnerst, du hast mich nicht wirklich 'ausgewählt'."

„Oh, und ob", knurrte er und zog sie dichter an sich. „Ich bin kein so großer Gentleman, dass ich dich nicht abgelehnt hätte, wenn ich nicht beschlossen hätte, dass eine Ehe mit dir meinen Interessen dienen würde."

Wenn er doch nur entschieden hätte, dass sie zu heiraten - mit ihr ins Bett zu gehen - das war, was er mehr als alles andere wollte! „Ernsthaft, Nick, könntest du nicht etwas Blumigeres sagen? Ich wusste, dass du keine Liebe erwartetest, aber könntest du nicht wenigstens so tun, als ob du Gefallen an mir gefunden hättest?" Sie bemühte sich, einen leichten Ton anzuschlagen, obwohl ihr Herz brach.

Er lachte leise. „Das muss ich nicht vortäuschen. Ich *bin* der glücklichste aller Männer, da ich die Hand der schönen Fiona Hollingsworth gewonnen habe. Habe ich dir nicht schon viele Male gesagt, wie wunderschön ich dich finde?"

Noch nie mit dieser herben Distanziertheit. Er hatte immer mit Wärme zu ihr gesprochen.

Vor Hortense.

Während des Tanzes sah sie, wie die Herzogin von Glastonbury sie beobachtete, mit einem Ausdruck des Missfallens auf ihrem hübschen Gesicht. Es war, Fiona war sich sicher, der gleiche Ausdruck, der auf ihrem Gesicht läge, wenn sie ihren Mann mit Hortense tanzen sähe.

Sie sah auch Lord und Lady Warwick über die Tanzfläche gleiten und dachte, dass sie noch nie zwei Menschen gesehen hätte, die so verliebt waren. Ein Stich von Eifersucht durchfuhr sie.

Wenn nur Nick mich so lieben würde, wie Warwick seine Maggie liebt.

„Sieht Verity nicht wundervoll aus?", fragte sie.

„Sie war nie schöner."

„Bist du zufrieden damit, wie gut sie akzeptiert worden ist?"

Er hielt Fiona etwas von sich weg und sah ihr in die Augen. „Das Einzige, was mich zufriedenstellen wird, ist, einen Mann für sie zu finden, der ihre Liebe erwidert. Der Stammbaum des Mannes ist mir gleichgültig, und ich kann Sir Reginald Balfour nicht ausstehen."

Zumindest waren sich Nick und sie darüber einig, dass Sir Reginald überhaupt nicht passend war. „Ich kann mich nicht erinnern, dass Verity etwas von Liebe gesagt hätte."

Seine Lippen bildeten einen schmalen Strich. „Jeder sehnt sich nach Liebe."

Lieber Gott! Nick liebte Hortense! „Du hast ... du hast mir nie zuvor gesagt, dass du so fühlst."

„Du warst offensichtlich nicht auf der Suche nach Liebe, als du deinen Wunsch, mich zu heiraten, aussprachst."

Wenn sie nur gewusst hätte, was sie jetzt wusste, gewusst, wie leidenschaftlich sie diesen Mann, den sie geheiratet hatte, lieben würde. Wenn sie noch einmal zurückgehen und von vorne anfangen könnte. Wenn sie eine wirkliche Ehe hieraus machen könnten.

Später am Abend bat Warwick sie um einen Tanz. Kaum hatten sie die Tanzfläche erreicht, forderte Nick die Herzogin von Glastonbury auf, seine Tanzpartnerin zu sein. Als Fiona beobachtete, wie Nicks lächelndes Gesicht sich zu Hortenses hinabbeugte, füllten sich ihre Augen mit Tränen.

„Fiona, geht es dir nicht gut?", fragte Warwick mit zusammengezogenen Brauen, seine Hand strich sanft über ihre blasse Wange.

„Wenn du es wissen musst", sagte sie, „ich bin sehr betrübt über Randys Abwesenheit." Eine Lüge war besser als die bittere Wahrheit über das Scheitern ihrer Ehe.

„Hast du mit ihm gesprochen?"

„Nein. An dem Tag, als ich ihn besuchen wollte, war er nicht zu Hause. Ich ließ eine Einladung zum Ball von Miss Peabody und Miss Birmingham dort, aber er zog es offensichtlich vor, sie zu ignorieren."

Warwick drückte ihre Hand und lächelte sie zärtlich an. „Behalte dir dein Urteil vor, bis du mit ihm gesprochen hast."

„Ich glaube nicht, dass Randy mit mir sprechen möchte."

„Du irrst dich", sagte Warwick, als der Tanz zu Ende ging und er sie zu ihrem mürrischen Ehemann zurückbrachte.

Jeder hier würde denken, dass der Ball ein großer Erfolg war, aber Fiona hatte sich noch nie so elend gefühlt. Sie hatte gehofft, dass Randy beim Anblick der Einladung beschließen würde, seiner liebevollen Gefühle für seiner Schwester wegen zu kommen. Offensichtlich hatte niemand liebevolle Gefühle für sie. Niemand. Ihr Bruder wollte ihre Freundschaft nicht und ihr Mann ihren Körper nicht. Sie war eine richtige Versagerin.

* * *

Verity hatte noch nie so viel getanzt, sich noch nie in einem so überfüllten Ballsaal aufgehalten und ihr war noch nie so heiß gewesen. Sie sah sich um, da sie sicher sein wollte, dass niemand sie beobachtete, schlüpfte dann aus dem Ballsaal hinaus und eine Treppe hinunter zu einem Paar Flügeltüren, die auf den Balkon im zweiten Stock führten, von dem aus man über Piccadilly hinwegsehen konnte.

Sie öffnete leise die Tür und glitt auf den Balkon, dann schloss sie die Tür hinter sich. Die kühle Nachtluft fühlte sich auf ihrer brennenden Haut so gut an. Ihre Hände umfassten das Geländer, sie atmete tief durch und dachte über ihren Einführungsball nach. Nie hätte sie geglaubt, dass sie so heftig umworben werden würde. Obwohl sie wusste, dass es das Vermögen ihres verstorbenen Vaters war, das ihren Erfolg gesichert hatte, war sie doch überaus erstaunt, dass sie nicht einen Tanz lang hatte sitzen müssen, dass seit dem ersten Tag, an dem sie in Gesellschaft gegangen war, es nie an Besuchern gefehlt hatte. Es gab mindestens ein Dutzend Herren hier heute Abend, die sich glücklich schätzen würden, wenn sie ihnen ihre Zuneigung schenken wollte.

Ein Jammer, dass ER keiner davon war. Obwohl sie wusste, dass es sinnlos war, einer Liebe nachzutrauern, die nicht möglich war, hatte sie sich doch die Hoffnung gestattet, dass ihr einsamer Reiter heute Abend kommen würde. Sie hatte den ganzen Abend ihre Augen nicht von der Tür abwenden können, hatte nach ihm Ausschau gehalten, obwohl sie wusste, dass er nicht kommen würde.

Sie hatte sich ertappt, wie sie sich fragte, ob er sie hatte finden wollen, ihren Namen erfahren wollte.

Dann hatte sie sich ausgescholten. Er war ein Adliger. Ein Adliger wie er würde sich nicht an ungeschickte Töchter von Emporkömmlingen wegwerfen!

Die Türklinke hinter ihr bewegte sich und die Tür öffnete sich. Erschrocken fuhr sie herum. Und stand Sir Reginald Balfour gegenüber.

„Meine arme Miss Birmingham", sagte er mit einem besorgten Ausdruck auf seinem Gesicht. „Es ist furchtbar heiß im Ballsaal, nicht wahr?"

„Ja, das ist es!"

Er kam näher. Viel zu nahe für ihren Geschmack. „Ich muss zugeben", sagte er mit heiserer Stimme, „dass ich verflixt froh bin, die Gelegenheit zu finden, mit Ihnen alleine zu sein."

Oh, oh. Sie lächelte ihn strahlend an. Sie standen sich Nase an Nase gegenüber. „Eigentlich war ich gerade am Gehen. Es schickt sich nicht für den Ehrengast, beim eigenen Ball nicht anwesend zu sein." Sie machte einen Satz zur Tür.

Sein Arm schoss hervor, um sie aufzuhalten.

Mit bösem Gesicht versuchte sie, sich an ihm vorbei zu drängen.

Dann zog er sie mit hartem Griff an sich. Sein Gesicht war nur Zentimeter von ihrem entfernt, so dicht, dass sie den Alkohol in seinem Atem riechen konnte. „Sie, meine liebste Verity, müssen wissen, was ich für Sie empfinde. Ich kann kein Auge zu tun, bevor ich nicht weiß, dass Sie die Meine sind."

Sie zuckte zurück. „Wenn Sie mich fragen wollen, ob ich sie heiraten möchte, muss ich ablehnen. Jetzt lassen Sie mich bitte los", sagte sie durch zusammengebissene Zähne.

Seine Finger gruben sich in ihre Oberarme und sein Mund senkte sich herab, um den ihren zu bedecken.

Sie wandte sich und stöhnte, konnte sich aber von seinem sie erdrückenden Mund nicht befreien. Dann erinnerte sie sich an Nicks Rat, wie sie unwillkommene Annährungsversuche abwehren könnte.

Und rammte ihm das Knie in den Unterleib.

Er knickte nach vorn, verfluchte sie mit den übelsten Worten, die sie je gehört hatte, als sie zurück in den überfüllten Ballsaal eilte.

* * *

Sein Haus wurde sehr bewundert. Seine Schwester hatte großen Erfolg. Seine Frau war die schönste Frau unter allen Anwesenden. Er selbst schien von der *guten Gesellschaft* akzeptiert worden zu sein. Was einer der stolzesten Abende in Nicks Leben hätte sein sollen, entwickelte sich zu einem der schwärzesten Momente, als er seine Frau in Warwicks Armen beobachtete. Wie konnte der Mann vor den Augen seiner Gräfin mit solcher Zuneigung auf seinem Gesicht zu Fiona hinabblicken? Wie konnte er so dreist sein, dass er das Gesicht der Frau eines anderen Mannes in Gegenwart von fast zweihundert Menschen zärtlich streichelte?

Es fiel Nick schwer, sich wie ein Gentleman zu benehmen, wenn er Warwick doch am liebsten gefordert hätte. Es war mehr als schwierig, seinen verletzten Stolz beiseite zu schieben und seine Frau später am Abend fröhlich zum Souper zu begleiten. Wie konnte er sich benehmen, als ob nichts sich geändert hätte, als ob er auf Fiona stolz wäre, wenn er sie am Liebsten erwürgen wollte?

Aber Nick war ein Gentleman. Er weigerte sich, sei es sich selbst, sei es seine Frau öffentlich lächerlich zu machen. Er würde sich mit dem

Problem ihrer Untreue privat befassen müssen.

Nachdem er seiner Frau behilflich gewesen war, sich am Ende der Tafel hinzusetzen, nahm er seinen eigenen Platz an der Spitze des Tisches ein. Rechts von ihm saß die Herzogin von Glastonbury, die Dame mit dem höchsten Rang unter den Anwesenden. Nach seiner Heirat mit Fiona hatte er gelernt, dass bei einer Dinnerparty die Anwesenden ihrem Rang nach den Speisesaal betraten und auch entsprechend an der Tafel saßen, eine elitäre Gewohnheit, die Nick akzeptieren musste, auch wenn sie ihm nicht gefiel.

Eine andere Sitte der *guten Gesellschaft*, die ihm nicht gefiel, waren die häufigen - und akzeptierten - außerehelichen Affären. Sein Blick huschte zu der Herzogin hinüber, die in einem glänzenden, kupferfarbenen Kleid, das zu ihrem feuerfarbenen Haar passte, strahlend aussah. Trotz ihres Rangs, ihres Vermögens und ihrer Schönheit tat die junge Frau, die im gleichen Alter war wie Fiona, ihm leid. Ihre Gier nach Rang und Geld hatte sie das wichtigste im Leben gekostet: Liebe. Jetzt, verheiratet mit einem achtzigjährigen Herzog, verlangte die Herzogin so sehr nach einem jungen Mann, der ihr Bett wärmte, dass sie jeden Stolz verloren hatte und sich während des Walzers, den Nick mit ihr getanzt hatte, ihm schamlos an den Hals geworfen hatte.

„Ich spüre eine Abkühlung in Ihrer Ehe", hatte die Herzogin während des Tanzens gemurmelt.

„Da spüren Sie etwas Falsches", hatte er fest gesagt.

„Wie schade", rief sie aus. „Wie auch immer, mein liebster Mr. Birmingham, sollte Ihnen je der Sinn nach einem romantischen Intermezzo stehen, würde ich sehr gerne daran teilhaben."

„Ich bezweifele, dass Ihrem Mann das gefallen würde."

„Mein Mann weiß über meine ... Indiskretionen Bescheid. Wäre er in der Lage, meine Bedürfnisse zu erfüllen - was er, wie ich Ihnen versichern muss, nicht ist - müsste ich mein Vergnügen nicht anderswo suchen."

„Oh, nun aber, Euer Gnaden, nie?", sagte er, Humor in seiner Stimme, ein teuflisches Funkeln in seinen Augen.

Lächelnd gab sie ihm einen Klaps mit ihrem Fächer. „Sie unartiger Mann!"

Einige Minuten, nachdem sie sich an der Tafel zum Souper niedergelassen hatten, wandte sich die Herzogin zu Nick und sprach mit leiser Stimme. „Ich habe Lady Warwick und Lady Fiona beobachtet, und ich finde, Fiona ist die schönste. Ich kann mir nicht vorstellen, warum Warwick die dunklere Dame bevorzugte, wenn er die blonde Fiona hätte haben können." Sie schaute Nick unter gesenkten Wimpern hervor an. „Ich wage zu behaupten, dass Warwick seine Entscheidung bereut."

Also musste die Herzogin Warwicks Nähe zu Nicks Frau auch bemerkt haben. Es gab ihm einen Stich in sein Herz, als er überlegte, ob Fiona sich ihrer alten Freundin anvertraut hatte. „Aber Sie müssen zugeben", sagte er, „Sie mehr als jeder andere, dass äußerliche Erscheinung nicht der wichtigste Punkt bei der Auswahl eines Partners ist."

Sie schnipste mit ihrem Fächer über seinen Ärmel. „Ich glaube, äußere Erscheinung hat bei Ihrer - und Mrs. Birminghams - Entscheidung zu heiraten, eine große Rolle gespielt."

„Ich finde, dass meine Frau die allerschönste ist. Und ich denke, Warwick ist ein Narr." *Vor allem jetzt, wo Warwick erkennt, was er verloren hat.*

Nick schaute über die Tafel, um zu sehen, wo Warwick saß, zufrieden, dass er keineswegs in Fionas Nähe war - und zufrieden, dass er seiner Gräfin viel Aufmerksamkeit widmete.

„Vielleicht kein solcher Narr, wie Sie annehmen. Ich kann mir nicht helfen, mich zu fragen ... die Gräfin hat schon früher jede Menge Herzen erobert ..., bevor sie Warwick einfing. Man fragt sich, ob der Earl nicht zu dieser Heirat gezwungen war."

„Ein Mann ist nicht gezwungen zu heiraten, nur weil eine Frau ‚zuvorkommend' war. Ich bin sicher der beste Beweis dafür."

Die Herzogin wurde steif. „Ich denke, Lady Fiona ist allerdings äußerst zuvorkommend, indem sie es erlaubt, dass Ihr kleiner ‚Fehltritt' unter ihrem Dach lebt."

Nick sah sie böse an. „Meine Frau ist nicht so gefühllos, dass sie ein unschuldiges Kind einen Fehltritt nennen würde." Er warf seine Serviette hin, nickte der Herzogin zu seiner Rechten und dem Marquis, der links von ihm saß, zu und verließ den Tisch.

Später am Abend - oder eher am Morgen - verabschiedeten er und Fiona sich von den letzten ihrer begeisterten Gäste. „Du musst sehr müde sein", sagte er zu seiner Frau und bot ihr den Arm, als sie die Treppe zu ihren Schlafzimmern hinaufstiegen.

Sie zuckte mit den Schultern. „Es war ein sehr gelungener Abend."

Mit jedem Schritt, der sie seinem Schlafzimmer

näher brachte, erinnerte er sich mehr an Fionas Einladung früher am Abend. Er würde sie jetzt zu gerne annehmen.

Als sie ihre Tür erreicht hatten, hielt sie an und sah zu ihm auf.

„Gute Nacht, meine Liebe", sagte er schroff und streifte mit seinem Mund über ihre Schläfe. „Schlaf gut." Er rannte zu seinem eigenen Zimmer, ohne sich auch nur einen kurzen Blick auf ihr liebliches Gesicht zu erlauben.

So sehr er mit ihr schlafen wollte, er konnte sich nicht von der abscheulichen Vorstellung freimachen, wie sie unter Warwick lag. So sehr er sie begehrte, er konnte ihren Körper nicht mit einem anderen Mann teilen.

Kapitel 23

Vielleicht war es das schlechte Gewissen, das Randolph nicht schlafen ließ. Fiona, seine süße Schwester, die so viel für ihn aufgegeben hatte, bat nur um so wenig. Sie hatte sich nur seine Anwesenheit bei dem ersten Ball in ihrem neuen Heim gewünscht. Und er hatte sie im Stich gelassen. Er hatte sich gesagt, dass er nicht zu dem Ball gehen konnte, weil er am nächsten Morgen für die Fahrt nach Yorkshire, wo er nach seinem Besitz sehen wollte, früh aufstehen musste, aber er hätte diese Reise noch einen Tag verschieben können.

Viel wahrscheinlicher war er aus dem Grund weggeblieben, dass er es nicht ertragen könnte, sie mit Birmingham zu sehen, nicht akzeptieren konnte, dass seine Schwester einen Bürgerlichen geheiratet hatte. Seinetwegen. Und sie hatte damit nicht nur Birmingham geheiratet, sondern auch seine vulgäre Familie. Randolphs liebe Schwester führte die zweifellos aufdringliche Tochter des ungehobelten Jonathan Birmingham in die Gesellschaft ein. Seinetwegen.

Er schauderte bei dem Gedanken, dass Fiona den gleichen Ballsaal zierte wie eine Miss Birmingham. Er versuchte sich damit zu trösten, dass Nicholas Birmingham sich durchaus wie ein Gentleman benahm. Außer der Tatsache natürlich, dass der Mann nie eine Sitzung der

Börse verpasste. Für ihn gab es keine Rennen in Newmarket. Keine nachmittäglichen Ausritte in den Hyde Park. Keine Ausflüge zu der ägyptischen Ausstellung. Er schuftete jeden Tag wie ein Eisenhändler.

Miss Birmingham war zweifellos ein Wildfang auf der Suche nach einer besseren gesellschaftlichen Stellung und nicht geeignet, eine Schwester für Fiona zu sein.

Ein anderer Grund, warum Randolph nicht schlafen konnte, war der Lärm im Flur vor seiner gemieteten Wohnung. Was war jetzt schon wieder mit dem verdammten Sir Reginald los? Sir Reginalds Stimme und die eines anderen Mannes waren laut vor Zorn.

„Ich bitte sie nur darum, dass sie mir ein paar Wochen mehr Zeit für die Rückzahlung geben", sagte Sir Reginald.

„Das haben Sie schon letzten Monat gesagt, und haben das Geld immer noch nicht aufgebracht."

„Aber jetzt habe ich die Gelegenheit, die Erbin eines großen Vermögens zu heiraten - wenn Sie mir nur noch ein paar Wochen geben."

„Warum sollte eine Erbin Sie heiraten wollen?", fragte der andere Mann mit ungläubigem Schnauben.

„Die Dame wird keine Wahl haben, wenn sie erst einmal kompromittiert ist. Sie wird morgen Abend an meiner Gesellschaft in Vauxhall teilnehmen, und ich versichere Ihnen, sobald die Nacht vorbei ist, gehört das Vermögen der Dame mir."

„Eine Woche. Und das ist alles", bellte der andere Mann.

Randolph hörte, wie sich die Tür zu Sir

Reginalds Zimmer schloss, hörte, wie die Schritte des anderen Mannes die Treppe hinuntergingen. Randolph hatte Sir Reginald nie gemocht, aber jetzt wurde seine Abneigung stärker. Der verachtenswerte Mann plante, ein junges Mädchen zu vergewaltigen.

Randolph warf seine Decken ab, sprang aus dem Bett und zündete, äußerst erregt, eine Kerze an. Er hatte nicht übel Lust, in Sir Reginalds Zimmer zu eilen und dem Mann eine Tracht Prügel zu verabreichen. Randolph zog weiche Hosen über seine nackten Beine und begann, auf dem hölzernen Boden hin und her zu gehen, von einem unerschütterlichen Drang ergriffen, diese Erbin zu beschützen. Aber wie konnte er sie warnen, wenn er nicht wusste, wer sie war?

Alle möglichen Ideen kamen Randolph in den Sinn, während er in seinem Zimmer herumging. Er dachte daran, den angeberischen Baronet zu bedrohen. Er überlegte, ob er den Mann direkt fragen sollte, wer die Erbin war. Er dachte sogar törichter Weise daran, am Abend Sir Reginalds Tür zuzunageln, damit er nicht fähig sein würde, die Dame in den Gärten von Vauxhall zu treffen. Aber jede solche Aktion würde die schmutzige Tat nur verschieben. Es war notwendig, die Dame über Sir Reginalds üble Absichten in Kenntnis zu setzen. Aber wie konnte Randolph das tun, wenn er nicht wusste, wer sie war?

Als der anbrechende Tag sein Zimmer mit trübem Sonnenlicht füllte, kam Randolph zu einem Entschluss. Er würde seine Reise nach Yorkshire verschieben.

Und er würde an diesem Abend in die Gärten von Vauxhall gehen.

* * *

Nick hätte am Abend zuvor mit Fiona sprechen müssen, aber er hatte nicht vom Erfolg ihres Balles ablenken wollen.

Heute Abend jedoch würde er mit ihr reden, bevor sie nach Vauxhall aufbrachen. Warwick würde an ihrer Gesellschaft teilnehmen, und Nick konnte einen weiteren Abend der Demütigung nicht ertragen.

Nachdem Ware seine Krawatte fertig gebunden hatte, stürmte Nick in das Schlafzimmer seiner Frau, ohne sich die Mühe zu machen, anzuklopfen. Sie stand vor ihrem Spiegel, ein pfirsichfarbenes Gewand betonte die weichen Rundungen ihres Körpers. Ihr Haar war im griechischen Stil frisiert, mit einem juwelenbesetzten Band, das ihre weichen, weißblonden Locken zusammenhielt. Der Anblick ihrer Lieblichkeit und die Tiefe seiner Liebe zu ihr ließen eine schmerzvolle Leere in seinem Körper entstehen.

Sie wandte sich ihm zu, eine Braue fragend erhoben. Er erinnerte sich an die Freude, die ihr Gesicht am Abend zuvor hatte weich werden lassen, als er sie beim Ankleiden überraschte. Er dachte an ihre leise Aufforderung, sie zu lieben. Er war vor Stolz und anderen tieferen Gefühlen erfüllt gewesen, als sie ihn „Liebster" genannt hatte.

Heute Abend würde es kein solches Angebot, keine solchen Liebesworte geben. Sie sah ängstlich aus. Sogar zornig.

Was ihm nur recht war. Diese Unterhaltung erforderte Strenge.

Sie beobachtete ihn misstrauisch, als er sich in einen Sessel vor dem Feuer setzte. „Erinnerst du dich daran, Mrs. Birmingham", sagte er mit eisiger Stimme und hob seinen kalten Blick zu ihr, „wie ich an jenem Tag im Salon von Agar House auf mein Knie ging?"

Mit großen Augen nickte sie.

„Erinnerst du dich daran, dass ich dir sagte, dass ich dich nicht heiraten wollte, wenn du noch immer in Lord Warwick verliebt wärest?"

Sie nickte.

„Du sagtest mir, dass du den Earl nicht mehr liebtest."

„Das stimmt."

Sein Herz raste. „Kannst du mir das noch immer versichern?" Er wollte nicht hören, wie sie ihre Liebe zu Warwick verkündete. Kein Schmerz könnte größer sein.

Ihre Augen blitzten zornig auf. „Natürlich! Lord Warwick ist ein glücklich verheirateter Mann und ich hege keinerlei romantische Gefühle für ihn."

Sie lügt. Nick hatte sie mit seinen eigenen Augen zusammen gesehen. Sein Gesicht zu einer dunklen Maske verzogen sagte Nick: „Ich bin mir im Klaren, dass Liebe nichts war, was einer von uns von dieser Ehe erwartete, aber ich möchte betonen, dass ich niemals Untreue von meiner Frau dulden würde."

„Ich bin sehr froh, dass du Wert auf Treue legst, Sir", sagte sie, ihren Kopf trotzig hebend, „denn das tue ich auch. Es würde mir nicht gefallen, wenn du dich mit einer anderen Frau einließest."

Ihre Worte waren wie eine unerwartete Ohrfeige. „Ich versichere dir, dass ich nicht nur zu beschäftigt bin, um Zeit für eine andere Frau zu haben, ich habe auch keinen Respekt für Männer, die ihren Frauen untreu sind."

Ein Klopfen erklang an der Tür und Verity eilte

ins Zimmer. „Meinst du, dass ich heute Abend einen Umhang brauchen werde?", fragte sie Fiona.

Fiona entließ ihren Mann mit einem bösen Blick. „Ich nehme ein Tuch mit."

* * *

Sir Reginald hätte für den Ausflug in die Gärten von Vauxhall keinen schöneren Abend wählen können, dachte Verity. Es war warm, nur ein leichter Wind wehte von der Themse herauf. Sie musste sich beherrschen, um nicht wie eine Landpomeranze zu wirken, wenn sie über den Schönheiten von Vauxhall in Begeisterung ausbrach. Die farbigen Lichter, die durch die üppigen Äste hingen, das Orchester, das atemberaubende Feuerwerk, alles wetteiferte darum, dies zu einem äußerst angenehmen Abend zu machen.

Ein Jammer, dass Sir Reginald sie derart mit Aufmerksamkeit überschüttete. Man hätte denken können, dass ein Stoß mit dem Knie in die Lenden den Mann von ihr abgebracht haben könnte, aber keine Entfremdung war zu spüren. Tatsächlich war er noch aufdringlicher mit seinen Aufmerksamkeiten als zuvor.

„Ich bitte darum, dass Sie mit mir durch die beleuchteten Wege spazieren", sagte er zu ihr, nachdem sie gegessen hatten.

Sie senkte ihre Stimme. „Nur, wenn Sie mir Ihr Wort geben, dass Sie sich keine Freiheiten herausnehmen werden."

„Meine liebe Miss Birmingham, Sie haben mein Ehrenwort. Ich bedaure mein Verhalten Ihnen gegenüber auf dem Balkon gestern Abend, aber Sie müssen verstehen, dass Ihre Schönheit mich überwältigt."

Nicht meine Schönheit, mein Vermögen. Sie

glaubte ihm keinen Moment. Sie wusste, dass er zweifellos versuchen würde, sie zu küssen, aber sie vertraute auf ihre Fähigkeit, sich schützen zu können. Gott sei Dank hatte ihr Bruder sie gelehrt, ihre Knie zu benutzen. „Sehr gut", sagte sie und reichte ihm ihre Hand.

* * *

Randolph war nicht in der Stimmung, heute Abend seiner Schwester zu begegnen. Nachdem er sie aus ihrer Kutsche hatte steigen sehen, eilte er einen der dunklen Pfade der Gärten von Vauxhall hinab. Fionas Anwesenheit bedeutete, dass er seine Pläne würde ändern müssen. Er hatte vorgehabt, in der Nähe des Tanzpavillons zu bleiben und ein Auge auf Sir Reginald zu haben. Jetzt würde er weiter unten an einem der Gartenwege warten müssen.

Er fühlte sich ziemlich auffällig, wie er dort alleine stand, wo Pärchen um Pärchen die verschlungenen Wege entlang wandelte und ihn misstrauisch beäugte. Mehrfach nickte er und murmelte Bekannten eine Begrüßung zu. Sollte Fiona auf ihn zu kommen, wollte er in den Büschen verschwinden, um zu vermeiden, dass sie ihn sah.

Die Atmosphäre war festlich, mit fröhlicher Orchestermusik und laut lachenden Stimmen. Der Abend hätte nicht schöner sein können. Als er unter den bunten orientalischen Laternen stand, wo der Hauptweg sich in drei kleinere Pfade teilte, hörte er Sir Reginalds Stimme und versteckte sich hinter einem Baumstamm.

Als Sir Reginald näher kam, zog Randolph sich zurück, um zu beobachten, welchen Weg der finstere Baronet einschlagen würde, damit er ihm folgen und das junge Mädchen aus Sir Reginalds üblen Fängen retten könnte.

Dann hörte er ihre Stimme.

Seine schöne Dame im scharlachroten Reitkleid! Sein Herz klopfte wild, als Randolph überlegte, ob *sie* die Erbin sein könnte. Bei Gott, er würde Sir Reginald mit seinen bloßen Händen töten!

Er riskierte einen Blick.

Als er sah, dass die Frau in der Begleitung seines Nachbarn tatsächlich seine geheimnisvolle Dame war, raste sein Herz. Statt ihrem roten Kleid trug sie heute Abend ein schneeweißes Gewand, das von ihren weichen Schultern hinabfiel und den Hügel ihrer Brüste betonte. Er atmete tief durch. Sie war noch schöner, noch eleganter, als er sie in Erinnerung hatte. Sein Herz pochte donnernd. Es verlangte ihn danach, zu ihr zu eilen, sich an ihrer anmutigen Schönheit sattzusehen, aber er musste dieses Verlangen unterdrücken, um sie gegen Sir Reginald zu verteidigen, den er plötzlich umbringen wollte.

Er würde den Baronet angreifen. Er würde ihn seinen unbezähmbaren Zorn spüren lassen. Aber er musste sich gedulden. Es war zwingend notwendig, dass er wartete, bis Sir Reginald seine üblen Absichten der Dame gegenüber enthüllte, um sie erkennen zu lassen, wie wirklich abscheulich Sir Reginald war. Dann würde Randolph sie retten.

Und er würde sie rächen. Gott helfe ihm, wenn er den Mann tötete.

Das Paar wählte den südlichen Pfad und Randolph folgte leise in diskreter Entfernung, ohne sie sich allzu weit entfernen zu lassen. Er musste in der Nähe bleiben. Er musste bereit sein, die Frau zu retten, die er liebte. Auf leisen

Pfoten wie eine Katze folgte er ihnen, achtete sorgsam darauf, im Dunklen zu bleiben, sein Inneres brannte vor Sorge um seine geliebte Dame.

Sie plauderten einige hundert Meter weit freundlich, bis Sir Reginald an einer dunklen Stelle anhielt.

„Sie gaben mir Ihr Wort", sagte sie zu Sir Reginald, „dass Sie sich wie ein Gentleman benehmen würden." Seine Antwort bestand darin, sie gegen ihren Willen in die Dunkelheit zu ziehen.

Als das Paar in der dunklen Stelle verschwand, konnte Randolph sie nicht länger sehen, aber er hörte ihre Stimme. „Ich bitte darum, dass Sie mir nicht so nahe kommen, Sir Reginald!"

Wut flammte in Randolph auf, als er den unterdrückten Schrei und die Geräusche ihres Kampfes hörte. Er rannte zu ihnen und sprang auf die Lichtung. „Nehmen Sie ihre schmutzigen Hände von der Dame!", brüllte er.

Obwohl es dunkel war, reichte das Mondlicht aus, dass er zwei kämpfende Gestalten erkennen konnte und sah, wie der Baronet sich von ihr löste, als er zu Randolph herumwirbelte. „Was zum Teufel machen Sie hier?", verlangte Sir Reginald zu wissen.

„Ich bin gekommen, um diese Dame zu retten. Gestern Abend hörte ich, wie Sie ihren üblen Plan, sie zu kompromittieren, verrieten."

Die Dame schrie auf.

„Wie können Sie es wagen!", blökte Sir Reginald, als er sich auf Randolph stürzte.

Randolph schwang seine Faust in das Gesicht des Baronets. Der Schlag ließ ihn nach hinten taumeln und im Fallen verfluchte er seinen Angreifer.

„Ich bringe Sie um, wenn Sie je wieder eine Hand an die Dame legen", rief Randolph, als Sir Reginald schwankend wieder auf die Füße kam und seine Fäuste hob.

Ein weiterer schneller Schlag von Randolph schickte ihn wieder zu Boden. Randolph trat mit seinem Fuß auf Sir Reginalds Brust und beugte sich dann hinab, um sich auf den sich wehrenden Mann zu setzen. Randolphs Zorn war so groß, dass er nicht aufhören konnte, den Baronet zu schlagen, selbst nachdem dieser schon bewusstlos war. Seine blutigen Fäuste schlugen immer weiter in Sir Reginalds Gesicht.

Erst als er ihre Stimme hörte, hielt er inne. „Sie bringen ihn ja um!", sagte sie und versuchte, Randolph von dem kleineren Mann herunterzuziehen.

Ihre Stimme zu hören brachte Randolph wieder zu Verstand. Er stand auf und schaute zärtlich auf ihr verstörtes Gesicht hinab. „Sind Sie unverletzt?", fragte er mit zärtlicher Stimme und legte sanft seine Hände auf ihre Schultern.

Ihre Brauen zogen sich zusammen und sie hob eine seiner blutigen Hände an ihre Lippen, um sie zu küssen. „Sie bluten", sagte sie, ihre Stimmer heiser vor Emotion.

Das Gefühl ihrer Lippen, wie sie über die Haut seiner Hand strichen, überwältigte ihn. Er zog sie in seine Arme und bemächtigte sich ihres Mundes, während seine Arme sich fest hinter ihrem schmalen Rücken schlossen. Zu seiner tiefen Erleichterung schob sie ihn nicht von sich, verschloss ihre Lippen nicht vor dem Eindringen seiner Zunge. Ihr Körper bog sich ihm entgegen. Ihre Arme legten sich um ihn. Ihre Zunge verschmolz mit seiner, als sie ihn mit atemloser

Hingabe küsste. Und als eine seiner Hände begann, ihre Brust zu streicheln, schrak sie nicht zurück.

Aber als ihm klar wurde, dass er sich nicht mehr gentlemanlike benahm als Sir Reginald, wich er zurück. „Verzeihen Sie mir", sagte er mit atemloser Stimme und zog sich von ihr zurück. „Ich würde Ihnen oder Ihrem Ruf niemals Schaden zufügen wollen. Sie sind viel zu wichtig für mich." Er hielt sie in den Armen und seufzte. „Warum sind Sie nie zu mir zurückgekommen? Haben Sie eine Vorstellung davon, wie sehr ich Sie wiedersehen wollte? Wie viel mir an Ihnen liegt? Warum sind Sie fortgeblieben?"

Sie hielt weiter ihre Wange an seine Brust gelehnt, ihre Arme um ihn gelegt, als sie seufzte. „Ich ... sah Ihren Siegelring. Sie sind ein Lord. Ich bin ein Niemand."

Er zog sie noch fester an sich. „Sagen Sie so etwas niemals. Sie sind schön und elegant und gebildet - und Sie sind alles, was ich mir wünschen könnte. Es kümmert mich nicht, wer Sie sind. Ich weiß, dass ich mich in Sie verliebt habe."

„Aber ihre Familie ... Adlige heiraten doch nur Adlige. Sie würden niemals eine Ehe zwischen Ihnen und der Tochter eines Bürgerlichen akzeptieren, und so viel mir auch an Ihnen liegt, könnte ich niemals eine Liebesaffäre beginnen, die nicht zu einer Ehe führt."

Tiefe Freude überwältigte ihn. *Sie mag mich!* „Ich würde Sie nie bitten, Ihren guten Ruf zu gefährden. Sie sind eine Dame. Das wusste ich, seit ich Sie das erste Mal sah." Er streichelte zärtlich ihr Gesicht. „Mir sagt niemand, was ich zu tun und zu lassen habe. Ich bin einunddreißig

Jahre alt und mein eigener Herr." Aber er war derzeit nicht in der Lage, ihr einen Antrag zu machen. Auch wenn er sie liebte. „Sie sind die Einzige, die mich fortschicken kann."

„Sie sagen jetzt, dass Sie mich lieben, aber wenn Sie unter Ihrem Stand heiraten würden, könnten Sie einen solchen Entschluss schnell bereuen. Ich möchte das, was zwischen uns ist, nicht zerstören."

„Das können Sie niemals zerstören. Niemand kann das."

Ihre Stimme klang traurig, als sie antwortete. „Aber das würde ich. Ich könnte nie Teil Ihrer Welt sein. Sie würden anfangen, sich meiner zu schämen."

„Niemals!"

Sie machte sich von ihm los. „Bitte, quälen Sie mich nicht. Lassen Sie mich in meine Welt zurückgehen." Sie machte Anstalten, wegzugehen.

Sein Herz sank. Er konnte ihr nicht erlauben, wieder von ihm wegzulaufen. Er eilte auf sie zu. „Bitte! Sie müssen mir Ihren Namen sagen."

Sie schüttelte den Kopf. „Es ist besser so. Wir müssen einander vergessen."

„Es wäre einfacher, mit dem Atmen aufzuhören."

„Bitte, Mylord, machen Sie es mir doch nicht so schwer", sagte sie mit erstickter Stimme.

„Ich kann Sie nicht wieder fortlassen."

Sie verschloss ihre Ohren mit den Händen. „Nicht mehr!" Sie warf ihm einen langen, bekümmerten Blick zu und sagte: „Wenn Ihnen an mir liegt, bitte ich Sie, mich gehenzulassen und mir nicht zu folgen."

Hätten seine Umstände es ihm erlaubt, um sie anzuhalten, hätte er sie niemals gehen lassen.

Aber gegenwärtig hatte er einer Frau nichts zu bieten. Er schluckte schwer. „Ich werde Sie finden."

Er hörte ein Schluchzen ihrer süßen Stimme, als sie zu dem beleuchteten Weg zurücklief.

Kapitel 24

Da das Wetter kühler wurde, hatten Fiona und Verity begonnen, schwere Wollumhänge über ihren Kleidern zu tragen, wenn sie im Hyde Park ausfuhren; dort knirschten schon Berge von Herbstlaub unter den Rädern ihres Phaetons. „Ich schwöre", sagte Fiona und musterte die nahezu leeren Seitenwege in Londons größtem Park, „es ist kaum noch eine Seele in London zurückgeblieben."

„Erlaube mir, zu widersprechen", sagte Verity mit einem neckischen Lächeln. „Es sind noch tausende in der Stadt - nur eben nicht die *gute Gesellschaft*."

„Oh, Liebes, damit lässt du mich wie ein wirklicher Snob fühlen."

„Niemals! In der Tat, ich bin glücklich, sagen zu können, dass du überhaupt nicht hochnäsig bist - wie ich es von Adligen erwartet hatte."

„Bist du sicher, dass ich nicht arrogant bin?" Es musste einen Grund für Nicks Kälte ihr gegenüber geben, sicher noch etwas anderes außer der Anziehungskraft der Herzogin auf ihn.

„Ziemlich."

Fiona seufzte. „Ich hatte gehofft, dass es etwas an mir gäbe, was ich ändern könnte. Ich würde alles tun, um die Gunst meines Mannes wiederzubekommen."

Verity wurde steif und schwieg für einen Moment. „Ich muss zugeben, dass mein Bruder nicht so liebevoll zu dir ist wie er es war, als ich in London ankam", sagte sie schließlich, „aber ich glaube wirklich, dass er dich liebt."

Nach der Nacht in ihren Armen, als er gesagt hatte: „Oh, meine Liebste, meine Fiona", hatte Fiona die Hoffnung zugelassen, dass Nick sie *doch* liebte, aber seine Kälte danach bestärkte sie nur darin zu glauben, dass seine so sehnlichst erhofften Worte nur die Folge der Leidenschaft jenes Moments gewesen waren. Seit Wochen nährte sie sich von der Erinnerung an diese Worte. Kein Tag war vergangen, an dem sie sich nicht mit dem Gedanken daran quälte. Kein Tag war vergangen, an dem sie es nicht bereute, dass sie in jener Nacht nicht ihre eigene Liebe erklärt hatte. Wenn sie ihm vielleicht gesagt hätte, wie sehr sie ihn liebte, wäre dieser Graben zwischen ihnen nicht entstanden.

„Ihm liegt mehr an dir als ihm je an einer Frau gelegen hat", fuhr Verity fort.

Nick hatte nie erklärt, dass er sie liebte, eine Tatsache, die sie ihrer Schwägerin, der sie so nahe gekommen war, nicht verraten würde. Also musste sie das Gesprächsthema wechseln. „Hast du den Mann auf dem Pferd hinter uns bemerkt?"

Als Verity sich schnell herumdrehen wollte, packte Fiona ihren Arm. „Bitte, nicht so auffällig! Lass mich in den nächsten Seitenweg einbiegen, dann kannst du einen Blick riskieren."

Fiona lenkte ihren Phaeton in den nächsten, ihre Strecke kreuzenden Pfad, und Verity bewegte ganz leicht ihren Kopf. „Der Mann folgt uns", erklärte sie schließlich.

„So ist es. Und nicht zum ersten Mal. Während der letzten Wochen habe ich bemerkt, dass er uns folgt."

„Jetzt, wo du es erwähnst, denke ich, dass er mir bekannt vorkommt - nicht, dass ich ihn schon zuvor bemerkt hätte, aber ich habe ein Auge für Pferde, und ich habe diesen Kastanienbraunen viele Male gesehen."

„Ich schwöre, dass du das hast!"

„Wann bist du zuerst auf ihn aufmerksam geworden?"

„Zuerst sah ich ihn vor dem Albany - du weißt, Lady Melbournes früherem Haus, das nur ein paar Häuser von unserem entfernt ist. Beim ersten Mal dachte ich mir nichts dabei, außer, dass ich fand, er sei zu schlicht angezogen, um im Albany zu wohnen. Als ich ihn am nächsten Tag wieder bemerkte, war ich noch verwirrter. Zufällig entdeckte ich, dass er hinter Trevor und mir ritt, als wir der Herzogin von Glastonbury einen Besuch abstatten wollten. Seitdem bin ich wachsam gewesen."

Zwischen Veritys Brauen entstand eine Falte. „Und er folgt dir überall hin?"

„Überall."

„Es muss Nicky sein!"

„Was muss Nicky sein?"

„Nicky hat Männer angestellt, um dich zu schützen."

„Warum sollte mein Mann mich bewachen lassen wollen?"

Verity zuckte mit den Schultern. „Vielleicht fürchtet er, ein paar Halsabschneider könnten dir wegen deines Schmucks Schaden zufügen."

„Im hellen Tageslicht?" Obwohl, musste Fiona im Stillen zugeben, den trüben grauen Himmel heute Tageslicht zu nennen, wäre übertrieben.

„Es ist nicht unvorstellbar."

„Aber ich verlasse Mayfair doch nie!"

„Mayfair, meine liebe Schwester, ist der Ort, wo man den schönsten Schmuck finden kann."

Fiona zuckte mit den Schultern. „Ich denke, das ist der Grund, warum Nick immer so böse schaut, wenn ich ohne Reitknecht ausfahre."

„Papa hat mich einmal bewachen lassen", sagte Verity. „Feinde, die er sich durch seine Geschäfte gemacht hatte, sprachen Drohungen aus und Papa war um meine Sicherheit besorgt. Ich wette, das ist der Grund, warum Nick Wachen angestellt hat, die dich beobachten."

Fiona wünschte, dass sie so wichtig für Nick wäre. Es schien wahrscheinlicher, dass er froh sein würde, sie los zu sein. Aber natürlich konnte sie Verity gegenüber solchen Zweifeln keinen Ausdruck verleihen. „Vielleicht frage ich Nick - wenn ich ihn einmal alleine erwische", sagte sie leichthin. Obwohl er sie an den meisten Abenden begleitete, waren sie doch immer mit anderen Menschen zusammen. Niemals alleine. Es war fast vier Monate her, dass sie ein Bett geteilt hatten, vier Monate, seit sie die Wärme seiner Hände auf ihrer bloßen Haut gefühlt hatte.

Verity räusperte sich. „Ich muss nach Great Acres zurückkehren."

Fionas Hände, die die Zügel hielten, senkten sich. Verity hatte recht, dass sie zu ihrer verwitweten Mutter zurückfahren wollte, aber Fiona hasste es, sie zu verlieren. Sie würde Verity furchtbar vermissen, ebenso, wie sie Randy vermisste. Und wenn Verity London verließ, ohne sich verlobt zu haben, würde das Fionas viele Fehlschläge nur bestätigen: ihr Misserfolg, einen Ehemann für Verity zu finden, ihr Misserfolg, den Bruch mit Randy zu kitten, und ihr Misserfolg, die Zuneigung ihres eigenen Ehemannes zu erlangen.

„Ich fühle mich so elend. Ich habe dich mit dem Versprechen, dass wir einen passenden Ehemann für dich finden würden, nach London gelockt und jetzt musst du in die Langeweile von Great Acres zurückgehen, immer noch unverheiratet."

„Das ist nicht mehr dein Fehler als es ist, dass Miss Peabody mit leeren Händen vom Heiratsmarkt zurückkam."

„Aber Miss Peabody hat ihre Chancen, einen Mann auf sich aufmerksam zu machen, absichtlich sabotiert."

Verity musterte Fiona. „Woher weißt du das?"

„Weil sie darauf bestand, diese Brille zu tragen."

„Das arme Ding kann ohne sie nichts sehen!"

Fiona hob den Kopf. „Auf dem Einführungsball hat sie sie nicht getragen."

„Weil die Gräfin sie dazu gezwungen hat, aber Miss Peabody gestand mir, dass sie nicht in der Lage gewesen war, das Gesicht eines Mannes klar zu sehen, der mit ihr tanzte."

„Liebe Güte, dann nehme ich an, sie muss sie wirklich tragen. Man muss doch wissen, wie der zukünftige Ehemann aussieht."

„Meine Freundin interessiert sich nicht für die Liebe."

„Vielleicht wird sie das im nächsten Jahr."

„Vielleicht", sagte Verity achselzuckend. „Ich bin dir für alles dankbar, was du getan hast, um mir Männer vorzustellen, die eine gute Partie wären. Ich würde sagen, ein Dutzend der Männer, die ich kennengelernt habe, hätte ..." Sie hielt plötzlich inne.

Fiona fuhr mit offenem Mund zu Verity herum. „Da ist jemand! Du *hast* dich verliebt, nicht wahr?"

Verity antwortete einen Moment lang nicht. Dann nickte sie.

„Ich war so dumm!", sagte Fiona. „Jetzt wird mir klar, warum du so viele anständige Männer nicht ermutigen wolltest. Hast du deinen Liebsten schon gekannt, bevor du zu uns kamst?"

„Nein", sagte Verity mit einem Kopfschütteln. „Ich bin nach London gekommen, um einen Ehemann zu finden. Und habe mein Herz an einen unpassenden Mann verloren."

„Aber, wenn du ausgegangen bist, waren immer Miss Peabody oder ich bei dir. Wie, bitte, konntest du die Gelegenheit haben, dich in einen unpassenden Mann zu verlieben?"

„Während meiner morgendlichen Ausritte", gab Verity düster zu. „Ich habe kaum mit ihm gesprochen, aber kein anderer Mann wird mir jemals gefallen."

Sie mochten nur sehr wenige Worte gewechselt haben, aber um in Verity eine so starke Bindung hervorzurufen, da war Fiona sich sicher, mussten Verity und ihr Liebster mehr als nur ein paar Worte gewechselt haben. „Hat er dich geküsst?"

Tränen füllten Veritys Augen und sie nickte.

„Wenn du so für ihn fühlst, kann er nicht unpassend sein. Dein Urteilsvermögen ist zu gut, als dass du dich so zu einem unwürdigen Mann hingezogen fühlen könntest."

Verity räusperte sich. „Oh, er ist ein höchst würdiger Mann. Aber nicht für mich."

Fiona zügelte das Pferd. Der Phaeton kam zum Stehen und sie drehte sich zu Verity. „Warum nicht für dich?"

„Weil er ein Lord ist."

Zorn blitzte in Fionas wasserblauen Augen auf. „Das ist das Lächerlichste, was ich dich je habe sagen hören! Natürlich kannst du einen Lord heiraten! Du bist zweifellos die beste Partie auf dem diesjährigen Heiratsmarkt."

„Ich kann keinen Lord heiraten. Außerdem liebe ich ihn zu sehr, als dass ich ihm erlauben würde, sein Leben für eine flüchtige Zuneigung zu mir aufs Spiel zu setzen."

Fiona zog die Brauen zusammen. „Dann hat er sich dir gegenüber erklärt?"

„Er ..." Verity betupfte ihre Augen mit ihrem Taschentuch. „Er sagte mir, dass er mich liebt."

„Wenn er dich liebt, warum ist er nicht zu Nick gekommen und hat um deine Hand angehalten?"

„Er weiß nicht, wer ich bin. Und ... Ich weiß nicht, wer er ist."

„Verzeih mir, wenn ich verwirrt klinge, aber wie kannst du wissen, dass er ein Lord ist, wenn du nicht weißt, wer er ist?"

„Ich sah seinen Siegelring."

„Du starrköpfiges Gänschen! Deshalb hast du deine Morgenritte eingestellt! Ich nehme an, dass du es aufgegeben hast, im Morgengrauen in den Hyde Park zu reiten, als dir klar wurde, dass er ein Lord ist."

Verity nickte. „Ich dachte, mit der Zeit würde ich ihn vergessen."

„Also hat der arme Mann in den letzten paar Monaten jeden Morgen vergebens auf dich gewartet."

„Nicht mehr. Vor allem nicht mehr seit der Nacht in Vauxhall."

Jetzt war Fiona vollends durcheinander. „Ich war in Vauxhall mit dir und kann mich an keinen Lord außer Warwick erinnern, der in unserer Gesellschaft gewesen wäre."

„Das war er auch nicht. Er hat mich jedoch vor

dem Ruin durch die Hand dieses abscheulichen Sir Reginalds gerettet."

„Wie romantisch!"

Verity brach in Tränen aus. „Es war s-s-so romantisch! Er flehte mich an, ihm meinen Namen zu sagen, flehte, mich besuchen zu dürfen." Zwischen weiteren Schluchzern brachte sie heraus: „Er hat mich so innig geküsst und mir gesagt, dass er mich liebte."

„Und du hast ihn fortgeschickt?"

Ein tiefes Schluchzen stieg aus Veritys Brust auf und wurde zu einem lauten Schrei. „Ich bat ihn, wenn ..." Schnüff. Schnüff. „Wenn ihm etwas an mir läge, sollte er mir nicht folgen."

Fiona verschränkte die Arme vor ihrer Brust und starrte ihre Schwägerin ungläubig an. „Das ist das dümmste, was du je getan hast!"

„Ich ... ich habe ihm auch gesagt, dass ich die Tochter eines Bürgerlichen bin. Da er jetzt weiß, dass ich völlig unpassend bin, wird er mich vergessen."

„Ich bin der lebendige Beweis dafür, dass er das nicht tun wird", sagte Fiona mit trauriger Stimme.

* * *

Er hatte gedacht, nachdem die Bälle und Routs und musikalischen Abende am Ende der Saison vorbei sein würden, könnte er mehr Schlaf bekommen, auf der Börse wacher sein, aber obwohl er an den letzten zwei Tagen früh zu Bett gegangen war, fand er doch keinen Schlaf. Wie konnte er das, im Wissen, dass Fiona im Bett im nächsten Zimmer lag? Er wusste, wenn er zu ihr ginge, würde sie ihre Pflichten als Ehefrau erfüllen. Aber das war nicht genug für Nick. Er wollte, dass sie ihn mit ebenso brennendem Verlangen begehrte wie er sie.

Und er wollte ihre Liebe.

Solange Warwick atmete, konnte Nick sie niemals haben.

Vielleicht gewöhnte er sich an den Schlafmangel. Ein Jammer, dass er nicht unempfindlich gegen den ständigen Schmerz werden konnte.

Selbst jetzt, während er versuchte, sich auf seine Kontenbücher zu konzentrieren, hörte er ihre liebliche Stimme, als sie mit Verity zu ihrem Klavierspiel im Salon sang. Wie sehr er sich danach sehnte, ihr zuzusehen, sich an ihrer Perfektion zu berauschen. Stattdessen starrte er die geschlossene Tür seiner Bibliothek an und vernachlässigte die Kontenbücher vor sich. Er war wie ein Mann, der nach Opium süchtig war. Nur war Fiona sein Opium.

Der Gesang hörte auf und eine Minute später öffnete sich die Tür zu seiner Bibliothek. Die Silhouette seiner Frau zeichnete sich gegen den Türrahmen ab, elegant in einem elfenbeinfarbenen Kleid, das die sanften Hügel ihrer Brüste kaum bedeckte. Der ernste Ausdruck auf ihrem Gesicht, der in diesen Tagen ein Teil davon geworden zu sein schien, war wieder zu sehen, als sie die Tür schloss und zu seinem Schreibtisch kam.

Er schloss die Kontenbücher und begegnete ihrem düsteren Blick.

„Warum lässt du mich verfolgen?", fragte sie und ließ sich in einen Sessel ihm gegenüber sinken.

Was immer er erwartet hatte, das sie sagen würde, dies war es nicht gewesen. Er musterte sie mit harten Augen und sprach dann eisig. „Vielleicht wollte ich alle scheußlichen

Einzelheiten über deine Treffen mit deinem Liebhaber wissen."

„Dann, schätze ich, musst du sehr enttäuscht worden sein", sagte sie.

Er hatte nicht den Mut besessen, die Wachen zu fragen, ob sie sich mit Warwick getroffen hätte. Könnte es sein, dass sie das nicht getan hatte? Seine Gedanken gingen zu dem Tag zurück, als er ihr gesagt hatte, dass er es nicht dulden würde, wenn sie sich einen Liebhaber nehmen würde. Hatte sie sich nach seinen Wünschen gerichtet?

„Dann verzeih mir", sagte er. „Tatsächlich habe ich mir Feinde gemacht, Feinde, von denen ich fürchte, dass sie dir schaden könnten, um mich zu treffen."

Sie begann zu lachen. Ein freudloses Lachen.

Eine scharfe Falte bildete sich zwischen seinen Brauen. „Warum lachst du?"

„Ich wage zu behaupten, dass du einen Mann, der es schafft, dass du mich los wirst, noch belohnen würdest."

Zorn flammte in ihm auf. „Du denkst, ich möchte, dass dir etwas zustößt?"

„Vielleicht wünschst du mir nichts Böses", sagte sie kühl. „Du wünschst dir nur, dass du mich nie geheiratet hättest."

Jetzt lachte er. Wie viel Schmerz hätte er sich erspart, wenn er sie nicht geheiratet hätte. Tausend Mal hatte er sich gewünscht, dass sie nie mit ihrem bizarren Vorschlag zu ihm gekommen wäre, ihn nie mit ihrem überzeugenden Angebot in Versuchung geführt hätte, nie sein Herz mit ihrem willigen Körper gefangen hätte. Aber die Vergangenheit konnte nicht ungeschehen gemacht werden. „Ich kann mich nicht daran erinnern, mich darüber beklagt zu haben, dass ich dich geheiratet habe."

„Du musst es mir nicht sagen, Nick. Deine Kälte allein spricht lauter als Worte. Ich habe versprochen, eine liebevolle Frau zu sein, aber du willst von meiner Zuneigung ja nichts wissen."

„Da liegst du falsch, meine Liebe. Mein Verlangen nach dir bereitet mir viel Schmerz."

Sie stand aus ihrem Sessel auf und kam zu ihm, ihre Augen auf die Schwellung in seinem Schritt gerichtet. Dann tat sie etwas Überraschendes. Sie legte ihre Hand auf seine pulsierende Erektion und flüsterte: „Lass mich *diesen* Schmerz lindern, Nick."

Eine Flut mächtiger Gefühle überwältigte ihn. Er zerrte sie auf seinen Schoß und zermalmte ihre Lippen mit seinem Mund. Seine Hände fuhren über ihren Körper, als ihr Kuss ihn in eine Flut glühender Hitze stürzte. Er hatte nie mehr nach ihr gehungert, nie zuvor das Gefühl von ihr in seinen Armen, ihren Geruch, so genossen. Aus ihrer hungrigen Antwort erkannte er, dass sie ihn mit demselben brennenden Verlangen begehrte, das ihn verzehrte. Seine gierigen Hände wühlten sich in ihre heiße Haut, er war von seinem Begehren zu sehr überwältigt, um zärtlich sein zu können. Sie war so sehr weich, so schmerzhaft begehrenswert, dass es nicht in seiner Macht stand, nicht zu nehmen, was sie anbot. Er schob das knappe Mieder ihres Kleides beiseite, entblößte ihre Brüste und beugte sich vor, um eine davon in seinen Mund zu nehmen, erregte sich an dem Schaudern, das durch ihren Körper ging.

Als ihre Hand sich um sein Glied legte, war jeder Gedanke ausgelöscht, außer einem: Er würde hier in der Bibliothek mit ihr schlafen. Und sie würde es zulassen. Mit der Innenseite seines Handgelenks begann er, gegen den tiefsten Knochen ihres Körpers zu drücken. Sie rieb sich gegen die Bewegung seiner Hand und machte diese leisen, wimmernden Töne, die wieder zu hören er sich so gesehnt hatte. Lieber Gott, er würde es keinen Moment länger aushalten, seinen Samen nicht zu vergießen. „Ich kann nicht warten", stöhnte er und schob ihre Hand weg.

„Nimm mich hier", flüsterte sie mit atemloser Stimme, als sie sein Gesicht mit ihren Händen zu ihren Brüsten zog.

Er hob seinen Kopf von ihrem weichen Busen und schaute in ihre glühenden Augen. Sie war nie schöner gewesen. „Bist du sicher, dass es das ist, was du willst?", fragte er heiser.

Brennender Hunger blitzte in ihren Augen auf, als sie nickte.

Als seine Hand gerade unter ihr Kleid glitt, klopfte es an der Tür seiner Bibliothek. Er stöhnte, als ein Seufzer sich seinen Lungen entrang, und gleichzeitig seufzte auch Fiona. Dann knurrte er: „Was ist los?"

„Eine dringende Nachricht von einem Ihrer Kuriere," sagte Biddles.

Nick schrak auf. *William ist etwas passiert!* Seine Hände tasteten über Fionas Brüste, als er an ihrem Mieder zerrte, um sie zu bedecken. Dann stand er auf, zog sie mit sich, bevor er sie wieder in den Sessel fallen ließ. Noch hinter dem Schreibtisch stehend sagte er: „Sie können hereinkommen."

Aber es war nicht Biddles, der den Raum betrat. Es war einer der Kuriere, der die blaugelbe Livree der Birminghams trug. Nicks Herz, das gerade noch so glücklich geschlagen hatte, machte einen Satz. Der Blick des Mannes huschte zu Fiona, bevor er Nick den versiegelten Brief übergab.

Nick riss das Siegel auf und begann mit pochendem Herzen zu lesen. Der Brief war von Williams dienstältestem Wachmann geschrieben.

Sehr geehrter Mr. Nicholas Birmingham,

Ich bedauere sehr, Sie informieren zu müssen, dass Ihr Bruder William unter Arrest gestellt wurde. Joseph Bonaparte, der König von Neapel, erlaubt niemandem, mit Mr. William Birmingham zu sprechen und es ist ihm sogar die Vergünstigung versagt, Briefe an seine Familie schreiben zu dürfen. Glücklicherweise konnten unsere Männer die Kutsche, in der sich die Francs befinden, an einem Ort nordöstlich von Neapel, wo die Franzosen keine Macht haben, sicher unterbringen.

Ich erwarte Ihre weiteren Anweisungen. Unser Kurier weiß, wo er mich finden kann.

Nick ballte fluchend den Brief in seiner Hand zusammen und schleuderte ihn ins Feuer, dann entließ er den Kurier.

Gott sei Dank war William noch am Leben. Er musste schleunigst etwas unternehmen, damit das so bliebe.

„Was ist los, Liebster?", fragte Fiona und eilte zu ihm.

Er wandte sich ihr mit ernstem Gesicht zu. „Etwas Dringendes. Ich muss sofort gehen."

Es zerriss ihm das Herz, diesen verwundeten Ausdruck auf ihrem schönen Gesicht zu sehen. „Es kann nicht warten?", fragte sie ihn mit dünner Stimme.

Er legte seine Hände auf ihre schmalen

Schultern und sprach leise. „Das kann es nicht."

Sie richtete sich auf. „Wenn du jetzt gehst, weiß ich, dass du über unsere Ehe entschieden hast."

„Diese dringende Angelegenheit hat nichts mit unserer Ehe zu tun", zischte er. Er wollte nach ihrer Hand greifen, aber sie zog sie weg.

„All deine *privaten* Angelegenheiten sind dir wichtiger als ich."

„Niemand ist mir wichtiger als du."

„Wenn du das ernst meinst, bleibst du hier."

„Fiona", sagte er und trat auf sie zu.

„Berühre mich nicht! Ich bin deinen Berührungen gegenüber machtlos, und du weißt es sehr gut."

Zu jeder anderen Zeit wären ihre Worte ein Aphrodisiakum gewesen. Aber nicht jetzt. Sein Bruder schwebte in großer Gefahr. „Ich muss gehen", sagte er ernst.

„Dann ist deine Entscheidung getroffen", sagte sie und ihre Stimme überschlug sich vor Emotionen, als sie aus dem Zimmer floh.

Kapitel 25

Mit zitternder Hand kritzelte Nick eine Nachricht für Warwick, strich zweimal das falsche Wort aus. Seine Unfähigkeit sich zu konzentrieren war verständlich. Jede Zelle seines Körpers bebte noch von dem schmerzhaften Abschied von Fiona. Jede Spur seiner Willenskraft war auf die Probe gestellt worden, als er sich nicht zugestand, ihr nachzulaufen. Ein verschwendeter Moment - selbst, wenn es darum ging, die Zweifel des Menschen zu zerstreuen, der ihm am meisten bedeutete - könnte seinen Bruder das Leben kosten.

Er schwor, dass er die Sache mit Fiona in Ordnung bringen würde, wenn diese Krise überstanden war - wenn das noch möglich war.

Nachdem er den Brief versiegelt hatte, stürmte er aus dem Haus und ging zu den Pferdeställen.

Einen Block von Warwicks Haus in der Curzon Street entfernt, bezahlte Nick einen Straßenjungen mit einer Krone, damit er dem Earl die Nachricht überbrachte. Obwohl große Eile geboten war, konnte Nick es nicht riskieren, in Warwick House gesehen zu werden. Williams Leben wäre verloren, wenn irgendjemand von der Verbindung zwischen den Birminghams und dem britischen Außenminister erführe.

Von der Curzon Street begab sich Nick direkt zu dem Gasthaus in Soho, in dem er, wie er Warwick geschrieben hatte, auf ihn warten würde.

Es war heute Abend keine Zeit, zu einem abgelegenen Ort zu reiten. Nicks Blut wurde kalt, wenn er nur daran dachte, welches Schicksal anderen Gegnern Bonapartes bestimmt gewesen war. Er durfte seinen jüngeren Bruder nicht mehr in Gefahr bringen, als er es ohnehin schon getan hatte. Verdammter Warwick. Verdammter Napoleon Verdammter, nie enden wollender Krieg.

Nick hatte den ‚Bär & Eber' ausgewählt, da diese Wirtschaft anders als die Gasthäuser in Soho sonst groß genug war, eine Ansammlung von Tischen und Stühlen vorzuweisen. Er ließ sich an einem Tisch in der dunkelsten Ecke der Wirtsstube nieder und wartete auf Warwick. Ein weiterer Grund dafür, dass ‚Bär & Eber' eine ausgezeichnete Wahl für ein geheimes Treffen war, lag in der Tatsache, dass niemand ihre private Unterhaltung in dem ständigen Gemurmel männlicher Stimmen belauschen konnte, das den Raum füllte.

Während die Minuten vorbeitickten und Warwick nicht kam, wurde Nick nervös. Was, wenn Warwick nicht zu Hause gewesen war und seine Nachricht nicht erhalten hatte? Es könnte früher Morgen werden, bis der Brief in seine Hände kam, und dann würde die Gastwirtschaft geschlossen sein. Während Nick noch über diese mögliche Panne nachdachte, kam Lord Warwick in den Raum geeilt und schälte sich aus seinem schweren Umhang, während sein Blick durch die dunkle Gaststube schweifte. Seine Augen hellten sich auf, als er Nick sah, dann kam er, um sich neben ihn zu setzen. „Was ist so verdammt dringend?", fragte er.

„Mein Bruder ist in großer Gefahr."

Warwicks Braue wanderte nach oben.

„Joseph Bonaparte hat ihn verhaften lassen."
Der Earl saß da und schaute ihn nur an. Nick beobachtete, wie das Kerzenlicht sich in Warwicks dunklen Augen spiegelte und fragte sich, ob irgendetwas den Außenminister hatte ertauben lassen. Hatte er ihn nicht gehört? Endlich sagte der Earl: „Ich bin sehr enttäuscht, das zu hören."

„Ich gebe keinen Dreck um Ihre Enttäuschung. Ich brauche Ihre Hilfe. Ich werde nicht zulassen, dass die verdammten Franzosen meinen Bruder ermorden."

„Ich würde alles Menschenmögliche tun, um ein solches Unglück zu verhindern, aber ich habe in diesem Fall keine Möglichkeiten, Ihnen zu helfen. Wir haben keine Kontakte in Neapel. Absolut keine. Ihr Bruder hätte nie dorthin gehen sollen. Wäre er in, sagen wir, Sevilla, könnte ich eine Einheit abstellen, um ihn herauszuholen."

Nicks Augen wurden schmal und seine Stimme wurde drohend. „Sie wussten verdammt gut, dass er nach Neapel unterwegs war!"

„Ich sagte Ihnen, dass das riskant wäre, aber Sie versicherten mir, dass Ihr Bruder geschickt darin sei, die richtigen Hände mit Silber zu schmieren."

„Etwas, worin er ein Fachmann ist. Das Einzige, was seine ,Großzügigkeit' nutzlos machen würde, wäre die Beschuldigung, dass er für *Sie* arbeitet. Sie haben mir geschworen, dass niemand von dieser Operation wusste, außer Ihnen, meinen Brüdern und mir." Zorn blitzte in Nicks Augen auf, als er sich vorbeugte und voller Verachtung fragte: „Wem haben Sie noch davon erzählt?"

Warwicks Mund wurde schmal vor Missfallen. „Niemandem. Ich habe die Lektion teuer gelernt, dass selbst die Kollegen, denen man am meisten vertraut, Dinge verraten können. Dieser Auftrag war zu wichtig. Außerdem ... niemals könnte ich Lady Fionas Sicherheit aufs Spiel setzen. Wenn die Franzosen je davon Wind bekämen, dass Sie und Ihre Brüder mir helfen, könnten sie sie als Druckmittel verwenden, um die verschwundenen Francs wiederzubekommen."

Gott, wie Nick den Außenminister hasste! Warwick versuchte nicht einmal, seine Liebe zu Nicks Frau zu verbergen. Aber wegen Warwicks Liebe zu Fiona glaubte Nick ihm. Er hatte es keiner anderen Seele erzählt. „Ich bedaure, dass ich mich je von Ihnen zu diesem Plan überreden ließ", fauchte Nick.

Warwicks Blick huschte zu einem Tisch nahe bei ihnen, wo sich ein Trio von lauten, schlecht gekleideten Männern gerade hingesetzt hatte, dann senkte er seine Stimme. „Ich habe Sie nicht überredet, Birmingham. Ihr eigener Patriotismus veranlasste Sie, ihre umfangreichen Ressourcen für Krone und Land zu verwenden."

„Dieser Ressourcen sollten mir bei Gott besser helfen, meinen Bruder zurückzuholen", grollte Nick und stand auf. Er konnte sehen, dass er vom Außenministerium keine Hilfe bekommen würde.

Jetzt war es Nicks Aufgabe, William zu retten.

Er verließ mit steifen Schritten das Gasthaus.

* * *

Adams Augen öffneten sich und er starrte in die Kerze, die Nick hart auf seinem Nachttisch abgestellt hatte. „Was zur Hölle tust du hier? Wieviel Uhr ist es?"

„Steh auf!", befahl Nick. „Es ist noch nicht Mitternacht. Wir müssen über eine Krise sprechen."

Adam schrak hoch. „William ist etwas zugestoßen!"

„Er wird in Neapel im Gefängnis festgehalten", sagte Nick mit ernster Stimme, bevor er in einen Sessel vor dem Kamin seines Bruders fiel.

„Guter Gott! Wie hast du das erfahren?", fragte Adam.

Nick berichtete über die Ereignisse des Abends und schloss mit der Frage: „Hast du den Auftrag unseres Bruders irgendjemandem gegenüber erwähnt?"

„Natürlich nicht!" Adam sah ihn empört an. „Glaubst du, dass ich Will tot sehen will?"

Nick runzelte die Stirn. „So dachte ich mir das. Es ist nur so, dass ich nicht verstehen kann, warum die Frösche ihn verhaften. Ich weiß, dass er alle zuständigen Behörden bestochen hat. Der einzige Grund, den ich sehen kann, warum sie ihn verhaften würden, wäre, dass sie herausgefunden haben, dass er dem Außenministerium hilft."

„Bist du sicher, dass Warwick es niemandem erzählt hat?"

„Erstaunlicherweise, ja."

„Dann können die Franzosen einfach nichts davon wissen. Es ist wahrscheinlicher, dass sie ein großes Lösegeld von uns bekommen wollen."

„Das glaube ich nicht", sagte Nick mit einem verwirrten Stirnrunzeln. „Einer von uns würde sonst inzwischen schon etwas gehört haben."

„Ich muss nach Neapel", sagte Adam und raffte sich aus dem zerwühlten Bett auf.

„Warum nicht ich?"

„Weil dein Geschäft ruiniert wäre, wenn du die Börse für mehrere Wochen verlassen würdest. Ich andererseits habe kompetente Leute, die unsere Bank führen können, wenn ich nicht da bin."

„Das war deutlich. Aber kannst du sicher sein, dass deine Bestechungsgelder besser sind, als die, die Will schon geboten hat?"

„Will hat keine Kerkermeister bestochen. Das werde ich tun."

„Du meinst, du willst ihn aus dem Gefängnis holen?"

„Fällt dir etwas anderes ein?"

„Ich kann mir hundert Möglichkeiten vorstellen, wie das schiefgeht, und ich möchte nicht *zwei* tote Brüder haben."

Adam setzte einen Blick gespielter Empörung auf. „Wie sollte das schiefgehen?"

„Auf der einen Seite sieht William äußerlich durch seine Farben ganz anders aus als die Italiener. Anders als du mit deinem dunklen Teint könnte Will nie als Italiener durchgehen, wenn er aus dem Gefängnis in Neapel flieht."

„Daran hatte ich nicht gedacht." Adam setzte sich in den anderen Sessel am Kamin und stützte sein Kinn in die Hand, kniff die Augen zusammen, während er weiter über einen Weg nachdachte, wie er seinen Bruder retten könnte. „Schade, dass er nicht mit einem französischen Mädchen verheiratet ist."

Nick sprang auf und begann, auf dem knarrenden Holzboden hin und her zu tigern. „Du bist genial!"

„Bin ich das?"

„Allerdings." Nick machte auf dem Absatz kehrt und sah seinen Bruder an. „Wenn du mir jetzt nur jemanden sagen kannst, der weiß, wie man Dokumente fälscht."

Adam schaute beleidigt drein. „Ich bin ein anständiger Geschäftsmann."

„Das weiß ich! Eigentlich dachte ich an Will.

Hatte er nicht einen Kerl, der Papiere für seine Reisen auf den Kontinent fälscht?"

„Stimmt, den gibt es! Ein Kerl in Hackney. Und wir haben Glück. Der Mann ist Franzose!" Seine Brauen hoben sich argwöhnisch, als er Nick musterte. „Aber wozu wären falsche Dokumente gut?"

„Yvonne."

„Was, bitte, haben Dokumente mit deiner früheren Geliebten zu tun?"

„Yvonne steht tief in meiner Schuld. Dank meiner Großzügigkeit war sie imstande, sich in der Pariser Gesellschaft zu etablieren. Die Bonapartes, Murat und sogar Talleyrand gehören zu ihren Bewunderern."

Adams Augen funkelten. „Ich fange an zu verstehen. Du willst sie bitten zu behaupten, dass sie Will geheiratet hätte."

„Genau."

„Erlaube mir zu sagen, dass du genial bist."

„Wenn ich genial wäre, hätte ich meinem Bruder nicht erlaubt, sein Leben in dieser Weise aufs Spiel zu setzen."

„Gibt dir nicht die Schuld. Erinnerst du dich daran, wie sehr sich Will über die Herausforderung gefreut hat, bevor er abreiste?"

„Will ist ein junger Esel! Ich bin zweiunddreißig. Ich hätte es besser wissen müssen."

„Wärest du ein Anhänger Benthams, würdest du Wills Sicherheit ‚für das Allgemeinwohl' riskiert haben."

„Verdammt gut, dass ich kein verfluchter Anhänger von Bentham bin!"

Adam sah blinzelnd zu seinem Bruder auf. „Wie willst du wissen, ob Yvonne mitspielt?"

„Sie wird."

„Ich habe keinen Zweifel daran, dass sie es tun würde, wenn sie dich von Angesicht zu Angesicht sähe. Frauen scheinen dir nichts abschlagen zu können. Aber wie kannst du sie überreden, wenn du nicht nach Paris gehen kannst?"

Nick fuhr herum. „Warum kann ich nicht nach Paris gehen?"

„Falls du es nicht bemerkt hast, es ist Krieg. Engländer dürfen keinen französischen Boden betreten."

„Das gilt nicht für Engländer mit sehr tiefen Taschen, Engländer, die Französisch sprechen wie Eingeborene."

Aber zur Hölle, wie würde er Fiona seine Abwesenheit erklären?

* * *

Einige kostbare Augenblicke lang hatte sich an diesem Abend der schwere Vorhang der Düsternis über ihrem Herzen gehoben. Nick hatte ihr gesagt, dass er sie begehrte. Er hatte sogar gesagt, dass ihm niemand wichtiger wäre als sie. Und das wundervollste war, dass er sie leidenschaftlicher denn je zuvor geküsst hatte. Er *wollte* sie.

Bis dieser elende Brief ankam. Zuerst dachte sie, die Nachricht wäre von seiner Geliebten, aber nachdem sie darüber nachgedachte, fiel ihr auf, dass sie von einem Diener überbracht worden war, der die Livree der Birminghams trug, einem von Nicks eigenen Kurieren. Die dringende Angelegenheit, die ihn von ihr fortgerissen hatte, musste mit seinen Geschäften zu tun haben. Ganz gleich, was er ihr gesagt hatte, seine Geschäfte kamen *zuerst*. Es schien, dass alles für Nick wichtiger war, als ihre Ehe zu retten.

Sie war in ihr Zimmer geflohen und war dort hin und her gegangen, hatte sich mit der

Erinnerung an jedes Wort gequält, das er gesagt hatte. *Niemand ist mir wichtiger als du.* Wenn das doch nur wahr wäre. Sie schloss ihre Augen und stellte sich vor, wie seine begierigen Hände sie streichelten, erinnerte sich lebhaft an die glühenden Küsse, die sie getauscht hatten. Er hatte sie gewollt.

War genug von seiner früheren Zuneigung für sie geblieben, um ihre schwankende Ehe wieder zu beleben? Würde sie es wagen, ihren Stolz beiseite zu schieben und ihre Forderung, dass er zwischen ihr und seinen dringenden Geschäften wählen sollte, zu vergessen? War sie bereit, ihm zu verzeihen, wie er sie stehengelassen hatte, um die Flamme am Leben zu halten, die an diesem Abend in ihm gebrannt hatte?

Sie klingelte nach Prudence, um sich für die Nacht in ein Gewand aus feinem Batist kleiden zu lassen, und als ihre Zofe fertig war, setzte sich Fiona an ihren Frisiertisch, während Prudence ihr Haar auskämmte. In dem schwachen Kerzenlicht, das den Spiegel beleuchtete, musterte Fiona ihr eigenes Bild. War sie in Nicks Augen ebenso schön wie Hortense? Hortenses Mund war voller als Fionas, aber Fionas blaue Augen waren größer als die grünen der Herzogin. Wäre Fiona eine unparteiische Beobachterin gewesen - was, wie sie erkannte, unmöglich war - hätte sie ihre Gesichter gleich schön gefunden. Dann fiel ihr Blick auf die beiden bescheidenen Hügel unter ihrem Nachtgewand. Dort hatte die Herzogin mit Sicherheit mehr zu bieten als Fiona. Fiona fragte sich, ob Nick mit ihr zufriedener gewesen wäre, wenn sie üppigere Formen hätte. Die Erinnerung an seine Hände, wie sie ihre Brüste berührten, sie kneteten, wie sein Mund an ihnen saugte, ließ

ihre Brüste schwer werden und flüssige Hitze in
ihr aufsteigen.

Nachdem Prudence gegangen war, spritzte
Fiona Tröpfchen eines leichten Parfüms auf ihre
Handgelenke und ihren Hals. Sie würde ihren
Stolz vergessen und ihn bitten, ihr dieses dumme
Ultimatum zu verzeihen. Sie würde ihm sagen,
dass sie verstand, dass er sie nicht verlassen
haben würde, wäre die Angelegenheit, die ihn
abrief, nicht wichtig gewesen. Sie würde
schwören, keine neugierige Frau zu sein.
Nachdem sie diesen Entschluss gefasst hatte, ging
sie zu Nicks Schlafzimmer und wartete in einem
satinbezogenen Sessel vor dem Feuer auf ihn. Das
warme Gefühl, nach so langer Abwesenheit wieder
in seinem Zimmer zu sein, kroch bis in ihre Seele.

Dutzende Male übte sie während der folgenden
Stunden, was sie zu ihm sagen wollte. Mit jeder
Wiederholung wurde ihr mehr bewusst, dass,
gleich war sie sagte oder wie sie es sagte, nichts
die Tatsache verbergen konnte, dass sie ihren
Stolz für die Chance, seine Liebe zu erlangen,
aufgab.

Die Aussicht, seine Arme wieder um sie zu
spüren, war das Risiko einer flüchtigen
Demütigung wert.

Sie wusste nicht, wann sie eingeschlafen war.
Irgendwann nach zwei Uhr, sie war sich sicher.
Als sie erwachte, war es sieben. Ihr Blick fiel auf
das große Bett mit seinen seidenen Vorhängen, in
dem sie solche Herrlichkeit erlebt hatte. Das Bett
war unberührt.

Nick hatte die Nacht bei seiner Geliebten
verbracht. Fiona wurde von ihrer Verzweiflung
fast überwältigt. Tränen füllten ihre Augen, als sie
aufstand, um in ihr Zimmer zurückzugehen.

Während sie teils dankbar war, dass ihr die Demütigung erspart geblieben war, schrie ihr anderer Teil lautlos nach seiner Berührung.

Als sie sich dem angrenzenden Ankleidezimmer näherte, hörte sie gedämpfte Stimmen. Zweifellos half Nicks Kammerdiener ihm aus der Abendkleidung. Sie konnte der Demütigung, von ihm jetzt in seinen Räumen gefunden zu werden, nicht ertragen. Sie wandte sich von der Tür zum Ankleidezimmer ab, in der Absicht, durch den Flur leise in ihre eigenen Zimmer zurückzukehren.

Aber Nick musste das leise Geräusch ihrer Pantöffelchen gehört haben, denn er riss die Tür auf. „Fiona!"

Sie wirbelte herum, fort von ihm, vor Tränen konnte sie kaum etwas sehen, sie stolperte auf die Tür zu.

* * *

Nick schickte eilig seinen Kammerdiener fort und eilte ihr nach, packte sie an den Schultern und riss sie herum, so dass sie ihm gegenüberstand. „Was ist los? Du weinst ja!"

„Lass mich in Ruhe!" Sie hob trotzig ihren Kopf und ihre Stimme war eisig. „Würdest du mich bitte in meine Zimmer zurückkehren lassen."

„Das werde ich verdammt *nicht* tun." Sein Blick wurde weich, als er ihr schmerzerfülltes Gesicht betrachtete. Guter Gott, hatte er ihr das angetan? Wenn es ihn den Rest seines Lebens kostete, würde er sie dafür entschädigen, dass er ihr solchen Kummer zugefügt hatte. „Verzeih mir. Ich stelle fest, dass ich unglücklicherweise nicht hier war, als du den Mut hattest, den ersten Schritt zu tun und um Verzeihung zu bitten."

Sie erstarrte. „Schmeichele dir nicht! Ich wollte

nur meine Neugier befriedigen."

„Und die wurde offensichtlich nicht befriedigt."
Er wischte mit seinem Daumen eine Träne von
ihrer Wange.

„Welche Frau wäre wohl befriedigt zu wissen,
dass ihr Mann es vorzieht, im Bett einer anderen
Frau zu liegen?"

Er packte sie an den Schultern. „Du glaubst
wirklich, dass es eine andere Frau gibt?"

Sie holte tief Atem, um ein Schluchzen zu
unterdrücken. „Welche Geschäfte könnten dich
sonst die ganze Nacht aufgehalten haben?"

„Wie wenig du über meine Geschäfte weißt",
sagte er bitter. „Ich gebe dir mein Wort, dass ich
in der letzten Nacht bei keiner anderen Frau war."
Wenn seine Abwesenheit sie nicht so tief verletzt
hätte, würde er sich gefreut haben, dass er ihr
wichtig genug war, um eifersüchtig zu sein. Aber
er konnte sich nicht über ihren Schmerz freuen.

Wenn er nur nach Hause gekommen wäre,
nachdem er Adams Haus gestern Abend verlassen
hatte. Er hätte vielleicht das neu entfachen
können, was er früher am Abend mit seiner Frau
begonnen hatte. Stattdessen hatte er es
vorgezogen, nach Hackney zu fahren, den
französischen Fälscher aufzuwecken und die
ganze Nacht zu warten, während der Mann die
falschen Dokumente herstellte.

Jetzt würde es Nicks Herz brechen, seine Frau
so zurückzulassen.

Aber er hatte keine Wahl.

„Dann ..." Ihr Zorn schwankte. „Wo warst du
denn?"

„Das habe ich dir gesagt. Geschäfte."

„Und ich darf nie nach deinen kostbaren
Geschäften fragen", fauchte sie und versuchte,

sich von ihm loszureißen.

„Fiona, bitte glaube mir." Gott, aber er wollte ihr nicht sagen, dass er abreisen musste. „Es ist ein großes Problem aufgetreten, und ich bin der Einzige, der sich darum kümmern kann. In der Tat ..." sein Herz schlug schmerzhaft, „Ich werde für ein paar Tage verreisen müssen."

Ihre traurigen blauen Augen wurden noch größer. „Wann?"

„Ich muss noch in dieser Stunde fort."

„Wohin?"

Er wollte nicht lügen, aber er konnte ihr - oder irgendjemandem außer Adam - nicht die Wahrheit sagen. „Ich bin der Hauptaktionär einer Fabrik in Essex." Soweit stimmte das. „Ich muss dorthin gehen, um einen wichtigen Arbeitskampf zu schlichten."

„Ich verstehe", sagte sie kalt. „Gute Reise."

Diesmal ließ er sie gehen.

Die Erinnerung an ihr gequältes Gesicht drückte ihn mit kaum erträgliche Bedauern nieder.

Kapitel 26

Die ersten Wochen, die Randolph in Windmere Abbey verbrachte, war er überaus zufrieden mit sich selbst. Da er ohnehin für den Unterhalt und die vielen treuen Diener in Windmere Abbey zahlte, fand er, dass es die praktischste Lösung gewesen war, dorthin zurückzukehren. Seine Wohnung in London aufzugeben hatte ihm ebenfalls eine bescheidene Summer erspart. Und solange er in Windmere Abbey war, konnte er die Ausgaben hier eingehender untersuchen im Hinblick auf mögliche Einsparungen.

Er hatte schnell der Gewohnheit ein Ende bereitet, im Salon ein Feuer zu unterhalten. Da er nicht beabsichtigte, Besucher zu haben, konnte er alle seine Geschäfte von der Bibliothek aus führen und brauchte den Salon nie zu benutzen.

Eine andere Sparmaßnahme bestand darin, das Pferd seiner Schwester zu verkaufen. Zweifellos hatte ihr reicher Ehemann ihr inzwischen ein viel schöneres Tier geschenkt. Birmingham war für seine großartigen Ställe bekannt, obwohl Randolph nicht sah, wann der Emporkömmling je Zeit finden sollte, sie zu besuchen. Ebenso wenig konnte Randolph verstehen, warum Birmingham sich überhaupt die Mühe machte, einen Landsitz zu unterhalten, wenn er London und die Börse, wo er sein riesiges Vermögen anhäufte, selten verließ.

Randolph   bedauerte   flüchtig   seine

Entscheidung, dass er das Angebot seines Schwagers, ihm finanziell zu helfen, nicht angenommen hatte. Hätte er das getan, hätte er der schönen Dame im roten Reitkleid einen Antrag machen können. Aber Randolph war von der Idee besessen, das Vermögen seiner Familie ganz allein zu retten.

Nur zu schade, dass das Jahre dauern würde.

Und bis dahin würde SIE einen anderen geheiratet haben. Soweit er es beurteilen konnte, könnte sie inzwischen mit jemand anderem verlobt sein. Sie war viel zu schön, um nicht eine Schar von Verehrern anzuziehen. Sein Puls beschleunigte sich, als er sich daran erinnerte, dass sie auch eine Erbin war. Um so schlimmer. Mit ihrer Schönheit *und* einem Vermögen würden ihre Tage als unverheiratete Frau gezählt sein.

Als er an diesem Abend in seiner Bibliothek saß, vom Geruch und der Wärme eines kräftigen Torffeuers beruhigt, fiel Randolph ein, dass ein paar Wochen später Weihnachten sein würde. Stephen hatte Fionas Einladung, die Feiertage bei ihr in Camden Hall zu verbringen, angenommen. Was Randolph ohne Familie ließ.

Und ihn überaus missmutig machte.

Wie die Schalen einer Zwiebel begann seine Zufriedenheit Stück um Stück von ihm abzufallen. Wie hatte er so unglaublich selbstzufrieden sein können, wenn sein törichter Stolz ihn so teuer zu stehen gekommen war? Warum hatte er nicht Birminghams Vorschlag angenommen, wo es doch so schrecklich offensichtlich war, dass Fiona wirklich viel an ihrem Mann lag?

Wegen seines verdammten Stolzes hatte Randolph seine einzige Schwester verloren.

Und wenn er nicht so starrköpfig stolz gewesen wäre, hätte er seiner geheimnisvollen Dame einen Antrag machen können, anstatt ihr zu erlauben, wegzulaufen. Aber er war wild entschlossen gewesen zu warten, bis er ihr mehr zu bieten haben würde als einen Haufen Schulden. Selbst das Wissen, dass sie eine Erbin war, hatte ihn nicht beirren können. Wenn überhaupt, hatte es ihn nur entschlossener gemacht, ihr Geld *nicht* anzurühren.

Und wegen seines verdammten Stolzes würde sie jetzt vermutlich einen anderen heiraten.

Er stieß ein bitteres, freudloses Lachen aus. Was hatte sein Stolz ihm nun eingebracht? Er hatte die Menschen verloren, die er am meisten liebte.

Wenn jemand ein einsames, freudloses Weihnachten verdiente, dann er.

* * *

Nick sah zu der Reihe erleuchteter Fenster in Yvonnes Haus an der Avenue Foch auf. Er würde warten müssen, bis der letzte Gast gegangen, das letzte Licht gelöscht war, bevor er es wagen konnte, an die Tür zu klopfen. Er konnte es sich nicht leisten, von einem französischen Beamten erkannt zu werden - zumal er mit gefälschten französischen Papieren reiste.

Während er auf der anderen Straßenseite in einem dunklen Toreingang stand, wanderten seine Gedanken - wie sie es ständig taten - zu Fiona. Er fürchtete um ihre Sicherheit, obwohl er vor seiner Abreise Hutchinson noch das Versprechen abgenommen hatte, die Wachen bei seiner Frau zu verdoppeln und ständig auf der Hut vor allem zu sein, was eine Bedrohung für sie darstellen konnte. Er hatte auch Adam schwören lassen, dass er sich bereithalten würde, ihr während Nicks Abwesenheit beizustehen.

Nick beobachtete die Schatten von Männern und Frauen, die sich hinter den Fenstern im zweiten Stock von Yvonnes Stadthaus abzeichneten. Und dachte wieder an Fiona. Nichts hatte ihn je tiefer berührt als ihr starkes Verlangen nach ihm am letzten Abend, den er in London verbracht hatte. Er war sich jetzt sicher, dass - selbst wenn sie Warwick liebte - sie sich nicht länger fortschlich, um sich mit ihm zu treffen. Bedeutete das, dass sie Nick eine echte Ehefrau sein wollte? Ihr Verhalten an jenem letzten Abend waren das einer echten Frau. Sein Herz schlug schneller, als er sich daran erinnerte, dass sie sich wirklich eifersüchtig benommen hatte. Durfte er sich erlauben zu hoffen?

Während er dort stand und einem elegant gekleideten Paar zusah, wie es Yvonnes Haus verließ und in eine feine, vierspännige Kutsche stieg, schwor er, seine Frau dafür zu entschädigen, dass er sie so verlassen hatte, selbst wenn er auf die Knie gehen und sie um Verzeihung bitten müsste, sie anflehen müsste, ihm noch eine Chance zu geben, ihre Liebe zu gewinnen.

Nachdem das erste Paar gegangen war, folgten Yvonnes Gäste einer nach dem anderen. Er wartete, bis alle Lichter gelöscht waren, bevor er an die Tür klopfte.

Als der Butler die Tür öffnete, verzog sich das faltige Gesicht des Butlers zu einem breiten Grinsen. „*Monsieur* Birmingham!"

„Guten Abend, Pierre. Ist *Mademoiselle* zu Hause?"

Pierre brauchte sie nicht zu rufen. Sie kam

bereits die Stufen herabgeeilt. „Nickiii!"

Er schaute zu ihr auf, während sie sich graziös auf ihn zu bewegte; ihre blauen Augen glänzten warm. Sie war so schön wie immer. Obwohl sie wie Fiona blonde Haare und blaue Augen hatte, endete die Ähnlichkeit der beiden Frauen doch hier. Yvonne war viel größer als Fiona. Und viel üppiger. Im Gegensatz zu Fionas zarter, dezenter Lieblichkeit war Yvonne von einer auffallenden Schönheit und ihre Neigung zu gewagter Kleidung - wie die roten Spitzen an diesem Abend - zog die Aufmerksamkeit auf sie. Sein lässiger Blick musterte sie von oben bis unten. „Du bist so schön wie immer, Yvonne."

Ihre Augen wurden schmal und ihre vollen roten Lippen verzogen sich zu einem Schmollen. „Und du siehst besser aus denn je, *mon cheri.*" Sie kam und hakte sich bei ihm ein. „Aber ich muss dich von der Tür wegholen. Weißt du nicht, wie gefährlich es für dich ist, hier zu sein? Man könnte dich erkennen."

„Das ist der Grund, warum ich auf die Dunkelheit gewartet habe - und darauf, dass deine Gäste gingen."

Sie nahm ihn in ihren Salon mit, wo Pierre einen Kerzenleuchter angezündet hatte, goss Cognac für Nick ein und kam, um sich auf die Armlehne seines Sessels zu setzen. „Was ist los, Nicky?" Sie legte beiläufig ihren Arm um seine Schultern.

Dies war eines der Dinge, die er an Yvonne schätzte. Ihr Wahrnehmungsvermögen. Sie konnte in ihm lesen, als wäre er ein offenes Buch. „Mein Bruder William ist in großer Gefahr und ich brauche deine Hilfe."

„Ich würde alles für dich tun, Nicky. Sag mir,

was du brauchst."

Er atmete tief durch. „Es ist viel, worum ich dich bitten muss, und ich bin bereit, einen guten Preis zu zahlen."

„Ich will dein Geld nicht."

„Aber du hast noch nicht gehört, was ich verlange."

Der schwere Duft von Gardenien hing in ihren Kleidern. „Dann sag es mir."

Er erzählte ihr zuerst, dass William von König Josef Bonaparte von Neapel gefangen gehalten wurde.

„Ich kenne Josef gut. Er würde deinen Bruder nicht festhalten, es sei denn, dass er ihn für eine Bedrohung des Kaiserreiches hält."

Nick schürzte die Lippen. „Es gibt an diesem Punkt ein kleines Problem."

Ihre perfekten Augenbrauen hoben sich.

„Mein Bruder hat überall in Europa Francs aufgekauft." Nick zuckte mit den Schultern. „Ich vermute, dass er darauf spekuliert, dass Frankreich den Krieg gewinnt."

Sie nickte. „Joseph würde das nicht mögen. Die Bonapartes wollen alles kontrollieren. Wenn du möchtest, könnte ich sofort nach Neapel fahren und mich für William einsetzen."

„Ich möchte noch mehr."

Ihre Augen wurden wieder schmal.

„Ich möchte, dass du sagst, dass du Will heimlich geheiratet hast. Als Ehegatte einer französischen Bürgerin - einer französischen Bürgerin, die Freunde in hohen Regierungsämtern hat - wäre er vor grausamer Bestrafung geschützt."

„Und wann", fragte sie skeptisch, „habe ich angeblich deinen Bruder geheiratet? Als ich in

England war und er, wie alt, sechzehn?"

Nick lachte in sich hinein. „Meine liebe Yvonne, William ist fast so alt wie du. Wenn du dich daran erinnerst, warst du erst siebzehn, als du vom Herzog von Glenwell zu mir kamst - auch wenn du gelogen und behauptet hast, du wärest einundzwanzig."

„Ach, *Cherie*, du warst nicht viel älter", sagte sie mit abwesender Stimme. „Die Zeit war freundlich zu dir."

Er zog ein Dokument aus der Tasche. „Ich habe eine Heiratsurkunde - gefälscht, natürlich - die besagt, dass du und William vor sechs Jahren in Seven Oaks geheiratet habt. Ich weiß, dass ich viel von dir verlange. Das wird dich als verheiratete Frau dastehen lassen. Es wird dich daran hindern, jemand anderen zu heiraten - solange, wie du es vorziehst, in Frankreich zu leben. Wenn du Paris verlassen möchtest, könnten wir die Wahrheit aufdecken, denn dann hättest du keine Konsequenzen zu befürchten."

Sie schüttelte den Kopf. „Ich kann nicht wieder fortgehen. Ich mag Napoleon nicht, aber ich muss mein Mäntelchen in den Wind hängen."

Er nahm ihre Hand. „Wirst du mir helfen?"

„Ich würde alles für dich tun, aber dies ist zu viel verlangt."

„Ich zahle dir fünfzigtausend Francs."

„Ich möchte Pfund."

Er lächelte. „Also setzt du nicht auf Napoleon."

„Ich setze auf niemanden außer Yvonne de Cuir. Außerdem, wenn die Birminghams die Herrschaft über die Francs anstreben, möchte ich lieber mein Geld in Pfund haben."

„Wie Sie wünschen, Mademoiselle - oder sollte ich Madame sagen?", meinte er, einen

Mundwinkel zu einem schrägen Grinsen verzogen.

Sie stand auf und sah auf ihn hinab. „Ich reise morgen nach Neapel." Ihre Stimme wurde weich. „Hast du ein Bett, in dem du schlafen kannst, oder würdest du gerne meines teilen?"

Er strich mit seinem Mund über ihren Handrücken. „Ich werde sofort wieder nach England aufbrechen. Es ist am besten, wenn ich nachts reise."

Sie zeigte ihm ein deutliches Schmollen. „Du kränkst mich sehr, Nicky. Gefalle ich dir nicht mehr?"

Er erhob sich und legte seine Hände fest auf ihre Schultern, als er ihre funkelnden blauen Augen musterte. „Ich habe eine Frau."

Sie starrte ihn an. „Ah, Nicky, ich glaube, du liebst diese Frau, ist das wahr?"

„Ja, ich liebe meine Frau wirklich." Das war das erste Mal, dass Nick je gegenüber einem anderen Menschen zugegeben hatte, dass er Fiona liebte.

* * *

Als Biddles Trevor ankündigte, legte Fiona das winzige Mäntelchen beiseite, das sie für Emmies Puppe als Weihnachtsgeschenk nähte. Trevor platzte ins Zimmer, ging direkt zum Feuer, zog seine Handschuhe aus und beschrieb große Kreise mit seinen bloßen Händen vor den Flammen. Seinen warmen Umhang hatte er nicht abgelegt. „Ich denke, mir wachsen schon die Eiszapfen aus den Ohren", murmelte er. „Tierisch kalt da draußen."

„Dann bin ich geschmeichelt, dass du dem Wetter getrotzt hast, um mich zu besuchen."

Er drehte sich um und schenkte ihr ein verschmitztes Lächeln. „So sehr ich dich anbete, meine Liebste, nicht einmal für dich würde ich dieses verdammte Wetter auf mich nehmen. Eigentlich bin ich auf dem Rückweg von meiner Tante in Hampshire und bin noch nicht zu Hause gewesen. Glaube mir, wenn ich in meine Wohnung zurückkomme, werde ich sie nicht wieder verlassen." Er trat näher, um sich zu ihr auf das Sofa zu setzen. „Bitte klingele nach dem Tee. Ich brauche etwas Heißes zu trinken. Ich bin am Erfrieren."

Fiona stand auf und klingelte, kehrte dann zu ihrem Sitz zurück.

„Fühle meine Stirn", sagte Trevor. „Ich glaube, ich bekomme Fieber."

Sie legte ihre Hand auf seine Stirn. „Du fühlst dich gut an."

Er seufzte. „Nichts ist gut bei mir. Ich fürchte, ich habe mir eine Lungenentzündung geholt."

Fiona unterdrückte ein Lächeln und sprach mit ernster Stimme. „Ich hoffe, dass das nicht so ist." In allen Wintern, seit sie Trevor kannte, hatte er mit jeder möglichen Krankheit geflirtet, aber nie eine einzige bekommen - sehr zu seinem Missfallen. „Ich bin so glücklich, dass du gekommen bist, Trev, denn ich war so niedergeschlagen, seit Miss Birmingham gestern abgereist ist. Und Nick ist auch fort!", fügte sie ernst hinzu.

„Dann war er es, den ich gestern gesehen habe! Ist er Dienstag abgereist?"

Ihre Augen weiteten sich. „Woher weißt du das?"

„Auf mein Wort, ich sah ihn auf der Straße nach Portsmouth, er schien es sehr eilig zu haben."

„Das kann nicht Nick gewesen sein. Er sagte

..." Ihr Hals wurde eng, ihr Magen drehte sich um. Nick musste sie angelogen haben. Er hatte ihr gesagt, dass er nach Essex müsste, was in der Portsmouth entgegengesetzten Richtung lag.

Trevors Augen wurden schmal. „Wo, sagte er, wollte er hin, Liebling?"

„Nach Essex."

„Nun, wenn ich darüber nachdenke, konnte dieser Mann nicht dein Ehemann sein. Der Mann, den ich sah, war ... viel kleiner als Birmingham."

Lieber Trevor. Ihre Augen wurden plötzlich feucht. „Danke, Trevor. Du bist so ein guter Freund und ich brauche jetzt einen solchen."

Diesmal fehlten Trevor die Worte. Sein Blick wanderte von Fiona zu dem Tisch, wo sie den Puppenumhang abgelegt hatte, dann fasste er diesen an der winzigen Hermelinkapuze und hob ihn hoch. „Ich weiß, dass du nicht vernünftig isst und jedes Mal, wenn ich dich sehe, dünner geworden bist, aber wirklich, Liebling, dies ist viel zu klein für dich."

Sie kicherte unter Tränen. „Du Dummkopf, das nähe ich für Emmies Puppe. Als Weihnachtsgeschenk."

Plötzlich wurde er sehr ernst. „Es gibt etwas anderes, das du dem Kind geben könntest - etwas weniger Greifbares, aber viel willkommener, als ein pelzbesetzter Puppenumhang ..."

„Ja, ich weiß", sagte sie ebenso ernst. Jetzt flossen die Tränen. „Ich möchte sie als meine Tochter haben. Ich wollte ihr sagen, dass sie mich ‚Mama' nennen soll, aber sie ist nicht mein Kind. Wenn ich ... Nick verlassen müsste, könnte ich sie nicht mitnehmen." Sie holte tief Luft und gab einen jammernden Schluchzlaut von sich. „Deshalb ka-ka-kann ich ihr nicht erlauben, sich noch mehr an mich zu binden, weil meine Ehe so schlecht ist."

Trevors Augen wurden schmal. „Du denkst doch nicht daran, nach Windmere Abbey zurückzugehen?"

„Ich bin noch viel zu durcheinander, um einen klaren Gedanken fassen zu können. Ich möchte zu Weihnachten gerne nach Camden Hall gehen." Sie zuckte die Achseln. „Ich weiß nicht, was Nick will, aber ich wage zu behaupten, dass er nichts dagegen hätte, mich loszuwerden."

„Ich glaube, du schätzt deinen Mann falsch ein", sagte Trevor überaus ernst.

„Deine große Zuneigung zu mir beeinflusst *deine* Einschätzung."

„Ich glaube nicht. Birmingham ist völlig vernarrt in dich."

„Nicholas Birmingham hat eine Geliebte."

Trevors Augen wurden rund. „Ich mache es zu meiner Aufgabe, alles über alle zu wissen, und ich bin sicher, dass du falsch liegst, meine Süße. Woher hast du deine falschen Informationen?"

Sie rieb mit ihrer behandschuhten Hand über ihre Augen, um den Strom ihrer Tränen aufzuhalten. „Weibliche Intuition."

„Was du brauchst, du Gänschen, ist ein ausführliches Gespräch mit deinem Mann, sobald er wieder ... aus Essex zurück ist und sei mit ihm ehrlich, was deine Gefühle für ihn und deine Zweifel angeht."

Sie schüttelte den Kopf. „Du weißt, warum er mich geheiratet hat. Ich kann nicht so tun, als gehörte er mir. Er sollte die Freiheit haben ... sich in eine andere Frau zu verlieben."

Trevor nahm ihre Hand und drückte sie. „Erlaube ihm, sich in dich zu verlieben."

„Oh, Trevor, wenn du wüsstest, wie ich mich gedemütigt habe, nur damit er mich berührt."

Trevor verschloss seine Ohren mit den Händen. „Bitte, sag nicht mehr. Du wirst mich zum Erröten bringen." Als sie nicht antwortete, lenkte er ihre Unterhaltung in eine andere Richtung. „Und was ist mit deinen Brüdern? Wirst du sie zu Weihnachten sehen?"

„Ich habe keine Verbindung zu Randy gehabt." Dann hellte sich ihr Gesicht auf. „Aber Stephen kommt. Es ist über ein Jahr her, seit ich diesen Schlingel gesehen habe."

„Ich muss sagen, ich würde ihn kaum erkennen. Jedes Mal, wenn ich ihn sehe, ist der junge Mann wieder größer - und vor allem muskulöser geworden."

„Dann musst du zu Weihnachten mit uns nach Camden Hall kommen, und selbst nachsehen, wie viel Stephen wieder gewachsen ist."

Biddles brachte den Tee und Fiona goss schnell für Trevor eine Tasse ein, der sie extra viel Zucker hinzufügte. „Ich bin sicher, eine Tasse sehr süßer Tee ist das, was der Arzt dir verordnen würde, Trev."

„Ich sage dir, die Kälte sitzt mir in den Knochen." Er seufzte. „Ich hoffe nur, dass ich gesund genug sein werde, um mit dir nach Camden Hall zu fahren, und ich werde das bestimmt nicht tun, wenn es so kalt ist wie heute."

Nachdem er seinen Tee ausgetrunken hatte, stand Trevor auf und schaute auf sie hinab. „Ich muss gehen. Mein Bett ruft." Er verdrehte die Augen und sprach mit gequälter Stimme. „Ich hoffe, dass mein Kammerdiener nicht morgen meinen leblosen Körper auffindet." Dann wickelte er seinen Schal mehrfach um seinen Hals und bis über sein halbes Gesicht, zog seine Handschuhe über und ging.

Sobald er gegangen war, wies Fiona an, dass ihre Kutsche vorfahren sollte, dann zog sie selbst ihre Pelisse und Umhang an und eilte zu ihrem Fahrzeug, wobei sie sich innerlich bei Trevor entschuldigte. Es *war* tierisch kalt. Sie befahl dem Kutscher, sie zur Bank der Birminghams zu fahren.

Mit trüben Augen schaute sie aus dem Fenster, als sie in Richtung City jagten. Es war ein so völlig grauer Tag heute, was perfekt zu ihrer düsteren Stimmung passte. Nur die zerlumpt gekleideten Kinder mit ihren von der Kälte rosigen Wangen schienen sich bei ihren Spielen auf den Bürgersteigen vom Wetter nicht beeindrucken zu lassen, einige von ihnen stellten sich zum Aufwärmen neben den Kastanienröster.

Als sie an der Bank ankam, steckte sie ihre Hände in ihren Muff, sprang aus der Kutsche und eilte in die Lobby, von wo aus sie direkt zu Adams geschmackvoll eingerichtetem Büro ging.

Er stand auf, als sie eintrat. Er sah seinem Bruder so ähnlich, dass ihr Herz zu schmerzen begann. „Meine liebe Lady, Nick würde es gar nicht gerne sehen, dass du an einem so scheußlichen Tag draußen bist, und ich versprach ihm vor seiner Abreise, dass ich mich um dich kümmern würde. Bitte nimm doch Platz." Er zeigte auf einen thronähnlichen Sessel, der mit kürbisfarbener Seide bezogen war.

„Ich bleibe nicht lange. Ich wollte dir nur eine Frage stellen."

Eine dunkle Braue hob sich in der genau gleichen Art wie bei Nick.

„Wohin ist mein Mann gereist?"

Er antwortete einen Augenblick lang nicht. „Nach Essex", sagte er schließlich.

Sie glaubte ihm nicht. „Um den neuen Vorarbeiter zu prüfen?"

„Ja. Ich denke, dass er schon auf der Rückfahrt nach London sein dürfte."

„Du hast mir alles gesagt, was ich wissen wollte." *Nein, nicht was ich wollte.* Sie wandte sich zum Gehen, Tränen trübten ihre Sicht.

„Mylady!" Er wollte ihr nacheilen.

Aber sie hielt nicht an.

* * *

Sie weinte während der ganzen Rückfahrt nach Birmingham House. Nick hatte gelogen, als er ihr gesagt hatte, dass er nach Essex führe, um einen Arbeitskampf beizulegen. Wie unvorsichtig von ihm, seinen Bruder nicht über seine Lügen auf dem Laufenden zu halten. Jetzt hatte sie ihn erwischt.

Aber das war ganz gleich. Sie würde bei seiner Rückkehr nicht zu Hause sein. Er würde von ihr befreit sein. Frei, sich mit seiner Geliebten herumzutreiben, wie er wollte.

Sie war ein solcher Versager bei allem, angefangen von der Entfremdung von ihrem Bruder, zu ihren unerfüllten Versprechungen bei Verity, bis hin zu ihrer Unfähigkeit, die Zuneigung ihres Mannes zu erringen.

Als die Kutsche vor Birmingham House zum Halten kam, ließ Fiona einen langen Blick auf dem Stadthaus im klassischen Stil ruhen, das sie immer mit Stolz erfüllt hatte. Aber am Ende war es nicht ihr Heim. Windmere Abbey war ihr Heim. Wie sie sich danach sehnte, dorthin zu gehen, Randy, Stephen, Mama und Papa wieder alle zusammen zu finden. Von ihrer eigenen Familie umgeben zu sein. Aber das war natürlich unmöglich. Mama und Papa waren tot. Randy wollte ihre Gesellschaft nicht. Außerdem, auch wenn Windmere Abbey ihre Heimat war, war sie doch mit Nicholas Birmingham verheiratet. Sie war sein Eigentum. Wenn sie London verlassen müsste - und das musste sie - würde sie nach Camden Hall gehen müssen.

Wie sie sich darauf gefreut hatte, zu Weihnachten nach Camden Hall zu fahren, Emmie mitzunehmen, um Stechpalmenzweige, Beeren und Misteln zu sammeln. Jetzt würde sie alleine gehen. So gerne sie Emmie mitgenommen hätte, sie durfte es nicht. Nick würde das Kind nie aufgeben.

Im Haus befahl sie Prudence, ihre Sachen für Camden Hall zu packen, dann ging sie schweren Schrittes die Terrazzo-Treppe hinauf, um Emmie zu sehen.

Das Kind spielte im Kinderzimmer mit ihrer Lieblingspuppe - eine, die Fiona ihr geschenkt hatte - als sie den Kopf hob und Fiona erblickte. „Mylady", rief sie aus, rannte zu Fiona und warf ihre Ärmchen um ihren Hals.

Fiona hielt sie fest. So ein kostbares kleines Wesen. „Oh, mein kleiner Schatz, ich werde dich so vermissen."

Emmies Gesicht bewölkte sich, als sie in Fionas Gesicht aufsah, das ebenso traurig wirkte. „Wohin gehst du?"

„Ich muss nach Camden Hall fahren. Ich muss darauf achten, dass alle Häusler und die treuen Diener ihre Weihnachtsgeschenke bekommen. Ich hoffe aber, dass du und dein Papa zu Weihnachten nachkommen werden."

„Ich möchte mit dir gehen!"

„Oh, Schatz, ich wünschte, das könntest du, aber dein Papa wird einsam sein, wenn er zurückkommt, und er wird sein kleines Mädchen hier haben wollen."

„Dann muss ich hierbleiben, aber ich werden ihn bitten, mich mit zu dir zu nehmen."

„Das würde mich sehr glücklich machen, Liebes."

Nick zu verlieren, war der größte Schmerz, den sie je erlitten hatte, und nun kam die Pein hinzu, ein Stück ihres Herzens hier im Kinderzimmer von Birmingham House zurückzulassen.

Kapitel 27

Sein Verlangen, Fiona zu sehen, war so groß, dass er nicht angehalten hatte, um zu schlafen, sich umzuziehen oder sich auch nur zu rasieren. Die schmerzvolle Vorfreude darauf, sie zu sehen, half ihm, seine beständige Furcht um Williams sichere Heimkehr zu betäuben. Wiederholt beruhigte Nick sich damit, dass er mit dem Einschalten von Yvonne zu Williams Hilfe die Karten zu dessen Gunsten neu gemischt hatte. Wenn irgendjemand Williams Freilassung erreichen konnte, war es Yvonne.

Aber die Lage war ernst.

Seine Ankunft in Birmingham House zur Dämmerstunde - müde bis in die Knochen, aber beschwingt - hätte keinen besseren Zeitpunkt treffen können. Fiona würde sicher zu Hause sein. So früh begann keine Abendeinladung. „Wo ist Mrs. Birmingham?", fragte Nick Biddles beiläufig, als er seinen schweren Umhang ablegte und ihn auf den angebotenen Arm des Butlers legte.

Biddles Gesicht war unergründlich. „Die Lady ist nach Camden Hall gefahren."

Tiefe Enttäuschung überkam Nick. Obwohl Fiona ihren Wunsch, Weihnachten in Camden Hall zu verbringen, erwähnt hatte, hatte er sich doch die Hoffnung gegönnt, dass sie in Birmingham House auf ihn warten würde, ebenso darauf bedacht, ihn zu sehen, wie er sie sehen wollte. Ihre leidenschaftliche Reaktion an jenem letzten Abend hatte ihn im Glauben gewiegt, dass sie ihn liebte. Aber natürlich, wenn sie ihn liebte, wäre sie jetzt hier.

Er verbarg seine Enttäuschung. „Hat sie meine Tochter mitgenommen?"

„Sie fuhr alleine."

Wie seltsam! Fiona hatte ihm ihre Pläne mitgeteilt, dass sie Emmie an allen Vorbereitungen für die Feiertage teilnehmen lassen wollte.

Dann plötzlich, so schnell und schmerzhaft wie der Schlag einer Kanonenkugel, wurde ihm klar, dass seine Frau im Zorn abgereist war.

Sein Magen drehte sich um und sein Herz klopfte, als er die Stufen zum Kinderzimmer im dritten Stock hinaufstieg. Hatte Fiona sich für eine verlassene Frau gehalten? Was sie, Gott bewahre, in Warwicks Arme zurückgekehrt? Er musste nur ihre Beschützer fragen, um zu erfahren, ob sie Warwick getroffen hatte. Aber das würde er nicht tun.

Von seinem eigenen Kummer wie benommen öffnete er die Tür zum Kinderzimmer.

„Papa!", rief eine lächelnde Emmie aus, als sie in seine Arme flog.

Er zog sie an sich und hielt sie fest. Er liebte es, sie so im Arm zu halten und ihren süßen Duft wahrzunehmen.

Ihre kleine Arme legten sich fest um ihn. „Ich bin so froh, dass du zurückgekommen bist. Ich hatte solche Angst, dass du nicht wiederkommen würdest. Wie Mylady. Bitte, können wir zu ihr gehen?"

Was, wenn sie uns nicht sehen will? Aber seiner Tochter gegenüber konnte er einen solchen Verdacht nicht aussprechen. „Zu Weihnachten fahren wir dorthin", sagte er fest. *Und der Himmel möge mir beistehen, wenn sie mich fortschickt.*

„Ich wünschte, Mylady wäre meine richtige Mutter."

„Das wünschte ich auch, Liebes. Ich auch." *Und ich wünschte, sie wäre wirklich meine Frau.* „Geh und hol deinen Hut und Mantel. Wir werden Mylady ein schönes Weihnachtsgeschenk kaufen."

* * *

Es war Heiligabend und Nick war nicht gekommen. Sie hatte recht gehabt. Er war froh, sie los zu sein. Jetzt konnte er alle Aufmerksamkeit seiner verdammten Geliebten widmen. War es Hortense? Oder konnte es sein, dass er doch noch immer Diane Foley besuchte - ganz gleich, was Trevor ihr erzählt hatte?

Lieber Trevor. Sie lächelte in sich hinein. In diesem Moment saß er in eine Decke gehüllt vor dem Feuer, wo er dampfenden Tee nippte und das schlechte Wetter verfluchte. Er hatte gebeten, nicht am Sammeln des Weihnachtsgrüns teilnehmen zu müssen und diese Aufgabe Fiona und Verity überlassen. Dem Himmel sei Dank für Verity. Das tägliche Zusammensein mit ihrer Schwägerin war das Einzige, das es ihr nahezu erträglich machte, London - und Nick - verlassen zu haben. Beinahe.

„Hier bist du", sagte Verity, als sie ins Morgenzimmer trat und ihren Korb abstellte.

„Was hast du da?", fragte Fiona.

„Geschenke für meine Lieben."

Fiona seufzte. „Schade, dass Nick und Emmie nicht kommen werden."

Veritys Blick wurde sanft, als sie Fiona ansah. „Noch ist nicht Weihnachten. Ich glaube, dass Nick kommen wird."

„Hast du ihm ein Geschenk mitgebracht?"

Verity nickte und begann, in ihrem Korb zu wühlen. „Ich habe für ihn die schönste Ausgabe von Blakes Gedichten gekauft - um die zu ersetzen, die er dir letztes Jahr zu Weihnachten geschenkt hat. Ich weiß, wie sehr er dieses Buch liebt."

So, wie Fiona es liebte. „Ich wünschte, ich hätte daran gedacht. Nicht, dass ich erwarte, ihn zu sehen, natürlich." Sie zuckte mit den Schultern. „Es ist unglaublich schwierig, ein Geschenk für den Mann zu finden, der alles hat."

„Warum schenkst du ihm nicht eine Miniatur von dir selbst?"

Fiona lachte bitter auf. „Man verschenkt Miniaturen an die, die einen lieben." *Und Nick liebt mich mit Sicherheit nicht.* Sie redete mit falscher Fröhlichkeit weiter: „Ich muss dir die Miniatur meines ältesten Bruders zeigen. Sie ist eines der Dinge in meinem Besitz, die ich am meisten schätze." Sie ging zu ihrem Täschchen, holte Randolphs Miniatur heraus und warf einen kurzen Blick darauf. „Natürlich hat er sich stark verändert, seit er sie vor zehn Jahren für Mama anfertigen ließ." Sie hielt sie Verity hin.

Veritys Gesicht wurde weiß, als sie das Oval in ihre zitternden Hände nahm.

„Was ist los?", verlangte Fiona zu wissen, die an Veritys Seite eilte und ihre Hand um die Taille ihrer Schwägerin legte.

„Das ist d-d-dein Bruder?"

„Randolph, Lord Agar." Fiona nickte. „Ich wünschte, du hättest ihn kennenlernen können."

„Das habe ich."

Fiona starrte ihre Schwägerin an. Dann wurde ihr alles klar. „Du meinst ... er ist der Mann aus dem Park?"

Verity nickte.

„Oh, meine liebe Schwester, das ist wundervoll! Du bist die perfekte Frau für Randy. Ich muss ihm gleich schreiben."

Kopfschüttelnd packte Verity Fionas Arm. „Du wirst nichts dergleichen tun! Dein Bruder hat keineswegs den Wunsch, die Tochter eines Bürgerlichen zu heiraten, ebenso wenig wie er wünscht, seine Schwester mit einem solchen verheiratet zu sehen."

Fiona versteifte sich. Natürlich hatte Verity in ihrer unendlichen Klugheit recht. So sehr Fiona es hasste, dies zugeben zu müssen, ihr Bruder hatte sich als schrecklicher Snob erwiesen - und ein solches Benehmen passt so gar nicht zu dem Menschen, von dem sie gedacht hatte, dass er es wäre.

Sie hatte keine Antwort für Verity. In nur wenigen Sekunden war sie von einem unglaublichen Hochgefühl zu tiefer Verzweiflung abgestürzt.

Verity wollte Fiona die Miniatur zurückgeben.

„Nein, ich möchte, dass du sie behältst. Ich glaube, keine andere Frau wird meinen Bruder jemals so lieben wie du."

* * *

Ihre Wangen waren noch immer rosig vom Sammeln von Beeren und Immergrün, ihre Hände waren taub von der Kälte, als sie die Stechpalmenzweige an den beschlagenen Fenstern des vorderen Zimmers befestigte. In der dunstigen Ferne sah sie Rauch aus den Kaminen von Great Acres aufsteigen. Der Klang von Veritys und Trevors Lachen kam aus dem Nebenzimmer, als sie sich bemühten, den Weihnachtsbogen zu binden. Stephen war im Wald auf der Suche nach dem Weihnachtsscheit. Wenigstens würde Fiona ihre Weihnachten nicht völlig allein verbringen müssen.

Ihre Gedanken gingen zum letztjährigen Weihnachtsfest zurück. Ihrem Hochzeitstag. Sie konnte nicht anders als voller Liebe auf jenen Tag blicken. Alles war für sie zu neu, zu fremd gewesen, als dass sie jenen ersten Tag, an dem sie die Braut eines Fremden wurde, hätte genießen können. Hätte sie doch damals schon gewusst, wie kostbar diese Zeit war. Wenn sie jetzt zurückblickte, wurde sie von bittersüßer Traurigkeit erfüllt. Welches Glück sie gehabt hatte, Nick zu haben, sein Bett zu teilen. Sie würde alles geben, was sie hatte, wenn sie jetzt in der Zeit hätte zurückreisen können, um diese Nacht noch einmal zu erleben.

Sie hörte den Hufschlag eines einzelnen Reiters, bevor sie den Kopf hob, um nachzuschauen, ihr Herz hämmerte wild in der Erwartung, Nick zu sehen. Aber Nick würde nicht zu Pferd kommen. Er würde in seiner feinen Kutsche reisen. Ihre Hände lagen noch tatenlos, ihr Herz pochte bis zum Hals, als sie den Reiter beim Näherkommen beobachtete. Es war schwer zu erkennen, wer dort kam, weil er wegen der Kälte so dick eingepackt war.

Selbst als er ungefähr zwanzig Fuß von ihr entfernt abstieg, konnte sie nicht sagen, wer es war. Nicht, bis er seinen Hut abnahm und sie sein blondes Haar sah. Es war Randy!

Sie ließ ihren Korb voller Stechpalmenzweige fallen, rann zur Eingangshalle und riss die Tür weit auf, um ihn mit dem breitesten Lächeln zu empfangen.

Seine Augen wurden schmal, er legte den Kopf auf die Seite. „Verzeihst du mir?"

Sie antwortete, indem sie in seine Arme flog.

Nachdem sie sich liebevoll umarmt hatten, führte sie ihn eilige zum Vorderzimmer. „Komm ans Feuer. Du musst halb erfroren sen. Ich müsste wirklich böse auf dich sein, dass du an einem solch eiskalten Tag mit dem Pferd kommst - aber ich bin natürlich viel zu glücklich, um böse sein zu können."

Nachdem er seinen feuchten Umhang abgelegt hatte, zog er seine Handschuhe aus und bewegte seine Hände vor dem Feuer.

Fiona wurde ernst und fragte: „Wusstest du, dass sie hier ist?"

Zwischen seinen Brauen entstand eine Falte, als er seine Schwester anblickte. „Wer?"

„Miss Birmingham. Die Dame aus dem Hyde Park. Die Frau, die du liebst."

Er fuhr herum, die Augen weit aufgerissen. „Meine Lady ist ... Miss Birmingham?"

„Genau."

Er fluchte leise. „Natürlich ist Birminghams Schwester eine vollendete Dame. Wie schade, dass ich sie verscheucht habe."

Fionas Stimme wurde sanft. „Sagtest du ihr nicht, dass es dir gleich sei, wessen Tochter sie ist?"

„Ja."

„Hast du es so gemeint?"

Er antwortete einen Augenblick lang nicht. „Ich habe viele dumme Sachen gemacht - und damit die verletzt, die ich am meisten liebe, aber ich möchte, dass du mir glaubst, wenn ich dir sage, dass ich erst ganz unten ankommen musste, bevor ich wieder aufstehen konnte, bevor ich erkennen konnte, wie teuer mein elender Stolz mich zu stehen kam. Gesellschaftlicher Rang hat keine Bedeutung mehr für mich. Alles, was zählt, sind die, die ich liebe." Er wandte sich ab und schaute wieder ins Feuer. Einen Moment später, seine Stimme schwer von Emotionen, fragte er: „Denkst du, sie würde mich nehmen?"

„Das wirst du sie selbst fragen müssen." Fiona kam und schob ihren Arm unter den seinen. „Komm, erlaube mir, dich der Frau vorzustellen, die du liebst."

* * *

Obwohl Nick nicht gekommen und William Gott-weiß-wo auf dem Kontinent war, tröstete Verity sich mit Fiona und dem Wissen, dass Adam am Abend kommen würde, um Weihnachten mit seiner Familie zu feiern. Sie stellte fest, dass sie den Heiligen Abend eher genoss. Er verlief viel fröhlicher, als sie erwartet hatte, insbesondere in Anbetracht ihrer eigenen liebelosen Zukunft. Trevor Simpson und der reizende - wenn auch sehr junge - Stephen Hollingsworth trugen dazu bei, während der Anfertigung des Weihnachtsbogens ein Lächeln auf ihrem Gesicht zu halten.

In einem Moment lachte sie über Stephen Hollingsworth; als sie das nächste Mal aufschaute, sah sie zu dem schönen Gesicht seines älteren Bruders auf. Sie fühlte sich, als hätte ein Blitzschlag sie getroffen.

„Hallo Bruder", rief Stephen aus, „Ich wusste nicht, dass du kommen würdest. Liebe Güte, wir hätten zusammen fahren können. Ich bin auch erst heute angekommen."

Aber Randolph hörte nicht, was sein Bruder sagte. Sein Blick ruhte auf ihr. Seine blonden

Locken waren zerzaust, seine Wangen von der Kälte hochrot, aber Verity dachte, dass sie noch nie einen schöneren Mann gesehen hatte.

„Ich wünschte, er *wäre* mit dir gefahren", sagte Fiona. „Unser törichter Bruder kam die ganze Strecke von London in diesem furchtbaren Wetter zu Pferd." Als Fiona Randolph liebevoll anblickte, dachte Verity, dass sie ihre Schwägerin lange nicht mehr so fröhlich gesehen hatte. „Komm, du musst dich ans Feuer stellen", sagte Fiona zu ihm, „aber vorher muss ich dir noch Miss Birmingham vorstellen."

Veritys Herz schlug dröhnend und sie war sich sicher, dass sie wie eine Achtzigjährige zitterte - und noch sicherer, dass Lord Agars Gegenwart sie sprachlos gemacht hatte. Sie beschäftigte sich ernsthaft mit den Sachen in ihrem Schoß, als er auf sie zukam, ihre Hand nahm und mit seinen Lippen darüber strich.

Dann erlaubte sie sich, in seine Augen aufzublicken.

Wären hundert Menschen im Zimmer gewesen, sie würde trotzdem das Gefühl gehabt haben, als ob sie und ihr blonder Lord die einzigen Menschen auf Erden wären. Wenn Augen die Fenster zur Seele waren, waren Lord Agars Gefühle für sie ebenso tief wie ihre für ihn. Plötzlich erinnerte sie sich an Fionas Rede über Schicksal. Nick war Fionas Schicksal; Lord Agar Veritys.

Sie bemerkte kaum, dass Fiona Mr. Simpson und den jungen Hollingsworth bat, ihr beim Aufhängen des Weihnachtsbogens zu helfen, aber sie war sich sehr bewusst, dass die Tür sich hinter ihnen schloss und sie mit Lord Agar alleine war.

„Also sind Sie Miss Birmingham", sagte er,

noch immer über ihren Sessel gebeugt.

„Und Sie sind Lord Agar", sagte sie atemlos.

Er stand nur da und schaute sie an, als wären ihr Engelsflügel gewachsen.

„Sie müssen bis auf die Knochen durchgefroren sein, Mylord. Sie sind zu Pferd gekommen?" Gott sei Dank hatte sie ihre Stimme nicht verloren.

Er nickte. „Erlauben Sie mir zu bemerken, dass es alle Unbequemlichkeiten wert war, meine Schwester wiederzusehen - und Sie wiederzusehen, Miss Birmingham."

Sie stand auf und ging zum Kamin. „Bitte, kommen Sie doch her und wärmen Sie sich am Feuer."

Er kam und stellte sich neben sie und hielt seine Hände dem Feuer entgegen. Einen Moment lang sprach keiner von ihnen. Eine Flut von Erinnerungen stürmte auf sie ein. Erinnerungen an ihn.

„Als Sie nicht mehr in den Park kamen", sagte er ernst, „was das eine der schlimmsten Zeiten in meinen einunddreißig Jahren, aber jetzt bin ich froh, dass es so gekommen ist."

Ihr Magen drehte sich um, ihr Herz klopfte schneller. Also war er doch nicht ihr Schicksal. Sie wollte nichts lieber, als aus dem Raum zu fliehen, bevor der drohende Tränenstrom ausbrach.

Dann fuhr er fort. „Ich habe es in meinem Leben immer ziemlich leicht gehabt. Bis auf die letzten beiden Jahre. Mein Vater starb. Das Vermögen unserer Familie war verschwunden. Dann verlor ich Sie." Er wandte sich ihr zu, seine Augen voller Wärme. „Ich musste erst ganz unten ankommen, bevor ich mich wieder hinaufarbeiten konnte. In jener Nacht in Vauxhall war ich zu stolz, Sie um Ihre Hand zu bitten, da ich Ihnen nichts zu bieten hatte. Jetzt habe ich erkannt, dass mein verdammter Stolz mich von dem ferngehalten hat, was mir am wichtigsten ist - von Ihnen. Ich habe mich mit der Vorstellung gequält, dass Sie jemand anderen finden würden."

Also liebte er sie noch! Sie schmiegte sich in seine Arme und spürte, wie er seinen Mund gegen den ihren presste, seine Zunge hineinstieß, seine Arme sich fester um ihren Rücken legten. Sie zerschmolz unter seiner Berührung. Hier - in seinen Armen - zu sein, war ihr Schicksal. Es wäre närrisch gewesen, dagegen anzukämpfen.

Nachdem er sie ausgiebig geküsst hatte, drückte er ihren Kopf an seine Brust und fuhr mit seinen Fingern durch ihr dunkles Haar. „Ich kann dich nie wieder von mir fortlassen. Niemals. Ich schwöre, wenn du mir nur deine Liebe schenkst, werde ich härter arbeiten als je ein Mann zuvor, um deiner würdig zu werden, um den Besitz der Agars wieder aufzubauen."

„Ist das ein Antrag?"

Er schluckte. „Ich habe dir jetzt nichts zu bieten, nur meinen Namen und mein Herz."

„Dein Herz ist alles, was ich mir je wünschen könnte. Aber ... du kennst meinen familiären Hintergrund ..."

„Wenn du das Kind eines Stallknechts wärest, würde ich dich trotzdem lieben. Ich will diese Liebe zu dir mit ins Grab nehmen. Ich bin es, der nicht gut genug für dich ist."

„Es gibt niemanden sonst, den ich jemals lieben könnte."

Er hielt sie ein wenig von sich weg und musterte ihr Gesicht. „Dann willst du mir die Ehre erweisen, meine Frau zu werden?"

„Ja, ich will."

Der nächste Kuss war weit zärtlicher als der erste. Als er vorbei war, fragte er: „Bitte, Liebes, wie ist dein Vorname?"

„Verity."

Er lächelte. „Hübsch. Ebenso wie du. Bitte nenne mich Randolph."

Dann hörten Sie das Geräusch der sich öffnenden Vordertür. Sie legte ihre Hand in seine. „Komm, mein Liebster, das muss mein Bruder sein, Adam. Wir müssen allen unsere guten Neuigkeiten mitteilen."

Als sie in die Halle kamen, sahen sie, dass es Nicholas war, nicht Adam, der angekommen war. Seine schwarzen Augen hoben sich zu dem Weihnachtsbogen über der Salontür - und zu Fiona, die darunter stand - er durchmaß die Halle mit schnellen Schritten, zog seine Frau in seine Arme und legte seine Lippen auf die ihren.

Kapitel 28

Ein Mann, der in seine Geliebte vernarrt war, küsste seine Frau nicht wie Nick sie gerade geküsst hatte.

Fiona, noch schwindelig von dem innigen Kuss, hielt sich an Nicks Hand fest, um nicht zu schwanken. Sie wurde von Reue geplagt, weil sie geflohen war. Nick war hier! Nick hatte sie mit tiefer Leidenschaft geküsst. Nick hatte sich dafür *entschieden*, sein Weihnachtsfest mit ihr zu begehen. Er hatte sogar Emmie mitgebracht. Kein Weihnachtsfest konnte so wunderbar sein!

Sie war viel zu glücklich, um das Lächeln aus ihrem Gesicht zu vertreiben, als sie zu dem Mann, den sie anbetete, aufsah.

„Herzlichen Glückwunsch zu unserem Hochzeitstag, meine Liebste", sagte er und drückte ihre Hand.

Meine Liebste! Konnte es ein schöneres Weihnachtsgeschenk geben? „Ich bin sehr gerührt, dass du daran gedacht hast." Dann wandte sie ihre Aufmerksamkeit Emmie zu, die in der Halle stand und mit einer Hand die Puppe umklammerte, die Fiona ihr geschenkt hatte, während die andere in ihrem Hermelinmuff steckte. „Komm, Liebes, du musst deiner Mutter und deinem Vater erlauben, dich unter dem Weihnachtsbogen zu küssen", sagte Fiona.

Das Kind quietschte vor Freude, huschte zu ihnen und kletterte auf Nicks Arm, während beide

Eltern ihre rosigen Wangen küssten.

Fiona wünschte sich, diesen Moment vollständiger Freude zu genießen, umgeben von allen, die sie liebte. Ihr Blick wanderte von Trevor zu Stephen, dann zu Randy und Verity, die genauso glücklich wirkten, wie sie es war. Sie ahnte sofort, dass Verity Randys Antrag angenommen hatte. „Gibt es vielleicht eine Ankündigung von meinem Bruder?", fragte sie und konnte ein Lächeln unmöglich unterdrücken.

„Allerdings", sagte Randolph. Er begegnete Nicks Blick. „Ich würde mich geehrt fühlen, Ihren Segen zu haben."

Nick warf ihm einen verwirrten Blick zu.

„Ihre wunderbare Schwester hat mir die Ehre erwiesen, meinen Heiratsantrag anzunehmen."

„Aber ..." Nick schaute von Verity zu Randolph. Er war sich nicht bewusst gewesen, dass die beiden einander kannten, aber sie nur zu sehen reichte aus, um zu erkennen, dass sie sich innig liebten. „Natürlich haben Sie meinen Segen. Wir sprechen später darüber, Agar."

Als die anderen sich um das verlobte Paar scharten, sah Nick zu, wie Fiona Emmies goldbraunes Haar streichelte. „Ich bin so froh, dass du gekommen bist, Schatz", sagte Fiona. „Du kannst deiner Mama helfen, die Fenster mit Stechpalmenzweigen zu schmücken."

„Könntest du mir mit dem Weihnachtsscheit helfen?", fragte Stephen Nick.

Nicks Augen glänzten vor Freude. „Mit Vergnügen."

Sein Herz schwoll an, als er Emmie und Fiona ins Vorderzimmer eilen sah.

Als er nur ein paar Minuten später das Weihnachtsscheit entzündete, kam Adam mit

Nicks Mutter an. „Frohe Weihnachten, Mutter. Komm, setz dich ans Feuer, damit dir warm wird", sagte er rücksichtsvoll.

Er konnte Fiona und Emmie im Nebenzimmer hören und strahlte vor Glück, weil er wusste, dass er von allen seinen Lieben umgeben war. Außer einem. Seine Sorge um William überschattete ein sonst perfektes Weihnachtsfest.

Als er den Frauen geholfen hatte, eine Girlande aus frischem Buchsbaum um das Geländer zu winden, setzten sich alle um das Feuer des Weihnachtsscheits und unterhielten sich freundlich. Sogar seine sonst eher griesgrämige Mutter war außergewöhnlich freundlich. „Ich habe ein Geschenk für das Kind mitgebracht", sagte sie schroff. Sie wandte sich an Emmie und sagte: „Aber du darfst es nicht vor dem Geburtstag des Herrn morgen auspacken."

„Danke, Großmama", sagte Emmie mit furchtsamer Stimme. „Das ist das schönste Weihnachten, das ich je hatte."

Genau wie Nicks. Selbst wenn William nicht hier war. Verdammt, aber er machte sich Sorgen um den Kerl.

Es war gerade erst zehn Uhr vorbei, als Trevor allen eine gute Nacht wünschte. „Ich bin völlig erschöpft."

„Aber du bist den ganzen Tag nicht aus deinem bequemen Sessel herausgekommen!", neckte Fiona ihn liebevoll.

„Du vergisst, meine Liebe", antwortete Trevor, „wie zart meine Gesundheit ist."

Nachdem Simpson gegangen war, konnte Nick es kaum erwarten, bis er selbst zu Bett gehen konnte, bis er mit der Frau, die er mehr liebte als jeden anderen Menschen, alleine sein durfte.

Adam nahm Trevors Stichwort auf und bot seiner Mutter den Arm. „Ich sollte dich jetzt besser nach Great Acres zurückbringen. Es wird von Stunde zu Stunde kälter."

„Und ich sollte dir dein Zimmer zeigen", sagte Fiona zu Randy.

Gerade als Adam die Außentür öffnete, um zu gehen, schaute Nick auf und sah William im Eingang stehen. „Fröhliche Weihnachten!", sagte William.

Jetzt, dachte Nick, *wird es ein perfektes Weihnachten. Schöner denn je.*

* * *

Nachdem Nick sich alleine mit William in der Bibliothek unterhalten und alle Einzelheiten der Freilassung seines Bruders erfahren hatte, fuhr William weiter nach Great Acres. Und Nick stieg die Treppe zu Fionas Zimmer hinauf, trat vor ihre Tür und klopfte mit seinen Fingerknöcheln daran.

„Nick?", fragte sie leise.

Sein Herz stockte. „Ja."

„Komm herein."

Er trat in das dunkle Zimmer, das nur von dem gelben Lichtkreis einer Kerze auf dem Nachttisch erleuchtet wurde, und bemerkte erleichtert, dass ihre Zofe schon fort war. Sein Blick wanderte zu seiner schönen Frau. Sie saß auf dem Bettrand, nur in ihrem dünnen Nachtgewand aus Batist bekleidet. Das Zimmer war kalt, so kalt, dass ihre helle Haut einen bläulichen Schimmer hatte und ihre Brustwarzen durch den weichen Stoff zu sehen waren. „Ich hoffte, dass du zu mir kommen würdest", flüsterte sie heiser.

In keinem Moment seines Lebens hatte er sich mehr von Glück erfüllt gefühlt. Seine Lenden schmerzten bei der Erkenntnis, dass sie wollte, dass er mit ihr schlief. Er kam auf sie zu, ohne die Augen von ihr abzuwenden. „Ich möchte dich lieben", sagte er, als er vor ihr stand und auf ihre Schönheit hinabsah, „aber zuerst müssen wir reden."

Er setzte sich neben sie und nahm ihre Hand in die seine, ihre linke Hand mit dem einfachen goldenen Ring. Dass sie dieses unscheinbare Symbol ihrer Vereinigung trug, erfüllte ihn mit Stolz. „Ich glaube, du warst verärgert, als ich London so eilig verließ?"

Es schmerzte ihn in seinem Herzen zu sehen, wie ihre Augen sich mit Tränen füllten. „Noch mehr, als ich erfuhr, dass du *nicht* nach Essex gefahren warst."

„Du hattest das Recht, böse zu sein. Mann und Frau sollten keine Geheimnisse voreinander haben. Ich habe dir etwas verschwiegen, Liebling." Er hielt inne, um eine Träne abzuwischen, die aus ihrem Augen geflossen war. „Keine andere Frau. Niemals."

Sie sah mit geröteten Augen zu ihm auf. „Was denn?"

„Ich hatte geschworen, niemals die Art von Williams Arbeit für unser Außenministerium zu verraten. Deshalb war ich gezwungen, dich anzulügen. Als ich London so plötzlich verließ, geschah das aus dem Grund, dass Williams Leben in Gefahr war."

„Die Franzosen?"

„Ja."

„Du weißt doch sicher, dass ich nie ein Geheimnis verraten würde! Schon gar nicht, wenn es deinen Bruder in Gefahr brächte."

Er berührte ihren goldenen Trauring. „Jetzt weiß ich das. Ich habe festgestellt, dass ich in unserer Ehe einen großen Fehler begangen habe."

„Ich auch."

Ihre Worte ließen ihn hoffen. Er zog eine kleine Samtschachtel aus seiner Tasche.

„Ich möchte nicht noch mehr Schmuck, Nicholas Birmingham."

„Aber dieser hier ist etwas Besonderes." Er öffnete die Schachtel. Auf einem Bett von Satin lag ein Diamant-Anhänger, geschnitten wie ein Herz. Er reichte es ihr. „Frohe Weihnachten. Ich möchte dir mein Herz geben. Selbst wenn du noch immer Warwick liebst, möchte ich dich bitten, mir die Gelegenheit zu geben, deine Liebe zu verdienen."

Ihre Augen weiteten sich. „Warwick? Du kannst doch nicht wirklich glauben, dass ich ihn liebe."

Nick runzelte die Stirn; sein Herzschlag wurde schneller. Er würde es ihr sagen müssen. Auch wenn es Heiligabend war. Auch wenn es ihr erster Hochzeitstag war. „Ich sah dich an einem Nachmittag in Whitehall. Als ich dich am Abend danach fragte, hast du gelogen."

Sie fiel schluchzend in seine Arme. „Ver-ver-verzeih mir, mein Liebster, dass ich gelogen habe", weinte sie schluchzend. „Ich war nur zu Warwick gefahren, um Randys Adresse zu erfahren." Sie holte tief Atem. „Ich habe gelogen, weil ich nicht wollte, dass du von der Entfremdung zwischen meinem Bruder und mir erfuhrst."

Seine Hand beschrieb sinnliche Kreise auf ihrem Rücken. „Weil ich der Grund dafür war?"

Sie nickte.

„Setz dich auf, meine Liebste. Ich möchte, dass du mein Herz trägst." Er befestigte die Kette mit dem Anhänger um die weiche Rundung ihres Halses und atmete tief. „Du liebst Warwick *wirklich* nicht?"

„Wirklich." Ihre sanften, blauen Augen hingen voller Zärtlichkeit an ihm. „Ich habe aufgehört, ihn zu lieben, bevor wir geheiratet haben."

„Ich bedaure, dass ich dir nie gesagt habe, wie sehr ich dich liebe. Wirst du mir die Chance geben, deine Liebe zu erringen?"

Ein süßes Lächeln erhellte ihr ernstes Gesicht. „Du kannst sie eigentlich nicht erringen."

Sein Herzschlag wurde panisch.

„Sie gehört dir bereits." Sie sah ihm voller Liebe in die Augen. „Ich liebe dich schon sehr lange, Nicholas Birmingham."

„Sehr lange?"

„Ich glaube, vielleicht seit jenem Abend im Theater. Bevor ich dich fragte, ob du mich heiraten würdest. Ich habe ungefähr einen Monat gebraucht, um zu erkennen, dass ich mein Herz völlig an dich verloren hatte."

Er riss sie an seine Brust und schlang seine beiden Arme um sie. „Ich muss dir auch ein Geständnis machen."

Sie streichelte die dunklen Stoppeln auf seinen Wangen. „Was ist es?"

„Ich wusste an jenem Tag in meinem Büro, dass ich dich liebte."

„Der Tag, als ich dir einen Antrag gemacht habe?", fragte sie mit einem Lachen.

„Genau an jenem Tag. Als ich dich erst geküsst hatte, meine leidenschaftliche Liebste, war ich mir sicher."

Kein Weihnachtsfest war je zauberhafter gewesen. Ein Schmunzeln ließ Grübchen in ihren Wangen entstehen. „Dann schlage ich vor, dass Sie es beweisen, Mr. Birmingham."

Und er drückte sie sanft aufs Bett.

ENDE

Liebe Leser,

Vielen Dank für Ihr Interesse an der Reihe „Beherzte Bräute". Derzeit sind die beiden ersten Bände, *Die falsche Gräfin* und *Sein goldener Ring*, auf Deutsch erhältlich. Ich hoffe, dass 2017 noch mehr dazukommen werden. *Oh What a (Wedding) Night* (Will Birminghams Geschichte) wird derzeit vom Englischen ins Deutsche übersetzt, und das neuste Buch der Reihe, *Miss Hastings' Excellent London Adventure* (Adam Birminghams Geschichte), wird später im Frühling auf Englisch herauskommen, und sollte gegen Ende 2017 oder Anfang 2018 auf Deutsch zu kaufen sein.

Ein anderes Buch der Reihe, *Marriage of Inconvenience* (Rebecca Peabodys Geschichte), ist nur auf Englisch erhältlich, da die internationalen Rechte beim Harlekin-Verlag liegen.

Mit romantischen Grüßen,

Cheryl Bolen

Cheryl Bolen Biografie

Cheryl Bolen ist eine New York Times- und USA Today-Bestsellerautorin und hat mehr als zwei Dutzend historischer Liebesromane geschrieben, von denen die meisten in der Regency-Zeit spielen. Ihre Bücher wurden in acht Sprachen übersetzt und erlangten Platzierungen in verschiedenen Schreibwettbewerben, so etwa auch im Daphne du Maurier Wettbewerb. 1999 wurde Cheryl als "Notable New Author" ausgezeichnet und gewann im Jahr 2006 die Holt Medallion in der Kategorie "Bester historischer Kurzroman". 2012 gewann sie den International Digital Award – eine Auszeichnung speziell für E-Bücher – im Bereich "Bester historischer Roman", und im Jahr darauf erzielte eine ihrer Novellen den ersten Platz in der Kategorie "Beste historische Novelle". Zahlreiche ihrer Bücher wurden zu Bestsellern bei Barnes & Noble und auf Amazon.

Sie ist eine ehemalige Journalistin mit einer Faszination für tote englische Damen und schreibt regelmäßig Beiträge für The Regency Plume, The Regency Reader und The Quizzing Glass. Viele ihrer Artikel kann man auch auf ihrer Webseite (www.CherylBolen.com) finden sowie auf ihrem Blog (www.CherylsRegencyRamblings.wordpress.com), wo sie ihre aktuellen Artikel einstellt. Leser sind an beiden Orten ganz herzlich willkommen.